EDITION
LIT

Carola Kupfer
Wolfgang Schröck-Schmidt

Die erstaunliche Reise des Jacob von Bardenfleth

Roman

EDITION LIT

Mecklenburg-Schwerin, April 1768

„Dat Wief höört mi to!“[1] Polternd fiel der Holzstuhl um, als der junge Kerl aufsprang und sich drohend vor seinem Gegenüber aufbaute.

Augenblicklich war es in dem kleinen Gastraum still. Auch Jacob hob interessiert seinen Kopf. Was ging dort am Nachbartisch vor?

„Dat heet aber noch lang nich, dat du se wat vösr't Gatt haun dörfst!“[2] Der andere Mann hatte sich ebenfalls erhoben, seinen Stuhl jedoch vorsichtig nach hinten geschoben. Sein hastiger Blick durch die dunkle Weinstube verriet, dass er sich nicht besonders wohl dabei fühlte, so viel Aufmerksamkeit zu bekommen. Mit gesenkter Stimme redete er auf den Jüngling ein, der immer noch mit geballten Fäusten und sichtlich angespannt vor ihm stand: „Komm, mien Jung, lat uns dat buten uthanneln. Hier maken wi bloot Verdreet.[3]“

Er war gerade im Begriff, den schnaubenden Jungspund energisch zum Ausgang zu schieben, als der Wirt aus dem tiefen Dunkel des Schankraumes herausbrüllte: „Dittur will ik aver wat sehn för den Snaps, dormit dat kloor is!“[4]

Hastig kramte der friedfertigere der beiden Gäste ein paar Münzen aus seiner Jackentasche und warf sie auf den Tisch. Dann verschwanden sie durch die knarrende Holztür hinaus ins Gewirr der engen Gassen, wo man ihre aufgebrachten Stimmen noch eine Weile hören konnte, während sie sich langsam entfernten.

Jacob ließ seinen Kopf wieder auf die verschränkten Arme sinken und bestellte dabei mit einem Fingerzeig noch einen Becher Wein. Auch die übrigen Gäste, die an jenem Abend im April 1768 an den wackeligen Holztischen der alten Schankstube saßen, nahmen ihre leisen Gespräche wieder auf.

1 Plattdeutsch: Das Weib gehört mir!
2 Plattdeutsch: Das heißt aber noch lange nicht, dass du sie schlagen darfst!
3 Plattdeutsch: Komm, mein Junge, lass uns das draußen klären. Hier machen wir nur Ärger.
4 Plattdeutsch: Diesmal will ich aber etwas sehen für den Branntwein, damit das klar ist!

Obwohl sie Jacob kannten, ließen sie ihn in Frieden. Wahrscheinlich hatten sie ohnehin von seinem Missgeschick gehört und dachten, er würde seinen Ärger und Kummer ersäufen. Ganz unrecht hatten sie nicht: Nach dem fünften Becher Wein lag sein Leben zwar immer noch in Scherben vor ihm, doch deren Kanten waren nun weniger scharf und die Konturen verschwommener.

Vor seinem inneren Auge schob sich Swantjes prachtvoller Hintern ins Bild. Warum hatte er nur nicht widerstehen können? Doch als sie an jenem verhängnisvollen Nachmittag in die herzogliche Bibliothek gekommen war – angeblich, um die Bücher ein wenig abzustauben – hatte er die verräterischen Kupferstiche nicht mehr rechtzeitig vor ihren neugierigen Blicken verbergen können. Swantje war zwar nicht gebildet, aber schlau genug um zu begreifen, dass er diesmal nicht Nein sagen würde und dass seine Lust größer war als jede Vernunft. Gemeinsam hatten sie sich die aufregenden Illustrationen angesehen und dann unter Swantjes kundiger Anleitung nachgestellt. Im Schloss waren diese erotischen Experimente kaum zu verheimlichen gewesen – allein die lustvollen Schreie und Seufzer, die Swantje währenddessen ausgestoßen hatte, dürften bis in die vorderen Kabinette zu hören gewesen sein. Was war er doch für ein Döösbaddel[5]! Nun war das schöne Leben vorbei ...

Dabei hatte alles so vielversprechend angefangen: Als einziger und heiß geliebter Sohn eines Wismarer Buchbinders und einer Lübecker Kaufmannstochter hatte Jacob Rosskopf 1745 drei Jahre nach seiner Schwester Inken das Licht der Welt erblickt und war auf der Sonnenseite des Lebens groß geworden. Denn seine Eltern profitierten vom Ehrgeiz der örtlichen Herzöge, seit sie sich in der aufstrebenden Stadt Schwerin zwischen den vielen Seen niedergelassen hatten. Die Mecklenburg-Schweriner wollten aus ihrer kleinen Stadt, die längst nicht so bedeutend war wie Rostock oder Wismar, ein moder-

5 Plattdeutsch: Trottel

nes Kultur- und Handelszentrum machen. Deswegen investierten sie kräftig: in die Bildung ambitionierter junger Männer, in die Förderung von Handwerk und Gewerbe und in den Ausbau von Stadt und Region. Magnus Rosskopf und seine Frau Elisabeth hatten diese gute Gelegenheit wahrgenommen und noch unter der Herrschaft von Herzog Christian Ludwig II.[6] mit erheblichen Vergünstigungen ein Baugrundstück auf der Schelfe erworben, einem ehemaligen Sumpfgebiet nördlich der Stadt. Auch an den Baukosten ihres Wohnhauses und der Werkstatt hatte der Herzog sich beteiligt – alle Kaufleute und Handwerker, die den Schritt dorthin wagten, kamen in den Genuss dieser ungewöhnlichen Unterstützung. So war in erstaunlich kurzer Zeit ein neuer und lebendiger Ort entstanden, der zwar schon seit Anfang des 18. Jahrhunderts Stadtrechte besaß, jedoch erst einige Jahrzehnte später, als bereits Friedrich der Fromme[7] Mecklenburg-Schwerin regierte, mit einer eigenen Kirche und dem Rathaus auch wie eine Stadt aussah.

Dort, in den Gassen und Gärten zwischen Pfaffenstraße, Ritterstraße, Kirche und Fischerstraße, hatte Jacob Rosskopf seine Kindheit verbracht. Da vor allem Handwerker und Händler dem Aufruf der Herzöge gefolgt waren, kam in der Schelfe ein buntes Völkchen zusammen, das damals bereits auf gut 2 000 Bewohner angewachsen war. Mittendrin und in unmittelbarer Nähe zur Nikolaikirche hatte sich die Rosskopfsche Buchbinderei in kurzer Zeit zu einem repräsentativen und bedeutenden Betrieb entwickelt. Jeder, der Bücher sammelte, brachte sie zu Rosskopf, wenn sie zu reparieren waren, neue oder prachtvollere Einbände benötigten – oder einfach nur den Blick des Fachmanns, um deren Wert zu bestimmen. Für Jacobs Bildung legten die vielen Gespräche in der Werkstatt, die lebhaften Diskussionen zwischen Sammlern und Kennern und die unterschiedlichen Schriften und Bilder, die er sah, einen wichtigen Grundstein. Hinzu kam, dass er im Alter von sieben Jahren

6 Dieser regierte von 1728 bis 1756 und wurde mit seiner Frau Gustave Karoline in der Nikolaikirche der Schelfstadt beigesetzt.
7 Friedrich übernahm am 30. Mai 1756 nach dem Tod seines Vaters die Regierung im Herzogtum.

eine Schule besuchen konnte, die der Herzog für die Söhne der aufstrebenden Stadt eingerichtet hatte. Nur widerwillig hatte Jacob sich damals in das Unvermeidliche gefügt und Tag für Tag die harte Schulbank gedrückt, um rechnen und ordentlich schreiben zu lernen. Lesen konnte er bereits – als aufgeweckter Sohn eines Buchbinders hatten ihn die eng bedruckten oder beschrieben Papierseiten von Anfang an fasziniert. Folglich sah er nicht ein, warum er auch noch Mathematik und Diktatschreiben lernen sollte – würde er als einziger Sohn doch ohnehin das Handwerk des Vaters erlernen und den Betrieb einmal übernehmen! Doch die Eltern bestanden auf dem Schulbesuch und Jacob erwies sich nach kurzer Zeit als überdurchschnittlich aufgeweckter und wissbegieriger Knabe. Er berechnete Zahlenkolonnen fix im Kopf, begriff nach nur wenigen Erklärungen des Vaters die Grundsätze der doppelten Buchführung – und verschlang förmlich jedes Buch, das ihm in die Finger kam. In der Buchbinderei waren das nicht nur viele, sondern häufig auch seltene oder besondere Exemplare, die es mit Sorgfalt zu behandeln galt. Und Jacob lernte schnell mit ihnen umzugehen.

Seine Beziehung zu Büchern ging von Anfang an über das bloße Interesse an Material und Inhalt hinaus: Er liebte vor allem den Geruch, der aus den neuen und alten Druckwerken aufstieg. Oft konnte er schon – ohne den Titel gelesen zu haben und allein durch das Eintauchen seiner Nase zwischen die Seiten – sagen, wie alt das Buch vermutlich war, ob es unter Pilzbefall oder Schimmel litt, welche Arten von Leim und Farbe verwendet worden waren – und wo es sich die letzte Zeit befunden hatte. So rochen beispielsweise die Bücher des reichen Schweriner Kaufmanns Mutzenbecher, der ein imposantes Wohn- und Geschäftshaus am Ufer des großen Sees besaß, stets ein wenig nach brackigem Meerwasser, wohingegen die prachtvollen Bände aus der herzoglichen Bibliothek oft einen Hauch vor Parfüm verströmten, dessen Herkunft er sich nicht erklären konnte. Sein ausgeprägter Geruchssinn ging so weit, dass die Lehrlinge und Gesellen seines Vaters ihn

manches Mal heimlich um seine Meinung fragten, wenn es um geeignete Rezepturen für Leimungen oder Veredelungen ging. Jacob vermutete allerdings, dass Vater Magnus weitaus mehr mitbekam, als alle dachten, denn auch er stellte seinen Sohn immer wieder auf die Probe.

Als Jacob zwölf Jahre alt war, wusste er mehr über Papierherstellung und Farbstoffe, Wasserzeichen, Bindungen, Pergamente und Ledereinbände als viele andere in der Werkstatt. Entsprechend häufig war er nach der Schule zwischen den Büchern und Handschriften des väterlichen Betriebs zu finden – stets auf der Suche nach neuen Gerüchen und guten Ideen, wie dem überall drohenden Papierzerfall durch Wasser, Feuchte, Insekten, Brände oder Pilze zu trotzen war. Im vorderen Ladengeschäft an der Straße war er allerdings nicht erwünscht – sein Vater befand ihn für noch nicht geschliffen genug im Umgang mit Fremden. In der Werkstatt jedoch hatte man ihm irgendwann stillschweigend in einer Ecke ein eigenes Lese- und Arbeitspult eingerichtet. So kam es, dass er dort eines Tages tief in die Lektüre einer nordischen Sage über die Entstehung der Erde versunken war, als Herzog Friedrich höchstpersönlich mit allerlei Gefolge den Laden betrat. Zunächst hörte man den Austausch von untertänigsten Höflichkeits- und Begrüßungsformeln, aus denen die sonore Stimme des Buchbindermeisters Magnus Rosskopf deutlich herausklang. Dann verrieten dumpfes Poltern und raschelnde Geräusche, dass Bücher oder Folianten auf der Ladentheke ausgebreitet wurden. Stille trat ein.

Erst in diesem Moment hatte Jacob aufgeschaut und versucht, durch die lange Werkstatt hindurch etwas im Ladengeschäft zu erkennen. Doch sehen konnte er nicht viel – lediglich hören: ein vorsichtiges Umblättern großformatiger Pergamentseiten, ab und zu anerkennendes Murmeln seines Vaters und dazwischen immer wieder eine ungewöhnlich helle Fistelstimme, die offenbar Fragen stellte. Erstaunt hatte Jacob zudem festgestellt, dass die Lehrlinge und Gesellen bis auf Matthias, dem ältesten unter ihnen, die Werkstatt verlassen hatten. Was hatte das zu bedeuten? Unsicher blickte er zu Matthias hinüber, doch der hielt seinen rechten Zeigefinger vor den Mund und signalisierte ihm so still zu sein.

„Wi maken nu to!“[8] Erschrocken hob Jacob den Kopf. Die Wirtin stand neben ihm und tätschelte seinen Arm. „Ach min Jung, so deepsinnig? Wat mutt, dat mutt! Un nu pichel ut, dwaddel na Huus un krup in't Nest.“[9]

Nach Hause? Jacob schwieg und griff nach dem halbvollen Becher. Als er ihn ansetzen wollte und ihm der saure Geruch des Weins in die Nase stieg, besann er sich anders. Er hatte genug getrunken. Er atmete tief durch, gönnte der Wirtin ein zaghaftes Lächeln und erhob sich vorsichtig. Dann kramte er ein paar Münzen hervor, drückte sie der Frau in die Hand und schwankte zur Tür. Dabei bemerkte Jacob, dass der Gastraum völlig leer war. Wann waren die anderen Gäste gegangen? Tief in seine Erinnerungen versunken, hatte er nichts davon mitbekommen. Welche Stunde es wohl war?

Als er in die frische Frühlingsnacht hinaustrat, schlug die Glocke vom Domturm zehn Uhr. Jacob kratzte sich am Kopf. Eigentlich war es noch nicht spät, doch Schwerin war bereits in tiefen Schlaf gesunken. Die Stadt besaß einfach nicht die Lebendigkeit von Wismar oder Rostock, es war zum Verzweifeln. Zwar bemühte sich Herzog Friedrich seit vielen Jahren darum, Schwerin als Handelsmetropole mehr Bedeutung zu verschaffen, aber ob dazu die neue Straßenbeleuchtung reichte?[10] Außerdem wurden die Laternen spätestens zur Nachtwächterstunde gelöscht, weshalb jetzt auch die enge Gasse vor der Weinstube in tiefem Dunkel lag. Jacob seufzte. Der Herzog war einfach nicht der Richtige, um das Leben und die Kultur anderer Höfe in die Stadt zu bringen, dazu war er zu fromm. Wer lebte denn heute noch streng nach der lutherischen Bibel? Friedrich tat es – und seine entzückende Frau Louise Friederi-

8 Plattdeutsch: Wir schließen jetzt.
9 Plattdeutsch: Ach mein Junge, so trübsinnig? Was muss, das muss (norddeutsches Sprichwort für alle Lebenslagen, Anm. d. Verf.)! Und nun trink aus, geh langsam nach Hause und ins Bett.
10 Bereits 1752 zählte man über 200 Laternen in den Schweriner Straßen!

ke vom Württemberger Hof musste wohl oder übel mitziehen. Ob ihr das wirklich Erbauung brachte? Jacob zweifelte daran – schließlich hatte er sie und ihr sonniges Wesen jahrelang studieren können.

Während er am Dom vorbei hinunter zum Pfaffenteich schlenderte und dabei ziemlich aufpassen musste, in der Dunkelheit nicht über Unrat auf der Straße zu stolpern, rief er sich jenen Tag im väterlichen Betrieb in Erinnerung, der sein Leben so nachhaltig verändern sollte.

Irgendwann war die herzogliche Entourage gemeinsam mit Magnus Rosskopf auch in die Werkstatt gekommen. Ganz offensichtlich wollte man sich ein Buch genauer ansehen und benötigte dazu große Lupen und besseres Licht. Matthias, der älteste Geselle seines Vaters, hatte sofort eine tiefe Verbeugung gemacht und Jacob tat es ihm nach. Dann sah er schweigend zu, wie der herrliche Einband eines Folianten auf einem der breiten Arbeitstische geöffnet wurde und sein Vater sich tief über die Seiten beugte. Keiner sprach ein Wort; lediglich der Herzog schaute sich in der Werkstatt interessiert um und nickte Matthias huldvoll zu. Plötzlich blieb sein Blick an Jacob hängen.

„Ist das Sein Sohn?“ Friedrich deutete mit seinem Kinn und einem kaum wahrnehmbaren Kopfnicken auf die Ecke, in der Jacob stand. Markus Rosskopf legte die große Lupe beiseite und folgte mit den Augen der Bewegung des Herzogs. Dann lächelte er und sagte mit stolzem Unterton: „Ja, Hoheit, das ist mein Sohn Jacob; er wird später mein würdiger Nachfolger. Schon jetzt versteht er viel von der Kunst und dem Handwerk des Buchbindens.“

„Ach ...!“ Friedrich zog die dünnen Augenbrauen hoch und nestelte am Aufschlag seiner Jacke. Für einen Herzog war er nicht besonders aufwendig gekleidet – so hatte Jacob das damals zumindest empfunden. Ganz im Gegensatz zu seinem Gefolge, das im französischen Stil mit Silber- und Goldstickereien auf Jackett und Weste fein herausgeputzt war, trug Friedrich lediglich schlichte Mode à l’anglaise: In gedecktem

Dunkelgrün und Schwarz wirkte sein Justaucorps[11] zum Frack mit eng anliegenden Ärmeln geradezu bescheiden. Unter der kurzen Weste blitzte ein Stehkragen hervor, der den dünnen, langen Hals des Herzogs besonders betonte.

„Und, was meint Er, der junge Rosskopf?" Jacob war so tief in die Betrachtung der unterschiedlichen Uniformen versunken, dass die helle Stimme ihn abrupt aus seinen Beobachtungen riss. Der Herzog lächelte ihn aufmunternd an. „Hat Er vielleicht eine Idee, warum das Pergament des guten alten Golding[12] sich auflöst?"

Verhaltenes Gelächter der Umstehenden folgte auf die offenbar als Scherz gemeinte Frage Friedrichs. Nur Jacobs Vater schwieg und biss sich nachdenklich auf die Lippen.

Wie in Trance war Jacob damals vorgetreten, hatte sich noch einmal vor den Herren verbeugt und dann seine Nase zwischen die Pergament-Seiten gesteckt. Ehe ihn jemand davon abhalten konnte, las er mit geschlossenen Augen in der Geschichte des Werks: Er nahm den leisen Parfumgeruch wahr, der stets aus den herzoglichen Büchern aufstieg, einen leichten Rauchakzent, der auf einen Pfeifenraucher in Friedrichs näherem Umfeld schließen ließ – und dann erspürte er den feuchten Hauch, der dem Pergament zu schaffen machte. Er richtete sich auf und suchte den Blick seines Vaters. Magnus Rosskopf nickte ihm aufmunternd zu.

„Edler Herzog, es ist Feuchtigkeit, die hier am Werk ist." Jacob schluckte kurz und fuhr hastig fort: „Habt Ihr möglicherweise eine schadhafte Wand in Eurer Bibliothek oder steht das Buch gewöhnlich an einer Außenmauer?"

„Eine schadhafte Wand? In meiner Bibliothek?" Die Stimme des Herzogs klang noch heller als zuvor, während sein Gefolge den Atem anhielt. Ängstlich schaute Jacob zu seinem

11 Mit „Justaucorps" bezeichnet man seit dem 17. Jahrhundert eine Art Soldatenrock, der vom Adel als Kleidungsstück schnell übernommen und zur Hauptoberbekleidung vornehmer Herren wurde. Je nach Mode wandelte er sich vom weiten, offenen Schnitt hin zur schmalen Linie. Im späteren 18. Jahrhundert, also zu jener Zeit, in der dieser Roman spielt, trug man ihn faltenarm und im oberen Bereich zugeknöpft.
12 Gemeint ist hier der englische Übersetzer Arthur Golding (1536-1606).

Vater hinüber, doch dieser hatte die Augen geschlossen und schüttelte fassungslos den Kopf. Jacob spürte, wie ihm heiß wurde. Was hatte er nur falsch gemacht? Hätte er dem Herzog verschweigen sollen, was mit diesem prachtvollen Buch ganz offensichtlich geschah? Das wäre nicht rechtens gewesen, fand Jacob und wollte gerade ungefragt zu einer weiteren Erklärung ansetzen, als Friedrichs Stimme erneut erklang: „Er muss mir verraten, wie Er darauf kommt." Und als wollte er sich für dieses ganz und gar ungewöhnliche Interesse an den Worten eines unbedeutenden Buchbindersohns rechtfertigen, erklärte er seinem staunenden Gefolge, dass dieser Band seinen Platz in der Tat nicht in der Bibliothek hatte, sondern in einem seiner privaten Arbeitskabinette. Dann wandte er sich Jacob zu. „Nun red' Er schon!"

„Ich ... ich ... ich kann riechen, was mit dem Buch los ist." Jacob stotterte ein wenig; das steife Gebaren dieser Gesellschaft verunsicherte ihn. „Mein ... mein Herr Vater hat es mir gezeigt", schob er hastig nach. „Und dieses Buch ist der Feuchtigkeit ausgesetzt gewesen, ganz sicher. Auch wenn man es vielleicht noch nicht sieht."

„So, so." Jacob hatte den nachdenklichen Blick des Herzogs, der auf ihm ruhte, mehr gespürt als gesehen, weil er die Augen ängstlich gesenkt hielt. Das Herz schlug ihm bis zum Hals und er fürchtete sich vor den Folgen seiner offenen Worte. Warum hatte ihn sein Vater nie auf eine solche Begegnung vorbereitet? Bestimmt hatte er alles falsch gemacht! Dann hatte Jacob plötzlich eine Hand auf seiner Schulter gespürt und vorsichtig aufgeschaut, während die herzogliche Fistelstimme erneut erklang: „Weiß Er denn auch, was hier unter der Feuchte leidet? Hat Er eine Vorstellung vom Wert dieses großartigen Werkes?"

Jacob wusste nicht, ob er antworten durfte oder nicht. Doch der Herzog schien zu warten, also nahm er all seinen Mut zusammen, konnte allerdings vor Aufregung nur flüstern: „Die *Metamorphosen* von Ovid sind außerordentlich kostbar – vor allem in dieser prachtvollen englischen Ausgabe von

Golding."[13]

Die Verblüffung stand dem Herzog ins Gesicht geschrieben. Auch auf den Lippen seines Gefolges erstarb in diesem Augenblick das gönnerhafte Lächeln. Ganz offensichtlich hatte niemand damit gerechnet, dass ein Knabe von zwölf Jahren die Metamorphosen des Ovid kannte – und dann auch noch in einer englischen Ausgabe. Heute verstand Jacob, warum die ganze Situation in der Werkstatt so außergewöhnlich gewesen war; damals jedoch nicht. Er war mit Büchern groß geworden, wieso also hätte er ein solches Werk nicht kennen sollen?

„Das ist erstaunlich, geradezu ein Zeichen des Herrn." Der Herzog schürzte die Lippen und musterte Jacob von oben bis unten. Daraufhin fragte er behutsam: „Geht er zur Schule?"

Die Frage war an Magnus Rosskopf gerichtet, doch Jacob antwortete ungefragt: „Ja, gnädiger Herr, in die Schule an der Nikolaikirche."

„Und gehst du gerne dort hin, um zu lernen, Junge?" Diesmal hatte Friedrich sich direkt an Jacob gewandt.

„Nein, also ... eigentlich ja, aber ..." Jacob druckste ein wenig herum und stieß dann hastig hervor: „Lernen tu ich gern, aber zur Schule mag ich nicht gehen."

„Hm." Der Herzog dachte nach. Und kurz darauf war der entscheidende Satz gefallen, der das Leben von Jacob Rosskopf grundlegend verändern sollte – er hatte den Klang noch im Ohr, als wäre es erst gestern gewesen: „Rosskopf, lass Er seinen Sohn ab morgen stets zur achten Stunde zum Schloss kommen, um ihn dort zu bilden und zu erziehen." Sein Vater hatte nicht widersprochen und Friedrich war zu seinem Ovid zurückgekehrt. „Bring Er das mit der Feuchte in Ordnung. Wir erwarten wie immer, dass Er sein Bestes gibt."

Daraufhin hatte der Herzog seinem Gefolge ein Zeichen gegeben und, begleitet von den Verbeugungen von Matthias und Magnus Rosskopf, die Werkstatt verlassen. Lediglich Jacob hatte sich nicht gerührt. Ohne wirklich zu begreifen, was

13 Die Übersetzung von Ovids *Metamorphosen* ins Englische war das Hauptwerk Arthur Goldings.

die Aufforderung des Herzogs für Folgen haben würde, war ihm sofort klar geworden, dass sein Leben von nun an anders aussehen würde. Dennoch wagte er nicht, seinen Vater darauf anzusprechen, sondern wartete ab. Denn dieser schien gar nicht begeistert von den Perspektiven, die sich für seinen Sohn eröffneten.

Später, beim Abendbrot, das seine Eltern stets mit ihren Kindern, den Gesellen und Lehrjungen gemeinsam einnahmen, begriff Jacob, wo der Hase im Pfeffer lag, als er das entsetzte Jammern seiner Mutter hörte: „Er nimmt uns unsere Söhne! Einen nach dem anderen. Den Gutwardsons ist es so ergangen – und einigen Kaufleuten in der Stadt auch. Unser einziger Sohn – Magnus, das darf er nicht tun, auch wenn er unser Herzog ist!" Laut schluchzend war Elisabeth Rosskopf am Tisch zusammengesunken. Sein Vater war hilflos zu ihr hinübergegangen um sie zu trösten, doch es nutzte nichts. Die Mutter ließ sich nicht mehr beruhigen und wurde kurz darauf von seiner Schwester Inken in ihre Schlafkammer begleitet.

Fragend hatte Jacob seinen Vater angestarrt, während dieser jetzt Brot, Butter und Speck verteilte. „Der Herzog hat selbst keine Kinder und wird wohl auch keine mehr bekommen." Mit leiser Stimme begann Magnus, seinem Sohn die entsetzte Reaktion der Mutter zu erklären. „Es ist gut gemeint und sicherlich auch von Vorteil, doch den Müttern bricht es das Herz: Friedrich fördert begabte Knaben, indem er sie im Schloss bilden und erziehen lässt. Er sieht in ihnen die Söhne, die er nicht hat, heißt es. Dazu verbringen sie den Tag dort und kehren erst zur Nacht ins Elternhaus zurück."

„Ja, aber das ist doch großartig!" Aufgeregt war Jacob von seinem Stuhl aufgesprungen. „Werde ich dann auch die Bibliothek sehen?"

„Mit Sicherheit." Resigniert schnitt der Vater ein Stück Speck ab und reichte es ihm. „Und nicht nur das: Du wirst lernen, dich in besseren Kreisen zu bewegen, mein Junge, und dabei deine Herkunft womöglich irgendwann zu vergessen oder zu verleugnen. Das ist es, was deine Mutter so aufwühlt. Wir kennen Familien, wo genau das passiert ist – und du bist unserer einziger Sohn ..."

„Macht Euch keine Sorgen, Vater!" Jacob war damals überzeugt vom Wahrheitsgehalt seiner Worte. „Ich werde immer der Sohn des besten Buchbinders im Lande bleiben und später einmal den Betrieb in Eurem Sinne fortführen. Nicht wahr, Matthias, das glaubst du doch auch, oder?" Jacob hatte sich Beifall heischend in der Runde am Tisch umgesehen, doch nur betretene Gesichter gesehen.

Erst Jahre später hatte er erkannt, wie falsch er damals die Situation eingeschätzt hatte. Denn mit dem Eintritt in das Leben bei Hofe veränderte er sich. Zunächst bemerkte er dies nicht, doch schon nach wenigen Monaten ertappte er sich dabei, wie er am Abendbrottisch im Elternhaus insgeheim die Nase über die dortigen Tischmanieren und Gesprächsinhalte rümpfte. Seinen Eltern entging diese langsame Entfremdung nicht – und vor allem Elisabeth Rosskopf litt sehr darunter. Der Vater hingegen betonte immer wieder, dass Jacob im Schweriner Schloss einen für seinen Stand ganz und gar unüblichen Zugang zu Bildung und Manieren erhielt, und er empfahl seinem Sohn, diese Gelegenheit weiter zu nutzen und seinem Leben neue Perspektiven zu eröffnen. Für Jacob war das eine große Erleichterung, denn schließlich wollte er auch seine Eltern nicht enttäuschen. Entsprechend hoch steckte er nun seine Ziele: Er wollte später nicht nur den Handwerksbetrieb seines Vaters übernehmen, sondern das Geschäft zu einem bedeutenden Buchhandel ausbauen und irgendwann vielleicht sogar Filialen in anderen Ländern eröffnen.

Sein neues Leben, das sich nach jenem Ereignis in der väterlichen Werkstatt mindestens zehn Stunden täglich bei Hofe abspielte, war streng geregelt: So hatte der Herzog für ihn und die anderen Knaben, die von ihm gefördert wurden, einen detaillierten Stundenplan ausarbeiten lassen, der gleichermaßen eine grundlegende Allgemeinbildung und die gezielte Förderung persönlicher Talente beinhaltete. Die Erziehung im Schloss sollte das Ziel haben, das Herz zu bilden und den Geist zu kultivieren. Dies geschah durch Unterricht in den Fächern Religion, Geschichte, Mathematik, Chronologie[14], Geografie, Physik, Recht – und dann natürlich in Deutsch und Latein, in Französisch als Sprache des Hofes, in Englisch, das man im Norden dringend brauchte, und ein wenig im Italienischen. Hinzu kamen die Reitkunst, das Erlernen höfischer Umgangsformen, das Tanzen und das Violine-Spielen.

Dazu machte Jacob sich jeden Morgen in aller Frühe auf den Weg zum Schloss, das auf einer vorgelagerten Insel im großen Schweriner See lag. Meist lief er dabei die Pfaffenstraße hinab und vorbei an der Nikolaikirche bis zum Dom. Von dort aus schlängelte er sich durch die vielen Gässchen der alten Stadt, bis er in die Nähe des Klosters gelangte. Durch die Gärten und unbebauten Grünflächen am Seeufer hatte man einen atemberaubenden Blick auf das Schloss, das man schließlich über einen Damm erreichte. Es thronte auf imposanten Befestigungsanlagen und bot gerade morgens, wenn die Sonne dahinter aufging, einen großartigen Anblick. An solchen Tagen genoss Jacob den Spaziergang zu seinen Lehrern; im Herbst und Winter jedoch, wenn Stürme und eisige Kälte über das Land fegten, verfluchte er oftmals sein neues Leben. Schon bald grüßten ihn die wachhabenden Soldaten freundlich, wenn er mit seinen herzoglichen Passierscheinen wedelte, damit er das Schlossgelände betreten durfte.

Das Schloss selbst hatte schon eine wechselvolle Geschichte hinter sich – das erfuhr Jacob in einer seiner ersten Unterrichtsstunden: Auf der Schlossinsel hatte einst eine slawische Festung gestanden, wohl ein Sitz der Obotriten-Fürsten. Damals hatte man noch vollständig aus Holz gebaut, weswegen von dieser Festung auch nichts mehr übrig war. Entscheidend für Schwerin war dann das Jahr 1160, als Heinrich der Löwe die Befestigung im Kampf nahm, sie sofort neu aufbaute und die Stadt offiziell gründete. Jacob wusste davon: Schließlich befand sich ein Bildnis des berühmten Welfenkönigs auf dem

14 Gemeint war damals damit Familienkunde.

Stadtwappen. Noch heute hatte die Schlossanlage eindeutigen Befestigungscharakter – schon die vorgelagerten sternförmigen Ringmauern ließen die alte Burg erkennen. Das Schloss selbst war mittlerweile jedoch freundlicher und moderner umgebaut worden: Der Verteidigungszweck war in den Hintergrund getreten und bei Hofe legte man nun Wert auf die Schönheit des Baus. Das galt auch für den Schlossgarten, den man über eine Brücke erreichte. Er war vor wenigen Jahren von Jean Legeay ganz neu angelegt worden und mit seinem Kreuzkanal und den Arkaden ganz im Sinne modernster Gartenbaukunst gestaltet.

Auch im Inneren traf Jacob auf prachtvoll ausgestattete neue Räume, die der Mode und den Anforderungen der Zeit entsprachen: Es gab einen großen Saal, ein Konferenzzimmer mit dazugehörigem Kabinett; dann natürlich zahlreiche Kanzleiräume, Arbeitszimmer und die Antichambres[15]. Besonders fasziniert war Jacob vom Raritätenkabinett, in dem der Herzog allerlei merkwürdige Dinge zusammengetragen hatte. Viel Zeit für Architekturstudien oder das Betrachten der für ihn oftmals rätselhaften Wandmalereien und Sammlerstücke hatte Jacob jedoch nie: Sein Tag war straff geregelt – und Zuspätkommen wurde mit Stockschlägen oder Strafaufgaben geahndet. Denn bei aller herzoglichen Güte bestand Friedrich auf Zucht und Ordnung in der Erziehung. Seine klare Hinwendung zu christlichen Traditionen begründete auch die eigenwillige Mischung aus Güte und Strenge, die sich in vielen, von Jacob eher ungeliebten, religiösen Unterweisungen widerspiegelte. Ein Lieblingsbuch des Herzogs war die Geistliche Schatzkammer der Gläubigen in der Ausgabe von Martin Statius, eine umfassende Sammlung von Erbauungsschriften aus der Feder des Stephan Prätorius[16]. Dieser längst verstorbene Lehrer und Theologe legte hohe Maßstäbe an die Frömmigkeit und Rechtschaffenheit des Einzelnen, was auch Friedrichs Auf-

15 Mit Antichambres (franz.) bezeichnet man die Vorzimmer, die als Warteräume für Bittsteller bei Audienzen des Herzogs dienten.
16 Stephan Prätorius (1536-1603) war ein evangelischer Theologe und Erbauungsschriftsteller. Er unterrichtete u. a. an der Universität Rostock.

fassung entsprach. Jacob allerdings mochte diese Unterweisungen nicht, obwohl er von seinen Eltern durchaus im Sinne Luthers erzogen worden war. Doch Religion hatte abseits des sonntäglichen Kirchenbesuchs nie eine große Rolle im Leben der Familie Rosskopf gespielt – und für erbauliche Bibelzirkel, wie der Kurfürst sie am liebsten allerorten vorscheiben wollte, fehlte in einem aufstrebenden Handwerksbetrieb schlichtweg die Zeit. Friedrich lebte sein frommes Denken und Handeln jedoch an seinen Mündeln aus, die größtenteils darüber nur mäßig begeistert waren.

Jacobs besondere Fähigkeiten lagen eindeutig im sprachlichen Bereich und in allen Bereichen, die den Umgang mit anderen Menschen betrafen. Schnell stellte sich heraus, dass er ein einnehmendes Wesen besaß und die höfischen Benimmregeln sofort begriffen hatte. Er konnte sich gepflegt ausdrücken, sprach praktisch dialektfrei, was in Schwerin selten war, und benutzte einen breiten Wortschatz, der weit über das Übliche hinausging. Schon nach wenigen Monaten im Schloss bewegte er sich erstaunlich sicher in höheren Kreisen, wusste, wie er wen anzureden hatte – und wann man besser schwieg. Dem Herzog und seiner Gattin entgingen die außergewöhnlichen Fortschritte ihres jüngsten Zöglings natürlich nicht: Stolz über seine Entdeckung berichtete Friedrich an der großen Tafel beim Souper regelmäßig über Jabobs neueste Glanzleistungen und prophezeite ihm eine großartige Zukunft als Schreiber im Kanzleiwesen oder in einer höfischen Verwaltung. Hätte Jacob damals davon gehört, wäre ihm sofort klar geworden, dass Friedrich und er unterschiedliche Vorstellungen von seinem späteren Berufs- und Lebensweg hatten. Denn Jacob ging nach wie vor davon aus, in Schwerin als Buchbindermeister und Buchhändler sein Glück zu machen, was er seinen Eltern gegenüber auch stets beteuerte. Da er jeden Abend nach Hause kam, waren Magnus und Elisabeth Rosskopf gut über die Fortschritte ihres Sohns im Bilde, obgleich sie an der Uneigennützigkeit des Herzogs in dieser Angelegenheit zweifelten. „Er braucht dich für irgendetwas“, vermutete der Vater von

Anfang an – und Jacobs Mutter pflegte dann resigniert zuzustimmen: „Ja, ja, mit unsereinem kann man es ja machen."

Als aus dem Knaben Jacob langsam ein junger Mann wurde, sah es zunächst so aus, als ob die Unterstützung des Herzogs erheblichen Wohlstand in den Betrieb und die Familie Rosskopf bringen würde. Seit Beginn des Rhetorikunterrichts und in ungeliebten Fächern wie Buchhaltung und Rechnungswesen durfte Jacob sich nämlich auch mehrere Stunden pro Woche mit der herzoglichen Bibliothek befassen. Diese besondere Ehre war für ihn ein Geschenk des Himmels. Während viele seiner Mitschüler in diesem Alter vom Hof weggeschickt wurden, um woanders in Ausbildung, Brot und Lohn zu kommen, konnte Jacob seine Studien im Schloss noch fortsetzen. Endlich hatte er ausreichend Gelegenheit, den Bestand einer großen Büchersammlung kennenzulernen, kostbare Stücke genau zu untersuchen, neue Literaten zu entdecken und alte Schriften ehrfürchtig in den Händen zu halten. Und noch etwas gehörte dazu: Der Herzog wollte, dass Jacob seine Nase zwischen die Seiten der Werke steckte, um frühzeitig Schädigungen der teuren Folianten oder Pergament-Bände auszumachen. Die Folge war eine regelrechte Auftragsflut für den väterlichen Betrieb, die erheblich zum Wohlstand der Familie beitrug. Schon bald konnte das Wohnhaus der Rosskopfs erweitert werden; neue Gehilfen wurden eingestellt und das Ladengeschäft vergrößert.

Als Jacob 16 Jahre alt war, richtete der Herzog ihm eine winzige Buchbinderwerkstatt in einem Kabinett hinter der Bibliothek ein. So konnte er kleinere Reparaturen direkt vor Ort ausführen. Viele Stunden verbrachte er fortan in den seiner Meinung nach schönsten Räumen des Schlosses – und erhielt dabei manches Mal ungewöhnlichen Besuch: Die Herzogin höchstpersönlich gesellte sich gern zu ihm, schaute ihm schweigend bei der Arbeit zu oder stellte ihm fast schon mütterlich anmutende Fragen zu dem, was er lernte. Jacob mochte Louise Friderike, eine geborene Prinzessin von Württemberg, die zu jenem Zeitpunkt etwa 40 Jahre alt war. Ihren Duft hatte er bereits als kleiner Junge aus den Büchern des Herzogs erschnuppert – ein Parfum, das nach Maiglöckchen und Rosen roch und ihn an seine unbeschwerte Kindheit in der väterlichen Werkstatt erinnerte. Obwohl auch die Herzogin mit einer sehr frommen und gottesfürchtigen Erziehung groß geworden war, liebte sie es im Gegensatz zu ihrem Gatten, sich hübsch herauszuputzen und sich mit allerlei Schmuck zu behängen. Da sie keine Schönheit und von Natur aus mit einer recht großen Nase und hervorstehenden Augäpfeln gestraft war, eignete sich der Herzog mit seiner bescheidenen Art sicherlich gut als Mann für sie, so fand Jacob – doch ob sie in Schwerin wirklich glücklich war, wagte er zu bezweifeln. Denn immer dann, wenn sie ihm bei der Arbeit von ihrem Leben im weit südlich gelegenen Württemberg erzählte, meinte Jacob aus ihren Worten einen wehmütigen Unterton herauszuhören. Zugleich liebte er aber genau jene Stunden, in denen durch die Erzählungen der Herzogin in seiner Vorstellung das Bild eines Landes entstand, das warm, sonnig und wunderschön sein musste, wo Wein wuchs und die Häuser so freundlich aussahen wie es ihre Bewohner waren. Da Louise Friederike den schwäbischen Dialekt nie ganz abgelegt hatte, trug dessen in Jacobs Ohren eigenwillige Sprachmelodie dazu bei, seine Sehnsucht nach diesem Arkadien des Südens zu verstärken.

Herzog Friedrich tolerierte die regelmäßigen Besuche seiner Gattin in der Bibliothek. Immerhin lernte Jacob auf diesem Weg auch den angemessenen Umgang mit ranghohen Damen des anderen Geschlechts. Zwar waren die Schüler des Herzogs im Laufe ihrer Ausbildung ab und zu auf Konzerte, Lesungen oder Vorträge eingeladen, bei denen sich alles traf, was in Schwerin Rang und Namen hatte, doch blieben die jungen Männer meist schüchtern im Hintergrund. An einen Austausch mit den Töchtern der besseren Gesellschaft war nicht zu denken. Der einzige Kontakt zu Frauen, der sich für Jacob und seine Mitschüler ergab, war der zu niederen Bediensteten bei Hofe. Denn während die Hofdamen die jungen Männer in der Regel völlig ignorierten, waren sie bei den Köchinnen,

Zofen und Mägden durchaus wohlgelitten. Immerhin konnten die Favoriten des Herzogs auf berufliche Förderung und bessere Möglichkeiten hoffen – was sie automatisch zu guten Partien machte. Auch Jacob freundete sich mit einer Küchenmagd an, als sein Interesse für Frauen zu wachsen begann. Aus anfänglich harmlosen Liebeleien bei sonntäglichen Stelldicheins in den Auen am Ufer des Großen Schweriner Sees wurde bald mehr, sodass er stolz feststellen konnte, dass er nicht nur eine hohe Bildung besaß, sondern auch eine Geliebte. Er musste lediglich darauf achten, dass der Herzog davon nicht erfuhr – fromm, wie er war, würde er dieses Verhältnis verurteilen und ahnden. Doch Jacob war vorsichtig genug und auch die erwählte Magd hatte kein Interesse daran ertappt zu werden. Zu jener Zeit endete auch für Jacob die reguläre Ausbildung bei Hofe. Mit seinen nunmehr achtzehn Jahren sollte er fortan Erfahrungen in seinem späteren Beruf sammeln. Dazu wollte der Herzog ihn an den Hof nach Neustrelitz schicken, um ihn dort in das Kanzleiwesen einzuführen. Doch es sollte alles ganz anders kommen: Denn noch ehe Jacob seinen Eltern hatte gestehen können, dass es vorerst nichts mit seinem Eintritt in den väterlichen Betrieb werden würde, verunglückten Magnus und Elisabeth Rosskopf auf einer Fahrt nach Rostock, wo sie Verwandte der Mutter und einen Buchhändler besuchen wollten. Es war ein tragischer Unfall, der Jacobs Eltern das Leben kostete: Eines der beiden Pferde der Postkutsche stolperte auf einer Küstenstraße so unglücklich, dass die Kutsche vom Weg abkam und einige Meter die Böschung hinabrutschte. Dabei überschlug sie sich und blieb schließlich auf dem Dach liegen. Während die Kutscher vom Bock geschleudert wurden und mit einigen Blessuren glimpflich davonkamen, wurden die Insassen von den umherfliegenden Folianten des Buchbinders, die er auf den Gepäckablagen nicht ausreichend gesichert hatte, erschlagen und konnten nur noch tot geborgen werden.

Jacob und seine Schwester Inken hatten die Trauerfeierlichkeiten damals wie gelähmt über sich ergehen lassen. Der Herzog hatte mit einer großzügigen Spende für eine geradezu herrschaftliche Begräbnisfeier in Sankt Nikolai gesorgt, doch vermochte dies den Kummer der Hinterbliebenen kaum zu mildern. Im Gegenteil: Während Inken seit einigen Jahren glücklich mit einem Schweriner Kaufmann verheiratet war und Sicherheit und Geborgenheit in ihrer eigenen kleinen Familie gefunden hatte, musste Jacob als alleiniger Erbe des väterlichen Betriebs nun unerwartet wichtige Entscheidungen treffen. Doch auch hier zeigte der Herzog sich als wohlwollender Förderer: Das Kanzleiwesen als Beruf war für Jacob vom Tisch, stattdessen sollte er so schnell wie möglich Erfahrungen im Buchhandel sammeln. Weil sich Matthias, der treue Geselle seines Vaters, bereit erklärte, vorerst die Leitung der Werkstatt stellvertretend für den Sohn zu übernehmen, konnte Jacob in den folgenden vier Jahren seine Kenntnisse in den Handwerksberufen der Buchbinderei, der Kalligrafie, des Kupferstechens und des Buchhandels in Betrieben und Handelshäusern von Wismar und Lübeck vertiefen. In dieser Zeit entwickelte Jacob nicht nur ein Gespür für das Geschäft und die Potenziale, die darin schlummerten, sondern er entdeckte auch neue Genres von Büchern, die sich in der herzoglichen Bibliothek nicht oder nur in wenigen Exemplaren befanden. Besonders angetan hatten es ihm dabei Kunstbücher mit Kupferstichen und Traktaten von alten Meistern oder über dieselben. Diese Titel waren beliebte Sammelobjekte und durften in keiner bedeutenden Bibliothek fehlen. Herzog Friedrich besaß einige solcher Werke, doch lag das Hauptaugenmerk des frommen Herzogs eindeutig auf theologischen Schriften, Stundenbüchern und antiken Autoren.

Was Jacob in der Schweriner Schlossbibliothek nie gesehen hatte, waren Erotika. Sie wurden weitgehend hinter verborgenen Türen und unter den Ladentheken gehandelt, erfreuten sich aber großer Beliebtheit. Gerade für seltene Stücke, wie zum Beispiel Kopien der *I Modi* von Raimondi[17] wechselten häufig immense Summen den Besitzer. Waren solche Ausgaben auch noch mit passenden Texten oder Erläuterungen versehen, so gingen die Preise oft ins Unermessliche. Auch Jacob konnte sich diesem Charme des Verbotenen nicht entziehen und studierte die „unchristliche, ärgerliche Entblößung“[18], wann immer sich eine Gelegenheit dazu ergab; einige einschlägige Stiche erwarb er sogar selbst. Dabei lernte er auch, wo die hohen Herren Literatur dieser Art aufzubewahren pflegten – eine Erkenntnis, die ihm später von großem Nutzen sein sollte: Während die einen solche Werke in verschlossenen Schränken vor verbotenem Einblick schützten, war es in vielen Bibliotheken durchaus verbreitet, der „Lektüre für gewisse Stunden“, wie sie ein Kollege Jacobs einmal bezeichnete, einfach einen neuen Einband zu verpassen und diesen dann noch über Beschläge und Schlösser zu sichern. Hinter harmlosen „Denkwürdigkeiten“ schreibwütiger Höflinge konnten sich also ebenso verbotene Bilder und Schriften verbergen wie unter dem Deckmantel astrologischer Traktate oder völlig überflüssiger Weisheiten drittklassiger Philosophen. Entscheidend war, dass der außen genannte Titel möglichst harmlos und unauffällig, im Idealfall sogar uninteressant klang – und niemand bemerkte den Schwindel. Der Hausherr aber konnte sich so jederzeit an pikanten Geschichten delektieren, ohne dass je ein Verdacht der Unsittlichkeit auf ihn fiel. Jacob war

17 Der Italiener Marcantonio Raimondi publizierte gemeinsam mit Pietro Aretino schon 1524 die erotischen *I Modi*, eine Sammlung von 16 Illustrationen von unterschiedlichen Sexpositionen. Das Werk wurde sofort nach Erscheinen von Papst Clemens VII. beschlagnahmt und vernichtet – und Raimondi wanderte ins Gefängnis. Dabei war er eigentlich gar nicht der Urheber der anstößigen Bilder – bei den Stichen handelte es sich nämlich lediglich um Kopien von Wandgemälden, die Giulio Romano für den Palazzo Te in Mantua angefertigt hatte. (Er blieb unbehelligt!). Doch Raimondi und Aretino ließen sich durch das Oberhaupt der katholischen Kirche nicht entmutigen und wagten eine zweite Veröffentlichung der skandalösen Bilder – diesmal bereichert um Sonette aus der Hand Aretinos, die durch eine saftige und direkte Sprache bestachen. Eine erneut zuschlagende Zensur vernichtete daraufhin sämtliche Originale dieser Ausgabe, sodass heute nur noch Kopien davon kursieren.

18 Aus *Die christliche Warnung an das löbliche Frauenzimmer (...), Aus bewehrten Schriftstellern, wie auch vormahls zu Pariß, Wien und Erffurt gedruckt und zusammengetragen*, Mannheim 1735.

beeindruckt und fragte sich manches Mal, ob auch sein Vater solche Tarneinbände produziert hatte – und wenn ja, für wen. An einem Sommertag im Jahr 1767 erreichte Jacob dann der Ruf Herzog Friedrichs, die neue Bibliothek in Schloss Ludwigslust zu katalogisieren und zu ordnen, bevor er den Betrieb seines Vaters übernehmen würde. Friedrich hatte seine Residenz bereits drei Jahre zuvor in die eine halbe Tagesreise weiter südlich gelegene Stadt verlegt, wo er zunächst ein altes Jagdschloss seines Vaters nutzte, aber bereits auch den Neubau einer repräsentativen Schlossanlage plante[19]. Warum Friedrich sich zu diesem Umzug entschlossen hatte, wusste Jacob nicht so genau. Vermutlich fehlten ihm in Schwerin die Möglichkeiten, aus dem ehemaligen Festungsbau eine wirklich moderne Schloss-Residenz zu machen. Immerhin war Jacob so noch einmal in den Genuss gekommen, den Bestand einer großen Bibliothek zu sichten – und eigentlich hätte er dort auch nun noch zu tun gehabt, – jedoch ...

Der Schrei einer Möwe unmittelbar über seinem Kopf ließ Jacob aufschrecken. Er war am Ufer des Pfaffensees angekommen ohne zu bemerken, wohin er gegangen war – zu sehr hatten ihn die Erinnerungen vom Weg abgelenkt. Jacob setzte sich auf eine Mauer der befestigten Uferpromenade und blickte über den See, der sich nach Norden bis zu einer der vielen Mühlen Schwerins am künstlich aufgeschütteten Damm erstreckte. Es ging ein leichter und kühler Wind, der die Wasseroberfläche kräuselte. Im Licht des halben Mondes konnte Jacob diese Bewegungen mehr erahnen als tatsächlich sehen. Er seufzte schwer. Schwerin war in den vergangenen Jahren zu einer ausgesprochen lebenswerten Stadt geworden, obwohl die herzogliche Familie hier nur noch sporadisch residierte. Weil die meisten Regierungsbehörden jedoch hier geblieben waren – angeblich aus Platzmangel in dem neuen Residenzstädtchen – liefen Handel und Gewerbe gut. Jacob

19 In den Jahren 1772-1776 errichtete Hofbaumeister J. J. Busch unmittelbar hinter dem Jagdschloss die prachtvolle Barockresidenz, die auch heute noch Wahrzeichen der Kleinstadt Ludwigslust ist.

wusste genau, dass dies die besten Voraussetzungen für den Fortbestand der Rosskopfschen Buchbinderei waren –wenn da nicht die Geschichte mit Swantje, einer Küchenmagd des Herzogs, und sein heimliches Gastspiel an der Schauspielakademie dazwischen gekommen wären! Er vergrub den Kopf in seine Hände und stöhnte leise. Wie hatte er nur so unvorsichtig sein können? Jetzt war das alles vorbei: sein Leben als angesehener Bürger Schwerins, die wohlwollende Förderung durch Friedrich, die freundlichen Gespräche mit der Herzogin und das unbeschwerte Leben in den Betten von Swantje und der einen oder anderen Schauspielerin. Irgendwer musste ihn beim Herzog verpfiffen haben – anders konnte er sich das nicht erklären. Gut, die Geschichte mit der Magd hatte sich nach jenem Nachmittag in der Bibliothek ganz sicher im Schloss herumgesprochen. Es kam schließlich häufiger vor, dass höhere Herren oder Besucher aus dem Gefolge des Herzogs ihr Vergnügen mit weiblichen Bediensteten suchten. Auch ungewollte Schwangerschaften gehörten dazu, wurden jedoch in der Regel unter den Teppich gekehrt: Die unselige Maid verschwand jeweils einfach vom Hof – und alles ging weiter wie bisher.

Bei Swantje war die Situation allerdings eine andere: Der zweite Kammerdiener des Herzogs, ein gewisser Eugen Mühlenbeck, hatte sich offenbar ebenfalls an die üppigen Formen und den durchaus willigen Körper der hübschen Magd gewöhnt und war entsprechend empört, als ihm klar wurde, dass er sein Vergnügen mit einem niederen Bediensteten teilen musste – und dass alle davon wussten. Im Vergleich zu einem Kammerdiener war ein Buchbindersohn wie Jacob es nicht einmal wert bemerkt zu werden – ein fataler Irrtum, wie sich herausstellen sollte. Denn im Gegensatz zum fahlhäutigen und wenig athletischen Mühlenbeck konnte sich Jacob glücklich schätzen, von Natur aus gut gebaut zu sein, was den Damen nicht entging. Mit seinem dunkelblonden langen Haar, das er stets zu einem gepflegten Zopf gebunden hatte, den leuchtend blauen Augen, einem breiten offenen Lachen, das schon in seinen jungen Jahren zahlreiche Fältchen um die Augen erscheinen ließ, und mit einer aristokratisch anmutenden geraden Nase sah er aus wie ein Prinz aus nordischen Sagen. Hinzu kam seine stattliche Größe, die es ihm ermöglichte, oft ohne Leiter Bücher aus Regalen zu angeln. Im Gegensatz zu vielen anderen Männern seines Berufsstandes entfloh Jacob gerne dem Staub der Werkstatt, um sich an der frischen Luft zu bewegen, mit dem Boot über die Seen rund um Schwerin zu rudern oder ausgedehnte Spaziergänge zu machen. All dies sah man seinem jungen Männerkörper an, der vor Kraft und Gesundheit nur so strotzte – was Kammerdiener Mühlenbeck maßlos ärgerte.

Außerdem hatte Jacob mit der Katalogisierung der Bibliothek eine wichtige Aufgabe im Schloss übernommen – lagen dem gebildeten Friedrich seine Bücher doch ganz besonders am Herzen. Daraus resultierte ein stetiger und enger Kontakt zwischen Jacob und seinem Gönner, der dem eifersüchtigen Kammerdiener übel aufstieß. Vermutlich hatte Mühlenbeck also nur auf eine Gelegenheit gewartet Jacob eins auszuwischen, und er bekam sie durch Swantjes Schwangerschaft. Warum hatte das dumme Ding dem Kammerdiener nur davon erzählt? Jacob hatte von Anfang an gewusst, dass Swantje auch mit diesem Herrn ein Arrangement hatte. Schließlich musste man als junge und mittellose Magd zusehen, wie man über die Runden kam. Jacob hatte das auch nicht weiter gestört; er wollte ab und zu seinen Spaß und bekam ihn – fertig. Doch nun war sie in anderen Umständen und wollte in jedem Fall, dass er, Jacob, die Verantwortung dafür übernahm. Das hatte ihr sicherlich dieser Mühlenbeck eingeredet und dann wohl auch dem Herzog höchstpersönlich zugeflüstert.

Vor zwei Wochen war Jacob darüber von Friedrich ausführlich befragt worden. Der Herzog war dazu wie so oft leise in die Bibliothek getreten und hatte Jacob mit einer Handbewegung zu verstehen gegeben, dass er auf die förmliche Begrüßung verzichtete. Doch im Gegensatz zu sonst schaute er Jacob nicht still über die Schulter, während der etwas schrieb oder sortierte, sondern begann sofort, mit seiner hellen Fistelstimme von der Todsünde der Wollust zu reden. „Hat Er denn in all den Jahren überhaupt nichts gelernt?" war noch eine der freundlicheren Fragen, die auf Jacob niederprasselten – und ihn betreten schweigen ließen. Spätestens, als Friedrich mit strengem Blick den Kerker ins Spiel gebracht hatte, war ihm klar, in welch ernster Lage er sich befand: Jacob hatte nicht nur das Vertrauen seines Herrschers missbraucht und ihn zutiefst enttäuscht, sondern den Herzog auch noch persönlich beleidigt, indem er Unzucht innerhalb der Schlossmauern getrieben hatte; mit erheblichen Folgen, wie Friedrich von seinem zweiten Kammerdiener erfahren hatte – für die arme Magd, aber auch für Jacob, der sich nun in Ungnade sah.

Jacob hatte dem Herzog also versprochen, die Magd für das Missgeschick, wie Friedrich es nannte, großzügig zu entschädigen, was er ohnehin vorgehabt hätte. Erleichtert über den einigermaßen glimpflichen Ausgang des Gesprächs wollte Jacob sich wieder seiner Arbeit widmen, als der Herzog noch einmal mit strenger Stimme das Wort ergriff: „Da ist noch etwas."
Erstaunt hatte Jacob seinen Regenten angeblickt – was wollte der Herzog nur?
„Kennt Er diesen Ekhof?"

Jacob wusste sofort, wen Friedrich meinte und spürte, wie ihm die Röte ins Gesicht stieg. Natürlich kannte er Conrad Ekhof[20]. Das erste Mal hatte er ihn vor einigen Jahren, als er noch in Schwerin mit seinen Eltern zusammenlebte, in der Bibliothek des ehemaligen Advokaten Johann Friedrich König getroffen. König besaß eine beachtliche Sammlung von Dramen, erbaulichen Theaterstücken und Romanen, für die Ekhof sich damals interessierte. Da er in den Dreißigerjahren als Schreiber für König gearbeitet hatte, wusste Ekhof um die Schätze in

20 Conrad Ekhof (1720-1778) war im 17. Jahrhundert ein bekannter deutscher Schauspieler. Er gilt als „Vater der deutschen Schauspielkunst", da er diverse Theater gründete und Akademien ins Leben rief. Die Gründung der Akademie in Schwerin fand 1753 tatsächlich stand, diese löste sich jedoch nach einem Jahr wieder auf. Die Stadt Gotha ehrt Ekhof jährlich im Sommer mit den Ekhof-Festspielen; seine bedeutendsten Jahre hatte dieser jedoch nach 1767 in Hamburg, wo er am neu eröffneten Nationaltheater mit Gotthold Ephraim Lessing zusammenarbeitete.

dessen Bibliothek.

Als Jacob bei einer Lieferung in Königs Lesekabinett auf Ekhof stieß, beugte sich dieser gerade über eine Ausgabe von Racines *Mithridates*[21] und murmelte vor sich hin. Jacob hatte sich vorsichtig bemerkbar gemacht und war mit dem älteren Herrn ins Gespräch gekommen. Schnell stellte sich heraus, wen er vor sich hatte: den berühmt-berüchtigten Schauspieler und Dramaturgen, der 1753 die erste deutsche Schauspielakademie in Schwerin gegründet hatte. Diese Schule war von Anfang an skandalumwittert und dem Herzog ein Dorn im Auge gewesen, doch sie konnte sich unter wechselnder Leitung halten. Folglich gab es sie auch noch, als Jacob im Jahr zuvor aus Wismar und Lübeck nach Schwerin zurückgekehrt war. Jetzt mit eigenem Geld in der Tasche hatte er es ohne Bedenken gewagt, an den Tagen, die er nicht in Ludwigslust verbrachte, diese Akademie zu besuchen und dort die Grundzüge der Schauspielerei zu erlernen. Da er textsicher und redegewandt war, galt er als talentiert und durfte schon bald kleinere Rollen proben. Besonders gerne übernahm er dabei die Darstellung adeliger Personen, deren Habitus und Sprachgebaren er perfekt imitieren konnte.

Natürlich lernte Jacob in den Theaterkreisen, wo es deutlich lockerer als überall sonst zuging, auch manche Schauspielerin kennen, die einem Abenteuer nicht abgeneigt war. Warum auch nicht? Jacob war jung, gut aussehend und frei – hatte er nicht das Recht, sein Leben so zu gestalten, wie er wollte?

Offenbar nicht, denn der Herzog war empört über dieses schändliche Verhalten seines an sich so geschätzten Bibliothekars. „Er wird sich eine Weile vom Hofe entfernen und besinnen“, entschied Friedrich zum Abschluss der Unterredung, was einem Rauswurf gleichkam. Noch am selben Tag hatte Jacob seine Werkzeuge und Papiere zusammengepackt und war in seine alte Kammer im elterlichen Betrieb auf der Schelfe

21 Jean Baptiste Racine (1639-1699) gilt als einer der bedeutendsten Autoren der französischen Klassik. Sein Trauerspiel *Mithridates* erschien 1673. Conrad Ekhof übernahm in einer Lüneburger Inszenierung im Januar 1740 die Rolle des Xiphares aus diesem Stück.

zurückgekehrt ...

Erneut rissen die Schreie von Möwen Jacob aus seinen Gedanken. Die Luft roch nach Fisch und Salzwasser, wahrscheinlich würde es bald Sturm geben. Es wurde Zeit, dass er nach Hause ging – dorthin, wo seit vielen Jahren der frühere Geselle Matthias mit seiner Familie lebte und die Rosskopfsche Buchbinderei ganz im Sinne von Jacobs Vater weiterführte. Jacob hatte dort eigentlich nichts mehr verloren, das war ihm in den vergangenen zwei Wochen klar geworden. Zwar hatte er dem Zunftmeister, der Matthias mittlerweile war, in der Werkstatt ein wenig geholfen, doch er fühlte sich wie ein Fremdkörper am Tisch der Familie. Auch seine Schwester Inken, mit der er vor einigen Tagen das Gespräch gesucht hatte, konnte ihm nicht helfen: Ihr Mann war ein aufsteigender Kaufmann in Schwerin und wollte keinen Skandal. Jacobs Anwesenheit war dort ebenso wenig erwünscht wie im herzoglichen Schloss. Wo also sollte er auf Dauer hingehen? Und was sollte er tun? So wie die letzten Tage jeden Abend in der Weinstube sein Elend zu ersäufen, das kam wohl nicht infrage. Nein, Jacob musste sein Leben wieder selbst in die Hand nehmen. Mochten andere auch der Meinung sein, er hätte es verpfuscht, nur weil eine lüsterne Magd schwanger und ein frommer Herzog beleidigt war – Jacob Rosskopf war so leicht nicht unterzukriegen!

Energischen Schrittes eilte er nun am Ufer des Pfaffensees entlang. Kurze Zeit später hatte er die Buchbinderei erreicht. Leise schloss er die Werkstatttür auf und zündete einige Kerzen an, die den Raum rasch in ein sanftes Licht tauchten. Hoffentlich würde niemand im Haus wach werden! Er schob einen Stuhl in die Mitte des Raums, setzte sich und ließ seinen Blick über die Arbeitstische und Regale gleiten. Dabei stellte er fest, dass fast nur erbauliche und theologische Titel herumlagen. Ging der Einfluss des frommen Herzogs etwa so weit, dass niemand mehr Romane las? Oder verwahrte auch Matthias die einschlägigen Werke irgendwo unter dem Ladentisch, wenn sie zu Reparaturzwecken oder wegen neuer Einbände zur Tarnung in die Buchbinderei gebracht wurden?

Neugierig stand Jacob auf und öffnete einen Band. *Einleitung zur Ceremoniel-Wissenschaft für die Großen Herren*[22] las er auf dem Innentitel und verdrehte die Augen. Dieses Traktat kannte er nur zu gut – hatte er selbst doch immer wieder darin nachgeschlagen, welche Förmlichkeiten er in Gegenwart höherer Herrschaften zu beachten hatte. Und davon hatte er fürs Erste genug! Nein, er wollte nicht mehr als Bittsteller eines edlen Herrn leben und von dessen Wohl abhängig sein. Schließlich war er gebildeter als die meisten Menschen bei Hofe und wusste mehr über ihre Vorlieben und Geheimnisse, als viele vielleicht ahnten. „Schau, was der Mensch liest, und du weißt, was er ist", pflegte sein Vater zu Lebzeiten stets zu sagen – und heute verstand Jacob, was damit gemeint war. Keiner war das, was er vorgab zu sein – von einigen wenigen Ausnahmen abgesehen. Der Herzog zum Beispiel war wirklich fromm und auch seine Gattin lebte ehrlich und bescheiden. Aber schon bei der Entourage setzte der Sittenverfall ein. So herrschaftlich und bedeutend die Namen mancher hohen Herren und Damen auch klangen, so verdorben und niedrig waren sie häufig in ihren wahren Bedürfnissen und Gedanken. Ob Herzog Friedrich annähernd ahnte, was sein Gefolge im Alltag jenseits des Hofzeremoniells beschäftigte? Wohl kaum.

Jacobs Augen blieben nun an einem anderen Buchtitel hängen: *Bolko von Bardenfleth, Held in der Schlacht von Altenesch*[23]. Wer war denn das? Den Namen hatte Jacob noch nie zuvor gehört. Interessiert schlug er den Band auf. Dieser Bolko hatte offenbar am im Mai 1234 ein Heer gegen übermächtige Bremer Truppen aufgestellt und war in der Schlacht vernichtend geschlagen worden. Keiner seiner tapferen Ritter hatte sich retten können, auch Bolko hatte seinen Einsatz mit dem Leben bezahlt. Die Familien der Helden wurden verschleppt oder starben nach der Niederlage ganz aus. Kopfschüttelnd

22 Eine Art Knigge des 18. Jahrhunderts, verfasst von Julius Bernhard von Rohr, Berlin 1733, und mit dem vielsagenden Untertitel versehen: *Unerlässlicher Ratgeber für alle, die bei Hofe vorstellig werden wollen.*

23 Dieser Buchtitel ist eine Erfindung der Autoren. Den darin genannten Herren gab es allerdings wirklich.

schlug Jacob das Buch wieder zu. Wen interessierten heute noch solche Geschichten? Bolko von Bardenfleth – das war wirklich ein merkwürdiger Name. Wahrscheinlich kannte ihn niemand. Wie auch, wenn niemand aus diesem Geschlecht mehr lebte, und das offenbar seit fünf Jahrhunderten. Jacob dachte nach. Der Name gefiel ihm. Bardenfleth – das klang ein wenig nach Musik, nach Küste und der Weite des Meeres. Ein Hauch von Abenteuer schwang darin mit, ebenso Kühnheit und die Eleganz eines altehrwürdigen Adelsgeschlechts. Eines, das es nicht mehr gab, wohlgemerkt, aber das tat nichts zur Sache. In Jacob begann ein Plan zu reifen: Er hatte begriffen, dass in seiner jetzigen Situation bestenfalls ein Leben als einfacher Bürger, Buchbinder, Bibliothekar oder allenfalls noch als Soldat vor ihm lag, wenn er nicht etwas Entscheidendes veränderte. Sein Lebenswandel war hier unwürdig, sein Aufenthalt in Schwerin nicht mehr erwünscht. Sein geerbtes Vermögen reichte nicht für ein lebenslanges Dasein im Müßiggang. Und sein Name war mit dem Makel des Skandals behaftet. Die Lösung war eigentlich ganz einfach – aufgeregt begann Jacob in der Werkstatt auf und ab zu gehen. Er brauchte ein neues Umfeld, um dort viel Geld mit seinem Wissen um Bücher und Bibliotheken zu verdienen, neue Menschen, die ihn nicht kannten – und vor allem einen neuen Namen: Als *Jacob von Bardenfleth* würde er fortan sein Glück machen! Wie hieß es doch gleich in der *Utopia* von Thomas Morus[24]? „Die Organisation dieses Staatswesens hat vor allem diesen einen Zweck vor Augen, alle Zeit, so weit es die Arbeiten für die Bedürfnisse der Gesammtheit erlauben, den Bürgern zur Abstreifung der Knechtschaft des Leibes und zur Befreiung und Ausbildung des Geistes zu gute kommen zu lassen. Denn darin sehen sie das

24 Thomas Morus (1478-1535) wurde v. a. durch seine Tätigkeit als Ratgeber und späterer Erzbischof Heinrichs VIII. bekannt, der 1535 enthauptet wurde, weil er den englischen König nicht als Oberhaupt der anglikanischen Kirche anerkennen wollte. *Utopia* ist sein berühmtestes Werk und schildert das Leben in einem idealen Staatswesen mit demokratischen Zügen. Die Erstausgabe erschien in Löwen 1516 unter dem Titel: *Libellus vere aureus nec minus salutaris quam festivus de optimo rei publicae statu deque nova insula Utopia.* Die erste deutsche Übersetzung kam in Basel 1524 als *Von der wunderbarlichen Innsel Vtopia genant* auf den Markt. Zitiert wird hier aus der Übersetzung von Ignaz Emanuel Wessely (1896).

wahre Glück des Lebens."[25] Jacob liebte dieses ganz und gar ungewöhnliche Werk, wenngleich ihm vieles auch zu streng geregelt erschien. Doch die Grundidee, dass ein jeder das tun und lassen konnte, was ihm gefiel – vorausgesetzt, es ergab sich daraus kein Schaden für die Allgemeinheit – fand er reizvoll und für sich selbst in diesem Moment geradezu programmatisch. Er würde sein Leben als neuer Mensch fortführen und dazu seine alte Identität abstreifen. Einen ersten Schritt würde er dabei durch einen Ortswechsel gehen und ganz woanders neu anfangen. Nur – wo sollte er hin? Es musste eine Region oder ein Land sein, in dem man ihn nicht kannte: weit genug entfernt also, wo man nie etwas vom unsittlichen Verhalten eines Jacob Rosskopf gehört hatte – aber dennoch vertraut genug, um dort Geschäfte machen zu können.

Suchend schaute Jacob sich in der Werkstatt um. Sein Vater hatte stets einiges Kartenmaterial besessen. Irgendwo würden die Rollen vermutlich noch stehen. Magnus Rosskopf hatte auf einer von ihnen sorgsam die Buchhändler vermerkt, die er kannte – und im Laufe der Jahre waren zahlreiche Einträge zusammengekommen. Ganz sicher hatte Matthias sie aufbewahrt. Jacob entdeckte sie in einem hohen Korb neben einem Schreibpult. Sie war mittlerweile ziemlich fleckig und abgegriffen, doch wurden sie scheinbar noch benutzt. Denn es gab viele Einträge, die nicht in der Handschrift seines Vaters geschrieben waren – wahrscheinlich also von Matthias stammten.

Jacob beschwerte die Ecken der Karte mit Steinen, die zu diesem Zweck auf allen Arbeitsflächen herumlagen. Dann studierte er die Welt der Postkutschen-Strecken und Buchhändler, die sich vor ihm auftat. In den großen Städten gab es eindeutig am meisten Bücherliebhaber, darauf wies die hohe Dichte an Händlern hin. Leipzig, Lübeck, Hamburg und Weimar fielen hier besonders auf; weiter südlich waren es Köln, Frankfurt, Nürnberg und Mannheim. Jacob beugte sich etwas tiefer über die Karte und zog eine Kerze heran. Sein Auge hatte einen Namen entdeckt, der ihm bekannt vorkam: Anton

25 Ebenda S. 77 ff.

Altenberg, F 4,8. Das war interessant. Anton hatte mit ihm zusammen in Lübeck gearbeitet und war in jener Zeit fast sein Freund geworden. Auch er war damals sehr stark an Erotika interessiert gewesen und hatte wie Jacob das Geschäft gewittert, das diese teilweise sogar verbotene Literatur versprach. Schon damals hatte Anton selbstständiger Buchhändler mit eigener Werkstatt werden und das große Geld machen wollen – hatte er das etwa in Mannheim geschafft? Denn dort war sein Name auf der Karte des Matthias Rosskopf eingetragen – nur, was der Buchstabe und die Zahlen dahinter bedeuteten, war Jacob nicht klar.[26]

Jacob überlegte einen Moment. Wenn Anton Altenberg jetzt Buchhändler in Mannheim war, hatte er einen zuverlässigen Ansprechpartner in der Kurpfalz. Einen alten Freund würde dieser sicherlich auch mit neuem Namen nicht enttarnen – vor allem dann nicht, wenn Jacob ihm zusätzlich zu guten Geschäften verhelfen könnte. Und das war möglich, vorausgesetzt, Jacob bekäme die Gelegenheit, regelmäßig in die Bibliotheken von Schlössern und Adelshäusern zu gelangen. Dort würde er unauffällig einige kleine Veränderungen vornehmen und mit Anton ins Geschäft kommen. Er lächelte in sich hinein und spürte ein leises Kribbeln in den Händen. Der Alkoholrausch schien plötzlich wie verflogen. Jacob richtete sich auf und rollte die Karte wieder zusammen. Sein Plan war gut, sehr gut sogar. Er musste ihn nur noch umsetzen. Dafür benötigte er Geld, ein Reisegefährt, sein Werkzeug, Kartenmaterial und – das war vermutlich das Schwierigste an der gesamten Angelegenheit – Passierscheine und Empfehlungsschreiben für eine Bildungsreise in den Süden. Denn wenn es eine Region gab, die ihm Glück bringen konnte, dann waren es die Kurpfalz, Baden, Hohenlohe und Württemberg – das war ihm soeben schlagartig klar geworden. Weit genug von Schwerin entfernt, konnte er dort als Jacob von Bardenfleth unerkannt auf

26 Jacob konnte zu dem Zeitpunkt noch nicht wissen, dass die Stadt Mannheim in Quadrate eingeteilt war, bei denen der Buchstabe die Häuserblockreihe bezeichnete, die erste Zahl das genaue Quadrat und die zweite Zahl die Hausnummer.

einer kleinen „Grand Tour“[27] von Hof zu Hof reisen. Außerdem erschienen ihm viele Städte und Landschaften bereits jetzt vertraut, weil die Herzogin Louise Friederike, selbst gebürtige Württembergerin, ihm viel Wissenswertes über Land und Leute erzählt hatte. Jacob würde Herzog Friedrich also noch ein letztes Mal aufsuchen müssen, um zumindest Passierscheine von ihm zu erhalten – alles Weitere ließe sich anders lösen.
In dieser Nacht schlief Jacob zum ersten Mal seit zwei Wochen wieder traumlos und tief. Gut aufgelegt erschien er früh am folgenden Morgen in der Werkstatt und bat Matthias um ein Gespräch. Das Ergebnis war für beide ein Gewinn: Jacob setzte den treuen Mitarbeiter seines Vaters als alleinigen Verwalter und zugleich Teilhaber der geerbten Buchbinderei ein und behielt lediglich die Hälfte der Anteile an Haus und Grund für sich. Dafür wollte Matthias ihn auszahlen, was ihm möglich war, weil er als Angestellter bislang selbst nicht in den Betrieb hatte investieren müssen und deshalb seit Jahren Geld beiseitelegen konnte. Damit war für Jacob die finanzielle Seite seiner eben erst gefassten Pläne geklärt: Er hatte nun mehr als genug Mittel, um sich eine eigene Kutsche und die erforderlichen Reise-Utensilien zu besorgen; und er konnte sich zudem standesgemäß einkleiden lassen. Denn als Jacob von Bardenfleth würde er nicht nur ein Reisegefährt und edle Reise-Accessoires benötigen, sondern auch noblere Kleidung für einen glaubwürdigen Auftritt. Auf einen Zettel notierte er, was er als „Adeliger“ brauchte: 12 Unterkleider, mindestens 3 Hosen, 20 Seidenstrümpfe, 2 Paar modische Halbschuhe,

27 Mit „Grand Tour“ bezeichnete man seit der Renaissance eine fast schon obligatorische Reise der Söhne des europäischen Adels (später auch des gehobenen Bürgertums) durch Mitteleuropa, Italien und den erweiterten Mittelmeerraum. Ziel dieser Reisen war es, die Erziehung der jungen Männer abzurunden und ihnen den „letzten Schliff“ zu geben. Die Adeligen besuchten bedeutende europäische Kunststädte, reisten durch malerische Landschaften und sprachen an Fürstenhöfen vor. Dabei ging es genauso um das Kennenlernen fremder Länder und das Sammeln neuer Eindrücke wie um nützliche Kontakte für die Zukunft. Hinzu kamen die Vertiefung von Sprachkenntnissen, das Verfeinern der Manieren, der Erwerb von Weltläufigkeit etc. Mindestens gleich wichtig, aber natürlich nicht ausgesprochen, war häufig das Ziel der Reisenden, auch Erfahrungen in erotischen Belangen zu machen oder günstige Heiratsmöglichkeiten anzubahnen. Zwingender Bestandteil einer „Grand Tour“ war zudem das Verfassen von Briefen in die Heimat, um die Eindrücke der Reise festzuhalten und Rechenschaft abzulegen.

2 Paar Stiefel für schlechteres Wetter, diverse Hemden, 10 Kragen, zwei Dreispitze, Taschentücher und allerlei andere Accessoires. Wie gut, dass er in Ekhofs Schauspielschule stets Adelsrollen übernommen hatte – diese Übungen sollten ihm nun zugutekommen: Er würde sich in seinem neuen Aufzug sicher und elegant bewegen können.

Doch zunächst kümmerte sich Jacob um die Papiere, die der Herzog ihm ausstellen sollte. Da er mit der Magd Swantje bereits im Reinen war und sie finanziell abgesichert hatte, fuhr er einige Tage später mit einem einigermaßen guten Gewissen nach Ludwigslust zur Audienz. Er hatte getan, was ihm in seiner Situation möglich war, und würde dem Herzog für längere Zeit nicht mehr unter die Augen treten. Friedrich würde damit hoffentlich zufrieden sein.

In dieser Hinsicht täuschte sich Jacob jedoch: Der Herzog war geradezu erbost, dass sein ehemaliger Bibliothekar nun auch noch das Weite suchen wollte. „Was glaubt er, wer Er ist? Ein reicher Adliger, der sich für ein paar Monate oder Jahre auf eine Bildungsreise begibt? Nach Italien oder Frankreich? Wohin beliebt Er denn seine Grand Tour zu machen?"

Mit einer Mischung aus Spott und Wut im Ausdruck starrte Friedrich ihn an. Offenbar fand er es lächerlich, dass es Jacob als Sohn eines einfachen Handwerkers in die Welt zog. Jacob wagte kaum zu atmen, auch verschwieg er seinem Gegenüber wohlweislich das Ziel seiner Reise. Warum war der Herzog nur so böse? Er musste doch bereits erfahren haben, wie großzügig er Swantje ausgestattet hatte. Wieso wollte er ihn nicht gehen lassen? Jacob wurde aus seinem Herrscher nicht schlau.

„Nun, so werden wir uns wohl um einen anderen und ...", Friedrich machte eine bedeutungsschwere Pause und sah ihn verächtlich an, „... zuverlässigeren Bibliothekar kümmern müssen. Er wird hier nicht mehr gebraucht." Dann griff der Herzog nach Feder und Tinte und kritzelte mit energischen Zügen etwas auf ein Stück Papier. Er setzte sein Siegel darunter, nickte einem anwesenden Schreiber zu, stand auf und verließ wort- und grußlos das Audienzzimmer. Jacob blieb ratlos zurück. Ohne Passierschein würde er Mecklenburg-Schwerin nicht verlassen können! Doch der Schreiber, der inzwischen an den Tisch des Herzogs getreten war, lächelte ihm aufmunternd zu: „Er hat seine Verfügung. Hier ist sie. Damit kann Er sich die Passierscheine in der Kanzlei ausstellen lassen."

Während er Jacob das versiegelte und zusammengerollte Pergament überreichte, schob der Schreiber schnell ein paar geflüsterte Worte nach: „Und dass der Mühlenbeck bei Swantje den Kürzeren gezogen hat, freut hier viele, das soll Er ruhig wissen."

Auf der Rückfahrt nach Schwerin pfiff Jacob vergnügt vor sich hin. Er fühlte sich jetzt frei und genoss das herrliche Gefühl, sein Leben nun selbst in die Hand nehmen zu können. Allerdings gab es noch einige weitere Hürden zu überwinden: So hatte ihm der Herzog zwar widerwillig einen Passierschein gegeben, doch galt dieses Dokument nur für die Grenzen des Herzogtums Mecklenburg-Schwerin. Auf seiner Reise würde er jedoch zahlreiche freie Reichsstädte, Herzogtümer und Grafschaften passieren müssen – und dafür benötigte er ebenfalls gültige Reisepapiere. Sie stets vor Ort zu beantragen, war zeit- und kostenaufwendig, außerdem barg ein solches Vorgehen das Risiko, dass seine Tarnung als Jacob von Bardenfleth entdeckt wurde. Was blieb ihm also anderes übrig, als die Papiere selbst herzustellen? Jacob grinste in sich hinein: Wie gut, dass er als gelernter Buchbinder genau wusste, wie man Schriften imitierte, Papiere richtig behandelte und Siegel herstellte! Durch seine umfassende Bildung, die er im herzoglichen Schloss erhalten hatte, waren ihm auch die manchmal recht umständlichen Formulierungen vertraut, die wichtige Dokumente auszeichneten.

Noch am gleichen Abend zog Jacob sich in die Werkstatt zurück – offiziell, um die große Landkarte zu kopieren. Das tat er zunächst auch, denn die darin verzeichneten Buchhändler würden ihm von Nutzen sein. Doch als Ruhe im Haus eingekehrt und auch Matthias schlafen gegangen war, begann er damit, umfassende Reisepapiere auf den Namen Jacob von

Bardenfleth herzustellen: Nach dem Vorbild des herzoglichen Dokuments fälschte er verschiedene Varianten, die ihn entweder als Sekretär im Dienste des Herzogs auswiesen, als Sohn eines mecklenburgischen Landadeligen auf Bildungsreise oder als Gesandten in diplomatischer Mission. Je nach Bedarf würde er das passende Papier hervorziehen, um in Städte einzureisen, Grenzen zu überqueren und Zugang zu herrschaftlichen Häusern zu bekommen.

Um ganz sicherzugehen, stellte er auf einem alten Stück Pergament noch einen Stammbaum zum Beweis seiner „edlen Abstammung" her. Dabei half ihm das Adels-Lexikon von Gledisch & Sohn[28], das sich in zweiter Auflage von 1740 im Besitz der Rosskopfschen Buchbinderei befand. Darin war das Geschlecht derer von Bardenfleth zwar als vermutlich ausgestorben verzeichnet, doch entscheidend war, dass es erwähnt wurde. So war es für Jacob ein Leichtes, seine Abstammung vom legendären Bolko von Bardenfleth in kunstvoller Handschrift zu dokumentieren und den Sitz der Familie in einen ostmecklenburgischen Weiler zu verlegen, den südlich der Elbe ohnehin niemand kennen würde. Schnell erfand er auch noch ein Familienwappen, das er aus dem Begriff „Fleth"(was nichts anderes als „kleiner Fluss" bedeutete) und einer Laute als Symbol für den „Barden" zusammensetzte. Das war nicht besonders originell, aber es funktionierte.

Zu guter Letzt fälschte Jacob noch eine Einladung des kurpfälzischen Hofes an sich selbst nach Mannheim, die er frech mit Carl-Theodor unterschrieb. Bis an die Grenzen der Kurpfalz würde sie ihm vielleicht von Nutzen sein, man konnte ja nie wissen. Dann löschte er das Licht in der Werkstatt und schlich mit den gefälschten Dokumenten hinauf in seine Kammer.

28 *Des Heiligen Römischen Reichs Genealogisch-Historisches Adels-Lexikon. Darinnen die heut zu Tage florierende älteste und ansehnlichste Adelige, Freyherrliche und Gräfliche Familien nach ihrem Alterthum und Ursprunge, Vertheilungen in unterschiedene Häuser nebst den Leben derer daraus entsprossenen berühmthesten Personen, insonderheit Staatsministern mit bewährten Zeugnissen vorgestellt werden, nebst einer nöthigen Vorrede, Anhange und Register.* Johann Friedrich Gleditsch & Sohn, Leipzig 1719. (1740 2. Auflage)

Dort verstaute er sie sorgsam in einer verschließbaren Kiste, wo sie liegen würden, bis er von seinen Einkäufen aus Lübeck und Wismar zurückgekommen war. Dorthin wollte er sich bereits am nächsten Morgen begeben.

In Lübeck forschte er zunächst nach dem Verbleib seines Kollegen und ehemaligen Freundes Anton Altenberg. Das war nicht besonders schwer – war dieser doch tatsächlich nach seiner Gesellenzeit in einen großen Buchbinder- und Handelsbetrieb Mannheims eingetreten, um dort in der bildungshungrigen Metropole schließlich selbst ein florierendes Geschäft zu eröffnen. Dies erfuhr Jacob von seinem früheren Meister, der ihm mit stolz geschwellter Brust von Anton berichtete. Das klang gut, und beschwingt von dem Gefühl, dass auch auf ihn eine erfolgreiche und angenehme Zukunft wartete, erwarb Jacob sogleich noch ein paar Bildbände mit erotischen Stichen, die – wie er sich erinnern konnte – hier im hinteren Kabinett der Buchhandlung verborgen gehandelt wurden. Diese Bücher würden ein Grundstock für seinen geschäftlichen Erfolg werden!

In den nächsten Tagen kümmerte Jacob sich um seine neuen Kleider und um einen Reisewagen. Er entschied sich für einen Viersitzer mit verschließbarem Verdeck, für den er 70 Reichsdukaten[29] berappen musste, zwei Pferde inklusive. Dafür war die Kutsche ausgesprochen komfortabel: Unter dem Kutschersitz wurde das Gepäck verstaut, sodass Jacob keine umständlichen Reisekoffer benötigte. Das Kutscheninnere war durch ein Riegelschloss abschließbar und besaß Klapptischchen sowie zahlreiche verschließbare Kästchen, Magazine, Taschen und Pistolenhalfter. Die Sitze waren dick gepolstert und aus robustem Leder, das Verdeck einfach zu handhaben. So konnte er bei gutem Wetter offen reisen und bei Bedarf eindrucksvoll vorfahren. Jacob war mit seiner Wahl zufrieden. Nun benötigte er nur noch weiteres Kartenmaterial, das

29 1 Reichsdukaten entsprach 4 Gulden, 2,60 Talern oder 240 Kreuzern. Umgerechnet war ein Gulden etwa 40 heutige Euros wert. Die Kutsche war folglich nicht billig: Heute hätte man 11.200 Euro dafür gezahlt!

er sich in der Buchbinderei kopieren ließ, einen Feldstecher, Waffen für den Notfall, ein Reisenecessaire, dann natürlich einen Weidenkorb mit Zinntellern, Bechern, Messer und Löffel. Ein paar Glasviolen mit verschiedenen Parfümen würden sicherlich auch nicht schaden – und das leibliche Wohl durfte nicht zu kurz kommen. Also kaufte er noch eine Kiste mit Pökelfleisch, 6 Flaschen Weißwein, 3 Flaschen Rotwein, 1 Flasche Schnaps zur Verdauung, 6 Flaschen Wasser aus Selters und für stille Momente Tabak und vier Meerschaumpfeifen. Zusätzlich besorgte er sich – denn man konnte ja nie wissen – einen Sextanten, eine neue Lupe, ein Notiz- und Reisetagebuch sowie Glasbehälter für feuchte Fundobjekte, Kerzen und Leinöl. Ein wenig verlegen, aber in weiser Voraussicht erwarb er auch drei „Pariser" aus Schafsdarm und ein auswaschbares Exemplar aus Rupfen – er hatte aus der Vergangenheit gelernt. Zu guter Letzt machte er sich auf die Suche nach einem vertrauenswürdigen Kutscher, der ihn die erste Etappe seiner Reise sicher fahren würde.

Glücklicherweise war es nicht weiter schwierig, all das in Lübeck zu erledigen; sogar der Kutscher fand sich: in Person eines entfernten Verwandten von Anton Altenbecks ehemaligen Arbeitgeber. Jacob würde ihn ohnehin nur einige Tage brauchen und den Kutscher auch danach immer wieder austauschen, damit seine Spur sich möglichst rasch verlor.

Wenige Wochen später verließ der Buchbindersohn und verstoßene Bibliothekar des Herzogs im geschlossenen Reisewagen seine Heimatstadt Schwerin in Richtung Süden. Über Ludwigslust, das er vorsichtshalber schnell passierte, ging es weiter nach Karstadt in Brandenburg, wo er zum ersten Mal den Kutscher wechselte. Nachdem er die Elbe auf einem wackeligen Floß überquert hatte, nahm er seine neue Identität an und reiste von nun an als Jacob von Bardenfleth durch Perleberg, Wusterhausen und Pessin zunächst nach Berlin, um mögliche Verfolger, die es zum Glück gar nicht gab, in die Irre zu führen. Außerdem konnte er so bereits die Wirksamkeit seiner gefälschten Reisedokumente testen, die ihn mühelos über

Grenzen und in Städte hineinführten.

Nach einem kurzen Aufenthalt im frühsommerlich anmutenden Berlin, wo er noch ein paar Bücher und Schreibmaterial erwarb, machte er sich Anfang Juni über Leipzig, Jena, Coburg, das Kloster Banz und Bamberg auf den langen Weg zum ersten Ziel seiner Reise: In Weikersheim, dem beschaulichen Stammsitz des Hauses Hohenlohe, an der idyllischen Tauber gelegen, wollte er eine Weile bleiben und wenn möglich Geschäfte machen.

Hohenlohe, Juni 1768

Obwohl gerade die letzte Etappe seiner Reise landschaftlich besonders reizvoll war, bekam Jacob von der Umgebung kaum etwas mit. Schuld daran war ein Buch, das er kurz nach der Abreise aus Bamberg ausgepackt hatte: Voltaires *Candide ou l'optimisme*[30]. Das Werk war erst vor wenigen Jahren erschienen, hatte jedoch allerorten gleich für große Aufregung gesorgt – auch in Schwerin. Der Herzog hatte es damals kurzerhand verbieten lassen, doch Jacob wusste, dass jeder Buchhändler einige Exemplare davon hortete, um sie bei Bedarf heimlich zu verkaufen. Von daher war es nicht schwer gewesen an das Buch zu kommen. Das Französisch eines Voltaire war nicht leicht zu lesen – mit Schaudern dachte er an die *Lettres philosophiques* – doch dieser *Candide* ließ sein Herz höher schlagen. Was für eine Ironie, welch herrliche Ausdruckweise! Und vor allem: Wie unglaublich vergnüglich hatte der freche Philosoph darin das Elend der Welt beschrieben! Jacob war den Theaterleuten der Schweriner Schauspielschule im Nachhinein ungeheuer dankbar, dass sie ihm diese Lektüre empfohlen hatten. So konnte eine Reise kaum kurzweiliger verlaufen – und wen interessierte da schon das Taubertal? Immer wieder machte er Notizen in sein kleines Reisetagebuch, schrieb ganze Passagen ab und übersetzte sie für sich ins Deutsche. Damit ließ sich in den Salons dieser Welt sicherlich etwas anfangen – schließlich waren die Pfalz, Baden und Hohenlohe nicht so provinziell wie Mecklenburg.

Kurz bevor Jacob die Stadtgrenze von Weikersheim erreichte, blieb die Kutsche plötzlich mit einem heftigen Ruck stehen. Sämtliche Papiere, Bücher und Schreibwerkzeuge, mit denen

30 Voltaire: *Candide ou l'optimisme*, Erstausgabe anonym, Genf 1759. Das Werk erschien zunächst nicht unter dem Namen von Voltaire, der zu jener Zeit im Exil in Genf lebte, doch gleich in immens hohen Auflagen, die sich trotz Verboten rasend schnell in ganz Europa verbreiteten. Die Öffentlichkeit ließ sich zu keinem Zeitpunkt in Sachen Verfasserschaft täuschen: Dass nur Voltaire Autor dieser brisanten Satire sein konnte, war von Anfang an klar.
Die Autoren zitieren im Folgenden aus der deutschen Ausgabe *Candide oder der Optimismus*, dtv München 2009.

Jacob bis dahin gearbeitet hatte, flogen durcheinander. Empört öffnete er das Fenster, blinzelte im hellen Sonnenlicht nach vorne zum Kutscher und bellte: „Was soll das? Kann Er nicht vorsichtig fahren?“

„Mein Herr, hier geed's ned weida.“ Die Stimme des Mannes klang ein wenig verzweifelt. Doch Jacob vermutete, dass es sich wieder einmal um kein unüberwindliches Hindernis auf dem Weg handelte, sondern dass sein Kutscher einfach nur zu dumm war es zu umfahren. Warum hatte er in Würzburg nur den erstbesten Bauern verpflichtet? Seither musste Jacob seine Studien andauernd unterbrechen, um Probleme zu lösen, die eigentlich nicht die seinen waren. Er würde den unfähigen Kerl in Weikersheim sofort nach Hause schicken!

Gereizt griff er nach seinen Reisestiefeln, die er während der Fahrt ausgezogen hatte. Wo war nur der zweite Stiefelhaken[31]? Umständlich zwängte er sein Bein in den schmalen Schaft, was ohne Hilfsmittel gar nicht so einfach war. Dabei streifte sein Blick das Fenster und blieb an einem Reiter hängen, der sich draußen in rasendem Galopp quer über einen Acker näherte. Was hatte das nur zu bedeuten? Hastig zog er an der Schlaufe des zweiten Stiefels und griff nach der Pistole, die er für alle Fälle in der Seitentasche der Tür versteckt hatte. Der Reiter hielt direkt auf die Kutsche zu. Ein weiter roter Umhang flatterte dabei im Wind und bildete einen auffälligen Kontrast zum Schwarz des Rappen. Das Ganze sah im gleißenden Sonnenlicht eher aus wie eine Erscheinung. Wer in Gottes Namen war das – und vor allem: Was wollte dieser Mensch von ihm? Plötzlich stutzte Jacob. Konnte das wahr sein? Er kniff seine Augen ein wenig zusammen und starrte aus dem Fenster. Es war eine Frau, die ihr Pferd in diesem halsbrecherischen Tempo galoppieren ließ, eindeutig. Aber sie saß – und das war skandalös – in einem Herrensattel! Wie eine Amazone hielt sie sich auf dem Rappen und ihr langes blondes Haar tanzte

31 Stiefelhaken sind Anziehhilfen. Im Inneren des Stiefelschafts gibt es zwei Schlaufen, in die man die beiden Haken einhängt. Damit kann man die Stiefel bequem über den Fuß und die Waden ziehen.

im Wind. Mittlerweile war sie so nah herangekommen, dass Jacob ihr Gesicht erkennen konnte. Sie war noch recht jung, er schätzte sie auf keine zwanzig Lenze. Nur – wer war sie? Von hohem Rang war sie wohl kaum, denn kein feiner Herr würde seine Angetraute oder gar Tochter allein durch die Welt reiten lassen. Ein Bauernkind? Jacob schüttelte innerlich den Kopf und biss sich nachdenklich auf die Lippen. Das Pferd war von edler Rasse und der leuchtend rote Umhang aus kostbarem Stoff. Auch die Kleidung der Frau, das erkannte er jetzt ganz deutlich, war von teurer Qualität und für ein einfaches Bauernmädchen sicherlich unerschwinglich. Also doch eine Erscheinung, eine Fata Morgana in der Mittagshitze?

Jacob öffnete energisch die Tür und hörte den Kutscher gerade noch „Ned, hier könnt Ihr ned ausschdeige ..." rufen, als er vom Trittbrett kopfüber hinunter in die Tiefe fiel. Er landete unsanft und wie ein plumper Käfer auf dem Rücken in einem Graben, ihm wurde schwarz vor Augen. War dies schon das Ende seiner Reise?

Schallendes Gelächter holte Jacob zurück in die Wirklichkeit. Bei anderer Gelegenheit hätte ihn das herzerfrischende helle Lachen sicherlich angesteckt, in diesem Moment allerdings wäre er am liebsten im Boden versunken. Er öffnete die Augen und blickte in zwei Gesichter, die sich über den Rand des Grabens beugten: Sein Kutscher hatte den Mund offen stehen und kratzte sich verwirrt am Kopf, während die junge Frau Jacob grinsend fragte: „Seid Ihr immer so stürmisch?"

Jacob schwieg und musterte ihr Antlitz. Was hätte er ihr auch entgegnen sollen? Dass ihr Auftritt ihn zutiefst verunsichert hatte? Dass sie wunderschön war, auch wenn ihr Gesicht von Sommersprossen geradezu übersät schien? Dass er eigentlich nur dem dummen Kutscher hatte helfen wollen und dabei sie auf dem Rappen entdeckt hatte? Dass er beim Aussteigen natürlich nicht damit gerechnet hatte, direkt in einen Graben zu fallen? Nein, es war überflüssig, auch nur irgendeine Erklärung abzugeben – die Situation war ohnehin schon peinlich genug, was nutzten da Ausreden oder Freundlichkeiten?

Wortlos rappelte Jacob sich auf, griff nach seiner Pistole, die er beim Sturz verloren hatte, stopfte sie in seinen Hosenbund, strafte den Kutscher mit einem verächtlichen Blick, nickte der jungen Frau kurz zu und kletterte aus dem Graben. Dann sah er, warum sein Kutscher so abrupt angehalten hatte: Auf dem Fahrweg unmittelbar hinter einer Kurve war ein Bauernfuhrwerk mit Heuballen umgekippt. Hätte der Kerl sein Reisegefährt nicht geistesgegenwärtig in eine Wiese gelenkt, wäre es wohl zu einem größeren Unfall gekommen. So war immerhin die Kalesche gerettet – das Ansehen des Reisenden hatte allerdings beträchtlich gelitten. Jacob fluchte in sich hinein, während er Grashalme und Staub von seiner Kleidung klopfte. Dann befahl er dem Kutscher, dem armen Bauern beim Räumen der Straße zu helfen und wandte sich mit fragendem Blick an die junge Frau, die ihr schnaubendes Pferd nun am Zügel hielt:

„Und, was verschafft mir die Ehre dieser ungewollten Bekanntschaft?" Sein Ton klang unfreundlicher, als er beabsichtigte, doch die Schmach seines unrühmlichen Auftritts saß tief. Die Frau begann erneut zu lachen. „Ich bin es ja gewöhnt, dass Herren die Fassung verlieren, wenn sie mich kennenlernen – aber dass Sie sich gleich in den Tod stürzen wollten, finde ich doch ein wenig übertrieben." Ihre Augen funkelten vergnügt und sie tätschelte ihren Rappen liebevoll am Hals.

„Ach ja?" Jacob fiel auf diese Frechheit keine angemessene Antwort ein. Was nahm sich diese Frau heraus? Wie konnte sie ihn nur so bloßstellen? Er beschloss sie zu ignorieren und wollte gerade zurück in die Kutsche klettern, als er aus den Augenwinkeln wahrnahm, dass sie sich wieder auf ihr Pferd schwang. Der Rappe tänzelte unruhig.

„Wo wollt Ihr eigentlich hin?", tönte ihre helle Stimme vom Rücken des Rappen herab, „Und wer seid Ihr überhaupt? Ich habe Euch hier noch nie gesehen."

Jacob seufzte. Nun kam er um ein Mindestmaß an Höflichkeit wohl doch nicht herum. So gut es eben am schmalen Rand des Grabens ging, ohne erneut das Gleichgewicht zu verlieren, richtete er sich mit stolz geschwellter Brust auf: „Mein Name ist Jacob von Bardenfleth. Ich komme aus dem Norden von weit her und bin auf Grand Tour." Er bemühte sich, wichtig und vornehm dreinzuschauen, kämpfte allerdings mit der hellen Sonne, die nun genau hinter der jungen Frau stand.

„Jacob von Bardenfleth, aha." Die tollkühne Reiterin schien nicht sehr beeindruckt. „Und auf Grand Tour seid Ihr also. Was macht Ihr dann hier bei uns in Weikersheim?"

Jacob stöhnte innerlich. So ein lästiges Frauenzimmer war ihm noch nie untergekommen. Eigentlich lohnte es sich gar nicht ihr zu antworten, er würde sie ohnehin nie wiedersehen. Aber schließlich war er von Adel und gut erzogen, so ermahnte er sich, und er würde sich nicht noch einmal eine Blöße geben. Mit betont ruhiger und höflicher Stimme erklärte er: „Nun, ich bin selbstverständlich auf der Durchreise. In diplomatischer Mission übrigens. In Weikersheim mache ich zwangsläufig Station – es soll dort ja angemessenes Quartier geben. Und wer seid Ihr?"

„Aliénor von Imhoff." Die Frau grinste schon wieder frech. Dann wendete sie ihr Pferd und rief ihm, als sie bereits davonritt, über die Schulter zu: „Und ob Ihr Weikersheim wirklich angemessen findet, wird sich zeigen!" Ihr Lachen war noch eine Weile zu hören, während ihr weiter Umhang hinter ihr her lustig im Wind flatterte, bis sie schließlich an einem Waldrand abbog und verschwand.

Verwirrt kratzte Jacob sich am Kopf. Aliénor von Imhoff – das war nicht nur ein ausgesprochen ungewöhnlicher Vorname, sondern auch ein Beleg dafür, dass die Frau von adeliger Herkunft war, was auch immer das in Weikersheim hieß. Ob alle jungen Damen hier frei herumritten und Reisende bei Missgeschicken auslachten? Das konnte ja heiter werden! Da gefielen ihm die sanftmütigen Mädchen aus Mecklenburg doch viel besser. Obwohl – hübsch war sie schon, diese Aliénor. Dieses lange blonde Haar, das sie so selbstbewusst offen trug ... offenbar war sie nicht verheiratet. Kein Mann würde seiner Gattin einen solchen Aufzug – und dann auch noch ohne Anstandsdame – erlauben! Wer wohl ihre Eltern waren? Ganz sicher stimmte etwas mit ihnen nicht, denn sonst hätten sie ihrer Tochter nicht nur besseres Benehmen beigebracht, sondern auch einen anderen Namen gegeben. Aliénor, das war altfranzösisch und ganz und gar ungebräuchlich. Wie sie ihren Namen selbst aussprach: A-li-é-nor mit einem betonten „e“ in der Mitte. Das klang eigentlich schön, fand Jacob, ungewöhnlich, aber irgendwie auch interessant. Jedoch – sie hatte ihm gar nicht verraten, warum sie so eilig auf seine Kutsche zugeritten war, fiel ihm plötzlich auf. Oder war das nur ein Zufall gewesen? Gab es Zufälle im Leben?

Das Rufen des Kutschers riss ihn aus seinen Gedanken. „Etz geeds weida!“

Jacob kletterte zurück in seinen Reisewagen und wollte gerade das Zeichen zur Abfahrt geben, als er es sich anders überlegte. „Hey Kutscher, komm Er vom Bock herab und öffne das Verdeck! Ich werde offen weiterreisen.“

Kurze Zeit später besserten sich die Straßenverhältnisse erheblich. Endlich hatte das Gerumpel ein Ende und die Kutsche fuhr über eine befestigte Landstraße. Obwohl Jacob die Fahrt in der warmen Mittagssonne gern entspannt genossen hätte, begann er nun, seine Ankunft in Weikersheim akribisch vorzubereiten. Schließlich wollte er nicht nur standesgemäß vorfahren, sondern auch als Person von Anfang an überzeugen. Dazu griff er nach seinem Reise-Necessaire, in dem sich verschiedene Flakons mit Duftölen befanden. Genüsslich rieb er sich damit das Gesicht und die Hände ab. Dann widmete er sich der Mundreinigung: Mit einem silbernen Zahnstocher entfernte er die groben Essensreste aus dem Gebiss, rührte dann Schlämmkreide an und putzte sich mit einer kleinen Bürste die Zähne. Es folgte der Zungenschaber, mit dem er die Mundhöhle reinigte. Ein wenig saurer Wein diente ihm zur abschließenden Spülung.

Nun nahm er seinen Reisespiegel zur Hand und klappte ihn auf. Entsetzt stellte er fest, dass noch zahlreiche Gräser als Folge des unrühmlichen Falls in seinen dunklen Haaren hingen.

Kein Wunder, dass Aliénor von Imhoff sich das Lachen nicht verkneifen konnte! Wütend zupfte er die Hinterlassenschaften seines Sturzes aus dem Haar und band es fest zusammen. Über sein Gesicht verteilte er eine kleine Schicht Puder, den er mit ein wenig Rouge auf Wangen und Lippen akzentuierte. Zu guter Letzt setzte er die neue Perücke auf und steckte sie mit Nadeln über seiner eigenen Haarpracht fest. Ein kontrollierender Blick in den Spiegel zeigte ihm schließlich einen jungen Mann, der offenbar wusste, in welcher Aufmachung man sich bei Hofe bewegte. Wirklich wohl fühlte Jacob sich allerdings nicht: Die Perücke kratzte auf der Kopfhaut, der helle Puder ließ seine an sich sehr gut gepflegten und weißen Zähne gelblich erscheinen und das Wangen- und Lippenrot verlieh ihm etwas Geckenhaftes. Hatte er vielleicht doch ein wenig übertrieben? Doch es blieb jetzt keine Zeit mehr, darüber nachzudenken oder gar etwas zu verändern. Schon fuhr die Kutsche an einer Mauer entlang auf die Stadt zu. Endlich hatte er das erste wichtige Etappenziel seiner Reise erreicht!

Interessiert schaute Jacob sich um. Sie passierten offensichtlich die Schlossmauer, hinter der sich der große und weithin berühmte Park befinden musste. Er reckte, so gut es ging, seinen Hals und versuchte, über die Gartenmauer zu spähen. Jacob entdeckte im Vorbeifahren ein auffälliges Vogelhaus, dahinter einen Garten mit einer Allee und noch etwas weiter entfernt einen Lustgarten mit angelegten Broderien[32]. Darüber erhob sich das imposante Schlossgebäude mit den aufwendig verzierten Stufengiebeln, die Jacob der Mode vergangener Zeiten zuordnete. Selbstverständlich hatte er sich im Vorfeld über das Schloss und seine Bewohner informiert und wusste, dass der Bau in seiner heutigen Erscheinungsform aus dem 16. Jahrhundert stammte[33]. Ähnliche Fassaden kannte er auch aus Schwerin und anderen Orten, allerdings hatte er eine solche Aufteilung mit drei aneinander gereihten Giebeln vor

32 Mit Broderie (urspr. französisch) bezeichnet man in der Gartenkunst Ornamente im Gartenparterre, die mit Buchshecken eingerahmt sind.
33 In der Tat gilt Schloss Weikersheim als eines der bedeutendsten Renaissance-Schlösser im süddeutschen Raum.

einer durchgehenden Gartenfassade noch nie gesehen. Wie das Schloss wohl von vorn aussehen mochte?

An den kolossalen Schlossbau schmiegte sich rechter Hand die Stadt. Sie war von einer Stadtmauer umgeben, die zwei Tortürme besaß; durch das eine würde Jacob gleich hineinfahren. Beim Näherkommen entdeckte er, dass der Mauer sogar noch ein Graben vorgelagert war – Weikersheim musste einmal richtig gut befestigt gewesen sein. Von außen betrachtet schien die Stadt kreisrund, vermutlich waren auch die Straßen im Inneren alles andere als modern angelegt. Hoffentlich würde die Reisekutsche überhaupt durch die engen Gassen kommen! Dessen ungeachtet machte der Ort auf Jacob von außen einen freundlichen Eindruck: Die meist zweigeschossigen Häuser hatten alle einen bunten Anstrich und sahen einfach entzückend aus. Die Stadt wirkte nicht ärmlich, besaß zudem den eigenwilligen Charme der Provinz. Repräsentative Gebäude und Straßen würde man innerhalb der Mauern wohl nicht finden, vermutete er – und wurde eines Besseren belehrt: Denn schon vor dem Stadttor kam er an einem eleganten Neubau vorbei, der offensichtlich das Armen- und Krankenhaus der Stadt beherbergte. Schlecht schien es den Menschen hier also wirklich nicht zu gehen, wenn schon die Armen derart opulent wohnen durften!

Der Kutscher verlangsamte die Geschwindigkeit und fuhr gemächlich auf das Stadttor[34] zu. Kontrollen gab es nicht, Jacob hatte seinen Passierschein ganz umsonst gezückt. Das konnte nur bedeuten, dass Fürst Ludwig Friedrich Carl zu Hohenlohe-Neuenstein-Öhringen[35] zurzeit nicht in Weikersheim weilte. Hatte Aliénor von Imhoff das gemeint, als sie bezweifelte, dass Weikersheim für ihn eine angemessene Station sei? Es wäre ausgesprochen ärgerlich, fand Jacob und biss sich gereizt auf die Unterlippe. Wie sollte er sein Anliegen vorbringen und

34 Jacob fährt durch das Obertor in die Stadt ein.

35 Ludwig Friedrich Carl Fürst zu Hohenlohe-Neuenstein-Öhringen (1723-1805) war Nachfolger von Graf Carl Ludwig zu Hohenlohe (1674-1756). Jener Graf war der letzte seines Geschlechts, der in Weikersheim residierte. Danach wurde das Schloss nur noch sporadisch und in den Sommermonaten genutzt.

Honneurs machen, wenn es derzeit gar keinen Adligen in Weikersheim gab? Jacob hatte beinahe den Eindruck, dass überhaupt keine Menschenseele in diesem Städtchen lebte, weil die Gassen, durch die der Kutscher das Gespann nun lenkte, wie ausgestorben in der Mittagssonne lagen. Ihm fiel allerdings auf, dass der Ort sehr sauber und gepflegt wirkte – es mussten hier also doch fleißige und ordentliche Menschen arbeiten, immerhin.

Nach kurzer Fahrt über das holperige Pflaster öffneten sich die eng aneinander geschmiegten Häuser zum Marktplatz hin. Neben der Kirche und dem Eingang zum Schloss prägte ein Haus mit auffallendem Giebel und einem großen Rundbogentor den Platz – sicherlich ein großer Weinkeller, überlegte Jacob. Auch schienen alle Straßen des Städtchens hier zusammenzukommen. Langsam steuerte der Kutscher das Gefährt auf die freie Fläche, die Hufe der Pferde klapperten laut in der Stille. Der Platz war menschenleer und wirkte in der prallen Sonne besonders hell. Jacob hatte den Eindruck, dass er erst kürzlich neu gestaltet worden war, weil alles so sauber und geordnet wirkte und sich an keiner einzigen Stelle Unkraut in den Pflasterfugen zeigte. Ihm gefiel, was er sah – hier schien ein anständiger und fleißiger Menschenschlag zu leben. Hatte nicht auch in Schwerin Herzogin Louise Friederike, eine geborene Württembergerin, von der Sauberkeit und dem Ordnungseifer der Menschen im Süden geschwärmt? Für einen Moment wanderten Jacobs Gedanken zur Promenade am großen Schweriner See, wo die Möwen überall ihre Hinterlassenschaften verteilten – und zwar so dicht, dass es nie gelungen war, Wege und Mauern sauber zu halten. Fast meinte er, den salzigen Brackwassergeruch in der Luft seiner früheren Heimat wahrzunehmen, als er energisch die Erinnerungen beiseiteschob. Dafür war jetzt keine Zeit. Er musste sich auf die standesgemäße Ankunft am Fürstenhof in Weikersheim vorbereiten!

Doch genau das stellte sich als schwieriger heraus als gedacht. Der Kutscher ließ die große Kirche rechter Hand liegen und bog nach links auf das Entree des Schlosses ein, das mit zwei modernen Zirkelbauten aufwartete. Mit seinen reizenden Häusern wirkte der kleine Vorplatz der Anlage trotz der ungewöhnlichen Stille einladend. Ob die Gebäude bewohnt waren? Es sah nicht so aus, denn weder standen Fenster offen noch drangen Geräusche aus dem Inneren nach außen. Jacob kratzte sich nachdenklich am Rand seiner Perücke, die wie befürchtet in der Hitze unangenehm zu jucken begann. Lauteres Rumpeln verriet eine Brücke, über die sein Reisegefährt gerade den Schlossgraben passierte. Durch ein großes Tor ging es unter Gebäuden hindurch, die dem eigentlichen Schloss vorgelagert waren, als die Kutsche abrupt anhielt.

„Wer da? Passierschein?" Ein Wachmann war wie aus dem Nichts erschienen und versperrte der Kutsche den Weg. Es gab also doch Leben in Weikersheim! Zufrieden beobachtete Jacob seinen Kutscher, der nun diensteifrig vom Kutscherbock hinabsprang, zwei Tritte herausklappte und für Jacob die Tür öffnete. Ehe dieser sich jedoch entschloss auszusteigen, musterte er den ziemlich betagten Wachmann von oben bis unten. Besonders imposant sah der Kerl nicht aus. Hatte denn sonst niemand seine Ankunft bemerkt? Immerhin waren die Kutsche und das Klappern der Hufe auf der Brücke nicht zu überhören gewesen. Wo waren die anderen Wachleute und all die Dienstboten, die ein solches Anwesen in Betrieb hielten? Hoffentlich stand zumindest jemand hinter den Fenstern und beobachtete sein Eintreffen – wozu sonst seine ganzen Vorbereitungen? Sein Blick wanderte die Schlossfassade hinauf, die sich steil vor ihm erhob. Wieder bemerkte er das unangenehme Jucken unter der Perücke, allerdings verkniff er sich diesmal das ungeduldige Kratzen. Schließlich galt es, hier Haltung zu wahren. Seufzend und mit betont vornehmem Gehabe stieg Jacob aus der Kutsche.

„Jacob von Bardenfleth. Im Dienste seiner Kurfürstlichen Durchlaucht Carl Theodor. Auf Durchreise." Geziert hielt er sich dabei ein weißes Tüchlein vor die Nase und reichte seinem Kutscher mit einer ungeduldigen Handbewegung das vor einigen Wochen in Schwerin eigenhändig gefälschte Papier, das dieser – begleitet von einer untertänigen Verbeugung – an den Wachmann weitergab.

Der Mann musterte das Dokument stirnrunzelnd und kniff dabei die Augen zusammen. War die Fälschung etwa so schlecht? Jacob spürte, wie der Schweiß ihm den Nacken hinunterlief. Was hatte der Alte nur? Plötzlich kamen zwei weitere Soldaten hinzu. Auch sie hatten die Blüte ihrer Manneskraft bereits deutlich hinter sich und bewegten sich eher schwerfällig in ihren Uniformen.

„Wasch gibsch, Schepp?" Der Kerl sprach komisch – oder war er betrunken? Er beugte sich nun ebenfalls über das Papier, während der dritte Jacob und seine Kutsche neugierig musterte.

„Ein Herr von Barenfeld, auf Durchreise", murmelte der erste Wachmann.

„Von Bardenfleth", korrigierte Jacob ihn mit deutlichem Unwillen in der Stimme und klopfte dabei mit der linken Hand ungeduldig auf den Verschlag der Kutsche. „Kann Er sich etwas beeilen? Wir haben nicht alle Zeit der Welt!"

„Schehr wohl, der Herr, schehr wohl." Was war nur mit dem Kerl? Jacob rätselte über die merkwürdige Aussprache des einen Wachmanns, während die beiden immer noch das Dokument studierten und sich leise berieten. „In weschen Auftrag reischt Ihr?", ließ sich der neu hinzu Gekommene dann vernehmen und blickte auf.

Jacob verdrehte innerlich die Augen. Das stand doch alles auf dem Papier! Ungeduldig wiederholte er seine Vorstellung und starrte die Wachmänner böse an. Konnten sie denn nicht lesen? Das wirkte offenbar, denn sie gaben ihm seine Papiere mit den Worten „In Ordnung, Er kann passieren!" zurück. Dabei verzog der Mann mit dem Sprachfehler sein Gesicht zu einer Grimasse, die wohl ein freundliches Lächeln sein sollte – und Jacob sah, dass er keinen einzigen Zahn mehr im Mund hatte. Daher kam also das befremdende Zischen! Dann wiesen die Wachleute den Kutscher an, sich nach links zu wenden, um das Tor freizumachen. Jacob fragte sich, für wen, denn viel schien hier nicht los zu sein.

„Nein, unterbringen könnt ihr die Pferde hier nicht", hörte er einen der Soldaten seinem Kutscher erklären, „der Platz reicht gerade für den Fürsten und seine Entourage. Ihr werdet ohnehin in der Stadt Quartier nehmen müssen."

Jacob zog die Augenbrauen hoch. Das wurde ja immer schöner! Kein Mensch war auf der Straße, das Schloss wirkte wie ausgestorben, die Wachsoldaten schienen ihre besten Jahre hinter sich zu haben – und nun sollte er nicht einmal hier unterkommen? Das würde er sich nicht bieten lassen! Schließlich war er von Adel und in allerhöchster diplomatischer Mission unterwegs! Energischen Schrittes wandte er sich dem eigentlichen Schlosstor zu, wobei er einen deutlichen Biergeruch wahrnahm, den die Wachleute ausströmten. Er rümpfte die Nase. So etwas wäre am Schweriner Hof nicht vorgekommen! Über dem Portal befand sich eine Inschrift, die Jacob nur mühsam im hellen Sonnenlicht entziffern konnte:

Anno 1683 ist von dem Hochgebornen Graffen und Herrn Siegfrieden, Graffen von Hohenlohe und Gleichen, Herrn zu Langenburg und Cranichsfeld, des heil. Röm. Reichs Obristen und Rittern, alß vormahln allhie Regierend: und von der / Durchlauchtigsten Fürstin Frauw Sophia Amalia, gebohrner Pfalzgräffin zu Rhein, zu Bayern, Jülich, Cleve und Berg, Herzogin und Grävin zu Veldentz und Sponheimb, der Marckh, Ravensburg und Mörß, Fraew zu Ravenstein, vermählten Herrn dieser Baw auffgeführt worden.

Das klang immerhin bedeutend, wenn auch ziemlich altmodisch.

Durch das Dunkel der Toröffnung konnte Jacob bereits in den eigentlichen Schlosshof hineinblicken, in dem sich eine alte Magd mit Brennholz zu schaffen machte. In der Mitte stand ein Brunnen und auch hier sah alles neu und unbewohnt aus. In Schwerin herrschte stets Trubel im Schloss und darum herum – wo waren hier nur die Menschen?

Als hätte er die unausgesprochene Frage gehört, tauchte

plötzlich unmittelbar vor ihm ein Mann auf. Seine Uniform wies ihn ebenfalls als Wachpersonal aus, hatte jedoch eindeutig schon bessere Zeiten erlebt. Die Säume waren ausgefranst und der Stoff teilweise ausgebleicht. Auch hatte der Kerl selbst bereits mindestens 50 Lenze auf dem Buckel, so vermutete Jacob. Waren denn alle Menschen in Weikersheim steinalt?

„Was ist Euer Begehr?", wurde Jacob mit lauter Stimme angebellt und feindselig gemustert.

„Jacob von Bardenfleth", beeilte dieser sich zu erklären und trat dabei unwillkürlich einen Schritt zurück. „In diplomatischer Mission unterwegs. Ich möchte dem Fürsten meine Aufwartung machen."

„Was?" Der Wachmann neigte den Kopf ein wenig und hielt seine rechte Hand muschelförmig hinter das Ohr. „Was wollt Ihr?"

Jacob seufzte. Auch das noch! Der Kerl schien fast taub zu sein. Erst die zahnlosen Wachsoldaten am äußeren Tor, die seine Papiere nicht richtig lesen konnten, und nun eine Befragung durch einen Tauben. Fehlte also nur noch ein Stummer, um das Trio zu vervollständigen. Er musste innerlich grinsen und holte tief Luft. Dann wiederholte er seine Worte lautstark.

„Ach so." Der Wachmann schien nicht sehr beeindruckt. „Dann kommt Ihr wohl auch zur großen Jagd?"

„Wie meinen?" Nun war es an Jacob, nachzufragen. Wovon sprach der Kerl?

„Zur Jagd!" Der Wachmann brüllte wieder. Dann fiel sein Blick auf die Magd, die noch immer im Hof mit dem Brennholz hantierte. In einem für Jacob unverständlichen Dialekt begann der Mann nun, auf die alte Frau einzuschimpfen, sodass sie vor Schreck ihren Holzstapel verlor und dieser polternd vor ihre Füße fiel. Kreischend antwortete sie etwas, reckte die Faust zu den Männern hinüber und schickte sich an, das Holz mit schwerfälligen Bewegungen aufzusammeln. Ratlos verfolgte Jacob die Szene.

„Nun zu Euch, edler Herr." Der Torwächter sprach wieder normal und wandte sich Jacob fast schon freundlich zu. „Ich bin der Klemm Reinhard und dafür verantwortlich, dass niemand unbefugt das Schloss betritt." Mit wichtiger Miene zog der Wachmann seine Weste zurecht und fuhr fort: „Und heute Abend reisen die hohen Herrschaften an, weil hier eine große Jagd veranstaltet wird. Das kommt ja nur noch selten vor, also muss alles seine Ordnung haben."

Jacob fragte höflich nach – diesmal laut und vernehmlich – und erfuhr, dass die Jagd auf dem Carlsberg stattfinden sollte, weil das Fürstenpaar nach einem längeren Englandaufenthalt nun zurückgekehrt war. Offenbar hatte man in England eine wichtige Hochzeit gefeiert. Allerdings würde wohl nur Seine Hoheit, der Fürst, nach Weikersheim kommen – die Damen bevorzugten den neuen Stammsitz der Familie in Öhringen, wo die Fürstenfamilie seit 1756, nach dem Tod von Graf Carl Ludwig, residierte. Also hatte Jacob die Stille und Beschaulichkeit des kleinen Städtchens richtig gedeutet: Hier spielte sich nicht mehr allzu viel Wichtiges ab – und er konnte sich glücklich schätzen, ausgerechnet zu einer Zeit in Weikersheim einzutreffen, in der ein großes gesellschaftliches Ereignis stattfand. Er beschloss, die Situation für sich zu nutzen und machte dem Wachsoldaten Klemm mit wenigen, aber lautstarken Worten klar, dass er zwar nicht zur Jagd, aber zur Audienz beim Fürsten geladen sei und deshalb Unterkunft im Schloss wünsche.

Doch Klemm schüttelte bedauernd den Kopf und gab den Weg in den Schlosshof nicht frei. „Tut mir leid, ich habe Anweisung, niemanden hineinzulassen. Die Sicherheit, versteht Ihr?" Er räusperte sich mit wichtiger Miene. Dann raunte er Jacob zu: „Als hoher Herr solltet Ihr den Herrn Kastellan aufsuchen, der kennt sich mit den höfischen Dingen sowieso besser aus. Und er darf entscheiden, wo Ihr Zutritt bekommt."

Jacob erfuhr, dass er jenen Kastellan am Abend in der *Krone* beim Stammtisch antreffen würde – immerhin ein wichtiger Hinweis. Außerdem verriet Klemm ihm, dass er vermutlich in der Herberge am Gänsetor noch ein Zimmer bekommen würde. Die Preise würden allerdings wegen der Jagd gesalzen sein.

Zu guter Letzt war der Torwächter sogar dazu bereit zu klären, ob Jacob seine Kutsche in der Remise unterstellen dürfe. Ein paar Münzen taten das ihrige und zumindest dieses Problem war gelöst. Erleichtert zahlte Jacob daraufhin seinen Kutscher aus und entließ ihn. Er würde in Weikersheim wohl kaum ein Gefährt, also auch keinen dummen Kutscher mehr brauchen – und die nächste Etappe ganz sicher mit einem etwas intelligenteren Begleiter fahren.

Von einem Knecht, den ihm der Wachsoldat Klemm zur Verfügung stellte, ließ Jacob sein Gepäck in die Herberge bringen, wo er tatsächlich noch ein Zimmer beziehen konnte. Im Gegensatz zu vielen anderen Unterkünften, mit denen er auf seiner Reise bislang hatte Vorlieb nehmen müssen, war hier die Schlafkammer erstaunlich komfortabel. Offenbar hatte ein edler Herr sein Kommen zur Jagd abgesagt, sodass der Wirt geradezu froh war, nun doch noch einen solventen Gast darin unterbringen zu können. Die Stube war mehr lang als breit und an Decke und Wänden mit dunklem Holz geschmackvoll vertäfelt. Die Schlafstatt bestand aus einem imposanten Doppelbett mit seitlichen Antritttruhen und einem Baldachin, der auf gedrechselten Säulen ruhte. Spätestens als Jacob nach dem Bettzeug griff, war ihm klar, dass dieses Zimmer wohl wirklich für einen bedeutenden Gast vorgesehen gewesen war, denn Decke und Kissen waren aus hochwertigem Leinen und mit Daunen gefüllt. Einen solchen Luxus hatte Jacob nicht erwartet!

Außerdem gab es einen zweigeschossigen Wäsche- und Kleiderschrank, ein leeres Regal, einen kleinen Waschtisch und einen einfachen Sekretär vor dem Fenster, das allerdings wegen seiner bunten Butzengläser nur wenig Licht hereinließ. Dennoch: Jacob war hochzufrieden. Zwar hatte er keine Kammer im Schloss beziehen können, wie er sich ursprünglich ausgemalt hatte, doch er wohnte durchaus repräsentativ und war hier durch Zufall mit Sicherheit an das beste Gastzimmer im Ort gekommen. Vergnügt begann er damit, seine Reise-Utensilien auf der hohen Kante[36], dem Sekretär und im Regal zu verteilen, während eine Magd sich um seine Wäsche kümmerte. Er versuchte, mit ihr ins Gespräch zu kommen, doch ihr entsetzter und verängstigter Blick verriet ihm, dass dies in seinem Stande gänzlich unüblich war. Ein großer Nachteil, wie er fand, schließlich wussten gerade die niederen Bediensteten oft mehr über Sitten, Zustände und Gebräuche an einem Hof zu berichten als die höhere Gesellschaft – das kannte er nur zu gut aus Schwerin. Er würde also andere Wege suchen müssen, um vor dem Zusammentreffen mit dem Fürsten etwas über die Verhältnisse im Schloss und im Ort in Erfahrung zu bringen. Schließlich wollte er hier erste Geschäfte tätigen und sein Entree als Jacob von Bardenfleth zelebrieren, da war ein wenig Vorbereitung sicherlich angebracht. Nur wie?

Eine Gelegenheit ergab sich am Abend im Gasthof *Krone*, wo er, wie vom Torwächter Klemm empfohlen, sein Nachtmahl einnahm. Der Gasthof lag ganz in der Nähe seiner Herberge in einer gekrümmten Gasse, die zum Schloss führte. Das taten in Weikersheim allerdings die meisten Straßen, weil der Ort wirklich nicht besonders groß war. Schon von Weitem konnte Jacob den süßlichen Geruch der Maische wahrnehmen, der eindeutig auf die Brauerei hinwies, und er freute sich auf ein frisches Bier vom Fass. Ganz im Gegensatz zu seiner Ankunft am Mittag waren die Gassen nun belebt und überall schwatzten und eilten Menschen herum, die ihn im Vorbeigehen neugierig betrachteten. Jacob trug immer noch seine Reisekleidung, hatte die Perücke jedoch abgelegt und seine von Natur aus vollen und glänzenden Haare zu einem Zopf gebunden. Seinen dunklen Dreispitz hatte er in weltmännischer Manier unter den Arm geklemmt und seine hohen Stiefel sowie der grüne Lodenmantel brachten seine stattliche Figur hervorragend zur Geltung. Das zumindest hatten ihm die bewundernden Blicke der Küchenmägde in seiner Herberge verraten, als er sich auf den Weg zur *Krone* gemacht hatte. Kein Wunder

36 Die „hohe Kante“ war ein Brett über dem Kopfende des Bettes, um hier in der Nacht die Wertsachen zu deponieren.

also, dass er auch hier Aufsehen erregte – und er genoss es.

Die *Krone* war ein Gasthaus, wie Jacob es auch aus dem Norden kannte: Vor allem Einheimische trafen sich hier auf ein paar Krüge Bier und eine Vesper; und wenn auswärtige Gäste hinzukamen, saßen diese ein wenig abseits. Er entdeckte ein gut gekleidetes Paar an einem der seitlichen Tische, außerdem einen Geistlichen, der unappetitlich an einem fettigen Knochen nagte, und ein paar jüngere Männer, möglicherweise Studenten oder Landedelleute. Den Mittelpunkt der Gaststube bildete ein großer runder Tisch, an dem sich einfache Leute, vermutlich Bauern, Handwerker oder kleine Händler lautstark unterhielten und dabei ganz ordentlich zechten. Das musste der Stammtisch sein, von dem Klemm am Morgen gesprochen hatte. Aufmerksam musterte Jacob die Gäste, bis sein Blick an einem älteren Herrn hängen blieb, der verzweifelt versuchte, sich in der Runde Gehör zu verschaffen. Interessiert ließ Jacob sich an einem kleinen Tisch in unmittelbarer Nähe des Stammtisches nieder und bestellte per Handzeichen ein Bier und das Tagesessen. Dann betrachtete er die Stammtischrunde genauer: Ob es sich bei dem deutlich besser als alle anderen gekleideten Mann um den Kastellan handelte? Vermutlich. Er trug ein weißes Rüschenhemd und – soweit Jacob erkennen konnte - dunkle Kniebundhosen mit hellen Seidenstrümpfen, das fiel hier durchaus auf. Es wirkte beinahe höfisch und passte gut zum Bild eines Kastellans. Auch hatte der Mann im Gegensatz zu den anderen Stammtischbrüdern seine Haare sorgfältig nach hinten gekämmt und im Nacken mit einem Samtband zu einem Zopf gebunden, was ihm allerdings nicht gut zu Gesicht stand. Er litt nämlich im gesamten Stirnbereich unter beträchtlichem Haarschwund, sodass sein Gesicht unnatürlich großflächig und unangenehm teigig wirkte. Im Übrigen zeigten sich beim Sprechen mehrere verfaulte schwarze Stumpen unter seinen Frontzähnen, was seinem Ausdruck etwas Verschlagenes verlieh. Nein, ein angenehmer Geselle war dieser Mensch rein äußerlich nicht, befand Jacob – und auch seine Art und das, was er erzählte, schien am Stammtisch nicht auf

Gegenliebe zu stoßen.

„Ruhe miteinander!“ hob der Kastellan plötzlich die Stimme und ließ seinen Humpen lautstark auf die Tischplatte knallen. Augenblicklich trat Stille im Gasthaus ein und auch die fremden Gäste unterbrachen ihre Gespräche.

„Im Auftrag Seiner Fürstlichen Durchlaucht Ludwig Friedrich Carl zu Hohenlohe-Neuenstein-Öhringen habe ich folgende Weisung zu verkünden.“ Der Kastellan machte eine bedeutungsschwere Pause und schaute mit strengem Blick in die Runde. Niemand rührte sich. Dann begann der Höfling von der bevorstehenden Ankunft des Fürsten noch in der kommenden Nacht und der für den übernächsten Tag geplanten Jagd zu berichten. „Dafür brauchen Seine Durchlaucht noch mehr als zwei Handvoll Treiber – und Ihr seid aufgerufen, euch nun zu melden.“

Unwilliges Gemurmel erhob sich im Raum. Jacob konnte sich denken, warum: Treiber einer Jagd zu sein war keine besonders beliebte Aufgabe, zumal sie als Dienst für den Fürsten ganz sicher nicht gut oder gar nicht entlohnt wurde. Außerdem kam es bei Jagden immer wieder zu Todesfällen unter den Treibern – wenn nicht durch das aufgescheuchte Wild selbst, dann durch die adeligen Jäger mit ihren Schrotflinten. Das war in Schwerin nicht anders gewesen: Bei der Entenjagd gab es regelmäßig Verletzte oder gar Tote, nur weil sich Schüsse versehentlich lösten oder die Schützen ihre Waffen nicht ausreichend gut bedienen konnten.

„Für den Hungerlohn lassen wir unsere Höfe und Läden nicht allein“, wagte einer der Stammtischbrüder nun auch den Widerspruch, „nur weil der Fürst sich alle zwei Jahre hier blicken lässt und sich sonst nicht für uns und unsere Stadt interessiert – nein, mit mir nicht!“

Allseits zustimmendes Brummen und Nicken zeigte, wie sehr er den anderen aus dem Herzen gesprochen hatte. Doch so leicht gab der Kastellan sich nicht geschlagen:
„Freunde, nun hört mir mal genau zu.“ Seine Stimme bekam einen drohenden Unterton. „Wenn ihr nicht eurer Pflicht

nachkommt, werde ich höchstpersönlich dafür sorgen, dass ihr alle Frondienste am Carlsberg leisten müsst. Dann kommt ihr erst einmal gar nicht mehr auf eure Hofstellen oder an eure Marktstände zurück. Also überlegt's euch gut!“ Er hatte sich erhoben und zog ein zusammengerolltes Papier aus der Westentasche, das er jetzt auf dem Tisch ausbreitete.

„Hier, da müsst ihr zeichnen. Aus jeder Familie ein Mann. Das war schon immer eure Pflicht und wird es immer sein. Genau so läuft es in der Welt – und schlecht geht es euch schließlich auch nicht damit.“

Der Kastellan hob den Kopf und nickte zu dem Geistlichen am Nebentisch hinüber, der sein unappetitliches Mahl mittlerweile beendet hatte. „Nicht wahr, Hochwürden, so ist nun einmal die Regel, das steht schon in der Bibel. Die einen werden geboren um zu herrschen, die anderen um zu dienen.“

„Ja, ja, alles hat seine von Gott gewollte Ordnung“, plapperte der Angesprochene vor sich hin und wiegte dabei den Kopf selig lächelnd hin und her. „Und alles ist nur zum Besten dieser armen Sünder.“

Jacob staunte. Was sollte da in der Bibel stehen? Das war ihm ja ganz neu! Er musste an *Voltaires Candide* denken, in dem genau solche – seiner Meinung nach völlig sinnlosen – Überlegungen des unbelehrbar optimistischen Pangloß infrage gestellt wurden. Wie hieß es da noch gleich? „Erwiesen ist, (...) dass die Dinge gar nicht anders sein könnten; indem nämlich alles zu einem Ende gemacht ist, so ist alles notwendig zum besten Ende gemacht. Merkt wohl auf, die Nasen sind gemacht, Brillen zu tragen, so tragen wir denn Brillen. Die Beine sind augenscheinlich dazu eingerichtet, bekleidet zu werden, folglich tragen wir Beinkleider. Die Steine sind da, behauen zu werden, damit Schlösser mit ihnen gebaut werden, daher der Gnädige Herr so ein schönes Schloss hat.“[37] Jacob ergänzte den Passus in Gedanken mit den Worten: ‚Die Weikersheimer

37 Zitiert der Einfachheit halber nach der (empfehlenswerten!) deutschen Ausgabe: Voltaire, *Candide* oder der Optimismus, aus dem Französischen übersetzt und herausgegeben von Wolfgang Tschöke, München 2009, S. 10. Diese Übersetzung wird im Folgenden bei allen Zitaten benutzt.

sind fleißige Menschen, also dienen Sie ihrem Fürsten als Treiber für die Jagd – nur zu ihrem Besten natürlich.' Er grinste vor sich hin, während am Stammtisch einer nach dem anderen das Papier des Kastellans unterzeichnete.

Kurze Zeit später rollte der Kastellan das Dokument zufrieden zusammen, steckte es zurück in seine Jackentasche und schob seinen Stuhl zurück. „Meine Herren, ich empfehle mich." Er nickte kurz und kühl in die Runde, stand auf und wandte sich bereits dem Ausgang zu, als er innehielt. Er dreht sich um, nahm Jacob ins Visier und kam kurz entschlossen an seinen Tisch. Jacob griff derweil betont gelangweilt nach seinem Bier und nahm einen tiefen Schluck. Dann blickte er gnädig auf und nickte dem Kastellan zu, der mit abweisender Miene vor ihm stand.

„Nun?" Jacob musterte den Mann von oben bis unten.

„Ihr seid dieser Adelige aus dem Norden, nicht wahr?" Der Kastellan fühlte sich unter Jacobs Blick sichtlich unwohl, zumal dieser ausgesprochen gut gekleidet war.

„Jacob von Bardenfleth, ja. Und mit wem habe ich die Ehre zu sprechen?"

„Hm." Der Kastellan räusperte sich wichtig und schob dir Brust vor. Mit leicht nasalem Tonfall stellte er sich daraufhin vor: „Matthäus Wollenschläger, Kastellan Seiner Fürstlichen Hoheit Ludwig Friedrich Carl zu Hohenlohe-Neuenstein-Öhringen. Als enger Vertrauter Seiner Hoheit bin ich mit dem Ablauf der großen Jagd befasst. Ihr steht allerdings nicht auf der Gästeliste, nicht wahr?"

Sein falsches Lächeln entblößte die verfaulten und schwarzen Zähne noch einmal in voller Pracht. Jacob schluckte. Wie konnte ein Höfling nur so ungepflegt ausschauen? Außerdem ärgerte er sich über die Situation – irgendwie musste er diesem arroganten Kerl klarmachen, dass die Teilnahme oder Nicht-Teilnahme an der Jagd keinesfalls etwas über seinen gesellschaftlichen Status aussagte.

„Wie ich schon bemerkte, mein Name ist Jacob von Bardenfleth", begann er erneut. „Er hat sicherlich schon von unserem

Geschlecht gehört. Jene Bardenfleths, die einst vor Bremen gekämpft haben, Gott sei unserem Helden und Ahnen Bolko gnädig."

Dem fragenden Blick des Kastellans entnahm Jacob, dass dieser mit den von Bardenfleths noch nie in Berührung gekommen war – was einerseits nachvollziehbar und andererseits sehr praktisch war. Denn nun konnte Jacob in epischer Breite seine Bedeutung und seine Mission darstellen, wobei er dem Kastellan mit einer nachlässigen Geste zu verstehen gab, dass er sich zu ihm setzen durfte.

„Die von Bardenfleths sind ja seit jeher in diplomatischen Diensten unterwegs", nahm er den Faden wieder auf, „insbesondere im Baltikum und im hohen Norden. Nun ...", Jacob griff erneut zu seinem Bier und nahm einen kräftigen Schluck, „... diesmal geht es um eine sehr delikate Angelegenheit, über die ich natürlich nicht sprechen kann, wie Er sicherlich verstehen wird ..." – der Kastellan nickte dienstbeflissen – „... aber soviel darf Er schon erfahren: Meine Mission hat mich bereits über Preußen nach Thüringen geführt, auch in Bamberg hatte ich eine wichtige Unterredung – und wenn ich mit dem Fürsten conferiert habe, werde ich directement weiter an den kurfürstlichen Hof nach Mannheim reisen. Man erwartet mich dort bereits."

Der Kastellan biss sich auf die Lippen und kratzte sich unfein am Kopf. Jacobs Worte hatten ihn offenbar beeindruckt – nur wusste der Höfling nun nicht, wie er mit der neuen Situation umzugehen hatte. Dass Jacob von Stand war, hatte der Kastellan fraglos hingenommen. Jacob wartete gespannt darauf, welche Perspektiven sich daraus für ihn ergeben würden. Hoffentlich nicht die Teilnahme an der Jagd, betete er insgeheim, er hasste solcherlei Gemetzel. Doch soweit wollte und konnte der Kastellan in diesem Moment scheinbar ohnehin nicht gehen.

„Es wäre mir eine Ehre", näselte der Höfling untertänigst, „Euch morgen zur elften Stunde im Schlosshof zu begrüßen. Dann können wir den Ablauf Eurer Mission hier bei uns im schönen Weikersheim genau besprechen – zumal Seine Fürstliche Hoheit dann auch im Schloss weilen wird. Man war ja in England ..." – der Kastellan beugte sich nun vertrauensvoll zu Jacob hinüber, was in diesem eine Welle des Ekels aufsteigen ließ – und fuhr mit gesenkter Stimme fort: „Ihre Fürstlichen Hoheiten verkehren nämlich mit den allerhöchsten Durchlauchten in aller Herren Länder. Sehr bedeutendes Geschlecht, wirklich, sehr bedeutend. Und diese Einladung zur englischen Hochzeit, nun, diese Ehre wurde nur sehr wenigen zuteil."

Der Kastellan machte eine bedeutungsvolle Pause, holte tief Luft und flüsterte hinter vorgehaltener Hand in Jacobs Ohr: „Nennt dem Klemm das Losungswort ‚Graf Wolfgang selig', dann werdet Ihr umgehend in meine Räume gebracht." Er erhob sich umständlich, machte eine ordnungsgemäße Verbeugung und bat Jacob um Entlassung, was dieser ihm gnädig gewährte. Froh, den unappetitlichen Anblick des Kastellans los zu sein, nahm er hastig das zarte Schmorfleisch mit dem köstlichen Knödel zu sich, der ihn an die üppige Brust der Wirtin denken ließ, warf ein paar Münzen auf den Tisch und verließ die Gaststätte. Auf einen abendlichen Spaziergang verzichtete Jacob – nach weiteren Bekanntschaften stand ihm nicht mehr der Sinn. Er beschloss, bei Kerzenlicht noch ein paar Seiten im *Candide* zu lesen und sich früh zur Ruhe zu begeben. Schließlich wollte er am nächsten Tag ausgeschlafen sein, um seinen ersten Auftritt am fürstlichen Hof ohne Fehl und Tadel zu meistern.

Am kommenden Morgen wurde Jacob vom lauten Schnattern einer Gänseherde geweckt, die, von irgendetwas aufgeschreckt, durch die engen Gassen der Stadt zog. Als er kurz darauf von der Kirchturmuhr die siebte Stunde schlagen hörte, versuchte er zunächst, sich noch einmal umzudrehen und ein wenig weiterzuschlafen, doch es gelang ihm nicht. Seufzend erhob er sich aus den komfortablen Federn, stellte die Kleidung für diesen Tag zusammen und machte sich am Waschtisch zu schaffen.

In der Gaststube wies die Pensionswirtin ihm einen Tisch zu

und brachte ihm ein herzhaftes Frühstück. Zu noch warmem Brot gab es Schmalz, Eier mit Speck, einen Krug Milch und Honig. Hungrig machte er sich darüber her, während sein Blick durch den ansonsten leeren Raum schweifte. Im Unterschied zu anderen Unterkünften, die er auf seiner Reise bereits kennengelernt hatte, war gut zu erkennen, dass hier Personen von Stand verkehrten. Die Tische waren mit weißen Leinentüchern überzogen und mit Tellern und Krügen eingedeckt. Auf den Fensterbänken vor den bunten Butzengläsern stand frischer Blumenschmuck und der Boden war blitzblank. Auch die Wirtin passte zu dem insgesamt sauberen und gepflegten Eindruck, fand Jacob: Sie trug ein aufwendig besticktes Leinenkleid mit einer hellen Bluse darunter, was ihr Dekolleté hübsch zu Geltung brachte. Auf Jacobs Frage nach den anderen Gästen des Hauses erfuhr er von ihr, dass die hohen Herren noch schliefen. Offenbar war es eher ungewöhnlich, dass ein Herr von Stand so zeitig wie er den Tag begann. Entsprechend neugierig versuchte die Wirtin herauszufinden, was Jacob so früh aus dem Bett gerieben hatte.

„Ihr seid sicher auch zur Jagd g'kumme, edler Herr." Das klang eher wie eine Feststellung als nach einer Frage, doch Jacob, der ohnehin zu dieser Stunde nichts zu tun hatte, beschloss, auf das Gesprächsangebot einzugehen.

„Nein, die Jagd ist mein Plaisir nicht", erklärte er der aufmerksam lauschenden Frau und ergänzte: „Ich bin in diplomatischer Mission hier und werde zugleich das eine oder andere Geschäft abwickeln. Weiß Sie zufällig etwas über den Buchhandel hier am Ort? Wo pflegt denn der Fürst seinen Bestand zu warten und aufzustocken?"

Ratlos zuckte die Wirtin mit den Schultern. „Davon versteh i nix. Das mit dere Büchern vom Fürschten mein i." Sie überlegte einen Moment und fügte dann eifrig hinzu: „Aber den Buchbinder Carle, den kenn i. Der hat sei Werkstatt in der Rosengasse."

Interessiert horchte Jacob auf. Es gab eine Buchbinderei in Weikersheim? Es musste also auch Menschen geben, die Bücher besaßen und vielleicht sogar darin lasen! Folglich verfügte der Fürst vermutlich auch über eine Bibliothek, die von jenem Carle gepflegt wurde – das klang vielversprechend. Er ließ sich von der freundlichen Wirtin den Weg zur Werkstatt erklären, ein Gebäude, das nach ihrer Aussage an einem auffälligen Portal gut zu erkennen war. Dann machte Jacob sich auf den Weg, um die Stadt ein wenig zu erkunden.

Auf seinem Rundgang durch das morgendliche Weikersheim entdeckte Jacob, dass der Ort ausgesprochen hübsch anzusehen war und trotz seiner geringen Größe durchaus einiges zu bieten hatte. So kam er an einer Mühle vorbei, deren Rad sich knarrend drehte, fand eine Badstube gleich um die Ecke von seiner Herberge aus, am Gänseturm, und kam dort mit ein paar lustigen Mägden ins Gespräch, die ihn bewundernd anhimmelten. Immerhin erfuhr er in dem ansonsten nicht allzu tiefschürfenden Geplänkel, dass das Badhaus ein beliebter Treffpunkt der ortsansässigen Honoratioren war – allerdings nur dann, wenn der Fürst nicht in Weikersheim weilte. Denn Seine Hoheit Ludwig Friedrich Carl war nicht sonderlich erbaut über das, was angeblich im Badhaus alles vor sich ging, wobei die Mägde einhellig und kichernd beteuerten, dass dies selbstverständlich nur dummes Gerede sei.

‚Wie schade', dachte Jacob und zog vergnügt vor sich hin pfeifend weiter in Richtung Marktplatz. Dabei kam er an der Stadtkirche vorbei, die er kurz entschlossen betrat, um das Grabmal des Herzogs von Sachsen-Lauenburg zu bewundern. Der anwesende Kirchendiener hatte offenbar nicht viel zu tun und erwies sich als außerordentlich gesprächig. So erfuhr Jacob, dass die Orgel in der Stadtkirche ganz neu war und erst zwei Jahre zuvor von Orgelbaumeister Gessinger[38] errichtet worden war. Auch der Marktbrunnen, den Jacob bereits bei der Einfahrt in die Stadt gesehen hatte, war hochmodern und vor wenigen Wochen vom Künzelsauer Bildhauer Andreas

38 Die bis heute erhaltene Orgel ist reichlich mit Putten und Rokokozierrat versehen. Sie wurde 1766 von Orgelbaumeister Gessinger aus Rothenburg ob der Tauber geschaffen und ersetzte eine frühere Orgel von 1612.

Sommer fertiggestellt worden.

„Der Fürst scheint es ja wirklich gut mit der Stadt zu meinen", folgerte Jacob aus den Ausführungen des Kirchendieners, „immerhin kosten solch hochwertige Arbeiten doch einiges."

Doch zu seiner Überraschung wurde Jacob nun eines Besseren belehrt. Geradezu erbost, aber mit gedämpfter Stimme erläuterte der Kirchendiener ihm nun das eigentliche Dilemma der Stadt: Nach dem Tod des seligen Grafen Carl Ludwig, der in Weikersheim bis zu seinem Tod 1756 residiert hatte, war sein Nachfolger Fürst Ludwig Friedrich Carl sofort nach Öhringen gezogen, um fortan dort Hof zu halten. Nur gelegentlich pflegte er noch nach Weikersheim zu kommen – und dann vorzugsweise zu Jagden und zu anderen Lustbarkeiten. Für das Städtchen selbst war dies eine große Belastung: Jahrelang zum Leben in einer unbedeutenden Provinzstadt gezwungen, mussten die Weikersheimer oft sogar sehr kurzfristig wieder die Lasten einer Residenzstadt tragen, wenn es dem Fürsten mit seiner Entourage und den vielen Gästen so gefiel. Entsprechend unbeliebt waren diese Besuche daher bei vielen Bürgern geworden – Jacob verstand nun auch die Reaktion der Stammtischbrüder vom Vorabend noch besser, als der Kastellan ihre Dienste eingefordert hatte.

„Ja, und die Kunst? Die vielen neuen Plätze und Straßen? Wer zahlt das denn, wenn nicht der Fürst?" Jacob fragte verständnislos nach. Irgendwie passte das seiner Meinung nach nicht zusammen.

Doch auch dafür hatte der Kirchendiener eine plausible Erklärung: Für repräsentative Zwecke waren im Fürstenhaushalt offenbar stets ausreichende Mittel vorhanden. Allerdings hatte der Fürst im Lauf der letzten Jahre einiges an kostbarem Schlossgut versteigern lassen, um seine leere Kasse zu füllen. Profitiert hatte davon vor allem eine gewisse Familie Pfeiffer jüdischen Glaubens, die in Weikersheim einen regen Handel betrieb.

Jacob horchte auf. „Ein jüdischer Händler? Was kauft und verkauft er denn?"

„Vor allem Mobiliar und Gemälde." Der Tonfall des Kirchendieners klang abfällig. „Ihr wisst wohl, ein Hofjude. Der macht aus allem Geld!"

Jacob beschloss, das Thema nicht weiter zu vertiefen, wollte dem Händler Pfeiffer jedoch später am Tag noch einen Besuch abstatten. Zunächst galt es aber, dem Kastellan seine Aufwartung zu machen.

Dazu musste Jacob den Marktplatz überqueren, auf dem Bauern und Händler ihre Waren feilboten. Das Angebot an Obst, Gemüse, Fleisch, allerlei Haushalts- und Korbwaren war beträchtlich. Schlecht schien es den Menschen dieser Region nicht zu gehen. Jacob ließ sich ein wenig treiben, betrachtete hier und da die Auslagen und wollte gerade hinter einer Eierfrau das Getümmel verlassen, als er eine ihm sehr bekannte Stimme hörte: „Du dummes Ding! Kannst du nicht aufpassen? Jetzt ist der Schuh hin!"

Aliénor von Imhoff schimpfte laut und wirkte sehr aufgebracht. Was war passiert? Jacob beschloss, sich das Spektakel nicht entgehen zu lassen – möglicherweise könnte dies seine Schmach vom Vortag ein wenig mildern. Und er hatte Glück: Offenbar war die schöne Aliénor durch eine Unachtsamkeit ihrer Magd in den Fettnapf getreten[39], der nahe dem Feuer einer Garküche unter dem sich drehenden Braten stand. Ihr rechter Schuh triefte und sie hielt den Fuß angewidert in die Höhe. Die Frau des Kochs keifte im Hintergrund und wollte den Schaden ersetzt haben; angesichts des hohen Standes von Aliénor bemühte sich der Koch jedoch verzweifelt, sein Weib zu beruhigen.

„Was für ein Malheur!", machte sich Jacob bemerkbar, was ihm einen bitterbösen Blick der jungen Frau bescherte. Aber er ließ sich nicht beirren und fuhr fort: „Tja, manchmal kommt das Pech völlig unerwartet, nicht wahr?" Er lächelte sie freundlich an und konnte sich dabei das Lachen kaum verbeißen.

39 Der allseits bekannte Spruch „ins Fettnäpfchen treten" kommt genau daher. Im Fettnapf wird beim Rösten über offenem Feuer der Bratensaft aufgefangen, um weiter zu Soßen verarbeitet zu werden.

Aliénor entging seine heimliche Schadenfreude nicht. Wutschnaubend stampfte sie ein wenig zu fest mit dem beschädigten Schuh auf, sodass das Fett nur so spritzte. „Ach ja?“ Ihre Augen funkelten angriffslustig. „Stimmt, ich vergaß. Der Herr kennt sich ja mit unrühmlichen Auftritten besonders gut aus. Guten Tag!“ Sie raffte ihre Röcke zusammen, drehte sich schwungvoll um, packte ihre Magd am Oberarm und zog sie mit sich davon. Grinsend schaute Jacob ihr nach. Was für ein Temperament diese Frau hatte! Er musste unbedingt mehr über sie herausfinden.

Schließlich machte Jacob sich auf den Weg zum Schloss. Wie am Tag zuvor traf er am Marstall auf den alten Klemm, der sich diesmal jedoch weitaus höflicher betrug. Nachdem Bardenfleth das vereinbarte Passwort genannt hatte, verbeugte Klemm sich ehrfurchtsvoll und winkte ihn in den Schlosshof hinein. Im Gegensatz zum Vortag war dort einiges los: Dienstboten eilten umher, verteilten Wäsche, Lebensmittel und Brennholz, stritten untereinander und wurden herumkommandiert. „Seine Hoheit der Fürst ist hier in den frühen Morgenstunden eingetroffen“, erklärte Klemm ungefragt. „Er ruht noch, doch wenn er am Nachmittag aufwacht, muss ja alles gerichtet sein.“

Jacob schwieg. Besonders würdevoll wirkte das Treiben nicht. Niemand achtete darauf, dass leise und diskret gearbeitet wurde – und die kurzen Gesprächsfetzen, die er mitbekam, waren alles andere als ehrfürchtig. Im Gegenteil: Die Stimmung schien eher gereizt. Das passte zu den Details, die ihm der Kirchendiener über den Fürsten und seine sporadischen Besuche in Weikersheim verraten hatte. Und wieder fiel ihm auf, dass die Bediensteten fast ausschließlich alt und gebrechlich wirkten – und sich folglich auch nur recht langsam bewegten.

Die Wohnung des Kastellans war im Beamtenbau neben der Remise untergebracht. Um dorthin zu gelangen, verließ Klemm mit ihm den Schlosshof und bat ihn, in einem hübsch angelegten Vorgarten zu warten, während der Diener ihn an-

meldete. Kurz darauf trat der Kastellan aus der Tür und hieß Bardenfleth willkommen. Nach dem Austausch einiger höflicher Floskeln und bei einem Becher Wein, der Jacob ungefragt von einer Magd serviert wurde, eröffnete ihm der Kastellan, dass Jacob zur Audienz beim fürstlichen Lever zugelassen sei.
„Ja, wann pflegt Seine Hoheit denn zu erwachen?“ Jacob schüttelte verwundert den Kopf. Hieß es nicht, Ludwig Friedrich Carl sei erst heute Nacht angereist und würde vermutlich am Nachmittag aufstehen? Das war doch kein Zeitpunkt für ein Lever[40]!

„Morgen, edler Herr von Bardenfleth, das erste offizielle Lever findet morgen am Tag der Jagd statt.“ Der Kastellan erklärte ihm, wie die Stunden bis dahin in Weikersheim ablaufen würden: Am Nachmittag würde der Fürst lediglich mit ein paar Vertrauten zu einem kleinen Imbiss zusammenkommen, um dann den Abend bei Spiel und allerlei Vergnügungen – darauf ging der Kastellan allerdings nicht näher ein – zu verbringen. Seine Hoheit würde sich dann früh zur Nachtruhe zurückziehen, um am nächsten Tag zur neunten Stunde beim Lever Gäste zu empfangen.

„Ja, und die Jagd? Ich dachte, sie sollte morgen stattfinden!“ Erstaunt fragte Jacob nach. Gab es eine Änderung der fürstlichen Pläne?

„Ja, edler Herr, das tut sie auch. Am Mittag wird aufgebrochen. Es ist nur eine Parforcejagd[41], versteht Ihr? Man wird bereits am späten Nachmittag vom Carlsberg zurück sein.“ Der Kastellan setzte eine wichtige Miene auf. „Abends zum Diner seid Ihr dann auch willkommen. Selbstverständlich in Gala.“ Er musterte Jacob von oben bis unten. „Aber das kennt Ihr ja sicherlich.“
Jacob nickte mechanisch. Seine Gedanken rasten. Er war zum

40 Mit „Lever“ bezeichnete man die Morgenaudienz beim Herrscher, die er üblicherweise im Schlafzimmer abhielt. Während der Audienz wurde er angekleidet und verrichtete seine Morgentoilette, wobei ausgewählte Adlige ihm zur Hand gehen durften.
41 Bei einer Parforcejagd wird das Wild in einem mit einer Mauer oder einem Zaun fest umgebenen Jagdbezirk erlegt. Es wird dafür eigens in diesem Areal gehegt und gepflegt.

Lever zugelassen, das war immerhin schon etwas. Und während die Gesellschaft mit der Jagd beschäftigt war, könnte er die Gelegenheit nutzen, die Bibliothek zu inspizieren. Dazu musste er aber auch eine Erlaubnis haben – oder zumindest wissen, wie er dorthin gelangte. Ob der Kastellan ihm dabei helfen konnte?

„Herr Kastellan, habt Dank für Eure Bemühungen." Jacob wählte bewusst eine höflichere Form der Anrede. „Würdet Ihr mir nun die Ehre erweisen, und mir das Schlossareal ein wenig zeigen?"

Die Rechnung ging auf: Sichtlich geschmeichelt ging der Kastellan darauf ein. Und so lernte Jacob nicht nur die außergewöhnliche Gartenanlage kennen, sondern verschaffte sich unauffällig auch einen Überblick über den Schlossbau selbst. Der Garten war in verschiedenartig ausgestattete Parterres unterteilt und besaß einen Herkulesbrunnen. Dominiert wurde die gesamte Anlage durch die Orangerie. Das Gebäude war so breit wie das Mittelparterre und hatte eine runde Arkade in der Mitte, wo sich ein imposantes Reiterstandbild von Herzog Carl Ludwig befand. Im Vorbeischlendern hatte der Kastellan seinen Spaß am Aufzählen der zahlreichen exotischen Pflanzen, die hier in Kübeln präsentiert wurden: Zitrone, Eibe Granatapfel, Oleander, Palmlilie, Lorbeer, Feigen und Orangenbäume von stattlicher Größe. Besonders gut gefiel Jacob die Kulisse, die der weitläufige Garten vom Altan aus bot, der mit einer Zwerggalerie bestückt war.

Das Schloss selbst hatte einen annähernd dreieckigen Grundriss, was – zu Jacobs Irritation – die Orientierung im Inneren nicht ganz einfach machte. Der sogenannte Langenzeller Bau war im Osten der Stadt zugewandt. Hier, im zweiten Obergeschoss, befand sich auch das Appartement des Fürsten. Er werde es am kommenden Morgen ja sehen, versicherte ihm der Kastellan noch einmal eifrig. Dann führte er Jacob rechts in einen Durchgang, den langen Korridor entlang und über eine breite Treppe in den ersten Stock. Die Ahnengalerie des Fürstenhauses blickte hier die beiden Männer stumm an, während Jacob sich interessiert umschaute. Alles war sauber und fleißige Hände waren damit beschäftigt, Geländer zu polieren und Rahmen abzustauben – dennoch wirkten die Räume insgesamt muffig und unbelebt. Dabei waren die Farben von Wänden, Decken und Draperien durchaus hell und freundlich. So ganz passte das alles nicht zusammen!

Der Kastellan schob Jacob in das Tafelzimmer, einen geräumigen Saal, in dem die fürstliche Familie im kleinen Rahmen zu speisen pflegte. ‚Behaglich', dachte sich Bardenfleth, ‚sogar beheizbar und mit netten, wenn auch antiquierten Möbeln.' Dann bat sein eifriger Schlossführer ihn, die Augen zu schließen, während er die Tür zum Rittersaal öffnete. Ein gewaltiger Raum tat sich vor Jacob auf: so hoch wie breit, lichtdurchflutet und über und über mit Stuck verziert. Eine mächtige Kassettendecke mit zahllosen Bildern, wuchtig gerahmt von roten Einfassungen, brachte Jacob zum Staunen. So etwas hatte er noch nie gesehen! Andächtig ließ er seinen Blick schweifen: An der Rückwand stand ein kolossaler Kamin, der üppig mit Figuren dekoriert war. Daneben blickten die Grafen von Hohenlohe aus überlebensgroßen Porträts auf jeden Besucher herab. Alles war so reich und liebevoll ausgestattet, dass es Jacob die Sprache verschlug.

„Und das hier ist ein ganz besonderes Stück", wies ihn nun der Kastellan auf einen Stuckelefanten hin. „So etwas habt Ihr bestimmt nirgends auf Eurer Reise zu sehen bekommen."

Jacob musste ihm recht geben. An zahlreichen Tischen im Raum wurde eifrig gearbeitet. Offenbar richtete man den Raum bereits für das Galadiner her. Auf der Empore probten sogar schon Musiker. Einer von ihnen machte sich an einer Bodenklappe zu schaffen, was den Kastellan in höchste Aufregung versetzte. „Lass Er das!" bellte er nach oben und drohte, ihn ansonsten sofort hinauszuwerfen. Fragend schaute Jacob seinen Schlossführer an, doch dieser zuckte nur die Schultern und führte Jacob eilig aus dem Saal.

„Und die Bibliothek?" Jacob hatte beschlossen, mit der Tür ins Haus zu fallen.

„Gibt es hier nicht mehr." Der Kastellan antwortete kurz angebunden, als ob ihm das Thema nicht angenehm sei. Jacob erinnerte sich, dass ihm die vielen leeren Bücherschränke aufgefallen waren, die in den Korridoren herumstanden. Es konnte also durchaus sein, dass der Fürst seine Bücher mit nach Öhringen genommen hatte. Das wäre natürlich sehr ärgerlich! Unterdessen eilte der Kastellan ihm voran durch teilweise gespenstisch leere Räume und Gänge des Schlosses, wo seine erklärenden Worte von den Wänden widerhallten. Jacob nutzte die Gelegenheit und brachte das Gespräch geschickt auf Aliénor von Imhoff. Als der Name fiel, seufzte der Kastellan schwer: „Ja, der alte von Imhoff hatte es wirklich nicht leicht mit seinen Kindern, seit seine Frau – Gott sei Ihrer Seele gnädig – so früh das Zeitliche gesegnet hat. Sie ist ja bei der Geburt Aliénors gestorben, die Ärmste. Vor 18 Jahren war das, das Mädchen war eine Nachzüglerin und ist heute ein rechter Wildfang. Es wird Zeit, dass ihr Bruder sie endlich verheiratet." Fragend schaute Jacob den Kastellan an. Wieso der Bruder und nicht der Vater? Daraufhin weihte ihn der Höfling, der die unerwartete Aufmerksamkeit Jacobs wiederum sichtlich genoss, in die Familiengeschichte der von Imhoffs ein: So hatte Aliénor drei deutlich ältere Brüder, von denen Christoph Adam Carl, der Älteste, nach dem Tod des Vaters vor zwei Jahren die Vormundschaft über sie übernommen hatte. Er war bereits vierunddreißig, seine beiden jüngeren noch lebenden Brüder hießen Friedrich Wilhelm und Julius Heinrich. Die von Imhoffs residierten in Mörlach bei Hilpoltstein auf einem Schloss mit vier imposanten Türmen, zu Pferd etwa eine Stunde von Weikersheim entfernt. Weilte der Fürst in der Stadt, bezogen sie ein Haus in der Nähe des Marktplatzes, was auch Aliénors Anwesenheit erklärte.

„Christoph Adam Carl ist leider ein schlechter Vormund", seufzte der Kastellan und setzte erklärend hinzu: „Er ist im letzten Jahr mit dem Fürstenpaar nach England gereist und bislang nicht zurückgekehrt. Es heißt sogar, er wolle nach Indien gehen[42], unvorstellbar!"

„Ja, und wer kümmert sich jetzt um Aliénor? Das Kind braucht doch einen Vormund!" Jacob schüttelte in gespielter Empörung den Kopf. Ihm wurde einiges klar – doch er wollte so viel wie möglich über die hübsche junge Frau herausfinden. Der Kastellan gab sein Wissen bereitwillig preis. Der zweite Bruder, Friedrich Wilhelm, seines Zeichens Oberforstmeister in fürstlichen Diensten, hatte diese wichtige Aufgabe übernommen, allerdings bislang kein allzu glückliches Händchen dabei gehabt. Immerhin gab es nun einen Bewerber für die Verehelichung Aliénors, und nicht einmal das war einfach, weil die Vermögensverhältnisse der von Imhoffs nach dem Ableben des Vaters immer noch nicht geklärt werden konnten. Schuld daran war der abwesende Bruder. Dabei ging es um einiges: Die Familie stammte ursprünglich aus Nürnberg, hatte mit Handel ein Vermögen gemacht und besaß in der Region große Ländereien. Die Mitgift für die Imhoff-Tochter war jedoch immer noch nicht festgesetzt worden, sodass sich für Aliénor, die im besten Heiratsalter war, bislang noch kein ernst zu nehmender Freier gefunden hatte.

„Sagtet Ihr nicht, es gäbe einen Bewerber?" hakte Jacob unauffällig nach.

„Ja, der alte Graf von Lauenstein soll seine Absichten erklärt haben. Aber ...", der Kastellan stockte kurz, „... nun, Ihr werdet ihn selbst kennenlernen, seid gewiss." Er überlegte einen Moment und fuhr dann eifrig fort: „Wenn ihr mögt, edler Herr von Bardenfleth, kann ich Euch morgen Abend zum Diner an den Tisch der von Imhoffs platzieren. Ihr trefft dort auch den Freiherrn und könnt Euch selbst ein Bild machen."

42 In der Tat reiste Christoph Adam Carl von Imhoff im März 1769 von London nach Indien und kehrte erst drei Jahre später steinreich zurück. Er bezahlte seine Brüder aus und baute sich in Mörlach ein hübsches Rokoko-Schlösschen. Sein Lebenswandel und ein Skandal machten ihn nicht nur in Indien bekannt: Erst lebte er jahrelang in wilder Ehe mit einer gewissen Marianne Chapusset, die er dann sogar heiratete, um sie später gegen eine Abfindung an den Lord von Hastings abzutreten. Das Vermögen seiner zweiten Frau Louise von Schardt brachte er durch und zog nach ihrem Tod nach Weimar, wo er sich mit Goethe anfreundete. Eine Schwester namens Aliénor gab es allerdings nicht, sie ist eine Erfindung der Autoren.

Begeistert stimmte Jacob zu. Das lief ja vortrefflich! Ob Aliénor ebenso erfreut sein würde? Immerhin war nun zwischen ihnen eine Pattsituation entstanden, nachdem auch sie einen peinlichen Auftritt vor seinen Augen gehabt hatte. Und wer wusste das schon: Vielleicht würden sie sich morgen auch ohne beißende Kommentare und Anfeindungen unterhalten können. Einen Versuch war es zumindest wert, fand Jacob.

Kurze Zeit später verabschiedete er sich vom Kastellan, der ohnehin noch einiges zu erledigen hatte, und machte sich auf den Weg zurück in die Herberge. Nach dem frühen Aufstehen wollte er ein nachmittägliches Nickerchen machen und sich dann gründlich auf seinen ersten Auftritt am Hof beim fürstlichen Lever vorbereiten. Zuvor stattete er allerdings noch dem Buchbinder Carle einen Besuch ab um festzustellen, dass dieser nicht nur taub und blind war, sondern vermutlich auch seit Jahren kein Buch mehr in der Hand gehalten hatte. Zwar gab es immer noch eine recht imposante Werkstatt, doch alles darin war von einer dicken Staubschicht überzogen. Die alte Frau des Buchbinders bestätigte ihm, dass der Fürst schon lange nicht mehr zu den Kunden Carles zählte – und dass dieser sich zwar noch seine Werkstatt hielt, nur eben nicht mehr arbeitete. Mangels Kundschaft war auch an Lehrjungen nicht zu denken, sodass nun der Zahn der Zeit sichtbar an dem kleinen Betrieb nagte.

Auch beim Juden Pfeiffer hatte Jacob kein Glück: Der Herr des Hauses befand sich derzeit auf einer Auktion in Frankfurt und sein ältester Sohn stand für ihn im Geschäft. Allerdings wusste dieser nichts über den Handel mit Büchern und wies achselzuckend auf ein paar Kirschbaummöbel hin, die zwar schön, doch für Jacob unbrauchbar waren. Die Rückkehr des alten Pfeiffer wurde für irgendwann in den nächsten Wochen erwartet, sodass Jacob mit ihm keine Geschäfte machen können würde. Enttäuscht kehrte er in seine Herberge zurück.

Das Lever des Fürsten fand in dem neuen Appartement des Schlosses statt, das Jacob am Vortag nicht besichtigt hatte. Er wusste aber, dass er in den Langenzeller Bau gehen musste.

Jacob gelangte durch den Schlosshof über einen Treppenturm im Bergfried in den zweiten Stock. Dort passierte er einen langen Gang mit Ahnenporträts an den Wänden und mit Vitrinen voll verschiedener Kostbarkeiten, Porzellane, Fossilien, Bronzen und Skulpturen. Hier warteten schon zahlreiche Bittsteller, teils stehend, teils auf niederen Hockern sitzend, auf eine Audienz. Jacob ignorierte sie mit erhobenem Kopf und ging zügig voran. Er war ein geladener Gast und konnte auf bessere Behandlung rechnen. Vor dem Zugang zum Appartement stand ein Wachmann mit einer Hellebarde. Sofort eilte ein Sekretär des Fürsten auf Jacob zu und fragte ihn nach seinem Namen und Herkunftsort. Kurz darauf fand sich Jacobs Name sich auf einer langen Liste und er durfte das erste Vorzimmer betreten. Die Wände waren dort mit rotem Moiré bespannt, die zahlreichen aufgereihten Stühle hatten den gleichen Bezug. In diesem Raum warteten die Bittsteller und jene, die vom Fürsten geladen wurden. Etwa zehn Personen in einfacher Kleidung standen in einer Ecke beieinander, einige von ihnen nestelten nervös an ihrer Tracht. Jacob glaubte, einen der Gäste seines Wirtshauses unter ihnen zu erkennen, war sich jedoch nicht sicher. Ein hochgewachsener junger Bursche lief allein am Fenster auf und ab und rezitierte den Text, den er dem Fürsten zu Gehör bringen wollte; ein anderer schien Handelsreisender zu sein und hatte eine große Kiste mit einem Fernrohr bei sich. Jacob kam mit ihm ins Gespräch und erfuhr, dass es sich um den berühmten Pfälzer Hofastronomen Christian Mayer handelte. Er saß ruhig auf seinem Stuhl und wirkte im Gegensatz zu allen anderen sehr gelassen. Das konnte er auch – hatte er doch einen festen Termin mit dem Fürsten zur Gartenbesichtigung nach dem Lever.

Jacob musste nicht lange warten und wurde bald ins zweite Antichambre vorgelassen. Nur wenige Menschen unterhielten sich hier leise, einige blickten interessiert auf, als er den Raum betrat.

„Jacob von Bardenfleth“, kündigte der Sekretär ihn. Freundlich lächelnd blickte Jacob sich um und begann damit, sich den

Anwesenden einzeln und formvollendet vorzustellen. Die Gesellschaft war illustrer als zunächst vermutet. Jacob lernte unter anderem den Hofrat Johannes Friedrich von Karchen kennen, einen Großneffen des legendären Adam von Karchen[43], den Baron und die Baroness von Rechberg sowie einen Grafen von Lauenstein, der bereits so betagt war, dass es sich unmöglich um den vom Kastellan erwähnten Bräutigam Aliénors von Imhoff handeln konnte. Der alte Graf und der Baron spielten gelangweilt Trick-Track[44], während alle anderen mehr oder weniger aufmerksam zusahen.

In diesem Raum war es ziemlich warm. Erstaunt und ein wenig befremdet stellte Jacob fest, dass an einer der Wände ein gusseiserner Ofen vor sich hin bollerte. Schon jetzt spürte er, wie ihm der Schweiß unter der Perücke und den Nacken hinablief. Wie sollte er das nur auf Dauer aushalten? Konnte man hier kein Fenster öffnen? Es war Sommer – warum wurde hier so stark geheizt? Jacob kam der Gedanke, dass dies nötig war, um den feuchten Muff aus den häufig unbewohnten Gemäuern zu vertreiben. Dennoch: Machte die Hitze den anderen Anwesenden gar nichts aus? Scheinbar nicht – auch sie waren in vollem Hofstaat gekleidet und vermutlich an diese Zustände gewöhnt. Erleichtert griff er nach einem Glas Zitronenwasser, das ihm ein alter Kammerdiener beflissen anbot. Dann schaute er sich unauffällig im Zimmer um. Wie im Vorraum auch dominierten die Farben Rot in den aufwendig gerahmten Wandbespannungen aus Seidendamast, Weiß in den Türen und Fensterlaibungen sowie Gold in den Rocailles[45] der Stuckdecke. Ein mit vielen Kerzen bestückter „Lustre von Christall“[46], zwölf Sessel, ein Canapé und eine große Standuhr mit einem Schlagwerk bildeten die Einrichtung des Zimmers. Es besaß eindeutig den neuesten Schick, war dabei sehr zu-

43 Adam von Karchen, der bereits 1726 starb, war Geheimer Hofrat und Hofmeister des Vorgängers des Hohenloher Fürsten.
44 Trick-Track ist ein Brettspiel, das dem heutigen Backgammon ähnelt.
45 Eine Rocaille ist ein muschelförmiges Ornament. Der Begriff kommt aus dem Französischen.
46 Die Einrichtung wird bereits im 18. Jahrhundert so beschrieben.

rückhaltend im Zierrat und strahlte eine edle Eleganz aus.

Geziert hielt Jacob sich sein Taschentuch an die Nase – eine vornehme Geste, die er einem Grafen in Schwerin abgeschaut hatte – und dachte über seine Eindrücke nach. Mit Dekorationen nach der Mode des französischen Hofs hatte er hier in der Provinz nicht gerechnet. Der Fürst schien folglich viel herumgekommen zu sein, wie sonst hätte er dieses Interieur gekannt? Doch ehe Jacob seine Überlegungen weiter vertiefen konnte, wurden die Flügeltüren zum Schlafzimmer des Fürsten von zwei Dienern geöffnet. Die große Uhr schlug laut und vernehmlich die neunte Stunde.

Der Fürst empfing den kleinen Hofstaat im Bett sitzend. Er trug noch sein Nachtgewand, ein schlichtes Hemd aus hellem Leinen. Auffällig war jedoch ein prächtiger Ring mit einem großen Topas, der den Mittelfinger seiner rechten Hand zierte.
Wie die anderen Anwesenden verbeugte sich auch Jacob vor der Hoheit. Dann verlas ein Lakai die Namen der zum Lever zugelassenen Personen noch einmal einzeln – und jeder Aufgerufene verneigte sich nochmals. Dem Fürsten wurde daraufhin von zwei ausgewählten adeligen Herren aufgeholfen und er verschwand mit ihnen hinter einem Gobelinschirm. Interessiert verfolgte Jacob, der etwas seitlich stand, das Geschehen. Er konnte um den Wandschirm herumschauen und so ungeniert beobachten, was sich dort tat: Seine Fürstliche Hoheit wurde zunächst ausgezogen, mit feuchten Tüchern abgerieben und parfümiert. Dann reichte man ihm nacheinander die Kleider: erst das Unterkleid, danach die Strümpfe, gefolgt von der Hose, und schließlich das weiße Rüschenhemd. Zum Schluss wurde ihm das Bäffchen umgelegt und eine frisch gepuderte Perücke mit einem langen Zopf aufgesetzt. Es folgte etwas Puder für das Gesicht und ein wenig Rouge – fertig war die Morgentoilette.

Endlich war der Fürst bereit und kam hinter dem Wandschirm hervor. Er ließ sich, freundlich nach allen Seiten grüßend, an einem Spieltisch nieder und empfing die Bittsteller mit ihren Anliegen, während der anwesende Adel das Geschehen teils gelangweilt, teils belustigt verfolgte. Auch Jacob lauschte den meist kurzen Gesprächen aufmerksam: So beklagte sich ein kostbar gekleideter Weinhändler über zu hohe Steuern, zwei einfache Handwerker baten um Reisegenehmigungen ohne Gebühren und ein Fabrikant wollte gar eine Orgelmanufaktur gründen! Der Sekretarius des Fürsten nahm alles pflichtschuldigst auf – doch sobald Geld ins Spiel kam, lehnte der Fürst mit einer schnellen Handbewegung ab. Der Weinhändler würde also weiterhin unter der Steuerlast leiden müssen, wobei er nach Jacobs Eindruck sehr gut genährt und wohlhabend wirkte, und die Reisegenehmigungen waren nicht ohne Bezahlung von ein paar Münzen zu bekommen. Lediglich den Orgelfabrikanten ließ der Fürst nicht auflaufen – im Gegenteil: Er beauftragte über seinen Sekretär die Hofkammer, für ihn ein geeignetes Grundstück zu finden. Jacob schnaubte innerlich: Natürlich, mit Prestige war der Fürst zu ködern. Er würde ihm eine schöne Geschichte erzählen!

Doch Jacob wartete vergeblich darauf vorgelassen zu werden. Der Fürst würdigte ihn keines Blickes, sondern plauderte ausgiebig mit dem anwesenden Adel. Natürlich ging es vor allem um die bevorstehende Jagd, aber auch um Details, die das Schloss selbst betrafen:

„... wir haben derzeit mindestens drei Zwölfender und einen kapitalen Eber, den will der Fürst zu Langenburg eigenhändig mit der Lanze erlegen ..."

„... noch gibt es 25 volle Fässer Wein vom alten Jahr im Keller, das müsste reichen, um die Löcher im Dach zu reparieren ..."

„... gegen die Wilderei sollten wir ein Exempel statuieren, wenn ich nur die Burschen zu fassen bekäme ..."

Erst als Seine Fürstliche Hoheit geruhte, sein Schlafzimmer zu verlassen, fiel sein Blick auf Jacob, der sofort die bei so viel Ehre erforderliche Verbeugung machte.

„Und Er ist der Gast aus dem Norden, nicht wahr?", näselte Ludwig Friedrich Carl und musterte Jacob dabei von oben bis unten. „Wie war der Comfort seiner Reise von Berlin nach Weikersheim?"

Erstaunt über ein solch großes Interesse berichtete Jacob in groben Zügen über Straßenverhältnisse, Unterkünfte und unzuverlässige Kutscher. Seine Fähigkeit, auch kleinste Begebenheiten anschaulich und humorvoll wiederzugeben gefiel dem Fürsten ganz offensichtlich und er fragte amüsiert nach. Rundum verstummten die Gespräche, während Jacob unter dem wohlwollenden Lachen des Fürsten heitere Anekdoten zum Besten gab.

„Ja, hat Er denn Geld, sodass Er am Kurpfälzischen Hof brillieren kann?" Der Ton Seiner Hoheit hatte plötzlich einen lauernden Unterton bekommen und Jacob horchte auf. Vergnügt schlug der Fürst ihm auf die Schulter: „Nun, ohne ein Säckel schwerer Münzen wird Er kaum bei Hofe durchkommen, nicht wahr?"

Jacob schluckte. War das eine Falle? Wie sollte er nur richtig antworten? Kurz entschlossen entschied er sich zu einer Mischung aus Dichtung und Wahrheit und antwortete mit fester Stimme: „Seid gewiss, fürstliche Hoheit, dass mein Auftraggeber mich ausreichend mit Mitteln versehen hat. Außerdem ..." er machte eine kleine Pause und ließ seinen Blick hoheitsvoll durch den Raum gleiten, „... außerdem bin ich der einzige männliche Erbe in der Familie. Das dürfte meine wirtschaftliche Situation hinreichend erklären, denke ich."

Er verbeugte sich höflich vor dem Fürsten, der mit einem charmanten Lächeln auf Jacobs Worte antwortete: „Nun denn, Edler von Bardenfleth, so sei Er heute Mittag zur Konversation unser Gast. Er wird mit uns spielen und den geistigen Austausch pflegen. Und bring' Er eine Liste ausgewählter Raritätenhändler mit, die ihm auf der Reise untergekommen sind. Es soll sein Schaden nicht sein." Dann verschwand der Fürst, gefolgt von seiner adeligen Entourage, während Jacob verblüfft und allein zurückblieb. Was wurde nun von ihm erwartet?

Der Kastellan erlöste ihn aus seiner misslichen Lage und führte ihn hinaus. Dabei erläuterte der Höfling den Ablauf des fürstlichen Alltags: So stand nun ein Imbiss in kleinem Kreise an, danach der Termin mit dem Astronomen Mayer, dann die Konversation im Tafelzimmer, zu dem der Kastellan Jacob geleitete. Auf dem Weg dorthin plauderten die beiden Männer bereits wie alte Bekannte, und Jacob versuchte unauffällig, noch einmal etwas über die Schlossbibliothek herauszufinden. Doch der Kastellan reagierte zurückhaltend und erwähnte lediglich, dass es tatsächlich eine wertvolle Sammlung gegeben habe, diese aber im Zuge der Umsiedelung nach Öhringen mehr oder weniger verloren gegangen sei. Angeblich wusste niemand etwas über den Verbleib der Bücher.

Das konnte Jacob sich nicht vorstellen. Er vermutete, dass ihm in dieser Angelegenheit wichtige Details verschwiegen wurden. Ein fürstlicher Hof ohne Bibliothek? Das gab es einfach nicht! Ein moderner Herrscher las Bücher – oder besaß zumindest welche – schon aus Gründen des Prestige und des Ansehens. Allerdings waren ihm beim Rundgang durch das Schloss am Morgen die leeren Bucherschränke an den Wänden zahlreicher Räume nicht entgangen. Hatte der Fürst etwa alle Bücher nach Öhringen geschafft? War Buchbinder Carle deshalb ohne Arbeit und der jüdische Händler nicht im Handel mit Prachtbänden und Folianten unterwegs? Möglich war es schon, doch sein Instinkt verriet Jacob, dass hier etwas faul war. Denn ganz sicher hätte zumindest der Kastellan etwas über einen Verkauf oder einen vollständigen Verlust der Bibliothek gewusst. Aber gut, sagte Jacob sich, dann würde er den Fürsten eben höchstpersönlich fragen!

Doch so einfach war das nicht. Denn die Konversation erwies sich keinesfalls als freundliches Geplauder unter geladenen Gästen des Fürsten, wie die Bezeichnung vermuten ließ – im Gegenteil: Im Tafelzimmer versammelte sich geraume Zeit später eine schweigende Gesellschaft, die an Spieltischen hohe Summen Geld einsetzte und nur ab und zu ein paar Sätze fallen ließ. Jacob wunderte sich sehr darüber, ergriff aber mutig die erstbeste Gelegenheit, mit dem Fürsten trotzdem ins Gespräch zu kommen, nachdem er ein hübsches Sümmchen an ihn verloren hatte. Doch auch Seine Hoheit wich beim

Thema Schlossbibliothek aus. Als Jacob allerdings erwähnte, dass er mit seltenen Büchern und extravaganten Ausgaben handelte und dabei sein – gefälschtes – Empfehlungsschreiben an den Kurfürsten zückte, meinte er zwar ein Flackern in den Augen von Ludwig Friedrich Carl wahrzunehmen, mehr erfuhr er von ihm jedoch nicht.

Erst als sich die Konversation auflöste und der Fürst, so vermutete Jacob, seinen Spaziergang mit dem pfälzischen Astronomen unternehmen wollte, erwähnte Seine Hoheit im Aufbruch, dass es in Weikersheim leider keine Bibliothek gebe. Allerdings sei die Residenz Öhringen damit durchaus gut bestückt und Jacob solle doch auf dem Rückweg einige seiner neu erstandenen Raritäten dort einliefern. Er würde dann entsprechende Empfehlungsschreiben für seine Reise erhalten. Da der Fürst ihn dabei nicht nur mit gedämpfter Stimme ansprach, sondern ihm gleichzeitig bedeutungsvoll zuzwinkerte, wusste Jacob sofort, worum es ging und nickte verständnisvoll. Seine Hoheit gehörte also auch zu jenen Adeligen, die sich an Erotica und verbotenen Schriften und Bildern erfreuten. Ob sein Hofdiakon davon etwas ahnte? Wohl kaum. Im Übrigen war Jacob sich nun ganz sicher, dass auch das Weikersheimer Schloss, wenn auch keine richtige Bibliothek, so doch zumindest einen Raum mit ebensolchen Werken besaß – dazu kannte er seine Klientel zu gut. Oftmals war es nämlich ein trauriger Nebeneffekt dieser Passion für das Verbotene, dass die betroffenen Leser zu den dort beschriebenen Leidenschaften im realen Alltag gar nicht mehr fähig waren, ohne vorher regelmäßig die Nase zwischen die unerlaubten Seiten zu stecken. Wie gut also, dass am Nachmittag die Jagd stattfand! Jacob wollte die Zeit nutzen, sich noch einmal unauffällig im Schloss umzusehen. Bis dahin würde er den Aufbruch der Herrschaften verfolgen und sich danach irgendwie wieder in das Gebäude hineinschleichen.

Zum großen Ereignis versammelten sich die Waidmänner im Schlosshof. Die Oberaufsicht, das erfuhr Jacob vom alten Klemm, hatte der Obrist Jagdmeister Zobel von Giebelstein.

Der Fürst bestieg mit ihm zusammen eine offene Kutsche. Zwölf berittene Jäger in grüner Uniform begleiteten den Tross, bei der Ausfahrt ertönt eine Fanfare vom Schlossturm. Dahinter sammelten sich mehrere Reiter mit der großen Hundemeute, die kläffend hinter der Gesellschaft herrannte. Die Parforce selbst fand auf dem Carlsberg statt, der eine gute halbe Stunde mit der Kutsche entfernt war. Besonders lang würden die Herren also nicht ausbleiben; das Gemetzel bei einer solchen Veranstaltung erfolgte meist recht zügig. Klemm verriet Jacob, dass auf dem Carlsberg für diesen Anlass das Jahr über 300 Stück Wild in einem ummauerten Areal gehegt und gepflegt worden waren. Vermutlich würde man heute bis auf einige Jungtiere den kompletten Bestand zur Strecke bringen. Jacob schloss daraus, dass seine Zeit für die Suche nach der Bibliothek knapp bemessen war. Deshalb machte er sich sofort auf den Weg.

Im Trubel des allgemeinen Aufbruchs konnte er sich tatsächlich unbemerkt ins Schloss schleichen. Gezielt wählte er die Richtung zu der Stelle, wo der Kastellan am Morgen das Archiv erwähnt hatte. Immer wieder begegnete er dabei Dienstleuten, die im Schloss irgendwelche Tätigkeiten versahen – doch wenn er überhaupt bemerkt wurde, nickten sie ihm allenfalls gleichgültig zu. Mittlerweile war Jacob klar geworden, dass hier das gesamte Personal völlig überaltert war und ihn deshalb weder durch die Gänge eilen hörte noch sah, geschweige denn erkannte. Wer im Weikersheimer Schloss arbeitete, schien – von wenigen Ausnahmen in der unmittelbaren Umgebung des Fürsten abgesehen – ein Mindestalter von 50 Jahren zu haben. Warum das so war, konnte er sich nicht erklären; nützlich war es für seine Mission allemal.

Endlich fand Jacob das Schlossarchiv. Es befand sich neben der Amtsstube des Kastellans im Erdgeschoss direkt unter dem Rittersaal, soweit er sich erinnerte. Es war mit einer mächtigen Eisentür verschlossen. Jacob zückte einen Dietrich und wollte sich gerade am Schlüsselloch zu schaffen machen, als er etwas Sonderbares bemerkte: Das schwere Schloss hatte keine Funktion, es war nur eine Attrappe! Neugierig tastete er die Umgebung des Riegels ab und fand einen kleinen Schieber, der sich mühelos bewegen ließ. Glücklicherweise war der Kastellan mit der Vorbereitung des Diners ausreichend beschäftigt, sodass Jacob es wagen konnte, dem Raum einen Besuch abzustatten. Er öffnete die Tür und schlüpfte hinein.

Bis unter die Decke war der Raum mit Schubladenschränken ausgestattet. Jacob zog einzelne Laden auf, fand aber nur langweiligen Schriftverkehr. Auf dem Boden stand eine eiserne Kiste, die vielversprechend aussah. Er hob den unverschlossenen Deckel und schaute hinein. Doch nichts war darin, die Kiste war auf den Hund gekommen[47]. Enttäuscht richtete Jacob sich auf. Dabei fiel sein Blick auf einen detaillierten Plan des Schlosses in drei Ebenen, der an der Wand hing. Interessiert studierte Jacob die eingezeichneten Räume und fand viele Gänge, Zimmer und Säle wieder, die er bereits besichtigt hatte. Plötzlich stutzte er: Was war das? Der große Rittersaal war zwar korrekt wiedergegeben und ließ auch die Empore mit dem Schlossarchiv darunter erkennen, auf der am Abend die Musiker spielen würden – und dennoch stand daneben in feiner Schrift zusätzlich die Abkürzung Bibl. War das ein erster Hinweis? Hatte sich die Bibliothek des Schlosses ursprünglich auf der Empore oder hier im Archiv befunden? Das war ungewöhnlich, doch Jacob hatte bereits gelernt, dass im Hohenloheschen einiges anders war als an der Ostsee! Das Archiv sah allerdings so aus, als hätte es einige Jahre auf dem Buckel, fand Jacob, als er sich genauer umsah. Die Möbel waren sicherlich schon mehr als hundert Jahre alt und wirkten, als wäre sie einst für diesen Raum angefertigt worden. Nein, das hier war nie eine repräsentative Bibliothek gewesen! Und irgendwelche Geheimtüren in verborgene Hinterzimmer gab es auch nicht, vergewisserte er sich. Folglich musste die Abkürzung etwas mit der Empore zu tun haben. Unglücklicherweise konnte er genau das nicht sofort überprüfen, weil das

47 Daher das bekannte Sprichwort: Erkannte man den gemalten Hund auf dem Boden der Kiste, war sie leer.

Orchester bereits fleißig probte – das war ärgerlich. Weil er aber in dem Schlossplan keine anderen Hinweise auf Bücher fand, beschloss er, seine Suche abzubrechen. Vielleicht ergab sich am Abend beim Galadiner die Gelegenheit, einen Blick auf die geheimnisvolle Empore zu werfen?

Als Jacob das Schlossareal verließ, füllte sich der Marktplatz bereits nach und nach wieder. Vor der Weinkellerei gab es eine Gratisverköstigung und Musiker sorgten für Stimmung. Am späten Nachmittag kamen die Wagen mit den erlegten Tieren an, die hier verladen und verteilt wurden. Alle Jagdhelfer erhielten als Zusatzlohn vier Pfund Fleisch von den Ebern, der Rest wanderte in den Eiskeller oder direkt in die Schlossküche. Jacob beobachtete das Geschehen eine Weile und zog sich dann in seine Pension zurück. Froh, die lästige Perücke ablegen zu können, entspannte er sich, indem er ein Nachmittagsschläfchen einlegte.

Erst am Abend machte er sich fein herausgeputzt wieder auf den Weg zum Schloss. Er hatte sich für eine hellblaue Livree aus Baumwolle entschieden, die mit nur wenigen Pailletten und einer kleinen Goldstickerei am Revers elegant, aber dezent wirkte. Darunter trug er eine zinnoberrote Weste mit großen schwarzen Knöpfen. Seine Hose war dunkel, die Strümpfe aus Seide. Der Clou war sein Schuhwerk: Aus feinstem schwarzen Leder gefertigt besaß es einen hohen roten Absatz! Jacob fragte sich für einen kurzen Moment, ob er in Ungnade fallen würde, sollte er besser als der Fürst gekleidet sein. Dennoch fühlte er sich in seiner Galauniform großartig, obwohl er ganz unstandesgemäß zu Fuß unterwegs war.

Die höfische Gesellschaft fuhr indessen im Minutentakt im Schlosshof vor. Jacob kannte mittlerweile manches Gesicht und grüßte höflich in die Runde. Über die Reitertreppe im alten Bergfried gelangte er mit all den anderen Gästen in den ersten Stock, wo man erneut in die Tafelstube gebeten wurde. Ein Begrüßungstrunk vom besten Tauberschwarz wurde ausgeschenkt. Diese alte Rotweinsorte kannte Jacob bislang nur von französischen Weinen, wenngleich ihm der „Österreicher“

vertrauter war, der sich seit neuestem „Sylvaner“ nannte. In Schwerin wurde bei Hofe meist ein Gewürztraminer serviert, der einen eigenwilligen Duft nach Rosen besaß. Dieser „Tauberschwarz“ hingegen war eine echte Entdeckung, fand Jacob, weil der Wein seinen Gaumen köstlich süß umschmeichelte. Die Dienerschaft reichte die Getränke auf silbernen Tabletts und während jeder an seinem Glas nippte, ergaben sich erste Gespräche untereinander. Vergeblich hielt Jacob nach Aliénor von Imhoff Ausschau, sie war offenbar noch nicht eingetroffen. Also wartete er geduldig darauf, dass sich die große Flügeltür zum Rittersaal öffnete und das Diner begann.

Zunächst zog allerdings der Fürst in die Tafelstube ein – gefolgt von zwei hochrangig uniformierten jungen Männern. Wie alle anderen verbeugte sich auch Jacob formvollendet, als Seine Hoheit an ihm vorbeischritt. In der Mitte des Raumes hielt Ludwig Friedrich Carl plötzlich inne und deutete auf einen großen Kübel mit Deckel, der Jacob zuvor noch gar nicht aufgefallen war.

„Wir haben beschlossen, heute Abend die höfische Ordnung einmal aufzuheben“, verkündete der Fürst, nachdem gespannte Stille eingekehrt war. Ungläubiges Gelächter folgte diesen Worten, doch Seine Hoheit stellte mit einer kurzen Handbewegung sofort wieder Ruhe her.

„Wir meinen das durchaus ernst. Unser Kastellan wird das Procedere leiten.“ Er wandte sich zu dem hinzugetretenen Verwalter, der nach einer kleinen Verbeugung den Deckel des Kübels anhob. Unterdessen sprach der Fürst weiter: „Ein jeder wird ein Los ziehen, die Nummer verrät dann den Sitzplatz. Nur zu!“ Er zog sich ein paar Schritte zurück und überwachte den allgemeinen Trubel, der daraufhin ausbrach. Offenbar war diese Art von Sitzordnung in Weikersheim bislang noch nicht vorgekommen! Auch Jacob trat irgendwann vor und erhielt aus der Hand des Kastellans eine Platznummer. Er wartete gespannt auf das, was nun kommen sollte.

Plötzlich ertönten Fanfaren aus dem Rittersaal. Die Flügeltüren öffneten sich und ein Lichtermeer von Kerzenschein empfing die staunenden Gäste. Das große Platzsuchen begann. Insgesamt waren drei Tafeln für jeweils zwanzig Personen hintereinandergestellt. Die Tische zierten weiße Damastdecken, Stoffservietten, Porzellanteller, Essbesteck aus Silber, neumodische dreizinkige Forken sowie Messer und Suppenlöffel. Lediglich der Fürst erhielt zum Diner von der Dienerschaft ein extra Besteck aus einer eigenen Schatulle. Eine Platte mit Silbergefäßen für Essig, Öl, Senf und Pfeffer, größere Salzfässchen sowie Zuckerdöschen stand zusätzlich auf jedem Tisch. In der Mitte jedes Tisches war zudem ein Arrangement aus süßem Konfekt aufgetürmt. Geschmückt waren die Tafeln mit aufgeschnittenen Zitronen und Orangen sowie Blumen aus dem Garten.

Jacob fand seinen Stuhl recht schnell. Er saß nicht an der fürstlichen Tafel, was ihn zunächst insgeheim enttäuschte, stellte dann jedoch fest, dass ihm gegenüber – was für ein Zufall! – Aliénor von Imhoff in einer prachtvollen hellgrünen Robe mit tiefem Ausschnitt und mit einem gequälten Lächeln Platz nahm. Der Kastellan hatte also Wort gehalten, das alte Schlitzohr. Jacob wollte ihm dafür später noch ein paar Münzen zustecken. Doch zunächst galt es, sich den anderen Herrschaften bei Tisch vorzustellen, die nun auch eintrafen. Neben Aliénor, die ihm nicht mehr als ein kurzes Kopfnicken gegönnte hatte, nahm ihr älterer Bruder nebst Gattin Platz, der derzeit ja ihr Vormund war, wie Jacob wusste. Friedrich Wilhelm und Ernestine von Imhoff waren recht beleibt und die rote Haut ihrer Gesichter verriet, dass beide den selig machenden Getränken mehr zugetan waren, als es gut für ihre Gesundheit war. Sie zeigten sich jedoch höflich interessiert an Jacob und seiner Mission – und Friedrich kam in Hochform, als Jacob ihn zu seinen Aufgaben als Oberforstmeister des Fürsten befragte. Erst als sich ein älterer Herr humpelnd dem Tisch näherte, unterbrach Aliénors Bruder seinen Redeschwall. Übertrieben höflich begrüßte er den Mann, der nun neben Aliénor Platz nahm und ihr artig die Hand küsste. Aliénor ignorierte ihn allerdings fast vollständig und ihr Gesicht bekam einen beinahe trotzigen Ausdruck.

„Darf ich vorstellen“, nahm Friedrich Wilhelm das Gespräch wieder auf, „Der Graf von Lauenstein, ein enger Vertrauter Seiner Hoheit und seines Zeichens Bräutigam meiner geliebten Schwester Aliénor.“ Jacob erstarrte. Dieser alte Mann sollte der Gatte einer Achtzehnjährigen werden? Das war ja entsetzlich! Auch die Braut schien darüber alles andere als glücklich zu sein, dessen vergewisserte Jacob sich mit einem kurzen Blick.

„Wir wurden uns bereits heute früh beim Lever vorgestellt“, beeilte er sich nun zu sagen, damit die peinliche Stille sich nicht zu lang ausdehnte. Er deutete eine höfliche Verbeugung zum Grafen an, während seine Gedanken rasten. Kein Wunder, dass Aliénor von Imhoff in halsbrecherischem Tempo quer über das Land ritt, um diesem Leben zu entfliehen! Ob der alte Lauenstein überhaupt in der Lage war, Kinder zu zeugen? Der Gedanke an das eheliche Schlafzimmer der Braut verstörte ihn zutiefst und ließ für ihn die junge Frau plötzlich in einem anderen Licht erscheinen. Sie tat ihm unendlich leid, auch wenn ihr Verhalten bei Tisch während des nun folgenden Diners alles andere als unterwürfig oder geknickt wirkte. Im Gegenteil: Mit hoch erhobenem Haupt tat sie so, als gäbe es den Grafen zu ihrer Linken gar nicht, und sie plauderte dafür umso ungenierter mit Jacob, dem das gut gefiel. Außerdem erfuhr er so, dass es tatsächlich einen Grund für das hohe Alter der Bediensteten im Schloss gab. Anstoß zu diesem Thema gab ein Glas roten Tauberschwarz-Weins, das sich wegen des ungeschickten Servierens durch einen Tattergreis in den Nacken der empörten Ernestine von Imhoff ergoss. Während ihr Gatte sich darum kümmerte, dass der alte Diener sofort entlassen, der Schaden an der Kleidung einigermaßen behoben und die beleibte Gattin beruhigt wurde, flüsterte ihm Aliénor eine unglaubliche Geschichte zu: So hatte einst der fürstliche Vorgänger Graf Carl Ludwig fast alle die heute noch vorhandenen Hofbediensteten eingestellt – in jungen Jahren wohlgemerkt. Sie waren gemeinsam mit ihm gealtert, nur eben noch nicht verstorben wie ihr Dienstherr. Da es nun sein Nachfolger, Seine Fürstliche Hoheit Ludwig Friedrich Carl, von Anfang an nicht übers Herz brachte, die alte Dienerschaft seines Vaters in die Armut zu entlassen, stellte er, anders als sonst üblich, keine neuen Mägde und Diener ein. Alle blieben – freilich bei geringerem Lohn – in Anstellung, bis sie nach und nach ebenfalls das Zeitliche segneten. Sie wurden dann einfach nicht mehr ersetzt, was im Übrigen auch den Geldbeutel des Fürsten auf Dauer erheblich schonte.

Jacob schüttelte fassungslos den Kopf. Was es alles gab! Und er erfuhr noch mehr: So munkelte man, dass der Fürst ein kostspieliges heimliches Laster haben musste, denn er schöpfte alle erdenklichen Möglichkeiten aus zu Geld zu kommen. So zahlte er horrend niedrige Löhne und hatte, um hier in Weikersheim sein neues Appartement einzurichten, zwei vergoldete Gueridons[48], vergoldetes Zinn, einen Spiegel, einen massiv silbernen Tisch, sechs Wandleuchter und einen großen Schirm aus massivem Silber einschmelzen lassen. Außerdem ließ er in zahlreichen Auktionen weniger kostbares Schlossgut versteigern.

Jacob wurde einiges klar. So erklärten sich die vielen leeren Zimmerfluchten im Schloss, genauso wie das steinalte Personal. Der Fürst ließ die ehemalige Residenz Weikersheim schlicht und ergreifend aussterben – schön war das nicht. Dem Ort Weikersheim werde dies auch nicht gerecht, bemerkte er Aliénor gegenüber, doch diese zuckte nur mit den Schultern. „Es ist gleichgültig, wo man lebt“, murmelte sie traurig, „wenn man eine Zukunft wie ich vor sich hat.“

Am liebsten hätte Jacob nach ihrer Hand gegriffen, doch das schickte sich selbstverständlich nicht – und schon gar nicht in Anwesenheit ihres Bräutigams! Dieser war zwar bereits nach dem ersten Gang des dreigängigen Menüs eingeschlafen, doch der Bruder wachte mit Argusaugen über Aliénor. Nach den Worten des Kastellans hatte sich ja auch kein anderer

48 Gueridons sind Beistelltische, die oft figürlich ausgeformte Füße besaßen.

Bräutigam gefunden, man durfte ihn also nicht vergrätzen.

Während Friedrich Wilhelm von Imhoff das Gespräch mit ausführlichen Schilderungen seines Landgutes wieder an sich riss, ließ Jacob das üppige Menü über sich ergehen. Es bestand zunächst aus „Olla podrida", einer Terrine spanischer Art mit verschieden Fleisch- und Gemüsesorten. Es folgte das Hauptgericht mit Platten von Kalbsbraten, Wildragout, Kalbsfrikassee, Geflügel, Gemüse und Salat; abschließend gab es ein Dessert mit Konfitüren, Kompotten, Eis und Obst. Zwischen den Gängen, die mehr oder weniger geschickt von den tattrigen Bediensteten aufgetragen wurden, servierte man Omeletts mit Kräutern, Pfannkuchen, Pflaumen in Dickmilch und Gebäck. Nicht alle erfreuten sich allerdings an dem üppigen Mahl: Jacob stellte fest, dass viele der Anwesenden Schwierigkeiten hatten, die Speisen ordentlich zu kauen – was ihn nicht weiter wunderte, weil die meisten Herrschaften keine besseren Zähne besaßen als die einfachen Leute. Er ekelte sich vor den zahnlosen und ungepflegten Gebissen, die sich im Gespräch zwangsläufig auftaten; auch sein unmittelbarer Sitznachbar zur Linken, ein Graf Lichtwald, hatte ein solches Trümmerfeld im Mund. Aliénor und ihr Bruder hingegen besaßen ausgesprochen schöne und gepflegte Zähne.

„Iiiih!" Ein lautes Kreischen von der fürstlichen Tafel unterbrach sämtliche Tischgespräche. „Er hat die Sauciere mit dem Burdalou[49] verwechselt!"

Schallendes Gelächter folgte dem Schrei des adligen Fräuleins. Jacob reckte den Hals. Der verschusselten Dienerschaft war ein solches Missgeschick durchaus zuzutrauen! Im allgemeinen Trubel erhob sich ein Höfling und klopfte mit seinem Messer an sein Weinglas. „Darf ich einen Moment um Ihre geschätzte Aufmerksamkeit bitten?"

Als wieder Ruhe im Saal eingekehrt war, trug er zu Ehren Seiner Fürstlichen Hoheit ein Gedicht vor, das rund 50 Jahre zuvor von einem gewissen Johann Samuel Faust zur Preisung

49 Das Burdalou ist ein Abortschiffchen für die Damen, das durchaus eine gewisse Ähnlichkeit mit einer Sauciere aufweist.

der Stadt Weikersheim verfasst worden war:

Es mögen sich bey Frühlingszeiten
Zuerst die Veil und Tausendschön
In blau und rothen Sammet kleiden
Und prächtig an den Bächen stehn.

Der Schmuck, so hier zuerst sich findet,
und DeineTauber prächtig macht
auch Amaranthen überwindet,
Ist Dein vergnügter Fürsten-Pracht.

Heut hat der Tag sich eingefunden
Den Weikersheim für Frühling hält
Indem der Frühling Deiner Stunden
Grad in den Mertz und Frühling fällt.

Jacob konnte sich das Lachen kaum verbeißen, und auch Aliénor schien es ähnlich zu ergehen. Was für ein unsäglicher Text! Doch die meisten Anwesenden einschließlich des Fürsten lächelten selig und bedachten den Höfling abschließend mit großem Applaus. Hoffentlich ging der Abend nicht so weiter! Doch Jacob sorgte sich umsonst, denn nach dem Dessert wünschte Seine Hoheit im Garten zu promenieren und Tabak zu schlürfen. Vorab wurden jedoch noch Schokolade, Kaffee und Kirschwasser zur Verdauung gereicht. Jacob entschied sich wie Aliénor für den Kaffee, während ihr Bruder und Ernestine wie erwartet nach dem Kirschwasser griffen und jeweils gleich zwei Gläser davon einheimsten. Der alte Graf von Lauenstein hingegen schnarchte selig weiter, was niemanden wirklich zu stören schien – am allerwenigsten Aliénor. Bereitwillig und mit Zustimmung ihres Bruders begleitete sie Jacob hinaus in den Garten. Ein kleines Konzert in der Orangerie unterhielt die Gesellschaft, doch Jacob wollte lieber ungestört mit der hübschen Frau an seiner Seite plaudern. Dabei erfuhr er die unselige Geschichte ihrer Verlobung, die – wie von ihm heimlich erhofft und erwartet – gegen ihren Willen stattgefunden hatte.

„Ich werde diesen Mann ganz bestimmt nicht heiraten!" klärte sie Jacob auf und unterstrich ihre Worte mit einem kräftigen Aufstampfen des linken Fußes. „Nie im Leben – eher brenne ich durch!" Daran zweifelte Jacob nicht – und erwähnte bei dieser Gelegenheit, dass die nächste Station seiner Reise die Kurpfalz sein werde, man konnte ja nie wissen. In der Tat ging Aliénor erfreut darauf ein und erzählte von einer Tante, die in der Pfälzer Sommerresidenz in Schwetzingen lebte. Sie hatte ohnehin vor, diese beizeiten zu besuchen; vielleicht würden sich ihre Wege also noch einmal kreuzen. Dann fragte sie genauer nach Jacobs Herkunft. In knappen Worten fasste er die Geschichte der Bardenfleths zusammen und ignorierte dabei bewusst ihre klugen Zwischenfragen. Es war ihm zuwider, die junge Frau anzulügen, doch ihm blieb leider nichts anderes übrig. Schnell lenkte er das Gespräch zurück auf den Fürsten und die offenbar nicht vorhandene Bibliothek. Ob Aliénor etwas darüber wusste?

„Oh ja, natürlich!" Eifrig wandte sie ihm ihr Gesicht zu. „Die alte Gräfin besaß doch eine Geheimbibliothek! Ich selbst habe sie nie betreten, das war vor meiner Zeit bei Hofe, aber angeblich befand sie sich irgendwo neben dem Rittersaal. Nur – ob es sie heute noch gibt?"

Sie zuckte die Achseln und fuhr fort: „Seine Hoheit hat ja alles, was im Schloss nicht niet- und nagelfest war, verschleudert. Ich denke, an den erbaulichen Schriften der alten Gräfin hatte er ebenfalls kein Interesse. Ich glaube nicht, dass unser Fürst viel Wert auf Bücher legt."

Das sah Jacob ganz anders, schwieg aber wohlweislich. Während er mit Aliénor von Imhoff durch die Gartenanlagen flanierte und in erbaulichen Gesprächen mit ihr feststellte, dass sie auch nett und sehr weiblich sein konnte, schweiften seine Gedanken immer wieder ab. Wo konnte sich eine an den Rittersaal anschließende Geheimbibliothek befinden? Gedankenverloren hob er ein weißes Taschentuch auf, das Aliénor verlor, als sie sich über einen Blütenstrauch beugte und daran roch. Sie bemerkte dies nicht und er stopfte es heimlich in seine Westentasche.

Endlich versammelte die Gesellschaft sich wieder im Rittersaal, um einem Konzert der Musiker auf der Empore zu lauschen. Während die Waldhörner laut ertönten und ein Geigenvirtuose sein Können zum Besten gab, nutzte Jacob die Gelegenheit und dachte über die Empore nach. Dabei fiel ihm das merkwürdige Verhalten des Kastellans ein, als sie am Morgen den Saal besichtigt hatten. Er versuchte, sich genau zu erinnern: Hatte sich einer der Musiker nicht am Boden zu schaffen gemacht und war dafür verwarnt worden? Angenommen, der arme Musikus hatte lediglich eine Bodenklappe gesehen – nur, wohin führte sie? Mit klopfendem Herzen und angespannt studierte Jacob noch einmal die Front der Empore. Und dann entdeckte er es: In der Wand befanden sich zwei kleine geschlossene Holzluken. Natürlich, warum war er nicht eher darauf gekommen? Die Empore besaß ein geheimes Zwischengeschoss – deshalb also die Aufregung des Kastellans! Er beschloss, der Angelegenheit am folgenden Tag auf den Grund zu gehen. Er musste ohnehin noch einmal im Schloss vorsprechen – schließlich wollte der Fürst ihm noch Empfehlungsschreiben ausstellen, das hatte er zumindest versprochen.

Der restliche Abend neben Aliénor von Imhoff verging wie im Fluge. Jacob stellte fest, dass die junge Frau recht gebildet war und sich, wie er selbst auch, für die Schriften moderner Autoren interessierte. Sie war eine anregende Gesprächspartnerin, hatte allerdings eine spitze Zunge, vor der es sich in Acht zu nehmen galt. Dennoch: Er genoss die Zeit an ihrer Seite und bedauerte es sehr, sich – wenn auch spät – von ihr verabschieden zu müssen. Allein die Aussicht, sie vielleicht am kurpfälzischen Hof wieder zu treffen, ließ ihn hoffen, wenngleich er ihre gezielten Fragen nach seiner Herkunft und seiner tatsächlichen Tätigkeit insgeheim fürchtete. Unglücklicherweise hatte er ihr den Namen seines Buchhändlerkollegen Anton Altenberg in Mannheim genannt – hoffentlich tauchte sie nicht vor ihm dort auf! Denn von einem Jacob von Bardenfleth dürfte dieser noch nie gehört haben. Folglich musste Jacob am besten schon am nächsten oder übernächsten Tag Weikersheim verlassen; das Risiko, ausgerechnet von Aliénor enttarnt zu werden, war einfach zu groß! Gleichzeitig bedauerte er dies zutiefst, denn er hatte sich – das gestand er sich wohl oder übel ein – ein wenig in die streitbare Adelige verliebt. Wie sollte das nur weitergehen?

Am anderen Morgen war Jacob jedoch von solch sorgenvollen Gedanken abgelenkt, weil er sich auf die Suche nach der geheimen Bibliothek machen wollte. Lediglich beim Aufstehen, als ihm das Tüchlein mit dem Monogramm der neuerdings Angebeteten auf dem Nachttisch ins Auge fiel und er ihren Duft darin wahrnahm, dachte er noch einmal wehmütig an Aliénor und ihren steinalten Bräutigam. Dann konzentrierte er sich ganz auf die Tagesplanung, steckte das Tuch jedoch als Talisman wieder in seine Westentasche.

Bei Hofe erfuhr Jacob vom Kastellan, dass der Fürst bereits früh am Morgen abgereist war. Allerdings hatte Seine Hoheit ihn damit beauftragt, einige Empfehlungsschreiben für den Edlen von Bardenfleth fertigzustellen – unterschrieben waren sie schon. „Wenn Ihr also noch ein wenig lustwandeln wollt, könnte ich Euch die Papiere gegen Mittag aushändigen."

Jacob willigte erfreut ein. Es konnte gar nicht besser für ihn laufen! Beschwingt machte er sich auf den Weg ins Schloss und wählte dabei zunächst eine unauffällige Richtung, um keinen Verdacht zu erregen. Doch es bemerkte ihn ohnehin niemand, das Schloss war wieder wie ausgestorben. Er versuchte sich zu orientieren, indem er sich den Plan von der Wand des Archivs vor sein inneres Auge rief. Dann suchte er das Vorzimmer des alten Appartements. Durch eine finstere Kammer ohne Fenster gelangte er, vorbei an einer Retirade, schließlich einige Stufen hoch zur Empore. Und dort fand er sie tatsächlich: eine Bodenklappe. Er öffnete sie vorsichtig. Eine steile Treppe verbarg sich darunter. Über sie stieg Jacob hinab in einen nicht sehr hohen, rechteckigen Raum, dessen hinterer Teil wiederum eine kleine Empore besaß. Licht erhielt die Kammer durch ein großes Fenster zur Gartenseite, außerdem fand er zwei schmale Sehschlitze hinunter zum Rittersaal. Er blickte sich neugierig um.

An den Wänden rundherum standen gefüllte Bücherregale; in einigen wurden allerdings auch Arzneien gelagert. Jacob studierte die Titel: Wirklich aufregend waren die Bücher und Folianten nicht! Meist handelte es sich um Atlanten oder Reiseberichte, dazwischen ein paar theologische Schriften von minderer Bedeutung. Viel Geld war damit nicht zu machen. Gelangweilt betätigte er den Schieber einer der beiden Luken in den Rittersaal. Von hier aus hatte man einen vollständigen Überblick über den großen Raum, nicht schlecht! Alles war bereits aufgeräumt und sauber – nichts erinnerte mehr an das Diner vom Vorabend. Sicherheitshalber verschloss er die Luke aber wieder, er durfte hier oben auf keinen Fall entdeckt werden.

Dann fiel sein Blick auf zwei Holztüren im dunklen Eck unter der Treppe. Sie waren verriegelt, das machte sie umso interessanter. Wie gut, dass er einen kleinen Leuchter aus der Pension mitgenommen hatte. Er entzündete die Kerze und stellte sie auf dem großen Tisch ab, der am Fuße der Treppe stand. Nun zückte er seinen Dietrich und machte sich an den Schlössern zu schaffen. Kurze Zeit später verriet ihm ein leises Klicken, dass er erfolgreich war. Langsam öffnete er die erste der Türen und leuchtete mit der Kerze – in dahinter verborgene Gewölbe mit Regalbrettern! Ein breites Grinsen überzog sein Gesicht: Genau das hatte er gesucht!

In den beiden folgenden Stunden zog Jacob einen Band nach dem anderen aus dem Schrank und blätterte darin. Es waren nicht nur kostbare Ausgaben von teils verbotenen, teils von der Kirche geächteten erotischen Schriften und Illustrationen, sondern auch Buchtitel, die ihm bislang unbekannt und hochspannend waren: So kannte er zwar die Texte des Prachtbandes *Der Im Irrgarten Der Liebe Herumtaumelnde Cavalier;*

Oder Reise Und Liebesgeschichte Eines Vornehmen Deutschen Von Adel Herrn Von Gottfried Schnabel[50], hatte dieses Buch jedoch nie mit freizügigen Stichen illustriert in der Hand gehalten. Die Bilder waren äußerst delikat! Auch eine Erstausgabe von *Thérèse philosophe*[51] hielt der Fürst hier versteckt – eine Rarität und im Buchhandel sehr begehrt. Fasziniert studierte Jacob die Illustrationen. Allein der Stich, mit dem die Skandalerzählung begann, war ein kleines Meisterwerk: Ein Jesuit versetzte ein armes Beichtkind unter dem Vorwand der Buße in Ekstase, indem er dessen nacktes Hinterteil malträtierte. Sein eigenes Geschlecht hatte er bereits entblößt, und der Betrachter konnte sich ausmalen, was als Nächstes passieren würde. Jacob grinste. Der Skandal, der diesen Roman angeblich inspiriert hatte, war in den Dreißigerjahren Gesprächsthema in den Salons gewesen – hinter vorgehaltener Hand natürlich. Demnach hatte ein Jesuitenpater eine Bürgertochter im Beichtstuhl zur Unzucht verführt und das als religiös-spirituellen Akt verschleiert. Vorsichtig stellte er das Werk zurück und zog ein anderes Buch heraus. Als er es auf dem Tisch ablegte und den neutralen Umschlag aufklappte, stockte ihm regelrecht der Atem! Er hatte schon viel davon gehört, sie bislang jedoch nie im Original gesehen – und hier lag sie nun vor ihm: die *Histoire de Dom B..., portier de Chartreux, écrite par lui-même*[52]. Aufgeregt begann Jacob, die Seiten umzublättern. Es war unglaublich, was er sah: Bilder von enthemmten Geistlichen, die es mit jungen Nonnen trieben, erotische Spielarten, die er nur vom Hörensagen kannte – und detaillierte Beschreibungen sexueller Abartigkeiten, die sein Blut in Wallung brachten. Nicht umsonst hatte dieser Roman so unendlich viele heimliche Le-

50 Erschienen 1738

51 Eigentlich: *Thérèse philosophe, ou mémoires pour servir à l'histoire du Père Dirrag et de Mademoiselle Èradice*, erschienen 1748 und vermutlich verfasst von Jean-Baptiste de Boyer, Marquis D'Argens.

52 Französisch: Die selbst verfasste Geschichte des Dom B..., Pförtner der Kartäuser. Der Roman aus dem Jahr 1741 gilt als eines der bedeutendsten libertinen Werke des 18. Jahrhunderts. Als Verfasser nimmt man einen gewissen Jean-Charles Gervaise de Latouche an.

ser[53], das wurde Jacob schlagartig klar. Angeblich sollte es zwei Fortsetzungen der Geschichte geben – vielleicht würde er die Bände hier ja auch noch finden. Er überlegte einen Moment und rief sich den Inhalt der *Histoire de Dom B...* ins Gedächtnis: Ein Mönch „B.", eigentlich mit Namen „Bougre" – eine sehr vulgäre Bezeichnung für Päderast – erzählt darin von seinem Leben als sexuell enthemmter Mann, der sogar vor Inzest mit Schwester und Mutter nicht zurückschreckt. Am Ende zieht er sich in ein Kloster zurück, wartet unter der Franzosenkrankheit[54] leidend auf den Tod und wünscht sich die Grabinschrift *Hic situs est Dom Bougre, fututus futuit.*[55] Unglaublich, Jacob schluckte.

In die Stille hinein hörte er plötzlich vom Marktplatz die Turmuhr zur Mittagsstunde schlagen. Er hatte die Zeit über den Büchern völlig vergessen! Nun musste er sich beeilen, um nicht in Verdacht zu geraten. Er entschied sich für den lüsternen Mönch, die Originalausgabe der *Thérèse philosophe* und eine Mappe mit pikanten Stichen und stellte die restlichen Bücher hastig in den Schrank zurück. Da niemand die Bibliothek wirklich zu kennen schien, würde der Verlust wohl auch keinem auffallen. Und wer wusste schon, wann der Fürst das nächste Mal in Weikersheim einfiel. Er drückte die Tür fest zu, sodass sie wieder verschlossen wirkte, und verbarg die drei Bände unter seinem Mantel, den er wohlweislich über dem Arm trug. Dann löschte er die Kerze und schob den Leuchter in eine dunkle Ecke unter den Tisch. Leise verließ er das Geheimkabinett.

Zurück in den langen Korridoren entschied er sich dafür, seine Beute in einem der leeren Bücherschränke nahe dem Ausgang zu verstauen. Weil hier niemand nach dem Rechten sah, würde das ohnehin keinem auffallen. Daraufhin machte er sich auf den Weg zur Amtsstube des Kastellans. Er fand ihn über zahlreiche Papiere und Rechnungen gebeugt.

53 In der Tat war das Werk bereits kurz nach Erscheinen ein Bestseller und wurde immer wieder neu aufgelegt.
54 Mit Franzosenkrankheit bezeichnete man damals die Syphilis.
55 Lat.: Hier liegt Dom Bougre begraben, er fickte und wurde gefickt.

„So eine Jagd zieht außerordentlich viel Arbeit für mich nach sich", jammerte dieser und drückte Jacob dabei die versprochenen Papiere in die Hand. „Bitte nehmt es mit nicht übel, Edler von Bardenfleth, dass ich Euch nicht zum Ausgang begleiten kann. Ihr findet den Weg doch ohnehin allein, nicht wahr?"

Jacob beruhigte den überlasteten Kastellan mit freundlichen Worten und bedankte sich noch einmal für dessen Hilfe und Unterstützung bei Hofe. Dann drückte er ihm ein großzügiges Honorar für seine Bemühungen in die Hand und verließ gut gelaunt das Kabinett. Unauffällig holte er sich seinen Mantel mit den darin verborgenen Büchern und machte sich auf den Weg zurück in seine Pension. Dort verbrachte er den Tag mit Packen und Körperpflege, denn er konnte nicht sicher sein, dass auch seine nächste Unterkunft diesen Komfort bieten würde. Außerdem studierte er die fürstlichen Papiere, aus denen zu seiner größten Freude hervorging, dass er tatsächlich als bei Hofe zugelassen galt – besiegelt durch die Unterschrift Seiner Fürstlichen Hoheit Ludwig Friedrich Carl von Hohenlohe-Neuenstein-Öhringen.

Als Jacob am Abend durch die Vermittlung seiner Pensionswirtin auch noch einen zuverlässig wirkenden Kutscher fand, der ihn am kommenden Morgen mit frischen Pferden und seiner Reisekutsche abholen würde, schien sein Glück perfekt. Doch dann bemerkte er, dass er das Taschentüchlein von Aliénor nicht mehr bei sich trug – er musste es verloren haben. Nur wo? Es konnte eigentlich nur passiert sein, als er sich vornüber gebeugt hatte, und das – ihm wurde gleichzeitig heiß und kalt – war in der Geheimbibliothek gewesen, als er den Leuchter unter den Tisch geschoben hatte.

Kurpfalz, Juni 1768

Jacob fühlte sich nicht wohl in seiner Haut. Was war nur in ihn gefahren? Wie hatte er so leichtfertig einen Diebstahl begehen können? Er hatte die Bücher aus der geheimen Bibliothek des Fürsten einfach mitgenommen und dabei keinen Moment irgendwelche Skrupel gehabt – das beunruhigte ihn jetzt sehr. Da half auch nicht die Gewissheit, dass die Bibliothek vermutlich jahrelang nicht benutzt worden war. Obwohl – ein unangenehmer Gedanke schlich sich jäh in Jacobs Überlegungen: Was war, wenn die Bücher doch regelmäßig gelesen wurden – und zwar nicht von Seiner Fürstlichen Hoheit selbst, sondern vom Kastellan oder von jemand anderem? Oder kam Ludwig Friedrich Carl vielleicht gerade wegen dieser pikanten Schriften immer wieder auf Kurzbesuch nach Weikersheim? Dann würde das Fehlen der Bücher ganz sicher bemerkt werden. Und das schon bald! Denn warum hatte Jacob sich so intensiv nach der Schlossbibliothek erkundigt? Man würde ihn bestimmt sofort verdächtigen und bei nächster Gelegenheit festhalten. Was für ein jähes Ende einer groß geplanten Reise das wäre!

Er seufzte schwer und schaute aus dem Fenster. Gleich würde er Mergentheim passieren. Sein neuer Kutscher kam von dort und hatte ihm noch vor der Abfahrt einiges über seine Heimat erzählt. Genug übrigens, um Jacob davon zu überzeugen, dass er dort keine Pause einlegen sollte: Die Stadt, die angeblich sehr hübsch sein war, wurde offenbar vom dort ansässigen Deutschritterorden geprägt und war deshalb kein potenzieller Markt für seine „Waren". Nach dem Dreißigjährigen Krieg, das hatte Jacob einmal gelesen, konnten die Deutschritter ihren Grundbesitz vor allem im Süden deutlich mehren; jedoch erschien ihm dieses ganze christliche Rittertum als ziemlich altmodisch. Schließlich lebten sie in den Sechzigerjahren des 18. Jahrhunderts – und nicht zur Zeit der Kreuzritter!

Noch während Jacob über den Orden und seine Geschichte sinnierte, fuhren sie in Mergentheim ein. Neugierig schaute er hinaus. Der Ort wirkte sehr beschaulich, was jedoch an der

Uhrzeit liegen konnte. Immerhin war es eine Stunde vor Mittag und man bereitete sich wohl auf die Messe vor. Außerdem hatte das Wetter umgeschlagen und dunkle Wolken hingen am Himmel. Es sah nach Regen aus.

Mergentheim besaß ein Schloss, dem man ansah, dass es aus einer Wasserburg entstanden war. Der hübsche weiße Anstrich verlieh dem Bauwerk ein gepflegtes Aussehen; es wohnten scheinbar fleißige Mönche dort, die ihre Arbeit sorgfältig verrichteten. Unlängst war ins Schloss eine Sala Terrena[56] eingebaut worden, hatte der Kutscher ihm stolz berichtet, und der Fürstbischof hatte sich bei dieser Gelegenheit neue Appartements einrichten und die Kirche erneuern lassen. Auch ein Priesterseminar gab es in dem opulent ausgestatteten Gemäuer. Und genau dies war ausschlaggebend für Jacobs Entscheidung nicht im Schloss vorzusprechen, obwohl ursprünglich geplant. Denn dort, wo sich ein Priesterseminar befand, wurden die wirklich interessanten Bücher und verbotenen Schriften in Giftschränken vor den Augen der jungen Männer verborgen. Das hatte Jacob im Laufe seiner Ausbildung zum Buchbinder und Buchhändler begriffen. Erst später, wenn die Herren in ihrem Glauben gefestigt und vor allem rechtlich gebunden waren, durften sie in der Regel den gesamten Buchbestand einer Bibliothek einsehen – was sie häufig taten. Nicht umsonst konnte Jacob gerade beim geistlichen Stand eine auffällige Affinität zu erotischer Literatur feststellen.

Unterdessen passierte die Kutsche den großzügigen Marktplatz der Stadt. Jacob entdeckte prachtvolle Hausfassaden und viel Zierrat. Dem Städtchen an der Tauber schien es wirtschaftlich gut zu gehen, was vermutlich auch daran lag, dass Mergentheim gleichzeitig die Residenz des Hoch- und Deutschmeisters war. Er fragte sich allerdings, ob diese altertümliche Herrlichkeit wirklich noch lange Bestand haben würde – die Zeiten änderten sich, auch für die Kirche und ihre Orden. Was später einmal wohl aus einem Ort wie diesem

56 Repräsentativer Gartensaal (1739)

werden würde, der so stark von den Deutschherren und ihren Gütern dominiert war?[57]

Hinter Mergentheim wurden die Straßen wieder schlechter. Die Kutsche rumpelte umher und schwankte manches Mal bedenklich. Dennoch trieb Jacob seinen Fahrer zur Eile an – er wollte am Abend unbedingt in Schöntal sein, um dort im Kloster preiswert und im Schutz der kirchlichen Gerichtsbarkeit nächtigen. Denn sollte man den Diebstahl in Weikersheim bereits entdeckt haben, würde man ihm sofort folgen. Immerhin hätte er so bald Gewissheit, ob er ein gejagter Dieb war oder seine Reise mit allem Zeremoniell gelassen fortführen konnte. Die Fahrtroute ging seit geraumer Zeit an der Jagst entlang. Irgendwann hinter Assamstadt, wo der Kutscher zu Mittag an einem Gasthaus angehalten und die Pferde gewechselt hatte, war dieser kleine idyllische Fluss plötzlich neben der Straße aufgetaucht um bis Schöntal ihr Begleiter zu bleiben. Jacob döste wiederholt ein. Die lange Nacht im Schloss Weikersheim hatte Spuren hinterlassen, hinzu kam das eintönige Schaukeln der Kutsche. Vor seinem inneren Auge tauchte Aliénor von Imhoff auf, die in ihrer hellgrünen Robe beim Galadiner ganz entzückend ausgesehen hatte. Nur ihr Verlobter ... Jacob schüttelte sich in Gedanken. Wie konnte man ihr nur einen so alten Mann als Gatten aufdrängen? Kein Wunder, dass sie sich dagegen auflehnte. Er hoffte sehr, dass sie Erfolg dabei haben würde – ihr Bruder erschien ihm leider sehr entschlossen! Wieder fiel ihm das verlorene Tüchlein von Aliénor ein. War es ihm wirklich in der Geheimbibliothek aus der Westentasche gefallen? Dann würde man sie mit den Diebstählen in Verbindung bringen, wie unangenehm! Andererseits: Niemand würde Aliénor ernsthaft verdächtigen, das hoffte er jedenfalls. Wahrscheinlich war sie zum Zeitpunkt der Tat ohnehin mit ihrer Familie beschäftigt, würde also beweisen können, dass sie nicht im Schloss war. Und da sie am Abend zuvor

57 Jacob sollte recht behalten, wie der Lauf der Geschichte zeigte: Unter Napoleon verlor Mergentheim seine besonderen Rechte und den bisherigen Status und wurde 1809 an Württemberg angegliedert. Erst mit der Entdeckung einer Heilquelle im 19. Jahrhundert erwachte der Ort erneut aus seinem Dornröschenschlaf.

nicht bemerkt hatte, wie Jacob ihr Tüchlein aufgehoben und eingesteckt hatte, würde sie in diesem Zusammenhang auch nicht an ihn denken. Vielleicht hatte Aliénor ja Glück, und man unterstellte ihrem ungeliebten Verlobten die Tat – denn wer anders als der alte Graf Lauenstein hatte das Recht, ein Taschentuch seiner Braut zu besitzen? Doch Jacob verwarf den Gedanken sofort wieder. Jeder, der den senilen Mann kannte, würde daran zweifeln, dass er überhaupt die Treppe in die geheime Bibliothek unbeschadet hinunterkam. Leider.

Erneut wanderten seine Gedanken zu den gestohlenen Büchern im Gepäck. Zwar musste er dank seiner Empfehlungsschreiben und Passierscheine kaum befürchten, an Grenzen oder Relaisstationen durchsucht zu werden – sein Diebstahl lag Jacob dennoch schwer auf der Seele. Es musste doch eine andere Möglichkeit geben, unbemerkt an verbotene und versteckte Bücher in den Bibliotheken zu kommen! Eigentlich ging es ja nur darum, die Fassade zu wahren: Solange die Bucheinbände ordentlich aufgereiht waren, entdeckte ohnehin niemand eine Veränderung im Bestand – sah man von den wenigen Ausnahmen wirklich eifriger Leser ab. In Jacob begann ein Plan zu reifen. Er war gelernter Buchbinder und konnte dieses Wissen auch nutzen! Er brauchte derartige freche Diebstähle gar nicht, das war ein viel zu großes Risiko. Die Lösung war ganz einfach: Er würde die gesuchten Bücher in Zukunft nur „austauschen“.

Jacob war auf einmal hellwach und richtete sich in seinem Sitz auf. Natürlich! Warum war er nur nicht eher darauf gekommen? Immerhin hatte er dieses Verfahren zum Vorteil seiner Kunden bereits in seiner Heimat Schwerin angewendet, wenn es erforderlich war. Er benötigte dazu lediglich Rohmaterial: Einbände unterschiedlicher Größen und Buchseiten in verschiedenen Stärken. Das konnte irgendetwas sein – Hauptsache, Maße und Dicke stimmten bei Bedarf überein. An billigen Schund kam man schnell – doch eigneten sich in diesem Fall die Einbände meist nicht zur Weiterverarbeitung. Am besten waren religiöse Werke: Sie wurden oft solide und für

Generationen gebunden, besaßen qualitativ hochwertiges Papier und aufwendig gearbeitete Einbände. Was darin stand, war völlig unerheblich. Verfügte er erst einmal über eine gewisse Grundausstattung, würde er in den meisten Bibliotheken unbehelligt einige Werke gegen seine „Platzhalter" austauschen können. Dazu würde er sie aus ihren ursprünglichen Bindungen heraustrennen, in unverdächtigen, scheinbar kirchlich motivierten Einbänden sichern – und die nun leeren Bücher einfach mit erbaulich-christlicher Lektüre füllen.

Jacob lachte in sich hinein – diese Idee war richtig gut! Denn selbst wenn es einem aufmerksamen Leser einmal auffallen sollte, dass sich wundersamerweise zwischen zwei Buchdecken anstelle von *Fanny Hill*[58] ein Traktat über die christliche Tugend junger Mädchen befand, würde er mit dieser Entdeckung wohl kaum an die Öffentlichkeit gehen können, ohne sich gnadenlos zu blamieren! Andersherum ließen sich galante Geschichten, verbotene Bilder und erotische Abenteuer wesentlich leichter an eifersüchtigen Ehegattinnen oder strengen Geistlichen vorbeischmuggeln, wenn sie scheinbar harmlose oder gar sittenstrenge Einbände besaßen. Jacob begann unruhig auf seinem Sitz hin und her zu rutschen. Auf diese Weise ließ sich ein Erfolg versprechender Handel aufbauen. Ob sein alter Freund, der Buchbinder Anton Altenberg in Mannheim, darauf eingehen würde? Und wie kam Jacob vorher an günstige Tauschbücher, die er ohne schlechtes Gewissen auseinandernehmen konnte?

Die Gelegenheit dazu ergab sich schneller, als Jacob dachte. Denn kaum waren sie am Abend durch das Torhaus in den Wirtschaftshof und dann in den Klosterhof von Schöntal eingefahren, hatte Jacob eine Eingebung: Er würde hier nicht nur nächtigen, sondern auch versuchen, Bücher anzukaufen. Beim Aussteigen sah Jacob sich neugierig um. Alles war weiß gestrichen und wirkte sehr gepflegt. Das ließ für die Unterkunft hoffen. Das Kloster lag direkt an der Jagst – eine riesige

58 John Cleland: *Die Memoiren der Fanny Hill*, 18. Jahrhundert

Anlage, die komplett von einer hohen Mauer umgeben war. Kloster Schöntal besaß eine berühmte Kirche, die unter dem bedeutenden Abt Benedikt vom Bamberger Baumeister Johann Leonhard Dientzenhofer geplant worden war[59]. Jacob ließ seinen Blick über die anderen Gebäude schweifen: Das palastartige Konventsgebäude schien ebenfalls neueren Datums. Angeblich sollten sich darin ein unglaublich prachtvolles Treppenhaus und kostbare Stuckdecken befinden[60]. Außerdem hatte Jacob gehört, dass Inschriften des verstorbenen Abtes Benedikt in Form von Chronogrammen oder Gedichten die Klostergebäude zierten und so eine literarische Besonderheit Schöntals bildeten. Das interessierte ihn tatsächlich – und bot ihm einen guten Anknüpfungspunkt für das Gespräch mit dem amtierenden Abt Augustin Brunnquell. Er wollte ihn sofort aufsuchen.

Als Jacob einige Stunden später auf einer nur mäßig bequemen Pritsche im Gästehaus des Klosters versuchte Schlaf zu finden, war er immer noch verblüfft darüber, wie leicht er an alte Bücher gekommen war. Zunächst hatte ihn Abt Augustin – sichtlich erfreut über Jacobs Interesse – durch die Anlage geführt und ihm stolz die neue Abtei gezeigt, die ebenfalls ein Werk Dientzenhofers war. Jacob bewunderte die repräsentative Fassade mit dem beeindruckenden Hauptportal und staunte nicht schlecht, als er dann auch den Ordenssaal, den Bildersaal und das Treppenhaus sah. Personifikationen der Weisheit und der Wissenschaft empfingen den Besucher, während man das Treppensystem erklomm, das sich elegant in die Höhe schwang. Lenkte man dabei den Blick auf das Deckenfresko, stand der Triumph der Kirche über allem. Abt Augustin ließ es sich im Übrigen nicht nehmen, Jacob auch noch das Grabmal des 1562 verstorbenen Ritters Götz von Berlichingen zu

59 Benedikt Knittel war Abt von 1683 bis 1732. Unter seiner Führung erlebte das Kloster eine neue Blüte.

60 Kloster Schöntal ist für sein Rokoko-Treppenhaus und die aufwendigen Deckenstuckierungen berühmt. Johann Leonhard Dientzenhofer war der zweitjüngste der berühmten Dientzenhofer-Brüder, die die barocke Baukunst in Franken, der Oberpfalz und Böhmen entscheidend prägten.

zeigen, der im Kreuzgang der Neuen Abtei neben anderen Mitgliedern seiner Familie ruhte.

Während des Rundgangs mit dem gesprächigen Abt hatte Jacob erfahren, dass derzeit etwa 40 Mönche im Kloster wohnten. Hinzu kamen 30 Laienbrüder, die zwar außerhalb der Mauern, aber nach mönchischem Vorbild lebten. Selbstverständlich besaß Schöntal auch eine eigene Bibliothek, die Jacob ebenfalls besichtigen durfte. In einem Nebenraum, dessen Tür offen stand, entdeckte er dann, was er eigentlich suchte: Unachtsam gestapelt lagen oder standen dort Bücher und Folianten herum. Er erfuhr, dass es sich dabei um minderwertige Schriften oder einfach Dubletten handelte, für die das Kloster keine Verwendung hatte – und kam schnell mit dem Abt ins Geschäft. Das Ergebnis war zuerst eine ordentliche Materialsammlung für Jacobs neue Geschäftsidee – und danach ein erstaunlich üppiges Mahl am Tisch Abt Augustins und einiger seiner Brüder.

Am anderen Morgen verabschiedete sich Jacob herzlich von seinem Gastgeber, verstaute die günstig erworbenen Bücher in den Packräumen seiner Reisekutsche und machte sich auf den Weg Richtung Neckar. Da man ihn offenbar bisher nicht suchte, wies er den Kutscher an, ein normales Reisetempo einzuschlagen, damit das Gefährt nicht so stark schaukelte. Jacob wollte nicht nur Schlaf nachholen, weil ihn die nächtlichen Gebete der Mönche immer wieder aufgeweckt hatten, sondern auch seinen *Candide* weiterlesen; das konnte er nur, wenn die Fahrt einigermaßen ruhig verlief.

In Mosbach, wo sie zur späteren Mittagszeit eintrafen, erfuhr Jacob von einer großen eingestellten Jagd[61] des Kurfürsten der Pfalz, die am nächsten Tag zwischen Neckargemünd und dem Dilsberg stattfinden sollte. In einem Gasthof nahmen Jacob und sein Kutscher ein schnelles Mahl ein, während am Nachbartisch ein Ereignis im Vorfeld der Jagd Gesprächsthema

61 Bei der so genannten eingestellten Jagd wurden Rot- und Schwarzwild auf einer Bergkuppe über einem Fluss gehalten. Kam der Jagdherr, trieb man das Wild vorbei an zahlreichen Zuschauern den Abhang hinunter vor die Flinten der Jagdgesellschaft, die auf vertäuten Booten sicher platziert war.

war: So war offenbar beim Zusammentreiben der Tiere mittels Jagdlappen ein Keiler durchgebrochen und hatte den Elsenz-Müller Arthur Schnitzler, der mit der kurfürstlichen Hundemeute im Einsatz war, schwer verletzt.

Bei der Weiterfahrt durch den kleinen Odenwald trafen sie dann bei Aglasterhausen auf mehrere Wagen, die mit großen Kisten beladen waren und den Weg verstellten. Jacob stieg aus und inspizierte die Hindernisse. Auf den Wagen befanden sich sogenannte Jagdboxen, in denen völlig verstörte Wildschweine und Rehe auf ihr weiteres Schicksal warteten. Er erfuhr von einem Jagdhelfer, dass die Tiere nach Neckargemünd gebracht werden sollten, wo sie in einem Gehege auf dem Jagdberg für die anstehende Jagd vorgehalten werden sollten. Der Mann machte Jacob auch darauf aufmerksam, dass es für ihn schwierig werden könnte, unten im Neckartal ein Zimmer für die Nacht zu bekommen – eben wegen jener Jagdveranstaltung. Jacob entschloss sich trotzdem weiterzureisen und es gelang ihm, wenn auch nicht direkt in Neckargemünd, aber immerhin auf dem nahe gelegenen Dilsberg in der Gastwirtschaft *Sonne* ein Zimmer zu beziehen. Der kleine Ort lag auf einer Bergkuppe und hatte markant viele kleine Gassen. Jacob machte einen kleinen Rundgang, nachdem er sein Quartier bezogen hatte, und entdeckte etwas Eigenartiges: Die Einheimischen, die ihn stets freundlich, aber verhalten grüßten, hatten meist auffallend gleiche Gesichtszüge! Erst als er ein Kind mit sechs Fingern an einer Hand sah, wurde ihm die Ursache dieses Phänomens bewusst – Inzucht. Verblüfft darüber, dass er außerhalb verbotener Literatur auf so etwas in der Realität traf, starrte Jacob die Menschen in den Gassen geradezu unhöflich lange an, ehe er sich selbst zurückpfiff. Bislang hatte er nur gerüchteweise von Inzucht in allerhöchsten Kreisen gehört – das einfache Volk war ihm dabei gar nicht in den Sinn gekommen. Und dann gab es da noch diesen verrückten Franzosen Marquis de Sade[62]. Er saß angeblich gerade wieder einmal

62 Tatsächlich war Marquis de Sade auf Betreiben seiner Schwiegermutter im Jahr 1768 inhaftiert.

im Gefängnis, weil er Orgien mit Misshandlungen von jungen Mädchen und Knaben gefeiert hatte. Ihm wurden ebenfalls Inzest-Verbrechen angedichtet. So richtig nachweisen konnte man ihm das jedoch bislang nicht, hieß es, weil er seine Opfer ganz bewusst in solchen Kreisen zu suchen pflegte, die im Angesicht von Ordnungshütern und Richtern zu lügen pflegten und dadurch ihre Glaubwürdigkeit schnell verloren.

Zurück in der Sonne traf Jacob den örtlichen Kommandanten, mit dem er in der Dämmerung auf der Burgmauer eine Pfeife schmauchte. Beide genossen dabei den wunderbaren Ausblick über das Neckartal und die vier Burgen Neckarsteinachs. Im lockeren Gespräch ergab es sich, dass der Kommandant versprach, Jacob am nächsten Tag mit zur großen Jagd zu nehmen – für Kutschen war neckarabwärts dann ohnehin kein Weiterkommen mehr. Obwohl er alles andere als ein begeisterter Jäger war, beschloss Jacob, diese Gelegenheit beim Schopf zu packen: Als Außenstehender und unbeteiligter Gast konnte er sich so ein Bild von der Hofgesellschaft machen, die ihn in der Kurpfalz erwarten würde.

Am anderen Morgen brachen sie zu Fuß zur Jagd nach Neckargemünd auf. Der steile Abstieg den Berghang hinab zum Neckartal führte Jacob deutlich vor Augen, dass er aus dem Flachland kam – die teilweise abenteuerlichen Wege und Hänge bereiteten ihm einige Mühe, nachdem er langes Laufen durch die Natur nicht gewöhnt war. Doch er versuchte, sich nichts anmerken zu lassen und folgte dem Kommandanten tapfer. Schon bald sah man linker Hand den gerodeten Wald, der mit großen Leinentüchern abgesteckt war. Der Kommandant erklärte ihm, dass die Tiere auf dem Jagdberg warteten. Wenn Seine Kurfürstliche Durchlaucht dann mit dem Bukentauer, dem Pfälzer Paradeschiff, den Neckar heraufgekommen sei, könne die Jagd losgehen. Der Kurfürst würde dazu vom Schiff auf einen Katamaran[63] umsteigen und von dort aus das Signal zum Beginn geben. Dann würden die Tiere oben am

63 Dieser Bootstyp mit zwei Kielen war bereits damals bekannt.

Berg freigelassen, und Trommler und Trompeter der Mannheimer Kapelle würden sie mit lautem Tamtam den Hang hinabscheuchen. Die Tiere würden dann unten panisch ins Wasser und direkt vor des Kurfürsten Flinte springen. Jacob fragte sich, ob das funktionieren würde. Doch unten am Fluss sah er die vielen Tribünen, die von den gewitzten Neckargemündern aufgebaut worden waren. Sicher konnte man das Geschehen von dort aus gut aus beobachten – was sich die Anwohner entsprechend teuer bezahlen ließen. Großzügig bezahlte er auch für den Kommandanten einen Sitzplatz ganz nah am erwarteten Jagdareal.

Die Ankunft des Kurfürsten Carl Theodor wurde mit einer Kanonensalve angekündigt. Langsam näherte sich sein Schiff, während die Segel schon eingeholt wurden. Jacob erkannte nicht nur Seine Durchlaucht selbst, sondern auch seine Gattin Elisabeth Auguste, die neben ihm stand. Der Kommandeur machte ihn auch auf Herzog Christian IV. von Zweibrücken und den Grafen von Wrede aufmerksam, der die ganze Jagd organisiert hatte.

Der Hofstaat, der auf Ehrentribünen den Herrscher erwartet hatte, begrüßte den Kurfürsten. Unter dem Jagdschirm des Katamarans, in den er bereits umgestiegen war, gab Carl Theodor kurz darauf mit einem Schuss in die Luft das Zeichen zum Beginn der Jagd. Die Menge johlte und die ersten Tiere wurden am Berghang freigelassen. Jacob verfolgte das nun folgende Geschehen mit offenem Mund: Tatsächlich rannten die Tiere in wilder Panik über kleine Gräben und Hoppasse[64] hinunter zum Wasser, der tödlichen Falle entgegen. Der Kurfürst erlegte den ersten Keiler im Sprung, worauf das Tier mit dem Rücken ins Wasser platschte. In dichter Folge flohen nun Hirsche, Rehe und Wildschweine durcheinander in Richtung Neckar und ihrem sicheren Tod entgegen. Das Wasser färbte sich schnell rot von ihrem Blut, während Helfer auf Schiffen

64 Hoppasse waren kleine Hürden, über die das Wild springen sollte. Sie sind ausführlich zusammen mit einer historischen Jagd von 1784 in Neckargemünd beschrieben.

mit Speeren das erlegte Wild bargen.

Plötzlich brach ein Keiler durch die die Seitenabsperrung. Von irgendwoher brüllte jemand laut: „Da geht einer durch die Lappen!“[65], während das Tier direkt auf Jacob zurannte. Ein Raunen ging durch die Menge. Wie erstarrt fixierte Jacob den rasenden Keiler – unfähig, sich auch nur einen Fuß von der Stelle zu bewegen. Glücklicherweise wurde das Tier rechtzeitig mit einem Hirschfänger[66] zur Strecke gebracht. Jacob wischte sich den Schweiß von der Stirn. So eine Jagd war einfach nicht seine Sache!

Schon bald danach hatte die Hatz ein Ende. Man traf sich am Neckarufer, wo über 200 Stück Wild der Reihe nach ausgelegt waren. Nun wurde Strecke gemacht: Kurfürst Carl Theodor und seine Gattin schritten an den erlegten Tieren hoheitsvoll entlang und gratulierten Freiherrn von Wrede zur gelungenen Jagd. Am anderen Ende standen die Musiker im Jagdharnisch und bliesen den sogenannten Sau- und Hirschtod. Da entdeckte der Kurfürst den Kommandanten und ließ ihn vortreten. Jacob hielt sich unauffällig dahinter, freute sich jedoch für seinen Dilsberger Bekannten, dass dieser ebenfalls Dank und Lob für die Jagd empfing. Und es kam noch besser: Der Kommandeur wurde zum „Kesseltreiben“[67] nach Neckargemünd in die *Alte Pfalz* eingeladen – und Jacob durfte mitkommen! Offenbar hatte Carl Theodor einen großzügigen Nachmittag – anders konnte Jacob sich so viel Ehre nicht erklären.

Bei dem üppigen Mahl lernte Jacob einige interessante Persönlichkeiten kennen, die ihm später – so hoffte er jedenfalls – bei Hofe von Nutzen sein würden: allen voran den Minister Freiherr Ernst von Wrede und dessen Schwester Henriette Luise, die seit 1754 mit Andreas von Riaucour verheiratet war. Mit diesem Riaucour kam Jacob ins Gespräch, weil dieser bei

65 Dieser bekannte Ausdruck wurde von der „eingestelltenJagd“ ins Umgangssprachliche übernommen.
66 Ein Hirschfänger ist ein langes Messer, das für das Ausweiden der Tiere benutzt wurde.
67 Carl Theodor lud stets nach erfolgreicher Jagd in Neckargemünd in den Gasthof „Zur Pfalz“ zum großen Essen ein, das man in Jagdkreisen als Kesseltreiben bezeichnet.

Tisch neben ihm saß und ganz ungezwungen mit dem Gast anfing zu plaudern. So erfuhr Jacob, dass Andreas von Riaucour sächsischer Gesandter am Hof des Kurfürsten war, folglich auch in höfischen Kreisen verkehrte. Offenbar hatte er direkten Zugang zu Carl Theodor, was seine herausragende Stellung noch betonte. Seinen Beschreibungen und Erzählungen nach war Riaucour sehr vermögend: So besaß er in Mannheim ein großzügiges Palais in N 2,2[68] und residierte in Schwetzingen, wo der Hof Jahr für Jahr seine Sommerfrische verbrachte, im Gesandtenhaus direkt neben dem Schloss.

Bei dieser Gelegenheit ließ Jacob sich in aller Ausführlichkeit das für ihn zunächst völlig unverständliche System der Mannheimer Quadrate erklären. Der sechsundvierzigjährige Riaucour lächelte, als Jacob sich wiederholt am Kopf kratzte: „Macht Euch keine Sorgen, edler Herr von Bardenfleth, ich habe auch eine Weile gebraucht, bis ich die Quadrate begriffen habe. Aber irgendwann sitzt es!"

Dankbar sah Jacob seinen unerwarteten Fürsprecher an. Dann erzählte er von seiner Mission in der Kurpfalz und betonte vorsorglich sein Interesse an Büchern und Bibliotheken. „Ich soll im Namen Seiner Fürstlichen Hoheit Friedrich Ludwig Carl von Hohenlohe-Neuenstein-Öhringen einige Bibliotheken sichten. Der Fürst ist sehr belesen und interessiert."

Welche Vorlieben Jacob in Weikersheim entdeckt hatte, verschwieg er wohlweislich. Riaucour fragte auch nicht weiter nach – man glaubte ihm den fürstlichen Auftrag und seine adlige Herkunft hier unbesorgt.

Am nächsten Tag reiste Jacob weiter nach Mannheim. Er hatte Gesellschaft bekommen: Als Folge des gemeinsamen feuchtfröhlichen Kesseltreibens saß nun nicht nur eine Tochter des sächsischen Gesandten Riaucour mit in der Kutsche, sondern auch Ferdinand von Wrede, der Sohn des Ministers Freiherr Ernst von Wrede. Auf diese Weise erfuhr Jacob viel über das Hofleben und die vielen Skandale in der Kurpfalz –

68 Der Leser möge die dichterische Freiheit der Autoren an dieser Stelle verzeihen: In Wirklichkeit erwarb der Gesandte dieses Palais erst 1772!

die jungen Leute erwiesen sich als sehr gesprächig. Von der reizenden Neckarlandschaft und der imposanten Schlossruine Heidelbergs bekam er deshalb kaum etwas mit, denn die beiden jungen Reisegefährten hatten einiges zu berichten!

So hörte Jacob unter anderem, dass das Verhältnis zwischen den beiden Durchlauchten, dem Kurfürsten und der Kurfürstin, seit einigen Jahren empfindlich gestört war. Schuld daran war offenbar die unglückliche Geburt des Thronfolgers im Jahr 1761[69], bei der nicht nur der Hoffnungsträger der Kurpfalz tragisch gestorben, sondern auch das ohnehin schwache Band des gegenseitigen Respekts zwischen den Eheleuten endgültig gerissen war. Nach Aussage des jungen Wrede wohnte Elisabeth Auguste seit geraumer Zeit in ihrem eigenen Schloss in Oggersheim auf der anderen Rheinseite und kam nur zu offiziellen Anlässen gezwungenermaßen an die Seite ihres Gatten nach Mannheim zurück.

„Und dort hat sie bis zum letzten Sommer auch nicht allein gewohnt!“, ergänzte die junge Riaucour mit vielsagendem Blick, „Herzog Friedrich Michael von Zweibrücken soll dort Tisch und Bett mit ihr geteilt haben.“ Im vergangenen Sommer war der liebenswerte Bruder des designierten Thronfolgers, Herzog Christian von Zweibrücken, überraschend gestorben und die Kurfürstin daraufhin in eine tiefe Traurigkeit gefallen. Jacob hakte interessiert nach: Wer war nun Thronfolger, wenn es keinen natürlichen Erben gab?

„Christian, ein Neffe des Kurfürsten“, erklärte von Wrede bereitwillig und stellte ihm kurz den Stammbaum und die verzwickten Verwandtschaftsverhältnisse der Pfälzischen Wittelsbacher vor. Jacob konnte sich nur wenig davon merken, gab jedoch vor, einigermaßen informiert zu sein. Ein paar geschickte Zwischenfragen und wissendes Nicken verliehen ihm

69 Die Geburt fand im Schwetzinger Schloss unter Anwesenheit des gesamten Hofes statt. Der Thronfolger kam nach einer äußerst schweren Zangengeburt zunächst lebend zur Welt, verstarb aber kurze Zeit später. Die Kurfürstin konnte danach keine Kinder mehr bekommen. Um den Tod des Thronfolgers, der dynastisch erhebliche Folgen hatte, rankten sich seither diverse Gerüchte; so glaubte man u. a., dass der designierte Nachfolger Carl-Theodors, Herzog Christian von Zweibrücken, bei den tragischen Ereignissen seine Interessen bestens gewahrt hätte.

den Anschein, über den Adel und Hochadel der Region einiges zu wissen.

„Und die Kurfürstin?“ Jacob lenkte das Gespräch geschickt wieder auf die Geschichten vom Hof. „Sie wirkte gestern in der Tat recht ernst.“ Jacob erinnerte sich an den Auftritt Elisabeth Augustes bei der Jagd, der eher still und unauffällig gewesen war.

„Da hat sie auch allen Grund zu!“, nahm Riaucours Tochter den Gesprächsfaden wieder auf, „Daran ist die Seyffert schuld.“

Sie senkte ihre Stimme und weihte Jacob in den jüngsten Skandal der Kurpfalz ein. Demnach hatte sich Carl Theodor seit dem Tod seines Kindes endgültig von Elisabeth Auguste abgewandt, die ursprünglich einmal die Sinnenfreudigere der beiden gewesen war. Doch der Kurfürst hatte schnell dazugelernt und damit begonnen, sich wechselnde Mätressen zuzulegen. Mit seinen 44 Jahren war er ja auch ein stattliches Mannsbild! Und seit gut einem Jahr war er doch tatsächlich einer Tänzerin verfallen! Sie hieß Josepha Seyffert, war erst 20 Jahre alt und die Tochter eines trunksüchtigen Regierungskanzleibeamten. Den hatte der Kurfürst kurzerhand an den Niederrhein verbannt, nachdem er Carl Theodor in einem Wirtshaus öffentlich als seinen Schwiegersohn bezeichnet hatte. Seinem engen Verhältnis zur Seyffert tat diese unrühmliche Episode jedoch keinen Abbruch – im Gegenteil: Der Kurfürst hatte sie 1767 tatsächlich in den Adelsstand erhoben, und nun logierte sie als Gräfin von Heydeck in Mannheims bester Lage gegenüber dem Schloss in einer großzügigen Wohnung in A 1,5. Am 27. Januar 1768 war die gemeinsame Tochter Caroline zu Welt gekommen und der Kurfürst war ihr angeblich ein reizender Vater.

„Sie soll übrigens schon wieder in anderen Umständen sein[70]“, flüsterte die junge Riaucour Jacob zu, während Ferdinand von Wrede die Augen gen Himmel hob. „Und er liebt sie wirklich!“

70 Das zweite gemeinsame Kind namens Carl August erblickte im Dezember 1768 das Licht der Welt.

Sie seufzte und erzählte dann munter weiter. Immerhin schien Josepha Seyffert eine freundliche und bescheidene Person zu sein, die im Gegensatz zu anderen Höflingen nie etwas von ihrem Geliebten für Verwandte begehrte. Da Carl Theodor wiederum ein sehr einfühlsamer Mensch war, der viel Wert auf Familie und enge Beziehungen legte, passten die beiden außerordentlich gut zusammen. Er kümmerte sich liebevoll um sein uneheliches Kind – schließlich hatte er sich sehnlichst Nachwuchs gewünscht, wenn auch zunächst von der Kurfürstin. An dieser ließ Carl Theodor trotz seiner mittlerweile entstandenen persönlichen Abneigung keine Kritik zu, sondern er hielt stets zu ihr.

Unglücklicherweise gab es derzeit einige diplomatische Verwicklungen mit dem Herzogtum Pfalz-Zweibrücken. Es ging dabei wie immer um Geld: Nach dem Tod des dortigen Herzogs Friedrich Michael war die Frage des Erbes nicht ausreichend geklärt – und keiner wusste so recht, wer nun die Kinder des Verstorbenen erziehen sollte.

Doch trotz aller Hofintrigen, Gerüchte und Verwicklungen schien Kurfürst Carl Theodor ein umgänglicher und sympathischer Regent zu sein. Das entnahm Jacob jedenfalls den Erzählungen seiner beiden Mitreisenden, die kein Blatt vor den Mund nahmen. Sogar im Umgang mit seinen Sekretären pflegte Durchlaucht einen moderaten Umgangston: So befahl er nicht, sondern begann seine Anordnungen gern mit Redewendungen wie „Wäre Er so gut ..." oder „Würde Er mal ...". Jacob fand diese Eigenschaft bei einem Herrscher bemerkenswert. In Schwerin hatte er einen anderen Ton kennengelernt. Kurfürst Carl Theodor pflegte sogar Freundschaften jenseits von Rang und Funktion bei Hofe: Ferdinand von Wrede brachte die Sprache auf einen gewissen Graf Matthäus von Vieregg, der praktisch mit dem Kurfürsten zusammen aufgewachsen war. Seither galten beide Männer als unzertrennlich und sehr vertraut miteinander; nicht umsonst war der Graf stets in der Umgebung des Herzogs. Vieregg war Kämmerer und Obriststallmeister bei Hofe, hatte aber als echter Freund des Kurfürsten keine politischen Ämter inne. Ein kluger Schachzug, dachte sich Jacob im Stillen, wie sonst sollte ein Herrscher echte von unechten Freunden unterscheiden können?

Er verglich das Bild, das er sich am Vortag von Carl Theodor hatte machen können, mit den neuen Informationen, die er während der Kutschfahrt erhalten hatte, und stellte fest, dass ihm der Kurfürst geradezu sympathisch war. Jacob hatte sich selbst davon überzeugen können, dass der Herrscher den Tafelfreuden zugetan war, weswegen sein Körper ein ziemliches Volumen besaß. Dennoch war sein Ausdruck feurig, ohne heißblütig zu wirken, dabei zugleich gütig und leutselig. Seine auffallend dicke Nase störte das Bild übrigens nicht. Außerdem schien er erstaunlich gut zu Fuß zu sein – schon beim Abschreiten der Jagdstrecke am Vorabend waren seine Begleiter kaum mitgekommen.

„Durchlaucht sind auch außerordentlich humorvoll", unterbrach der junge Wrede Jacobs Gedanken und erzählte eine Episode, die offenbar typisch für Carl Theodor war und über die man bei Hofe immer wieder lachte. So hatte sich der Kurfürst nach einer Operette mit dem französischen Gesandten in eine Diskussion über die Vorzüge der französischen Sprache beim Gesang eingelassen. Die Argumente des Franzosen schienen ihm dabei wohl nicht einleuchtend genug. Kurzerhand sang Carl Theodor dem Gesandten daraufhin den gesamten Text auf Deutsch vor und bemerkte dann zufrieden, dass er nicht finde, diese deutsch gesungene Version klinge schlechter als die französische.

Nach der unerwartet unterhaltsamen Reise von einem halben Tag traf Jacob endlich in Mannheim ein. Dank seiner Mitreisenden gab es keine Formalitäten mit den Stadtwachen, die Kutsche konnte das Heidelberger Tor ungehindert passieren. Seine beiden Begleiter verließen ihn vor dem Palais der Riaucours, wo von Wrede die Tochter des Hausherrn ordnungsgemäß ablieferte. Zuvor hatte er Jacob noch den Rat gegeben, am Paradeplatz im Hotel *Pfälzer Hof* Quartier zu nehmen und sich im Zweifelsfall auf ihn zu berufen. Aber das war gar nicht nötig, denn Jacob erhielt in dem stattlichen Gebäude problemlos ein schönes Zimmer mit Blick auf den Platz und freute sich über den Komfort seiner Unterkunft. Es war eben einfach herrlich, als Adliger durch das Land zu reisen! Er machte sich kurz frisch, brachte seine Garderobe in Ordnung und entschied sich spontan, die geheimnisvollen Quadrate der Residenzstadt zu erkunden. Außerdem wollte er seinen alten Freund und Kollegen Anton Altenberg aufsuchen, der sein Geschäft in den F-Quadraten führte.

Doch so einfach war das nicht – trotz der vielen Erklärungen des sächsischen Gesandten am Abend zuvor. Zwar erschien ihm die Stadt mit den breiten Straßen und den seitlichen Absperrungen, die die Mannheimer Planken nannten, außerordentlich modern und wohlgeordnet; so richtig schlau wurde er aber nicht daraus. Also schlug er sich durch, so gut es ging, bis er nach vielem Fragen tatsächlich einen Passanten fand, der Anton Altenberg kannte.

„Des iss er doch, der do so komisch red. So en Prais met rooie Hoorn un Sommersprosse, niet?“ wurde Jacob gefragt und er nickte nur. Ja, das musste Anton Altenberg sein.

Auf dem Weg in die F-Quadrate entdeckte er das Mannheimer Kaufhaus, einen stattlichen Bau mit einem Turm in der Mitte und reichen Verzierungen über den Fenstern und Eingängen. Dort beeindruckten ihn die Fülle und das Angebot der verschiedenen Läden mächtig. In dem prächtigen Haus gab es nicht nur Porzellane, Stoffe, Leder und Seidenprodukte, sondern auch ein Geschäft mit Waren aus aller Herren Länder, in denen es neben Zitronen, Orangen, Melonen und Tabak auch „Krumbeeren“[71] zu kaufen gab, die er noch nie zuvor gesehen hatte. Spontan kaufte er sich eine Handvoll, um beim ersten Biss festzustellen, dass sie roh fast ungenießbar waren.

„Die muss me erst koche, de Herr!“ kicherte eine Marketenderin, als sie seinen entsetzten Gesichtsausdruck sah. „Ihr wisst niet, was onse Krumbeern sein?“ Sie stemmte die Hände

71 Krumbeere ist der Pfälzer Name für Kartoffel.

in die Hüften und schüttelte belustigt den Kopf.

„Nein, das gibt es dort nicht, wo ich herkomme“, verteidigte Jacob sich peinlich berührt. „Was sagtest du, ist das?“

„Na, Krumbeere! Die komme von de Wilde, word gesecht. Die sein wirklich gut und schmecke am beste mit Spaschel und Sos. Aber Spaschel is ebe niet mehr ze bekomme, erst in de nächste Jahr wedder.“[72]

Jacob nickte und zog weiter. Noch immer hatte er ein merkwürdig trockenes Gefühl im Mund. Von rohen Krumbeeren würde er in Zukunft die Finger lassen – und ob sie ihm gekocht schmecken würden, da war er sich nicht so sicher.

Endlich gelang es ihm, in der F-Reihe das Quadrat 4 auszumachen. Gespannt schlenderte er um den Block herum, bis er vor Hausnummer 4 stand. Es war ein Ladengeschäft, das tatsächlich aussah, als hätte es mit Büchern zu tun. Neben der Tür hing ein Schild, auf dem zu lesen war: *Verlag Chr. Fr. Schwan & Comp.*, was bedeuten konnte, dass Anton hier arbeitete – aber das musste nicht sein. Jacob holte tief Luft und stieß die Ladentür auf. Eine Glocke kündete sein Kommen lautstark an. Kaum hatte er die Schwelle übertreten, eilte ein junger Mann aus dem Ladendunkel nach vorn. Jacob grinste, während er den vertrauten Geruch von Papier, Leim und Druckerschwärze wahrnahm: Anton hatte sich wirklich kaum verändert!

„Ihr wünscht, edler Herr?“ Es war nicht zu überhören, dass sein alter Freund von der norddeutschen Küste kam, so sehr er sich auch bemühte, einheimisch zu klingen. Sein Tonfall war einfach anders, kein Wunder, dass er hier auffiel.

„Moin, Anton. Kennste dien olen Fründ noch wedder?“[73] Jacob machte einen Schritt auf ihn zu, doch Anton reagierte nicht. Mit offenem Mund starrte er ihn an. Dann kratzte er sich ratlos am Kopf und musterte Jacob ausgiebig von oben bis unten.

„Jacob? Jacob Rosskopf aus Schwerin?“ Ganz überzeugt

72 Mannheimer Dialekt: Na Kartoffeln! Die kommen von den Wilden, heißt es. Die sind wirklich gut und schmecken am besten mit Spargel und Sauce. Aber Spargel ist eben nicht mehr zu bekommen, erst im nächsten Jahr wieder.

73 Plattdeutsch: Guten Tag, Anton. Erkennst du deinen alten Freund noch?

schien Anton jedoch nicht zu sein.

„Ja, genau. Aber vergiss den Namen Rosskopf – seit einiger Zeit bin ich als Jacob von Bardenfleth unterwegs." Jacob senkte seine Stimme und entschied sich ganz bewusst dafür, nicht mehr plattdeutsch zu reden – man konnte ja nie wissen, wer zuhörte.

„Ja, aber ...", fragend musterte Anton ihn und wusste offensichtlich nicht weiter.

Kurzerhand ging Jacob auf ihn zu, klopfte ihm auf die Schulter und bat um ein paar Minuten unter Freunden, was ihm bereitwillig gewährt wurde. Es traf sich gut, dass Anton gerade allein im Geschäft war, so waren sie vor unerwünschten Zeugen sicher. In kurzen Zügen berichtete Jacob dem staunenden Anton, wie aus dem Sohn eines Buchbinders in fürstlicher Ungnade ein adeliger Reisender geworden war, der unerwartet leicht Zugang zum höfischen Leben erhalten hatte. Immer wieder schüttelte Anton ungläubig den Kopf, hatte aber sichtlichen Spaß an den Anekdoten, die Jacob von seiner bisherigen Tour durch Hohenlohe und durch die Kurpfalz zum Besten gab. Immer wieder fragte er verblüfft nach, wie es Jacob in so kurzer Zeit gelungen war, Zugang zu allerhöchsten Kreisen zu erlangen.

„Fassade und Frechheit, das funktioniert!" Grinsend schilderte Jacob seinen ersten Auftritt in Weikersheim – und wie leicht es gewesen war, in dessen Folge Empfehlungsschreiben einzukassieren. Anton konnte das kaum glauben, erinnerte sich aber vergnügt an Jacobs Erfahrungen an der Schauspielschule: „Jo, dunntomal warste twoors en Dwarsdriewer, abern goote Odeliger![74]"

Wie insgeheim erhofft, stieg der alte Freund aus dem Norden sofort auf Jacobs Geschäftsidee der ausgetauschten Buchinhalte ein – zu verlockend war für ihn der dadurch mögliche Gewinn. Allerdings warnte Anton ihn auch vor Unvorsichtigkeit, weil gerade in der Kurpfalz Bildung ein hoch angesehenes

74 Plattdeutsch: Damals warst du zwar ein Querkopf, aber ein guter Adliger!

Thema war und Bibliotheken keinesfalls nur als Zierde ihrer Besitzer betrachtet wurden.

„Mannheim ist wirklich ein Zentrum von Kunst, Wissenschaft und Bildung", belehrte Anton ihn mit wichtiger Mine, „dat werste noch spitzkriegen![75]"

„Umso besser", freute sich Jacob, „dann finde ich endlich Gesprächspartner, die etwas von Büchern verstehen."

Dessen war Anton sich sicher. Nicht umsonst entstanden derzeit in der Stadt neue Verlage und wissenschaftliche Einrichtungen, die sogar vom Kurfürsten höchstpersönlich gefördert wurden. Mit einigem Stolz in der Stimme erzählte er Jacob von seiner eigenen Karriere, die er in der Quadrate-Stadt gemacht hatte: Als zukünftiger Kompagnon von Christian Friedrich Schwan, dem derzeit wohl bedeutendsten Mannheimer Verleger, war er erst im Winter zuvor in das Unternehmen eingestiegen. Weil die Geschäfte von Anfang an außerordentlich gut liefen, sah die Zukunft für Anton Altenberg sehr erfreulich aus. Schwan hatte 1765 die Mannheimer Filiale des Frankfurter Buchhändlers Esslinger übernommen. Aus dieser Zeit besaß das Geschäft das Privileg eines Hofbuchhändlers – ein entscheidender Vorteil. Schon im darauf folgenden Jahr hatte Schwan auf dieser soliden Basis seinen eigenen Verlag gegründet und nun Anton mit ins Boot genommen.

„Und ihr seid immer noch Hoflieferanten?" Jacob war beeindruckt und aufgeregt. Besser konnte es ja gar nicht laufen!

„Allerdings!" Anton schilderte mit stolz geschwellter Brust seine – noch recht wenigen – Begegnungen mit dem Hofbibliothekar Ludwig Javigni, der im Auftrag des Kurfürsten in ihrem Geschäft zu ordern pflegte.

Interessiert hakte Jacob nach, doch über Javigni wusste Anton nicht allzu viel zu erzählen – zu groß war der gesellschaftliche Abstand zwischen beiden. Umso mehr konnte er allerdings zu den Büchern sagen, die bei Hofe en vogue waren. So las Carl Theodor gerne aktuelle Bücher in deutscher Sprache und

75 Plattdeutsch: ... das wirst du noch merken.

sammelt diese auch. Dazu kaufte er ganze Privatbibliotheken auf, was Jacob natürlich aufhorchen ließ. Außerdem hatte der Kurfürst großes Interesse an lateinischen Manuskripten der römischen und griechischen Historiker, und er las täglich mehrere Stunden. Laut Antons Informationen besaß er allein in Mannheim über 36 000 Bücher!

Der Hofbibliothekar konnte im Ankauf übrigens relativ frei entscheiden, eine Regelung, die Jacob sehr verwunderte. Er dachte an die strenge Kontrolle, die in Schwerin gang und gäbe war, und begeisterte sich immer mehr für die Menschen und das freie Leben in der Kurpfalz. Javigni verfügte offenbar über einen kleinen Etat von mehreren 100 Gulden und ließ sich zur besseren Entscheidungsfindung von Verleger Schwan ständig Listen von Neuerscheinungen schicken. Allerdings hatte der Kurfürst verboten, theologische Werke anzuschaffen – seine Interessen waren anders gelagert. Offiziell hieß es dazu, Carl Theodor favorisiere Geschichtsbücher und naturwissenschaftliche Abhandlungen sowie „schöne Literatur"[76] in Maßen; inoffiziell konnte Jacob sich sehr gut vorstellen, was der sinnenfreudige Herrscher versteckt in seinen Bücherschränken aufbewahrte.

So ganz ohne Kontrolle lief das Geschäft in Mannheim allerdings auch nicht ab. Denn ein gewisser Andreas Lamey, ein auffälliger großer Mann mit ungewöhnlich hell leuchtenden Augen war seit zwei Jahren mit der Wahrnehmung der Mannheimer Bücher- und Zeitungszensur betraut. Das Ganze spielte sich in einer ungewöhnlichen Doppelrolle ab, weil Lamey gleichzeitig zusammen mit seinem Akademiekollegen Christof Jacob Kremer die *Mannheimer Zeitung* herausgab.

„Und die Weiber?" Jacob lenkte das Gespräch ins Private – schließlich hatte er noch ein wichtiges Anliegen.

Anton lächelte verklärt und begann zu schwärmen. Er hatte die Tochter eines Apothekers kennengelernt und ernsthafte Absichten.

76 Gemeint ist damit schöngeistige Literatur, aber auch Philosophie und Medizin.

„Ja, willst du denn für immer in Mannheim bleiben und hier eine Familie gründen?" Jacob hob erstaunt die Augenbrauen. War die Stadt am Rhein tatsächlich so lebenswert? Offenbar ja, denn Anton erging sich nun in ausführlichen Schilderungen der besonderen Lebensqualität in der Kurpfalz, der freundlichen Menschen und der vielversprechenden Zukunft der Residenzstadt. Er war davon überzeugt: Mannheim war die bedeutendste Stadt weit und breit, mit einem wundervollen Herrscher und Brot und Arbeit für jeden, der es zu etwas bringen wollte. Und das wollte Anton Altenberg – gern auch gemeinsam mit Jacob.

Ehe dieser sich verabschiedete und für den kommenden Tag eine erste Buchlieferung ankündigte, erzählte er allerdings noch von Aliénor von Imhoff. Interessiert und ein wenig belustigt hörte Anton zu – zumal Jacob ihm den unrühmlichen ersten Kontakt mit der schönen jungen Frau nicht verschwieg. „Un du gloevst foerwiss, dat se hier voerbikamt?"[77] Anton wiegte zweifelnd den Kopf, doch Jacob war sich ganz sicher: Allein, um der drohenden Verlobung so lange wie möglich auszuweichen, würde Aliénor zu ihren Verwandten in die Kurpfalz reisen. Außerdem war sie neugierig und würde es sich nicht nehmen lassen ihm nachzuspionieren, davon war er überzeugt. Den Namen „Altenberg" hatte er ja im Gespräch unglücklicherweise fallen lassen – folglich würde sie bestimmt eines Tages hier im Laden stehen, um mehr über Jacob herauszufinden.

„Ik nasegg nix, dor kannst op af!"[78] beteuerte Anton so inbrünstig, dass Jacob beruhigt war. Schnell vereinbarten die beiden Freunde noch eine unverfängliche Version, woher sie sich aus dem Norden kannten. Dann verließ Jacob das Geschäft und eilte – inklusive einiger ungeplanter Umwege – zurück in sein Hotel, wo er nach einer schnellen Mahlzeit in einen tiefen Schlaf fiel.

Ein lautes Pochen an der Zimmertür weckte ihn am späten

77 Plattdeutsch: Und du glaubst wirklich, dass sie hier vorbeikommt?
78 Plattdeutsch: Ich verrate nichts, da kannst du dich drauf verlassen!

Nachmittag. Jacob brauchte einige Momente, bis er sich orientiert hatte und ihm wieder einfiel, wo er sich befand. Er hastete zur Tür und nahm von der Hotelwirtin einen versiegelten Brief entgegen. War das der Haftbefehl aus Weikersheim? War man ihm nun doch auf die Schliche gekommen? Mit klopfendem Herzen öffnete er das Schreiben. Doch es handelte sich um eine Einladung: Er wurde darin offiziell zum feierlichen Empfang im Hause des Sächsischen Gesandten am Hof der Kurfürstlichen Durchlaucht, des Freiherrn Andreas de Riaucour, gebeten! Jacob traute seinen Augen nicht. Wie konnte er nur so viel Glück haben? Dies war die Eintrittskarte zum Kurpfälzer Hofadel – und sicherlich würde er auch viele der Jagdteilnehmer aus Neckargemünd wiedertreffen. Eilig begann er mit der Toilette und inspizierte seine Kleidung. Diesmal kam es darauf an, genau den richtigen Ton zu treffen; einen Fehler konnte er sich nicht erlauben. Er las zur Sicherheit noch einmal in der *Einleitung zur Ceremoniel-Wisenschaft der grossen Herren*[79] nach, wie man sich zu einem solchen Anlass zu präsentieren hatte und wählte dann erleichtert einen ähnlichen Staat wie zum Gala-Diner in Weikersheim. Erneut stellte er beim Blick in den Spiegel fest, dass er prächtig aussah – sogar die Perücke stand ihm gut zu Gesicht. Dann bestellte er eine Sänfte und ließ sich zum Anwesen der Riaucours tragen.

Das Palais des sächsischen Gesandten lag in N 2,4 und war ein stattliches Gebäude. Es hatte insgesamt drei Stockwerke, vorspringende Mittelrisaliten[80] auf der Seite und viele Fenster. Über dem Eingangsportal befand sich ein auffälliger Balkon, der sehr elegant auf zwei geschmückten Voluten ruhte. Vor dem gesamten Anwesen lagen Binsenmatten aus, direkt vor dem Portal darüber noch ein Teppich. Jacob wurde genau bis dorthin von seinen Sänftenträgern gebracht. Ein Diener des Hauses öffnete den Schlag, so dass Jacob bequem aussteigen konnte. Im Foyer meldete er sich mit seinem Namen an,

79 Julius Bernhard von Rohr: *Einleitung zur Ceremoniel-Wisenschaft der grossen Herren*, Ausgabe Halle 1733
80 Ein Risalit ist ein hervorspringender und gliedernder Gebäudeteil einer Fassade.

woraufhin ihm sein Umhang abgenommen wurde. Ein blasser Diener begleitete ihn in den Empfangsraum, wo bereits mehrere Grüppchen herumstanden. Sofort löste sich Gastgeber Andreas de Riaucour aus einer der Gesprächsrunden und begrüßte ihn herzlich. Der Reihe nach nickten ihm die anwesenden Herren zu, während die Damen ihre Gesichter kokett hinter Fächern versteckten.

Schon auf den ersten Blick erkannte Jacob, dass Andreas de Riaucour nicht nur außerordentlich wohlhabend, sondern auch ein Sammler wertvoller Gemälde war. Er entdeckte diverse Cranach- und Rubens-Bilder an den Wänden, einmal abgesehen von den wertvollen Vasen und Porzellanstücken auf Anrichten und in Vitrinen. Kein Zweifel: Mit der Bekanntschaft dieses Herrn war Jacob praktisch ins Zentrum des Hofes vorgedrungen. Allerdings ließ der von ihm erwartete Hochadel sich bei diesem Empfang nicht blicken. Im Gespräch mit dem jungen Ferdinand von Wrede erfuhr Jacob den Grund dafür: Die unmittelbare Entourage des Kurfürsten hatte sich gleich vom Neckar aus nach Schwetzingen bringen lassen, weil sich dort die Sommerfrische des Hofes befand[81]. Man war an diesem Abend „entre nous", also frei von jeglichen höfischen Zwängen. Ein entscheidender Vorteil, wie Jacob schon kurze Zeit später feststellen konnte. Denn tatsächlich handelte es sich bei diesem Empfang um ein ausgesprochen zwangloses Miteinander ohne festen Ablauf, so dass es ihm mühelos gelang, mit anderen Personen ins Gespräch zu kommen.

Doch zunächst wurde er von einem bekannten Gesicht begrüßt: Der Astronom Christian Mayer, dem er bereits im fürstlichen Antichambre in Weikersheim begegnet war, kam erfreut auf ihn zu und erleichterte ihm so den Beginn des Abends. Er schwärmte vom Hohenloher Fürsten und dessen Interesse an der Wissenschaft – offenbar hatte dieser ihm in Aussicht gestellt, im Schlossgarten zu Weikersheim einen

81 In der Tat verbrachte der Mannheimer Hof in den Jahren zwischen 1750 und 1777 die heißen Sommermonate von Mai bis Oktober regelmäßig in der benachbarten Schwetzinger Sommerresidenz.

Astronomieturm zu errichten. Jacob zweifelte zwar an diesen rosigen Perspektiven, bremste den Redefluss des Sternguckers jedoch nicht.

„Es gab ja in Weikersheim nach Eurer Abreise noch einen kleinen Skandal“, erwähnte Mayer plötzlich und unterbrach seine ausführlichen Erörterungen. „Es sind kostbare Stücke abhanden gekommen, und man verdächtigte zunächst offenbar diese junge Edle von Imhoff.“ Der Astronom schüttelte belustigt den Kopf, während Jacob angespannt schwieg. Was war in Weikersheim vorgefallen?

„Nun, es löste sich natürlich alles in Wohlgefallen auf.“ Mayer zuckte mit den Schultern.

„Was mein Ihr?“, hakte Jacob betont beiläufig nach. „Was löste sich auf?“

„Dieser Verdacht natürlich. Und die angeblich gestohlenen Stücke auch.“

Jacob wollte natürlich genauer wissen, was Mayer meinte und insistierte noch einmal. Offenbar hatte man tatsächlich Aliénors Taschentuch in der Nähe des Ortes gefunden, wo sich der vermeintliche Diebstahl ereignet hatte, doch wusste niemand, was genau abhanden gekommen war. Außerdem stellte sich schnell heraus, dass Aliénor von Imhoff zur möglichen Tatzeit in der Obhut ihrer Familie gewesen war. Wie ihr Tuch dorthin gelangen konnte, wusste niemand schlüssig zu erklären; da sich allerdings kein Mitglied des überalterten Personals an irgendetwas erinnern konnte, verlief die Untersuchung schnell im Sande.

Jacob atmete im Stillen erleichtert auf und konnte sich ein heimliches Grinsen nicht verkneifen. Was hätte der Fürst – oder wer auch immer die versteckte Bibliothek nutzte – auch angeben sollen? Dass erotische Bilder und unanständige Schriften gestohlen worden waren? Er hoffte allerdings, dass Aliénor wegen des Tüchleins nicht misstrauisch geworden war. Unterdessen hatte Mayer seine begeisterten Erzählungen über seine Tätigkeit wieder aufgenommen. Er schwärmte Jacob von einem Englischen Sextanten vor, der ihm am Vormittag geliefert worden war. Damit wollte er zweierlei: den Abstand der Sonne und der Fixsterne von der Erde ermitteln und zudem die gesamte Kurpfalz vermessen, wenn ihn der Kurfürst nur ließe. Außerdem plante der umtriebige Wissenschaftler eine Reise ins ferne Sankt Petersburg.

Dann begann Mayer damit, Jacob von der Schwetzinger Astronomiestation zu erzählen. Jacob staunte: Schwetzingen besaß eine eigene Warte zur Beobachtung des Himmels? Laut Mayers Ausführungen hatte alles bei einer öffentlichen Beobachtung im Jahr 1761 begonnen, in dem die Venus vor der Sonne vorbeigezogen war. Der Hof hatte das Spektakel vor dem Nordzirkelsaal des Schwetzinger Schlosses verfolgt. Und obwohl nur wenige Tage später der Thronfolger so tragisch bei seiner Geburt gestorben war, hatte Carl Theodor nicht auf die abergläubischen Mahnungen in seiner Entourage gehört und das Himmelsschauspiel keinesfalls als schlechtes Omen gedeutet. Im Gegenteil: Das Erlebnis war für die Kurfürstliche Durchlaucht eine regelrechte Erweckung gewesen, die dazu führte, dass er ein großes Interesse an Naturschauspielen solcher Art entwickelte. Kurz entschlossen hatte er Mayer dann damit beauftragt, eine Sternwarte zu planen, die weithin sichtbar auf dem Dach des Schwetzinger Schlosses gebaut werden sollte. Nur zwei Jahre später war es dann so weit: Auf dem Schloss war in luftiger Höhe ein ganzes Haus mit einem Turm entstanden, dessen Haube mit kupfernen Fächern versehen war. Diese konnte man facettenweise öffnen und so gezielte Himmelsbeobachtungen machen. Fast die ganze Saison über schaute der Kurfürst hier mit Mayer in den Sternenhimmel, so behauptete der Astronom jedenfalls mit stolz geschwellter Brust.

Jacob war beeindruckt. Ein Schloss mit einer eigenen Sternwarte auf dem Dach – so etwas hatte er noch nie gesehen! „Gibt es denn schon wissenschaftliche Erkenntnisse aus Euren Beobachtungen?“

Mayer nickte eifrig. „Ich habe die Ehre, bereits zahlreiche neue Fixsterne entdeckt zu haben. Und die Entfernungen der

Sterne zur Erde konnte ich exakt messen. Nun ja, und einiges mehr – aber das führe ich Euch lieber einmal in natura vor. Werdet Ihr diese Saison noch nach Schwetzingen kommen?"
Jacob dachte einen Moment nach und bejahte die Frage freundlich. Warum auch nicht – schließlich befand der Hof sich auch dort. Vielleicht würde sich eine Möglichkeit ergeben, die Sommerfrische der Kurpfalz kennenzulernen. Wenn ja, das versprach er dem Hofastronom, würde er ihm in jedem Fall einen Besuch abstatten.

„Edler Herr von Bardenfleth?" Die Stimme des Gastgebers unterbrach Jacobs Gespräch mit Christian Mayer. „Darf ich Euch den Hofbibliothekar unseres Kurfürsten vorstellen?"

Ludwig Javigni war ein untersetzter Mann, der sich für seine Korpulenz erstaunlich flink bewegte. Wie bei vielen seiner Kollegen waren seine Fingerkuppen dauerhaft durch Druckerschwärze verfärbt und er trug ein Monokel. Eine auffällige Taschenuhr mit einer kostbaren goldenen Kette steckte in seiner Westentasche und verlieh ihm etwas Würdevolles. Allein die Art, wie er sich als Respektsperson selbstbewusst im Raum bewegte, imponierte Jacob mächtig – und auch bei den anderen Anwesenden war Javigni offenbar hoch angesehen. Jacob schätzte ihn auf knapp über dreißig Jahre, was auf eine erstaunliche Karriere schließen ließ. Man grüßte ihn ehrfurchtsvoll, was er stets mit einem gnädigen Nicken zur Kenntnis nahm. Seine wachen und hellen Augen schienen überall gleichzeitig zu sein und er wirkte keinesfalls wie jemand, der zwischen staubigen Büchern ein einsames Dasein pflegte. Im Gegenteil: Ludwig Javigni machte den Eindruck, dass ihm nichts um ihn herum entging.

Instinktiv nahm Jacob sich vor, in Gegenwart dieses Mannes wachsam zu sein – zumal ihn dieser nun nach den üblichen Begrüßungsfloskeln und Verbeugungen gezielt auszufragen begann: „Sagt, Herr von Bardenfleth, wie ich hörte, kommt ihr aus dem hohen Norden, nicht wahr?"

Jacob nickte und schaute sich hilfesuchend nach Andreas de Riaucour um, doch der war bereits wieder zu anderen Gästen geeilt.

„Soweit ich informiert bin“, fuhr der Hofbibliothekar unterdessen fort, „taucht Euer Geschlecht vor Jahrhunderten in diesen unseligen Kämpfen vor Bremen auf – oder stammt ihr nicht von jenem letzten Bolko von Bardenfleth ab? Immerhin ein ungewöhnlicher Name ...“ Nachdenklich musterte Javigni ihn.

Jacob atmete tief durch und konzentrierte sich. Nun galt es nicht die Nerven zu verlieren und souverän zu antworten! „In gewisser Weise habt ihr Recht“, begann er freundlich lächelnd. „Jener Bolko ist einer meiner Vorfahren – allerdings in einer Seitenlinie.“ Er räusperte sich mit wichtiger Miene. „Die Familie hat sich schon vor den unrühmlichen Kämpfen vor den Toren Bremens aufgespalten – und ich stamme aus der Linie, die für einige Jahrhunderte bei den Slawen und Dänen ansiedelte. Nun ja“, er zuckte betont gelangweilt mit den Schultern, „viel hat man dort wohl nicht von ihnen gehört – aber immerhin hat das Geschlecht überlebt, wie man sieht.“

„So, so.“ Der Hofbibliothekar schien zwar nicht überzeugt, fragte jedoch nicht weiter. Dafür brachte er das Gespräch auf die Neuerscheinungen der letzten Jahre und fand in Jacob einen begeisterten Bücherfreund – was die unklare Herkunft offenbar vergessen ließ. Nach kurzer Zeit waren beide so tief ins Gespräch versunken, dass sie von den anderen Gästen nichts mehr mitbekamen. Es ging um den *Candide* von Voltaire, der auch hier bei Hofe in Mannheim die Gemüter erregte.

„Ist es nicht gegen das natürliche Gesetz, dass dieser französische Philosoph gesagt haben soll: ‚un jour tout sera bien, voilà notre espérance; tout est bien aujourd'hui, voilà l'illusion‘[82]? Seine Durchlaucht begeistert sich zwar für moderne Ideen, war jedoch über diese Worte aus der Feder Voltaires nicht erbaut. Und im *Candide* geht er ja noch viel weiter!“ Der Hofbibliothekar redete wie gestochen.

82 Franz.: Eines Tages wird alles gut sein, das ist die Hoffnung. Heute ist alles gut, das ist die Illusion. Zitiert aus dem *Poème sur le désastre de Lisbonne nach Candide oder der Optimismus* (Nachwort), S. 144, a. a. O.

Jacob biss sich auf die Lippen und überlegte einen Moment, ehe er antwortete. Wie weit konnte er gehen? Durfte er hier seine Begeisterung für Voltaires Schriften offen zeigen? Kurz entschlossen wählte er den Weg der Wahrheit: „Doch hat er nicht recht, wenn er das Übel der Welt benennt? ‚Oui, il y a du mal, et peu d'hommes voudraient recommencer leur carrier ...'[83] schreibt er doch zu Recht in einem seiner Briefe – und die einzig schlüssige Antwort auf diese Erkenntnis ist sein *Candide*!"

Gespannt wartete Jacob auf die Reaktion Javignis. Doch dieser blieb ganz gelassen und lächelte fast ein wenig belustigt. Dann erzählte er Jacob von einem ganz neuen Büchlein, das sich kritisch mit Voltaires *Candide* auseinandersetzte. „Und das gar nicht dumm", betonte der Hofbibliothekar mit einem anerkennenden Nicken, „kennt ihr es nicht?"

Jacob verneinte und ließ sich von Javigni die wesentlichen Aussagen des Claude Francois Nonnotte darlegen, dessen deutsche Übersetzung unter dem Titel *Die Irrthümer des Herrn von Voltaire, aus dem Französischen des Herrn Abtes Nonnotte übersetzet, und mit nöthigen Anmerkungen versehen* soeben in Frankfurt und Leipzig erschienen war[84].

Trotz unterschiedlicher Ansichten über die modernen Strömungen in Politik, Wissenschaft und Philosophie stellten Jacob und Javigni nach kurzer Zeit fest, dass sie sich prächtig verstanden und Freude daran hatten, im klugen Disput zu diskutieren. Beide waren gebildet, an Neuem interessiert und offen für alles, was die Zeit an Strömungen und Gedankengut mit sich brachte – wenngleich auch in ganz unterschiedlichen Positionen: Jacob war jung und begeisterte sich stürmisch für die Ideen, die alles verändern wollten, während der um einige Jahre ältere und gesetztere Javigni stets abwägte und neue Gedanken auf ihre Praktikabilität hinterfragte. Doch genau in die-

83 Franz.: Ja, es gibt das Übel, und nur wenig Menschen würden ihren Lebenslauf erneut beginnen wollen. S. 148 ebenda

84 Claude Francois Nonnotte: *Die Irrthümer des Herrn von Voltaire, aus dem Französischen des Herrn Abtes Nonnotte übersetzet, und mit nöthigen Anmerkungen versehen.* Frankfurt/Leipzig 1768 mit 557 Seiten, Größe der Titel Vignette 16,4 x 10 cm. Das Buch erschien in Frankreich bereits 1762, Nonnotte war Jesuitenpater.

ser spannungsgeladenen Mischung konnte sich ein Gespräch entwickeln, das beiden Spaß machte und bis tief in die Nacht hätte dauern können. Leider musste sich der Hofbibliothekar jedoch frühzeitig zurückziehen, was Jacob sehr bedauerte. Allerdings schien es auch Javigni ähnlich zu ergehen, denn er lud Jacob kurzerhand für den folgenden Tag in die Mannheimer Hofbibliothek ein. „Schaut einfach selbst, was wir hier zu bieten haben", forderte Javigni ihn auf und vereinbarte noch Stunde und Treffpunkt mit Jacob, ehe er sich verabschiedete. Der intensive und durchaus anstrengende Austausch mit dem gebildeten Javigni hatte Jacob ermüdet. Außerdem wollte er am folgenden Tag unbedingt einen klaren Kopf haben, wenn er erneut auf den klugen Höfling treffen würde, weswegen er jedes weitere Glas köstlichen Pfälzer Weines ablehnte, der von einer eifrigen Dienerschar immer wieder kredenzt wurde. Ihm erschien es ganz außergewöhnlich, in welchen Mengen der hiesige Menschenschlag den Wein vertrug! Doch Jacob schwirrte der Kopf schon so, dass er nicht einmal richtig mitbekam, wie ihm die beiden Herausgeber der *Mannheimer Zeitung*, Andreas Lamey und Christof Jacob Kremer, vorgestellt wurden. Sie baten ihn um ein paar Auskünfte zu seiner Person, da sie ihn – wie es in diesen Kreisen und bei Hofe üblich war – in ihrer nächsten Ausgabe kurz vorstellen wollten. Jacob antwortet kurz und unkonzentriert, was sich später als folgenreich herausstellen sollte[85]. Die Gespräche mit allen anderen Gästen, denen er noch vorgestellt wurde, beschränkte er daraufhin auf wenige höfliche Worte und vertröstete seinen Gastgeber auf ein späteres Treffen, was dieser gern aufgriff.

„Besucht mich in Schwetzingen", forderte der sächsische Gesandte ihn beim Abschied auf. „Dort ist ohnehin der Hof versammelt und es soll Euer Schaden nicht sein. Ich werde Euch eine Kammer in meinem Haus herrichten lassen – Ihr seid jederzeit willkommen, edler Herr von Bardenfleth."

Jacob konnte sein Glück kaum fassen: erst die Einladung in

85 Schon damals taten Prominente besser daran, vorsichtig mit der Presse zu verfahren und achtsam zu prüfen, was über sie veröffentlicht werden sollte!

die Kurfürstliche Hofbibliothek, dann in das Haus eines wichtigen Gesandten! Dankbar verbeugte er sich vor Andreas de Riaucour, ließ die reizende Tochter des Hauses noch einmal aufs Herzlichste grüßen und sich dann in seiner Sänfte zurück in den Pfälzer Hof bringen.

Bevor Jacob am folgenden Nachmittag zum Treffpunkt mit Javigni aufbrach, stattete er seinem alten Freund Anton erneut einen Besuch ab. Diesmal nahm er die Kutsche, da er einige Bücher und Stiche mit sich führte, die er Anton unter der Hand verkaufen wollte. Sie hatten sich für diesen Handel auf die Mittagszeit verabredet, weil Christian Friedrich Schwan im Kreise seiner Familie zu speisen pflegte und so ihre heimlichen Geschäfte nicht stören würde. Denn ihn wollte man aus diesen Dingen heraushalten – sicher war sicher. Außerdem vereinbarten sie, fortan vorsichtshalber nicht mehr plattdeutsch miteinander zu sprechen – auch Anton wollte sich darum bemühen. Es wäre zu gefährlich für beide, wenn irgendjemand eine Verbindung zwischen Anton und Jacob herstellen würde; denn was hatte ein bei Hofe zugelassener Adliger mit einem Buchhändler zu tun?

Gemeinsam blätterten die alten Freunde dann in den Werken, die Jacob aus Weikersheim mitgebracht hatte. Da auch sie aus Fleisch und Blut waren, konnten sie sich dem Reiz mancher Illustrationen nicht entziehen und ihr Atem beschleunigte sich merklich. Im Übrigen hatte Anton in einer geheimen Lade durchaus vergleichbare, wenn nicht sogar exotischere Schriften und Bilder zu bieten! So hatte Jacob beispielsweise noch nie von Scheik Nefzaui und seinem phantasievollen Werk *Der duftende Garten*[86] gehört und starrte fasziniert auf

86 Scheik Nefzaui (auch Muhammad al Nawzawi): *Der duftende* (auch: parfümierte, blühende) *Garten*, entstanden im 16. Jahrhundert in Tunesien. Das Werk ist eine Art Handbuch über Sex, gewürzt mit überraschenden, aber auch humorvollen Einblicken in orientalische sexuelle Sitten und Gewohnheiten des Mittelalters. Es enthält neben Anleitungen und Ratschlägen zum praktizierten Sex auch Tipps am Rande, wie zum Beispiel zur Bedeutung von Vorspiel und Küssen. Außerdem dienten die teilweise recht humorvollen Anekdoten und Geschichten dazu, den Leser zu amüsieren und zu erregen. Das Werk wurde allerdings erst 1850 von einem französischen Offizier aus dem Arabischen übersetzt – der geneigte Leser möge den Autoren diese Freiheit vergeben.

die freizügigen Texte. Was schrieb dieser Orientale über würdige Männer?

Weiber sah ich an jungen Männern suchen,
Was des völlig gereiften Mannes Zier ist:
Schönheit, Frohsinn, Bedachtsamkeit und Stärke;
Langes Glied, das langen Genuß gewähret;
Schwere Lenden, doch eine Brust, die leicht wie Kork
Auf den Wogen ihres Busen schwimmet.
Langsam muß des Samens Ergießung kommen,
Daß recht lange der Liebe Wonne daure;
Schnell zum neuen Kampfe bereit das Glied sein,
Um sie wieder und wieder zu durchbohren.
Solchen Mannes Werbung gefällt den Weibern,
Hoch stets werden sie ihn in Ehren halten.[87]

Mit rotem Kopf und heißen Ohren klappte Jacob das anstößige Buch zu. Zwar hatte er die Zeilen nur hastig übergeflogen, hatte jedoch sofort an seine Abenteuer in Schwerin denken müssen und mit Schrecken bemerkt, dass dies ihn erregte. Als ihm dann noch Aliénor von Imhoff vor dem inneren Auge erschien und ihn auch das keineswegs abkühlte, musste er sich ablenken und Luft zufächeln.

Seinem Freund war dies natürlich nicht entgangen. Grinsend boxte Anton ihn in die Seite und raunte: „Ganz schön heete Kraam, oder?“[88]

„Kann man wohl sagen“, gab Jacob zu und lachte. „Ist das alles so heiß?“

„Oh, das war eine eher harmlose Passage“, klärte ihn Anton auf. „Richtig interessant wird es, wenn es genau beschrieben wird.“

„Was meinst du mit es?“ Jacob war sehr neugierig auf diesen orientalischen Autor geworden.

„Na, den Beischlaf eben. Aber nicht so, wie wir ihn hier

87 Zitiert nach www.erotische-literatur.eu/geschichten/der_duftende_garten/
88 Plattdeutsch: Ganz schön heißes Zeug, oder?

kennen ..." – Anton senkte sein Stimme – „... sondern viel freizügiger."
Fragend starrte Jacob ihn an.
„Naja", begann Anton erneut, „da werden unglaubliche Stellungen beschrieben, Weiber als brünstige Stuten bezeichnet und..." er schluckte, ehe er fortfuhr, „... Frauen, die Männer besteigen und wild reiten!"
„Oh Gott." Jacob atmete tief durch. Dann gab er sich einen Ruck und fragte stockend: „Und, Anton ... äh ..., kann man sich das mal genauer anschauen ... äh ... ich meine ... ausleihen?" Er scharrte verlegen mit dem Fuß.
„Zu spät!" Triumphierend lachte Anton ihn an. „Du kommst zu spät!" Dann verriet er Jacob, dass dieses orientalische Einmaleins der Liebe noch an diesem Abend seinen Besitzer wechseln würde – für eine ordentliche Stange Geld selbstverständlich.
„Und wer ...?" Jacob brauchte seine Frage nicht auszuformulieren. Unter dem strengsten Siegel der Verschwiegenheit erfuhr er von Anton, dass kein Geringerer als der hochwohlgeborene Graf Matthäus von Vieregg, seines Zeichens der engste Freund des Kurfürsten höchstpersönlich, den *Duftenden Garten* geordert hatte – und Jacob sollte selbst entscheiden, wie das zu deuten war.
Darauf verlagerte sich ihr Gespräch auf das Hofgeschehen und wichtige Kontakte zu Mittelsmännern und Liebhabern frivoler Literatur. Anton war bass erstaunt darüber, dass Jacob am Vorabend bereits auf einen Empfang geladen war und rieb sich die Hände: „Wenn das so weitergeht, alter Freund, dann werden wir zwei ganz schnell reich!"
„Das hoffe ich doch", antwortete Jacob vergnügt, „darum geht es doch, oder?"
Anton wiegte den Kopf. „Nun, allein darum wohl doch nicht. Wo bleibt dabei die wahre Liebe?"
„Die wahre Liebe? Die gibt es doch nur in der Weiber-Literatur", meinte Jacob abfällig und schnaubte. Trotzdem musste er schon wieder an Aliénor denken. Schnell wischte er

diese Bilder beiseite und begann mit Anton über Preise und Geschäftsstrategien zu verhandeln. Beide wurden sich rasch einig – und Jacob um viele Gulden reicher. Offenbar hatte Anton zahlungskräftige Abnehmer und keinerlei Bedenken, die heiße Ware schnell an den Mann bringen zu können. Für die Zukunft verhieß das nur Gutes, befand Jacob, und beide vereinbarten, über einen Mittelsmann, der das Vertrauen Antons besaß, auch während der weiteren Reisen Jacobs in Kontakt zu bleiben.

Als Jacob sich am Nachmittag auf den Weg über die Planken zum Schloss machte, kam er noch einmal in den Genuss, die prachtvolle Metropole von ihrer schönsten Seite zu erleben. Das Schloss lag im Süden der Stadt und schon von der Breiten Straße aus sah man das kolossale Bauwerk. Der Ehrenhof war von zwei Wachhäusern flankiert, auf der Rückseite befand sich das Corps de Logis[89] mit den Kurfürstlichen Appartements rechts und links davon. Die Ehrenhofflügel beherbergten in den Untergeschossen die Verwaltungen mit den Gerichten – und linkerhand der Küche in der Belle Etage die Quartiere für die Kurfürstlichen und Kaiserlichen Hoheiten. Links im Seitenflügel zu Stadt hin, das hatte Jacob am Vorabend von seinem Gastgeber gehört, war die berühmte Gemäldesammlung untergebracht. Auch die große Hofbibliothek sollte sich angeblich dort befinden. Genau gegenüber, auf der anderen Seite des Schlosshofes, stand die große Schlosskapelle mit ihrer imposanten Fassade. Alles machte einen gigantischen Eindruck auf Jacob und er erinnert sich verächtlich lächelnd an die Schweriner Provinz.

An den Wachhäusern war der diensthabende Offizier bereits über seinen Besuch informiert. Jacob wurde von einem Soldaten in den linken Flügel des Schlosses geleitet. Der Eingang zur Bibliothek lag noch vor dem eigentlichen Ehrenhof. Durch einen langen Flur gelangte Jacob zum Treppenhaus und dann zum Vorzimmer des Bibliothekssaals. Hier erwartete ihn

89 Die Corps de Logis sind die offiziellen Räume und Appartements des Kurfürstenpaars.

bereits Ludwig Javigni, der ihn nach einer kurzen, aber herzlichen Begrüßung in den großen Büchersaal nebenan führte. Jacob war überwältigt. Einmal abgesehen davon, dass der Raum immense Ausmaße besaß, hatte er nie zuvor so viele Bücher derart prachtvoll präsentiert gesehen! Stolz stellte ihm Javigni seinen Arbeitsplatz vor: Das Deckengemälde zeigte eine Allegorie der Entschleierung der Wahrheit durch die Zeit. *Das Streben nach Wahrheit verbannt die Unwissenheit und die Lüge*, war dort zu lesen – und Jacob dachte für einen Moment daran, dass auch er mit seiner erfundenen Herkunft auf Dauer Gefahr lief enttarnt zu werden. Doch die Ausführungen des Hofbibliothekars lenkten ihn schnell wieder von solch unangenehmen Gedanken ab.

Fasziniert betrachtete er die reichen Stuckornamente an Decken und Wänden und ließ seinen Blick über das aufwendige Flechtwerkmuster des Parketts wandern. In der Mitte des Raumes stand ein extrem langgezogener Arbeitstisch, der wegen seiner ungewöhnlichen Form von den Benutzern nur „der Knochen“ genannt wurde.

Die Wand zum Ehrenhof besaß hohe Fester, die den Raum mit Licht durchfluteten. Kritisch betrachtete Jacob diesen hellen Lichteinfall. Ob das den Werken auf Dauer guttat? Immerhin standen die Bücherregale an den drei verbleibenden Wänden über drei Ebenen zu mancher Tageszeit im direkten Sonnenlicht – doch Javigni schien seine Gedanken lesen zu können und verwies auf die dunklen schweren Vorhänge, die im Zweifelsfall zugezogen werden konnten.

Im kleinen Saal nebenan befand sich der alphabetische Katalog. Zu seinem größten Erstaunen sah Jacob hier, dass sich tatsächlich Bürger im Kurfürstlichen Bibliothekssaal aufhielten! Javigni erzählte ihm, dass hier jeder, der Interesse an einem Thema hatte, Bücher bestellen und einsehen konnte. Der Adel durfte sogar Bücher ausleihen. Das klang interessant, fand Jacob, in Schwerin oder gar Weikersheim wäre eine solche Regelung wohl kaum möglich gewesen.

Die Bibliothek umfasste, das erfuhr Jacob nebenbei, rund

40.000 Bücher! Sie waren systematisch sortiert nach Theologica, Jurisprudenz, Scientiae et Artes[90] sowie den Humaniores litterae, also Grammatik, Poesie, Rhetorik, Mythologie und schöne Literatur. Hinzu kam die Historia, die mit Abstand größte Abteilung der Bibliothek. Dazu gehörten auch die Reisebeschreibungen. Gesondert geführt wurden die Codices manuscripti und die Neuerscheinungen, die Jacob besonders interessierten. Er hätte sich stundenlang in diesen Räumen aufhalten können, wollte jedoch die Geduld seines freundlichen Gastgebers nicht unnötig strapazieren.

Javigni hingegen schien große Freude an der Begeisterung Jacobs zu haben. Immer wieder versicherte er ihm, dass er jederzeit willkommen sei – und seine Reise doch durchaus noch einmal zu einem späteren Zeitpunkt in Mannheim unterbrechen könne. Auch bat er Jacob, auf seiner geplanten Tour nach Süden die jeweiligen Hofbibliotheken und Sammlungen aufmerksam zu studieren und zu hinterfragen, weil der Kurfürst stets Interesse an umfangreichen Aufkäufen habe. Jacob verriet Javigni natürlich nicht, dass er dank Anton bereits im Bilde über den Kürfürsten war und bedankte sich artig für die Aufmerksamkeit und das Vertrauen des Hofbibliothekars.

„Nun, damit Ihr auch seht, wie ernst es mir ist, schenke ich Euch das hier." Javigni reichte ihm lächelnd ein kleines gebundenes Büchlein. „Vielleicht lest Ihr Euren *Candide* danach noch einmal mit anderen Augen."

Gerührt griff Jacob nach dem Geschenk. Es handelte sich tatsächlich um den Nonnotte[91], den Gegenstand des gestriges Gesprächs! Dieser Javigni war – bei aller Vorsicht – wirklich ein netter Kerl und Jacob freute sich aufrichtig.

Dann verriet Javigni ihm flüsternd, dass auch die Kurfürstin Elisabeth Auguste eine eigene kleine Bibliothek besaß. Da der Hof in Schwetzingen weile, wolle er ihn ausnahmsweise in diese ansonsten streng verbotenen Gemächer

90 Gemeint sind hier die Geistes- und Naturwissenschaften von der Philosophie bis zur Medizin.
91 Claude Francois Nonnotte, ebenda

hineinlassen. Dafür liefen sie durch den Ehrenhof direkt zum Corps de Logis, wo ihnen von der Schweizer Garde anstandslos Einlass gewährt wurde. Sie gelangten in ein grandioses Treppenhaus mit Stuckarbeiten und Deckengemälden, soweit das Auge reichte. Durch den Gartensaal mit einem wunderbaren Blick in den französischen Garten ging es rechts durch einen Gang bis zu einer Seitentür. Durch diese kamen sie in einen rechteckigen Raum, der rundum voll von in die Wände eingelassenen Bücherschränken war. Durch die Gitter der Schränke hindurch erkannte Jacob, dass auch die Bibliothek der Kurfürstin gut bestückt war. Javigni stellte allerdings abfällig klar, dass es sich hier nur um Bücher für Weiberkram handelte. Doch Jacob sah das etwas anders – entdeckte er doch auf den ersten Blick Werke wie die *Topographia Palatina* von Matthias Merian, eine Griechische Mythologie nach Vergil und – siehe da – das *Decamerone* von Boccaccio. Auch die Kurfürstin schien über ein hohes Maß an Bildung zu verfügen – vorausgesetzt, sie warf tatsächlich ab und zu einen Blick in ihre eigenen Bücher! Der Raum sah allerdings durchaus so aus: Zwei Kanapees und mehrere gemütliche Sessel zeigten, dass man sich hier auch länger aufhielt; außerdem war die Atmosphäre der Bibliothek mit einem großen Deckengemälde – Apoll und den Musen unter der Herrschaft des Friedens – sowie durch einen schönen Ausblick in den Garten sehr angenehm.

Als Jacob sich am Abend von Javigni verabschiedete, hatte er das sichere Gefühl, in der Kurpfalz einen weiteren Freund gewonnen zu haben. Zwar würde er mit dem Hofbibliothekar wohl kaum ins Geschäft kommen, dessen war er sich sicher, doch ins Gespräch allemal! So vereinbarten beide ein Wiedersehen in unbestimmter Zeit, zumal auch Javigni ihm empfahl, der Einladung des Sächsischen Gesandten nach Schwetzingen unbedingt zeitnah zu folgen. „Lasst Euch von ihm bei Hofe einführen", empfahl er Jacob eindringlich, „das wird Euch auf Eurer weiteren Reise nutzen."

Am nächsten Morgen brach Jacob in seiner eigenen Kusche nach Süden in Richtung Schwetzingen auf. Zuvor hatte bei ihm noch der Mittelsmann von Anton vorgesprochen, der in Zukunft den Kontakt zwischen ihm und seinem alten Freund unauffällig herstellen würde. Jacob fand diese Vorstellung sehr beruhigend – gab es doch endlich jemandem in der Welt des Adels und der Höflinge, dem er offen vertrauen konnte. Doch ganz so reibungslos lief die Fahrt diesmal nicht – musste er doch an der Relaisstation in Rheinau warten, weil eine Deichsel seiner Kutsche gebrochen war. Jacob nutzte die Zwangspause, um beim örtlichen Amtmann ein paar Informationen über Schwetzingen einzuholen. Ehe er in die Kurpfalz gekommen war, hatte er zugegebenermaßen noch nie von dem kleinen Ort gehört. Er erfuhr, dass Ihre Kurfürstlichen Durchlauchten in der dreiflügeligen Anlage des ehrwürdigen Schwetzinger Schlosses die Sommermonate zu verbringen pflegten. Carl Theodor hatte bald nach seinem Regierungsantritt den zugehörigen Garten deutlich erweitern lassen und baute seit geraumer Zeit nun jährlich ein neues Gebäude. In langgestreckten halbrunden Sälen waren die Orangerie und die Vergnügungsräume für den Hofstaat untergebracht und es wurden dort spezielle musikalische Akademien veranstaltet. Auch die Stadt war mittlerweile ordentlich umgebaut worden: Es gab einen neuen Marstall und einen gewaltigen Schlossplatz zwischen Ort und Residenz. Da Schwetzingen zu klein war um den ganzen Hofstaat aufzunehmen, zog die Bevölkerung in der Saison in weithin sichtbare Zeltstädte draußen vor der Stadt, während die adlige Gesellschaft in den Häusern der Einwohner – freilich gegen gutes Geld – bequem residierte. Das klang ungewöhnlich, fand Jacob, aber das Klima hier am Rhein war mild und die Idee der Schwetzinger, so aus ihrem Hab und Gut bares Geld zu machen, war wirklich pfiffig. Vergnügt bestieg er die Kutsche, nachdem der Schaden an der Deichsel behoben war. Was er wohl in Schwetzingen erleben und sehen würde?

Über die Lindenallee fuhr sein Kutscher geraume Zeit später in den Schlossgarten ein. Dort erhielt er die Anweisung, seinen hohen Herrn am Palais des Gesandtenhauses auszuladen und auch das Gepäck dort zu lassen. Die Kutsche solle er dann am Schwarzmeerkanal parken.

Zur Einfahrt in die Sommerresidenz der Kurfürsten hatte Jacob das Verdeck öffnen lassen, damit er gesehen wurde und ihm selbst nichts von diesem Ort entging. Tatsächlich waren die Zelte der Bewohner schon von weitem zu erkennen und wirkten aus der Ferne wie ein Soldatenlager. Bei näherer Betrachtung sah man allerdings die vielen Frauen und Kinder, die zwischen den Zelten herumliefen – und keine Uniformierten weit und breit. Jacob schüttelte ungläubig den Kopf. Ob man ihm das in Schwerin glauben würde?

Ansonsten wirkte der Ort sehr modern, sauber und freundlich. Da sich praktisch nur Höflinge und deren Bedienstete in den Straßen und im Schlossgarten aufhielten, versprühte Schwetzingen den Charme eines prominenten Kurbades. Jacob hatte nicht den Eindruck, dass hier gearbeitet wurde – alles sah nach Müßiggang, Zerstreuung und Vergnügen aus. Allein der riesige Garten lud zu stundenlangem Flanieren ein. Aber er wusste natürlich, dass hinter den Kulissen viele fleißige Hände damit beschäftigt waren genau diese Atmosphäre herzustellen, was vortrefflich gelang. In Schwetzingen ließ es sich scheinbar gut leben – und Jacob war gespannt, wie der Hof hier seine Sommermonate verbrachte.

Das Gesandtenhaus, in das Andreas de Riaucour ihn eingeladen hatte, lag direkt neben dem Schloss hinter dem Orangerie-Zirkelbau. Es war ein herrschaftliches Anwesen mit einer beeindruckenden Fassade und einem schön angelegten Entree. Im geräumigen Treppenhaus wurde Jacob von der Frau des Hauses freundlich empfangen. Sie führte ihn in ein helles und freundliches Gästezimmer mit einem großen Fenster und Blick auf die Rückseite des Schlosstheaters. Auf der Rasenfläche davor versuchten sich gerade vier Höflinge an einem Schießstand.

„Gesellt Euch doch zur achten Stunde zum Diner en famille“, lud ihn Henriette Louise ein, ehe sie sein Zimmer verließ, „dann erfahrt Ihr von meinem Gatten, was die nächsten Tage an Ceremonien ansteht.“

Jacob bedankte sich herzlich für die Gastfreundschaft und begann damit, sich in seinem neuen Domizil einzurichten. Da er noch nicht abschätzen konnte, wie lange er tatsächlich in Schwetzingen verweilen würde, packte er nur einen Teil seiner Habe in die leeren Schränke und Regale. Dann legte er sich für eine Weile auf sein Bett um zu ruhen und zu neuen Kräften für den Abend zu kommen.

Kurz vor der achten Stunde, als er sich bereits angezogen und gepudert hatte, vernahm er Geräusche aus den benachbarten Zimmern. Offenbar war er nicht der einzige Gast in der sächsischen Gesandtschaft und er war gespannt, auf wen er beim abendlichen Diner treffen würde. Die Gesellschaft war illustrer als erwartet: Neben dem Gastgeber, der ihn wie einen alten Freund begrüßte und Jacob sogar bei Tisch den Ehrenplatz an seiner Seite zuwies, lernte er den Freiherrn von Gumppenberg kennen, dessen Tochter Hofdame der Kurfürstin war. Außerdem machte er die Bekanntschaft von zwei Regierungsräten: dem Landschreiber Michael Philipp von Weber aus Germersheim und dem Archivarius Joseph Anton von Schoppen, der aus Mannheim kam. Ebenfalls anwesend waren Ernst von Wrede mit Gattin und seinem Sohn Ferdinand, der Jacob als Reisebegleitung nach Mannheim bereits gut bekannt war, sowie zwei Damen, die zur Familie gehörten. Die drei Töchter der Riaucours waren noch zu klein, um bei solchen Anlässen in die Öffentlichkeit zu treten, und der einzige Sohn Adam Heinrich Peter war sechs Jahre zuvor mit nur einem Jahr tragisch gestorben. Über diesen Verlust waren seine Gastgeber bis heute nicht hinweggekommen – das hatte Jacob bereits von Ferdinand von Wrede erfahren. Eine gewisse Traurigkeit meinte er daher auch in Henriette Luises Gesicht wahrzunehmen, wenngleich sie ihre Pflichten als Gastgeberin perfekt erfüllte.

Wie bereits von der Hausherrin angekündigt, diente das gemeinsame Essen vor allem dem gegenseitigen Kennenlernen der Logiergäste sowie der Planung der folgenden Tage. Jacob war verblüfft darüber, wie viele höfische Veranstaltungen, musikalische Akademien, Theater- und Opernabende sowie sonstige Zerstreuungen im beschaulichen Schwetzingen geboten wurden. Er würde sich anstrengen müssen nichts zu verpassen – an Müßiggang und ein paar beschauliche Tage in ländlicher Umgebung war nicht zu denken! Im Gegenteil: Andreas de Riaucour hatte für ihn einen regelrechten Plan erarbeitet, um ihn mit wichtigen Persönlichkeiten aus der Gefolgschaft Carl Theodors bekanntzumachen, ihm die Vorzüge der Kurpfalz zu demonstrieren und ihn mit denjenigen Familien zusammenzubringen, wo heiratsfähige Töchter auf geeignete Kandidaten warteten.

„Ihr seid im besten Alter, Edler von Bardenfleth", prostete Riaucour ihm unter dem Gelächter der anwesenden Herren zu, „Worauf wartet Ihr also noch? Die Mädchen hier in der Kurpfalz sind sinnenfroh und lebenslustig, dabei in höfischen Belangen und Etikette sehr versiert, gebildet, schön und gut betucht – da werden Herz und Verstand ganz sicher fündig!"

Verlegen drehte Jacob sein Weinglas in der Hand. Eine Verlobung war nun wirklich nicht sein erklärtes Ziel! Nicht auszudenken, wenn im Zuge eines solchen Arrangements herauskam, dass er in Wirklichkeit der Sohn eines Buchbinders war, der sich zudem in Ungnade aus Schwerin hatte entfernen müssen! Andererseits entsprach es nun einmal den Gepflogenheiten bei Hofe, sich in seinem Alter diesem Thema zu stellen. Er würde also vermutlich um die eine oder andere Einladung zur Brautschau nicht herumkommen.

„Eine entfernte Nichte meiner Frau kennt Ihr ja bereits", mischte sich der alte Freiherr von Wrede nun in das Gespräch. „Ihr seid ihr bei Hofe in Weikersheim begegnet, heißt es. Sie wird Euch hier beim Freiherrn von Hundheim einführen. Er hat zwei heiratsfähige Töchter, die mit unserer Nichte vertraut sind. Alte Freunde, eine sehr gute Familie."

Fragend blickte Jacob ihn an. Wovon sprach der Minister?

„Aliénor von Imhoff. Die zukünftige Gräfin Lauenstein." Er grinste anzüglich und setzte leise hinzu: „Wenn der Alte bis dahin noch lebt."

Jacob überhörte die boshafte Bemerkung bewusst und fragte

vorsichtig nach: „Aliénor von Imhoff ist Eure Verwandte, werter Freiherr?“

Der Minister nickte. „Ja, und nicht gerade die bequemste.“ „Also bitte! Das gehört doch nicht hierher!“ Seine Gattin warf ihm einen warnenden Blick zu. Jacob musste lachen. „Grämt Euch nicht, Madame“ – er zwinkerte der Freifrau vergnügt zu – „ich habe die Dame wie gesagt bereits kennengelernt und konnte mich von ihrem recht eigenwilligen Charme überzeugen.“ Er machte eine kurze Pause und fügte hinzu: „Aber sie ist eine interessante Gesellschafterin, sehr gebildet und kurzweilig im Gespräch. Wann sagtet Ihr, wird sie in Schwetzingen erwartet?“

„In den nächsten zwei Tagen, denke ich.“ Ernst von Wrede seufzte. Was er wohl über Aliénor dachte? „Der Empfang bei den von Hundheims ist zum Johannifest[92] geplant“, fügte er noch hinzu.

Jacob rechnete nach: Das war bereits in drei Tagen! Wie würde es diesmal sein, mit Aliénor zusammenzutreffen? Würde sie ihn nach dem Tuch in der Weikersheimer Geheimbibliothek fragen? Oder musste er gar damit rechnen, dass sie hier vor versammelter Hofgesellschaft seine Identität infrage stellen würde? Doch zum weiteren Nachdenken über die schöne Aliénor blieb ihm keine Zeit, denn Andreas de Riaucourt erhob sich und gab damit das Zeichen zum Aufbruch.

In einer Mischung aus Besorgnis und Vorfreude bestand Jacob in den nächsten Tagen sein Debüt am Kurpfälzer Hof reibungslos. Dank seiner angesehenen Fürsprecher aus dem Haus seines Gastgebers stellte ihm niemand unangenehme Fragen, sondern alle waren darum bemüht, ihm das Leben rund um das Schloss so kurzweilig und angenehm wie möglich vorzuführen. Und das gelang: Jacob konnte sich nicht daran erinnern, jemals in so kurzer Zeit so viel hochklassige Musik- und Theaterdarbietungen erlebt zu haben. Hinzu kam dieser

92 24. Juni

traumhafte Park, wo er täglich in Gesellschaft promenierte – und natürlich die vielen Empfänge, bei denen das Neueste aus Politik und Gesellschaft ausgetauscht wurde. Wie gut, dass er sich in Schwerin so üppig hatte ausstatten lassen – seine Kleidung konnte mit den Ansprüchen bei Hofe durchaus mithalten.

Lediglich das Kurfürstenpaar bekam Jacob nicht mehr zu Gesicht. Hinter vorgehaltener Hand munkelte man, dass Carl Theodor sich jüngst aufs Heftigste mit Elisabeth Auguste gestritten hatte und in einer Nacht-und-Nebel-Aktion zu seiner Geliebten nach Mannheim geflüchtet war, die sich dort von den Strapazen einer Erkrankung erholte. Die Kurfürstin hatte seither ihre Appartements nicht mehr verlassen und nahm es dem Gatten für lange Zeit übel. Bei Hofe schien das jedoch niemanden zu stören – man amüsierte auch ohne Ihre Durchlauchten.

Endlich fand Jacob auch Zeit dazu, sein Versprechen wahrzumachen und den Hofastronom an seinem luftigen Arbeitsplatz zu besuchen. Am Abend vor dem erwarteten Wiedersehen mit Aliénor erkundigte er sich bei der Schlosswache nach Mayer. Ein Uniformierter führte ihn zunächst in die karg ausgestattete Schlosskapelle, wo Mayer im Halbdunkel und im Gebet versunken saß[93]. Freudig blickte er auf, als Jacob sich ihm vorsichtig näherte: „Der Edle von Bardenfleth, welch eine Ehre!“ Mayer erhob sich umgehend und winkte Jacob ihm zu folgen. Durch eine Seitentür der Kapelle gelangten die beiden Männer in den Weinkeller und von dort aus in ein Treppenhaus, dem sie bis unter das Dach nach oben folgten. In einem Turmzimmer mit Blick zum Ehrenhof standen Mayers zahlreiche astronomische Instrumente: Fernrohre, Sextanten und Winkelmesser. Der Hofastronom schwärmte über den Neubau der Sternwarte, während Jacob sich interessiert umsah, und versäumte es nicht darauf hinzuweisen, dass man astronomisch sogar mit dem Hof von Zarin Katharina II. in Russland konkur-

93 Christian Mayer war Jesuit.

rieren könne. Jacob staunte: War diese Sternwarte wirklich so bedeutend – oder besaß dieser Mayer nur ein überdurchschnittlich hohes Selbstbewusstsein?

Über eine Holzstiege ging es dann hinauf zum Dach. Zunächst gelangten sie dabei in eine Art Wohnung, die mit Bettlager, Schreibpulten, Bücherschränken und Fernrohren reich bestückt war. Über eine weitere Stiege wurde Jacob von Mayer direkt unter die Kuppel geführt, wo ein großes Fernrohr installiert war. Der Astronom öffnete schweigend eine Facette der Kuppel und ließ Jacob durch diese auf den riesigen Garten hinabschauen. Diese immensen Ausmaße hatte Jacob nicht erwartet. So groß war der Park? Er hatte das Gefühl, in den letzten Tagen jeden Winkel des Gartens erforscht zu haben. Doch von hier oben erkannte er nun, dass die Anlage wesentlich größer als die in Weikersheim war und er bislang nur einen Bruchteil des weitläufigen Areals erlaufen hatte. Nun sah er auch ganz deutlich, dass der Garten in einem außergewöhnlichen Rund angelegt war. Schön war der Anblick von hier oben im warmen Abendlicht: Rechts und links prägten die Zirkelsäle die Gartenarchitektur, dahinter erhob sich im Norden das Theater, das aus dieser Perspektive wie eine Kirche aussah. Im Süden hinter den Treillagen[94] wurde gerade ein Tempel gebaut, im Mittelparterre leuchteten Blumen in allen Farben, während auf dem Altan riesige Kübel mit Tropenpflanzen standen.

„Der schönste Arbeitsplatz in der gesamten Kurpfalz“, stellte Mayer voller Stolz fest und erzählte Jacob von seinen Vorhaben, eine Kurpfalz-Karte zu erstellen und neue Entfernungsmessungen durchzuführen. Kurze Zeit später waren sie an der offenen Kuppel so sehr ins Gespräch vertieft, dass sie die einbrechende Dämmerung gar nicht bemerkten. Über die Wissenschaft kamen sie zur Religion und zu den Jesuiten – und diskutierten über das Verbot des Jesuitenordens in Spanien. Offenbar geisterten auch in deutschen Landen Gerüchte, dass der Orden aufgelöst werden sollte, doch der Hofastronom

94 Eine Traillage ist eine historische Spalierform, die u. a. im Schwetzinger Schlossgarten als Lustwandelgang diente.

machte sich keine Sorgen um seine Position, weil er ein gutes und persönliches Verhältnis zum Kurfürsten pflegte.

Endlich waren die Sterne am Nachthimmel zu sehen. Die beiden Männer beobachteten schweigend den Mond mit seinen gezackten Kraterrändern, dann zeigte Mayer seinem Gast die Saturnringe. Jacob war fasziniert und konnte sich von dem Anblick kaum lösen, aber der Astronom hatte noch mehr zu bieten und wollte ihm einen Doppelstern vorführen. In diesem Moment tauchte ein Schatten hinter ihnen auf und gesellte sich wortlos dazu. Erschrocken drehte Jacob sich um, konnte jedoch in der Dunkelheit nichts erkennen. Der Hofastronom hingegen blieb völlig ungerührt, murmelte lediglich leise „Guten Abend, Durchlaucht“ und drehte weiter an seinem Fernrohr herum. Jacob stockte der Atem und er verbeugte sich hastig, so weit es in der Enge unter der Kuppel möglich war.

„Lass Er es gut sein“, flüsterte der Kurfürst freundlich, „hier oben spielt der Stand keine Rolle, nur der Blick ins Universum. Sind wir nicht alle ein Nichts im Angesicht dieser Pracht?“

Jacob schluckte, während Mayer leise vor sich hin lachte. Damit hatte er nicht gerechnet: Nun kam er Carl Theodor so nah, wie wohl selten jemand – und das auf dem Dach des Schwetzinger Schlosses!

Nachdem sie noch eine geraume Zeit abwechselnd durch die verschiedenen Fernrohre geschaut hatten, zogen sie sich in die kleine Turmstube des Hofastronoms zurück und zündeten eine Kerze an, die den Raum in ein flackerndes Licht tauchte. Jacob war unsicher und wusste nicht, wie er sich verhalten sollte, doch der Kurfürst lächelte ihm aufmunternd zu: „Entspann‘ Er sich, von Bardenfleth, hier oben pflegen wir incognito zu sein.“

Unterdessen öffnete Meyer eine Flasche Pfälzer Wein und schenkte ein. Dann begann er völlig ungeniert über die Kurpfalz-Karte zu plaudern, die ihm vorschwebte. Carl Theodor schien sehr interessiert und fragte immer wieder nach. Beide bezogen Jacob in ihr Gespräch ein, fragten nach seiner Meinung und lauschten seinen Worten aufmerksam. Langsam verlor Jacob so seine Scheu und vergaß zeitweise sogar, dass der Kurfürst höchstpersönlich mit am Tisch saß.

Mitten in der Nacht erhob Carl Theodor sich plötzlich und brach auf. „Es war mir wie immer ein Vergnügen, Mayer", verabschiedete er sich formlos und wandte sich Jacob zu, der aufgesprungen war und sich untertänig verbeugte. „Und Er soll unser Land ruhig weiter bereisen, Bardenfleth. Menschen wie ihn brauchen wir. Graf Vieregg wird ihm morgen Papiere aushändigen, die ihn an den wichtigsten Höfen empfehlen. Gute Nacht, die Herren."

Noch ehe Jacob sich bedanken konnte, war der Kurfürst die Stiege hinabgeeilt und verschwunden. Der Hofastronom klopfte ihm anerkennend auf die Schulter: „Da habt Ihr aber einen guten Stand bei Seiner Durchlaucht, Bardenfleth. Mit scheint, man sollte Euch zum Freund haben!"

Jacob schüttelte ungläubig den Kopf. „Ich weiß selbst nicht, wie ich zu so viel Ehre komme. Und was ist mit diesem Vieregg? Wie werde ich ihn treffen?"

„Da macht Euch keine Sorgen", bemerkte Mayer mit einem leisen sarkastischen Unterton. „Hier in Schwetzingen wissen alle über einander genau Bescheid. Seid Ihr für morgen irgendwo eingeladen?"

Jacob nickte und erzählte dem Astronom von dem geplanten Empfang beim Freiherrn von Hundheim. Auf diese Weise erfuhr er vorab einiges über die Familie und deren Absichten: Ferdinand Philipp von Hundheim hatte das Amt des Obristküchenmeisters inne, was unter Höflingen nicht besonders angesehen war. Bereits sein Vater war in kurfürstlichen Diensten bei Johann Wilhelm gestanden, seine Familie schaffte es allerdings nicht weiter aufzusteigen. In die höfischen Annalen war der Freiherr eingegangen, weil er einmal vom Preußischen Gesandten mit den folgenden Worten beleidigt worden war: „wie ein Obristküchenmeister zu riechen“[95]. Die von Hundheim logierten im Schloss Ilvesheim und in Mannheim in einem kleinen Anwesen in den S-Quadraten; hier in Schwetzingen besaß die Familie ein winziges Palais am Schlossplatz. Unglücklicherweise war es dem Paar bisher nicht gelungen, eine gute Partie für seine Töchter in Adelskreisen zu ergattern. Man munkelte sogar, dass der Freiherr deshalb einige seiner Besitztümer verkaufen müsse, um die Mitgiften seiner Töchter zu erhöhen. Derzeit standen zwei von ihnen auf dem Heiratsmarkt zur Disposition: Luise und Alexandrine, die im Übrigen sehr hübsch sein sollten.

„Ganz sicher werdet Ihr dort dann auf Graf Vieregg treffen“, vermutete Mayer, „zumal doch auch ein kleiner literarischer Salon veranstaltet werden soll, nicht wahr?“

Jacob seufzte, das hatte er auch schon gehört. Und er befürchtete das Schlimmste: eine adlige Familie in Heiratsnöten und mit Geldsorgen, ein Empfang in einem mittelklassigen Palais, das Zusammentreffen mit Aliénor von Imhoff, Graf Vieregg, der eine Vorliebe für exotisch-pikante Schriften hatte – und dann noch eine Dichterlesung? Das konnte ja heiter werden!

Doch am anderen Morgen war Jacobs Besorgnis einer gewissen Anspannung und Vorfreude gewichen. In der zweiten Nachthälfte hatte es für einige Zeit geregnet, die Luft am Johanni-Morgen war klar und rein. Freiherr Ferdinand Philipp von Hundheim hatte zur späten Mittagszeit geladen, sodass Jacob den Vormittag in aller Ruhe mit Reinigung, Körperpflege und der lästigen Kleidungsfrage verbringen konnte. Diesmal entschied er sich dafür, ganz bewusst auf die Perücke zu verzichten – schließlich wollte er bei den heiratsfähigen Töchtern keinen bleibenden Eindruck hinterlassen. Bei der Kleidung achtete er allerdings auf eine vollendete Komposition, die seinen gesunden und stattlichen Körperbau und das Strahlen

95 Diese Episode trug sich in Wahrheit erst vier Jahre später zu und ist mit den Originalworten „qui avait l’ air d’un maitre Cuisinier“ überliefert. Quelle: Stocker, Harald: *„... viele adeliche Häuser“. Stadtsitze, Landschlösser und adelige Lebenswelten in Mannheim und der Kurpfalz*, Mannheim 2011, S. 121

seiner Augen vortrefflich zur Geltung brachte. So glaubte er, das Dilemma am besten zu lösen, als attraktiver Mann, aber als uninteressanter Heiratskandidat in Erscheinung zu treten. Vor dem kleinen Palais der von Hundheim hatte sich eine Menschentraube gebildet, weil das Entree nur wenige Besucher gleichzeitig aufnehmen konnte. Ein wenig belustigt stellte Jacob sich hinten an, grüßte in alle Richtungen, wechselte mit einigen Bekannten ein paar freundliche Worte und wartete, bis er an der Reihe war. Der Gastgeber empfing ihn mit allen Ehren und stellte ihn sogleich seiner Gattin und den beiden Töchtern vor, die artig und mit gesenktem Blick knicksten. Sie waren in der Tat nett anzuschauen, fand Jacob, doch waren sie noch sehr jung und schüchtern. Während er andere Gäste begrüßte, ließ er seinen Blick immer wieder unauffällig durch den Raum wandern. War Aliénor etwa doch nicht gekommen? Als der Gastgeber nach geraumer Zeit zur Dichterlesung in den Salon bat, war Jacobs Unruhe schon einer leisen Enttäuschung gewichen. Bei aller Sorge hatte er sich auf das Wiedersehen mit der stolzen Hohenloherin gefreut – und nun vergeblich auf sie gewartet. Niedergeschlagen ließ er sich auf einem Stuhl nieder und harrte der Dinge, die nun kommen sollten. Da war zunächst Graf Vieregg, der sich unauffällig auf den freien Platz neben ihm setzte, sich mit wenigen Worten vorstellte und ihm einige versiegelte Dokumente zuschob. „Mit einem freundlichen Gruß Seiner Durchlaucht soll ich Euch dies hier geben – Ihr wüsstet schon ...“

Jacob nickte, der Kurfürst hatte sein Versprechen also wahr gemacht. Doch dann zog Vieregg ein weiteres Papier aus seiner Westentasche. „Hier ist noch etwas“, flüsterte er ihm zu und kam dabei ganz nah. „Mir ist zu Ohren gekommen, dass Ihr einen Blick für ...“ er räusperte sich geziert, „... für, sagen wir einmal, etwas delikatere Literatur habt, nicht wahr?“ Ohne eine Antwort abzuwarten, fuhr er hastig fort: „Hier habt Ihr eine Liste, versteht es als allerhöchsten Auftrag, es wird Euer Schaden nicht sein, diese Ware zu besorgen. Aber Diskretion, bitte ...“

Jacob war sprachlos und konnte nur mechanisch nicken, während er den Zettel in der Innentasche seiner Livree verstaute und der Graf sich wieder entfernte. Hätte er nicht von Anton Altenberg bereits erfahren, um welche Art von Literatur es sich auf der Wunschliste des Grafen vermutlich handelte, wäre er die Titel freundlich mit dem Besteller durchgegangen, doch so? Er platzte fast vor Neugier. Was stand auf dem Zettel? Und vor allem: Waren die Werke wirklich für Vieregg oder nicht vielleicht doch, so klang es zwischen den Zeilen hindurch, für den Kurfürsten höchstpersönlich?

„Darf ich?" Eine vertraute Stimme riss Jacob aus seinen Überlegungen. „Ist hier noch frei?"

Aliénor von Imhoff war also doch noch gekommen! Keine Sekunde zu früh ließ sie sich neben Jacob auf den Stuhl sinken, denn in diesem Moment kündigte der Hausherr schon den Dichter an, der einiges aus seinem Werk zum Besten geben wollte. Jacob hatte von diesem Carl-Heinrich von der Ketscher Aue noch nie zuvor gehört und war entsprechend skeptisch. Der Künstler sah im übrigen genau so aus, wie der Name schon vermuten ließ: Mit typischen Attributen seiner Zunft versehen, wie zum Beispiel einer wallenden Haartracht, und mit einer kunstvoll verzierten Leier in der Hand begann er mit einer lächerlichen Fistelstimme laut zu deklamieren:

Oh Schwetzingen, Perle der Kurpfalz,
Heimat von Spargel und mehr,
ich denke viel öfter an Dich als
an Berge, den Wald und das Meer.
Wie schön sind Mägde im Orte,
wie herrlich der Blumenschmuck Zier,
mir fehlen die passenden Worte,
drum lebe ich auch so gern hier.[96]

Es war unsäglich – und ging in einem fort so weiter. Jacob

96 Dem Dichter Carl-Heinrich von der Ketscher Aue war kein nachhaltiger Erfolg vergönnt, daher ist er heute nahezu unbekannt.

bemerkte, dass Aliénor sich neben ihm kaum das Lachen verbeißen konnte und täuschte einen Hustenanfall vor, um den Raum mit einem Taschentuch vor dem Mund eilig verlassen zu können. Kurze Zeit später fand sich auch Aliénor im ersten Salon der von Hundheims ein und griff hastig nach einem Wasserglas, das ihr von einem Diener eilfertig gereicht wurde. Ihr liefen tatsächlich die Tränen über das Gesicht und sie prustete vor Lachen.

„Habt Ihr schon einmal so einen schlechten Dichter gehört, Herr von Bardenfleth?" kicherte sie. „Oder verkehrt Ihr nur mit Voltaire und seinesgleichen?"

Fragend starrte Jacob sie an. Was meinte sie nur?

Anstelle einer Antwort kramte sie ein gefaltetes und eng bedrucktes Blatt Papier aus Ihrem Beutel. „Hier, schaut selbst, es steht sogar in der Zeitung, welch bedeutender Philosoph Ihr seid!" Sie reichte ihm eine Seite aus der aktuellen Ausgabe der Mannheimer Zeitung.

Eilig überflog er den kurzen Artikel zur Ankunft eines gewissen Jacob von Bardenfleth in Mannheim, seines Zeichens ein enger Freund Voltaires und vieler hochwohlgeborener Persönlichkeiten, zur Zeit auf Brautschau in der Kurpfalz weilend und dabei nur in allerhöchsten Kreisen verkehrend – wie zum Beispiel bei Ministern und Gesandten Ihrer Kurfürstlichen Durchlauchten, und so ging es in einem fort.

Entsetzt ließ Jacob das Papier sinken. „Wie kommen die darauf? Wer hat das überhaupt geschrieben?" Dann fiel ihm die Begegnung mit Andreas Lamey beim Empfang von Andreas de Riaucour ein und er verstand. Empört schilderte er Aliénor, was jener aus seinen wenigen Worten gemacht hatte, doch sie winkte nur ab. „Vergesst diese Zeitungsleute, die machen immer viel Wind um nichts."

Verunsichert suchte Jacob ihren Blick. Wie meinte sie das nur schon wieder? Viel Wind um nichts – war er etwa nichts? Doch ehe er zu einer Antwort ansetzten konnte, zog sie ihn in eine Nische vor einem großen Fenster, das den Blick in einen begrünten Innenhof freigab. Sie beugte sich nah zu ihm hinüber, so dass er ihr zartes Rosenparfüm riechen konnte und begann mit gedämpfter Stimme zu sprechen: „Jacob von Bardenfleth – oder wie auch immer Ihr wirklich heißt – Ihr seid nicht das, was Ihr vorgebt zu sein, da bin ich mir ganz sicher. Ihr habt mein Tüchlein in Weikersheim verloren, wie ungeschickt von Euch! Aber ich werde Euch nicht verraten, wenn Ihr mir auch helft. Eine Hand wäscht die andere, versteht Ihr?“ Sie machte eine kurze Pause und starrte Jacob mit leicht zusammengekniffenen Augen an, was dieser allerliebst fand. Dann fuhr sie fort: „Wir werden einen Handel besiegeln, hier und jetzt: Ich werde Euch weiterhin als Edlen von Bardenfleth behandeln und dazu werden sich unsere Wege auch in Zukunft immer wieder kreuzen. Deshalb verratet Ihr mir baldigst Eure Reiseroute. Im Gegenzug werdet Ihr mir helfen, die Hochzeit mit Graf Lauenstein um jeden Preis zu verhindern. Lasst Euch also etwas einfallen – Ihr steht unter Erfolgsdruck.“

„Na, wenn es nur das ist!“ Jacob wusste nicht, was in diesem Moment in ihn gefahren war und er tat etwas Unglaubliches: Mit beiden Händen umfasste er das Gesicht der schönen Frau, zog es zu sich heran und küsste sie stürmisch auf den Mund. Täuschte er sich, oder hatte sie einen Moment gezögert, ehe sie ihm eine schallende Ohrfeige verpasste? Jedenfalls rieb er sich immer noch die schmerzende Wange, als Aliénor längst aus dem Haus gestürmt war und der Hausherr den Salon betrat, um nach ihm zu suchen.

„Hier seid Ihr, Edler Herr von Bardenfleth, geht es Eurem Husten besser?“

„Ja, danke, werter Freiherr“, antwortete Jacob und lächelte ihn betont freundlich an. „zu gütig, Eure Nachfrage. Aber so leid es mir tut: Ich muss mich empfehlen – ich habe noch eine dringende Mission in Heidelberg zu erfüllen.“ Die Lüge kam ihm leicht über die Lippen; außerdem hatte Hofastronom Christian Mayer ihn am Vorabend tatsächlich zu einer Vorlesung in Heidelberg eingeladen, wie praktisch. Er verabschiedete sich mit warmen Worten vom Gastgeber und versprach, bei nächster Gelegenheit und gern auch in kleinem Kreise en familie bei ihm wieder vorzusprechen. Dann verließ er das Haus und ließ seinen Kutscher rufen.

Weil ihm nichts anderes einfiel und er auch noch nicht wusste, wo Aliénor von Imhoff in Schwetzingen logierte, machte Jacob sich tatsächlich auf den Weg nach Heidelberg. Unweit der dortigen Jesuitenkirche traf er auf Christian Mayer, der ihn zu einer Vorlesung in der Aula der Universität mitnahm. Doch Jacob konnte sich nicht recht konzentrieren und seine Gedanken wanderten wieder und wieder zu den Ereignissen vom Mittag. Wie hatte er sich nur so schlecht benehmen können! Hoffentlich ließ Aliénor ihn nun nicht aus Ärger über sein dreistes Verhalten auffliegen! Andererseits schien sie mit ihrer Verlobung tatsächlich in Nöten zu sein und – aus welchem Grund auch immer – überzeugt davon, dass er ihr helfen könne.

„Wisst Ihr was?“, unterbrach Mayer seine Gedanken. „Was haltet Ihr davon, Euch anstelle dieser Belehrungen die Heiliggeistkirche anzuschauen? Auf den Emporen werdet Ihr einige kostbare Bücher einsehen können.“

Dankbar nahm Jacob den Vorschlag an und verließ das Universitätsgebäude. Doch auch die imposante Kirche mit der querstehenden Mauer in der Mitten konnte ihn nicht begeistern, obwohl er deren Geschichte wirklich skurril war: Ein Cicerone, den er kurzerhand vor dem Hauptportal mietete, erzählte ihm von dem Religionsstreit in der Kurpfalz, der einst dazu geführt hatte, dass nun die Katholiken im Chor und die Protestanten im Hauptschiff ihre Gottesdienste in ein und derselben Kirche feierten. So hatte die Macht des Kurfürsten offenbar doch Grenzen, schade um die hübsche Kirche!

Sein Führer zeigte ihm die Emporen, wo Jacob allerdings nur christlich-religiöse Schriften fand, die ihn nicht interessierten. Vom Kornmarkt aus betrachtete er dann die gigantische Schlossruine, die, so erfuhr er vom Cicerone, nach dem Willen Carl Theodors wieder aufgebaut werden sollte, um dort die Verwaltung der Stadt unterzubringen; Jacob wunderte sich ein wenig über solch hochtrabende Pläne. Dann ließ er sich über einen kurzen Buckel zur Ruine führen. Auf dem

Altan des Schlosses hielt er ergriffen inne und genoss für eine Weile die Stille und den grandiosen Ausblick über das Neckartal, ehe er begann, in Begleitung des leider sehr redseligen Führers durch die teilweise verfallenen und zerstörten roten Sandsteinmauern zu streifen. Dabei entdeckte er unter den vielen Figuren des Palastes Helden des alten Testaments und der griechischen Mythologie, die den Sturm der Franzosen überstanden hatten. Auch die fünf Tugenden Stärke, Glaube, Liebe, Hoffnung und Gerechtigkeit waren als Figuren erhalten geblieben. Besonders beeindruckt war Jacob jedoch von dem gewaltigen Erker am Bibliotheksbau, von dessen Innerem allerdings nichts geblieben war. An anderer Stelle konnte man spüren, dass es einen Plan zum Wiederaufbau gab. Das „große Fass“ war eine dieser Maßnahmen; aber weil vier Jahre zuvor der Blitz in diesen Glockenturm eingeschlagen hatte, deutete man dies als „Gottesurteil“ und hatte nicht mehr weiter daran gearbeitet. Jacob schüttelte nur den Kopf. Ein Gottesurteil? Er konnte sich kaum vorstellen, dass ein derart moderner und aufgeschlossener Kurfürst, wie er Carl Theodor kennengelernt hatte, tatsächlich an so etwas glaubte!

Im Gespräch stellte sich heraus, dass der Cicerone im halb verfallenen Schloss eine Wohnung besaß. Im Brückenhaus, direkt über dem tiefen Hirschgraben, der Verteidigungsanlage des Schlosses, lebte er mehr schlecht als recht in drei Zimmern, die der neugierige Jacob auf Nachfrage besichtigen durfte. Bei dieser Gelegenheit erkundigte er sich beiläufig nach der berühmten Bibliothek, die sich einst hier im Schloss befunden hatte, was seinen Cicerone offenbar verunsicherte: Er druckste herum, murmelte etwas wie „Jeder muss ja schauen, wie er über die Runden kommt“ in sich hinein, verschwand dann in einer Kammer und kam mit einigen Blättern einer Bibel in der Hand zurück. Die Papiere waren teilweise seitlich angekokelt, doch Jacob erkannte sie sofort: Es waren tatsächlich Teile einer Bibel, die vom Kurfürsten Ottheinrich[97] persönlich stammte. Angeblich hatte der Cicerone wertvolle Blätter dieses Werkes, das aus der Mitte des 16. Jahrhunderts stammte, 1746 aus den brennenden Gebäuden des Schlosses gerettet, ohne zu wissen, was das eigentlich war.

Jacob glaubte ihm kein Wort. Die *Ottheinrich-Bibel* galt seit dem Schlossbrand als teilweise zerstört, der Rest war in Sammlungen über ganz Europa verteilt. Ganz sicher war sich der Kerl des immensen Wertes bewusst, den seine heimlich aufbewahrten Blätter besaßen. Ob er noch mehr davon besaß?

Der Cicerone verneinte, machte ihm aber einen guten Preis für die Blätter und Jacob schlug ein. Anton Altenberg würde sich darüber freuen – und er selbst wäre um eine hübsche Summe reicher.

„Sucht Er mehr Literatur zu kaufen?", fragte der Cicerone zum Abschied nach. „Dann sollte Er nach Rastatt reisen. Seit dem Tod Sibylla Augustas zerrinnt ihre große Kunst- und Literatursammlung zwischen den Fingern ihrer beiden Söhne, der Grafen Ludwig Georg und August Georg. Da ist für Ihn sicherlich einiges zu holen!"

Jacob bedankte sich für den Hinweis und machte sich auf den Weg hinab in die Stadt, wo seine Kutsche bereits auf dem Kornmarkt wartete. Die Fahrt zurück nach Schwetzingen verging wie im Fluge, weil Jacob wieder einmal Pläne machte: Er würde jetzt die Kurpfalz verlassen und weiter nach Baden reisen – das hatte er ohnehin vorgehabt. Allerdings wollte er noch heute Abend einen Brief an Aliénor von Imhoff schreiben, in dem er ihr seine Reisepläne mitteilen und sich für sein ungebührliches Verhalten entschuldigen würde. Außerdem

97 Der Humanist Ottheinrich war von 1556 bis zu seinem Tod 1559 Kurfürst der Pfalz. Unter ihm wurde die Pfalz protestantisch. Er hinterließ auf dem Heidelberger Schloss einen bedeutenden Renaissancepalast mit zahlreichen Skulpturen zu den christlichen Tugenden und der römischen Mythologie.

würde er am nächsten Morgen noch einmal nach Mannheim reisen, um Anton die kostbaren Bibel-Blätter zu verkaufen und mit ihm über den literarischen Wunschzettel des Grafen Vieregg zu sprechen. Denn der hatte es wirklich in sich!

Baden, Juli 1768

Die Reise nach Rastatt verlief ohne besondere Vorkommnisse. Während die Kutsche gemächlich den Rhein entlangfuhr, ließ Jacob seine Gedanken schweifen. Er hatte eine volle Tagesreise vor sich und würde dabei ungestört bleiben. Nur selten hatte er in den letzten Wochen die Gelegenheit zum ruhigen Nachdenken gehabt, weil er in Gegenwart der vielen Höflinge und Adligen stets angespannt gewesen war. Er wollte keinen Fehler machen und als Edler von Bardenfleth reüssieren, was ihm bisher ja weitgehend gelungen war. Lediglich Aliénor war ihm irgendwie auf die Schliche gekommen, ohne allerdings Genaueres zu wissen – warum nur? Er hatte der jungen Frau am Vorabend noch ein Billett zukommen lassen, in dem er sich für sein unerhörtes Verhalten wortreich entschuldigte. Außerdem hatte er ihr darin mitgeteilt, dass er zunächst nach Baden reisen wolle, um dann spätestens im Juli einen längeren Aufenthalt in Ludwigsburg einzulegen. Hinzugefügt hatte er noch die Andeutung, dass er bereits eine Idee entwickelt habe, wie sie einer Zukunft als Gräfin Lauenstein entgehen könne – darüber wolle er mit ihr aber nur unter vier Augen sprechen.

Dieser letzte Teil des Briefs war glatt gelogen. Jacob hatte keinen blassen Schimmer, wie er Aliénor in der Angelegenheit Lauenstein helfen könnte. Doch so hatte er immerhin Zeit gewonnen darüber nachzudenken. Irgendetwas würde ihm im Laufe seiner Reise schon einfallen, das hoffte er zumindest.

Die Straßen entlang des Rheins waren sehr befahren. Andauernd kamen Kutschen entgegen, an manchen Stellen bildeten sich sogar Stauungen – so viele Menschen waren auf dem Weg zwischen Straßburg und Mannheim unterwegs. Hinzu kamen Pilgergruppen, die durch das Land zogen, oder einfache Bauern mit Handkarren, die die Straßen blockierten. Auch auf dem Rhein herrschte ein reger Schiffsverkehr, über den Jacob sich wunderte. Kein Wunder, dass es zu Land und zu Wasser immer wieder zu Unfällen kam: Bereits auf Höhe der alten Festung Philippsburg waren sie an zwei verunglückten Kutschen vorbeigefahren, die offenbar zu riskante Überholmanöver gewagt hatten oder einfach nur zu schnell gefahren waren. Auf dem Rhein waren die vielen kleinen kreuzenden Fährbetriebe das Problem: Die starke Strömung und die Geschwindigkeit der flussabwärts fahrenden Boote führten hier manches Mal zu Kollisionen. Ob er bei diesem Verkehr wirklich am frühen Abend Rastatt erreichen würde?[98]

Anton Altenberg hatte ihm am Morgen jedenfalls versichert, dass seine Zeitplanung realistisch sei – und sich natürlich sehr über die Blätter der *Ottheinrich-Bibel* gefreut. Offenbar gab es tatsächlich potente Sammler unter seinen Kunden, denen er solche Stücke für einen hohen Preis verkaufen konnte. Entsprechend großzügig war auch die Bezahlung von Jacob ausgefallen, was ihm in Anbetracht der Adelshöfe, die er zu bereisen vorhatte, gut zupasskam.

Von Anton erfuhr Jacob auch, dass Aliénor von Imhoff wie erwartet bei ihm vorgesprochen hatte. Scheinbar war das Gespräch der beiden nicht ganz zu Antons Zufriedenheit verlaufen – er bezeichnete sie als „wunderschön, aber doch sehr bestimmend“. Jacob grinste bei dieser Beschreibung in sich hinein, war jedoch ein wenig beunruhigt darüber, was Anton ihr wohl erzählt hatte. Sie hatte den norddeutschen Rotschopf und Jungverleger ziemlich in die Zange genommen und vor allem seine Bekanntschaft mit Jacob vehement hinterfragt, bis Anton entnervt gestöhnt hatte: „Fragt ihn doch bitte selbst, Edle Dame, ich denke, das ist besser.“ Kein Wunder also, dass Aliénor seine Identität infrage stellte. Verraten hatte Anton allerdings nichts; Aliénor wusste also weder etwas über seine wahre Herkunft noch über den Skandal in Schwerin noch über die Geschäfte, die Jacob hier im Süden tätigen wollte.

Auch über die brisante Liste des Grafen Matthäus von Vieregg hatte Jacob mit seinem alten Freund gesprochen. Bei deren Lektüre hatte sogar Anton geschluckt, obwohl er von seinen anspruchsvollen Kunden einiges gewöhnt war! Gemeinsam

98 Ortskundige können bestätigen, dass diese Nord-Süd-Route entlang des Rheins auch heute noch eine verkehrstechnisch problematische Strecke ist.

beratschlagten sie, wie Jacob in dieser Sache am besten vorgehen sollte. Denn würde ihm dabei ein Fehler unterlaufen, käme er ganz sicher ins Zuchthaus.

„Hast du eine Ahnung, was Vieregg ausgerechnet mit dem *Gespräch der Vögel*[99] anfangen will?" hatte Jacob seinen Freund ratlos gefragt und von ihm Erstaunliches gehört: Demnach plante Kurfürst Carl Theodor wohl schon seit längerer Zeit den Bau einer Moschee im Schwetzinger Schlossgarten und diese sollte so originalgetreu wie möglich aussehen. Deshalb benötigte man passende Texte für die Inschriften auf den Fassaden – und daher kam möglicherweise der Wunsch nach arabischen Originalschriften.

„Allerdings gibt es da ein kleines Problem", hatte Anton angefügt und sich nervös am Kopf gekratzt. „Diese Schrift gehört zur Türkenbeute, und die ist im Ahnensaal in Schloss Rastatt ausgestellt."

„Türkenbeute?" Jacob hatte ihn verständnislos angesehen.

„Ja, genau. Das sind Beutestücke und Trophäen, die einst Markgraf Ludwig Wilhelm von Baden-Baden aus den großen Türkenkriegen[100] mitgebracht hat. Du weißt schon, dieser Türkenlouis."

Jacob wusste leider nichts Näheres über die „Türkenbeute" und hörte deshalb Anton sehr genau zu.

„Das sind Waffen, Kleidungsstücke, Rüstungen, aber auch schöne Dinge wie Kunstwerke, Schriften oder Bilder von exotischen Frauen", fuhr Anton fort. „Einige Exponate hat wohl auch der Schwiegervater des Türkenlouis beigesteuert, ein gewisser Herzog Julius Franz von Sachsen-Lauenburg. Auf jeden Fall ist es eine riesige Sammlung, die recht kostbar sein soll."

„Und wo ist jetzt das Problem?", hatte Jacob nachgehakt.

„Die Schriften sind in Vitrinen eingeschlossen", war Anton sich ganz sicher, „und es dürfte schwierig und sehr riskant

99 *Das Gespräch der Vögel* ist ein Werk des arabischen Dichters Farid ad-Din Attar (1145-1221). Darin wird eine Reise von 30 Vögeln zum Vogelkönig beschrieben, die schließlich am Ende im König ihre eigene Identität erkennen

100 Die sogenannten „Großen Türkenkriege" fanden in den Jahren 1683-1692 statt.

sein, sie daraus zu entfernen. Außerdem ..." – sein freches Grinsen war einem besorgten Gesichtsausdruck gewichen – „... außerdem schätze ich deine Arabischkenntnisse nicht allzu hoch ein, lieber Jacob. Wie willst du denn die richtige Ausgabe unter den vielen Titeln erkennen?"

Das war in der Tat eine Hürde, an die Jacob bislang gar nicht gedacht hatte. Er vertraute jedoch darauf, vor Ort eine Lösung zu finden und vereinbarte mit Anton, dass dieser seinen Mittelsmann in jedem Fall in ein paar Tagen nach Baden schicken sollte, um das brisante Beutestück wenn möglich in Empfang zu nehmen. Eine andere „Bestellung" des Grafen Vieregg konnte warten – erst im Kloster Maulbronn würde Jacob sich damit näher beschäftigen können.

Jacob legte in Bruchsal eine Pause ein. Zum einen wollte er hier das berühmte Treppenhaus von Balthasar Neumann[101] besichtigen, zum anderen hatte er mächtigen Hunger. Er fuhr durch das Damianstor in den Residenzbezirk ein, der dem Fürstbischof von Speyer unterstand. Dieser weilte derzeit allerdings nicht in Bruchsal, wie Jacob von einem Wachsoldaten erfuhr. Dennoch durfte er in den Ehrenhof einfahren, seine Papiere taten ihm gute Dienste. Folglich war es ihm auch ein Leichtes, einen Schlossverwalter dazu zu bewegen, ihn in das berühmte Treppenhaus zu führen – ein paar Münzen halfen dabei nach.

Der Ruhm des Bruchsaler Schlosses war durch seine Innenräume mit ihren meisterhaften Raumideen und Dekorationen begründet. Jacob hatte darüber bereits gehört und gelesen. In Norddeutschland war dieser üppige Stil weit weniger verbreitet und in der Kurpfalz bereits aus der Mode, sodass Jacob seinem eher wortkargen Führer erwartungsvoll folgte, um sich selbst ein Bild zu machen. Sie betraten den Mittelteil des Hauptbaus durch die Eingangshalle, die von dorischen Säulen umgeben war. Außer den plastischen Simsen waren hier

101 Der geniale Architekt Balthasar Neumann (1687-1753) wurde nach Planänderungen am Schlossneubau von Bruchsal ab 1731 damit beauftragt, das Treppenhaus neu zu entwerfen und in den schon fortgeschrittenen Bau einzufügen.

alle weiteren Architekturelemente nur Scheinarchitektur und durch Illusionsmalerei dargestellt. Die Wirkung war verblüffend – wenngleich die Motive etwas altertümlich anmuteten: So zeigte das Deckengemälde den Sieg der weltlichen und religiösen Tugenden über das Laster; das war nicht gerade dem Puls der Zeit abgelauscht.

Durch die weiteren Prunkräume ging es im Eilschritt – schließlich wollte Jacob vor allem das Treppenhaus sehen und hatte ohnehin nicht so viel Zeit. Sie passierten den prachtvollen Fürstensaal, in dem 1751 und 1754 der Stuckateur Johann Michael Feuchtmayr und der Maler Johannes Zick gearbeitet hatten und wo die Porträts der Speyerer Fürstbischöfe hingen. Und sogar diese Ausstattungsfülle war noch zu überbieten, stellte Jacob kurz darauf beeindruckt fest: Der Marmorsaal, einer der drei Festsäle des Schlosses, war mit seiner Farb- und Materialwahl, den fünf hohen Fensternischen und seiner den Übergang von Wand zur Decke auflösenden Gestaltung ein unglaubliches Erlebnis für das menschliche Auge. Wie schlicht und unspektakulär waren dagegen doch die Dekorationen im Schloss Schwerin gewesen! Jacob vermutete, dass diese Unterschiede auch etwas mit den unterschiedlichen Mentalitäten der Menschen zu tun haben mussten. Im Süden des Reichs lebte man eindeutig sinnenfreudiger und bequemer als im Norden. Architektur und künstlerische Gestaltung drückten dies deutlich aus. Verblüfft war Jacob jedoch über die Tatsache, dass sich gerade auch Kirchenmänner mit diesem schier unbezahlbaren Luxus umgaben – das wäre unter dem Mecklenburg-Schweriner Herzog niemals möglich gewesen. Nun ja, man hatte dort ja auch eine andere Konfession!

Endlich gelangten sie zum Treppenhaus. Sie hatten den Weg durch den prächtigen Eingang gewählt und sich dem zentralen Gebäudeteil nicht durch das Corps de Logis genähert – der besseren Wirkung wegen, wie sein Führer erläuterte. Zunächst öffneten sich nur zwei Treppenläufe ins Vestibül. In angenehmer Steigung führten beide Treppenarme bogenförmig um das ovale Stiegenhaus herum. Mit zunehmender Helligkeit boten sich Jacob immer neue Perspektiven durch die Arkaden des inneren Treppenmantels hinab in die Grotte des zweiten Vestibüls. Schließlich erreichten sie den strahlend hellen Kuppelsaal. Dieser war der zentrale Raum des Schlosshauptbaus, unter dessen prächtiger und farbenfroher Weite man seine Funktion als Treppenhaus kaum mehr wahrnahm. Die beiden Treppenarme versanken von diesem Standort aus beinahe unsichtbar hinter den steinernen Balustraden. Jacob war sprachlos. Das sollte ein Treppenhaus sein? So etwas Großartiges hatte er nie zuvor gesehen. Er rief sich die Geschichte dieser Anlage in Erinnerung: Damian von Schönborn, der Vorgänger des jetzigen Fürstbischofs Hans von Hutten hatte selbst an dem Plan des Schlosses mitgewirkt. Das Problem: Er war schwankend in seinen Vorstellungen und hatte sehr zum Leidwesen der Architekten des öfteren auf Änderungen bestanden. Die Folgen waren fatal, denn plötzlich passte das ursprünglich geplante Treppenhaus nicht mehr in das Gebäude hinein. Dennoch – und das fand Jacob ziemlich skurril – hatte man einfach weitergebaut und in der Mitte ein gigantisches Loch gelassen. Kein Architekt wagte sich daran, hier im Nachhinein ein Treppenhaus einzufügen. Erst der geniale Balthasar Neumann konnte das Dilemma lösen – und das dermaßen kunstvoll, dass es Jacob die Sprache verschlug.

Zufrieden ließ er sich nach der Besichtigung in der Schlossschänke einen Braten servieren und lud auch den Kutscher dazu ein. War es nicht herrlich, ohne Verpflichtungen und ausgestattet mit einem ordentlichen Salär durch das Land zu reisen, während sich alle hochherrschaftlichen Türen und Tore für einen öffneten? Die Söhne adliger Herrschaften hatten Recht damit, ihre Grand Tours zu machen – besser konnte man das Leben in seinen angenehmsten Facetten nicht kennenlernen und genießen! Jacob legte ein paar Münzen auf den Tisch und spazierte gemütlich zu seinem eleganten Reisegefährt zurück. Er wies seinen Kutscher zur Eile an, um vor Einbruch der Dämmerung in Rastatt einzutreffen.

Über den markgräflichen Hof Rastatts hatte Jacob in Schwetzingen nicht allzu viel erfahren, weil dort offenbar nur ein bescheidenes Hofleben im Vergleich zur Kurpfalz Carl Theodors stattfand. Soweit er gehört hatte, gab es zwar eine bemerkenswerte Bibliothek, die die verstorbene Markgräfin Sybilla Augusta einst zusammengestellt hatte, doch diese wurde kaum frequentiert und dämmerte nun vor sich hin. Immerhin klang das interessant, fand Jacob, denn verwaiste Bibliotheken pflegten häufig verborgene Schätze zu besitzen. Da waren möglicherweise gute Geschäfte zu machen. Mit dem Empfehlungsschreiben von Seiner Kurfürstlichen Durchlaucht Carl Theodor im Reisegepäck konnte Jacob diesmal außerdem ganz entspannt anreisen. Das Dokument würde ihm überall die Türen öffnen und ihm sicherlich auch Logis in bester Lage vermitteln.

Endlich rollte die Kutsche am Abend in Rastatt ein. Um zum Schloss zu kommen, musste der Kutscher zunächst den gesamten Schlossbezirk umfahren, was Jacob die Gelegenheit gab sich genau umzuschauen, zumal er kurz vor Eintreffen in der Garnisonsstadt das Verdeck geöffnet hatte. Die Größe der Anlage war für die Residenz eines Markgrafen ganz beträchtlich. Offenbar hatte man das Schloss gerade frisch gestrichen, der neue lachsfarbene Anstrich war sehr auffällig. Aber, das musste Jacob zugeben, das Gebäude hob sich auf diese Weise von der Stadt mit majestätisch einfarbiger Pracht wirkungsvoll ab. Im Vorbeifahren identifizierte er die Front des Theaters und gelangte schließlich an den großen Ehrenhof, der ihn an das Schloss in Mannheim erinnerte. Das hiesige Schloss überragte eine große vergoldete Figur auf der Kuppel des Mittelbaus. Jacob überlegte einen Augenblick und erkannte dann in der Figur einen Blitze schleudernden Jupiter – was auch immer das an dieser Stelle zu bedeuten hatte.

Am Tor war ein Wachmann in einfacher Uniform postiert, der zackig nach seinem Begehr fragte. Jacob verlangte den Kastellan zu sprechen, weil er im Auftrag Seiner Durchlaucht des Kurfürsten Carl Theodor von der Pfalz reise und in Sachen Bücher und Bibliotheken eine wichtige Mission zu erfüllen habe.

Das machte Eindruck – und Jacob durfte mit seiner Kutsche einfahren. Der Kutscher wurde angewiesen, sich im Schlosshof linkerhand zu halten. Dort sollte Jacob in der Kutsche auf das Eintreffen des Kastellans Wilhelm Schweinhuber warten, der ihn gebührend in Empfang nehmen würde. Dieser Schweinhuber stürzte kurze Zeit später aus dem Corps des Logis heraus und lief im Sturmschritt auf Jacobs Kutsche zu. Seiner tiefen Verbeugung folgten die üblichen Höflichkeitsfloskeln, die Schweinhuber ausgesprochen devot von sich gab. Sein Kratzfuß war formvollendet, stellte Jacob fest, der mittlerweile einige Vergleiche anstellen konnte. Mit hoheitsvoller Pose stieg er aus der Kutsche aus. Durch das große Tor wurde Jacob dann anstandslos ins Schloss eingelassen.

Sie kamen in ein großes, helles Treppenhaus, die sogenannte Intrada, und in die dahinter gelegene Sala terrena mit dem Ausblick in einen nicht besonders gepflegten Garten, der sicherlich schon bessere Jahre gesehen hatte. Die Sala terrena war eine große Gewölbehalle mit reichen Stuckverzierungen. In einer Ecke stand dort ein Sekretär, an dem Schweinhuber noch einmal Jacobs Papiere prüfte und sich Notizen in ein großes Buch machte. Auch er wollte nun Jacobs Begehr wissen, wo genau er herkäme, wie lange er sich in Rastatt aufhalten wolle und vor allem wen er denn zu sprechen wünsche. Jacob wurde darüber langsam ungeduldig und beschloss, in Anbetracht seiner ausgezeichneten Referenzen gleich hoch zu pokern. Er griff nach dem Empfehlungsschreiben des Kurfürsten und fuchtelte damit wütend vor Schweinhubers Nase herum. Der Kastellan wurde blass und bekam einen Schweißausbruch. „Bitte habt ein wenig Geduld", bat er Jacob unterwürfig und erwähnte einen Geheimrat Carl Ferdinand von Plittersdorf, der erfahrener im Umgang mit höher gestellten Persönlichkeiten sei und den er konsultieren wolle. Er nötigte Jacob, auf einem gepolsterten Hocker Platz zu nehmen.

Amüsiert, aber nach außen ungerührt ließ Jacob die Aufregung über sich ergehen, die seine Ankunft in Rastatt verursachte. Was ein kleines Stück Papier mit dem richtigen Siegel und ein paar neue Kleider alles ausmachten – unvorstellbar! Niemals hatte er damals in Schwerin gedacht, als er noch der einfache Bürger Jacob Rosskopf war, wie weit ihn sein Schwindel mit dem Adelstitel und dem Auftreten als Edler von Bardenfleth bringen würde. Vielleicht sollte er irgendwann ein Buch darüber schreiben? Ein Titel wie *Kleider machen Leute* wäre dafür gar nicht so unpassend.

Es dauerte nicht lange und der erwähnte Geheimrat von Plittersdorf eilte herbei – wenngleich dieser sich nicht ganz so dienstbeflissen gab wie Schweinhuber, aber er war ja auch von Stand. Bardenfleth müsse wissen, raunte er Jacob zu, dass Seine königliche Hoheit, der Markgraf August Georg, viel Wert auf Etikette lege, und manche Leute wüssten eben vor lauter Angst hierbei Fehler zu machen, nicht mit Herrschaften umzugehen. Er unterstrich seine Worte mit einem bissigen Blick auf Schweinhuber, der demütig die Augen senkte.

Plittersdorf berichtete auch, dass der Markgraf selbst auf Schloss Favorite weilte. „Aber wenn Ihr Kontakt zu Seiner Hoheit haben möchtet, kann ich Euch sicherlich helfen." Er machte eine bedeutungsschwangere Pause, um die Wirkung seiner Person und Wichtigkeit zu unterstreichen.

Jacob schwieg der Einfachheit halber. Er hatte in den letzten Wochen gelernt, dass man auf diesem Weg an die besten Informationen und Kontakte kam. Und so war es auch bei Plittersdorf, der mit seinem Geschwätz die peinliche Stille zu überbrücken versuchte.

„Es ist ein großes Essen mit geladenen Gästen fürs Wochenende in der Schauküche in Favorite geplant", plapperte der Geheimrat weiter. „Und der Freiherr von Wambold, auch ein Gesandter aus der Kurpfalz, ist wegen Krankheit unpässlich; wollt Ihr nicht, edler Herr von Bardenfleth, vielleicht anstatt seiner teilnehmen? Ich könnte Euch vorschlagen."

Jacob willigte gnädig ein. Die Tage bis zum Wochenende würde er sich einfach in Rastatt vergnügen und die dortigen Sammlungen studieren.

„Mit Euren hervorragenden Referenzen werdet Ihr selbstverständlich im Schloss logieren“, fuhr Plittersdorf unterdessen fort, „Im Obergeschoss wird für Euch ein kommodes Zimmer arrangiert werden.“ Der Geheimrat wies Schweinhuber an, das Gepäck des edlen Herrn nach oben bringen zu lassen, während Jacob in der Intrada wartete. Durch das Treppenhaus hörte er den Kastellan Befehle erteilen; kurze Zeit später stand er mit den Worten „zu Euren Diensten“ wieder vor Jacob. Von Plittersdorf hatte sich wieder zurückgezogen – er wollte sich um Jacobs Einladung nach Favorite kümmern. „Möcht' Er mein Cicerone sein?“ fragte Jacob den Kastellan mit unschuldiger Stimme und gab sich nun etwas versöhnlicher. Doch Schweinhuber verstand offenbar nicht, was er von ihm wollte.

„Na, Fremdenführer mein' ich“, erklärte Jacob seufzend. „Ich bin doch zum ersten Mal hier und es soll Sein Unglück nicht sein.“

Schweinhuber strahlte. „Freilich, hab' auch fast alle Schlüssel, versteht sich, als Kastellan.“

In diesem Moment zog die Rastatter Dienerschaft mit Jacobs schweren Koffern vorbei und schleppte sie durch eine Tür in der Sala terrena unter lautem Keuchen über eine enge Spindeltreppe in den zweiten Stock hinauf. Jacob sah ihnen belustigt nach. In ihren Livreen wirkten sie zwar ausgesprochen vornehm, besonders praktisch schien ihre Kleidung jedoch nicht zu sein: Sie würde durch das staubige Reisegepäck ordentlich verschmutzt werden. Aber das war nicht seine Sorge.

Der Kastellan führte ihn die große offizielle Treppe hinauf in den imposanten Ahnensaal des Schlosses. Jacob war von dessen prächtiger Ausstattung überwältigt: Großformatige Gemälde der markgräflichen Familie schmückten die Wände, unter anderem auch ein Bildnis jenes legendären Türkenlouis, von dem Jacob kürzlich einiges gehört hatte. Schweinhuber erzählte wortreich von diesem Helden: So galt der leider so früh Verstorbene wegen seines legendären Sieges über die Türken in der Schlacht von Slankamen 1691 als Erretter der Christenheit. Auch war er der Mentor des Friedens von

Rijkswijk gewesen, in dem der Sonnenkönig Ludwig XIV. nach einem unsäglichen Krieg die Pfalz wieder freigeben musste. Doch dann – der Kastellan schnaubte vor Empörung – wurde dem Türkenlouis trotz aller seiner Heldentaten tatsächlich vom Kaiser die bereits versprochene Kurwürde versagt! Und später durfte er nicht einmal polnischer König werden – die Welt war so ungerecht!

Jacob dachte sich seinen Teil, verstand jedoch nun, warum in Rastatt so viel Pomp gepflegt wurde. Die Markgrafen verstanden sich als verhinderte Kurfürsten und Könige, so einfach war das. Das erklärte natürlich auch die reiche Ausstattung des Schlosses! Diesbezüglich ging der Markgraf sogar so weit, dass er einen richtigen Thronsaal besaß, wie ihn der Kurfürst der Pfalz nicht hatte.

Schweinhuber erzählte immer noch vom Türkenlouis. Dieser vollendete Landesvater hatte wirklich ein tragisches Schicksal: Denn kaum war sein Schloss in Raststatt vollendet, starb Ludwig Wilhelm. Seine Frau, die Markgräfin Sybilla Augusta, übernahm daraufhin die Regierungsgeschäfte für ihre unmündigen Kinder Ludwig Georg und August Georg. Dem Kastellan traten die Tränen in die Augen: „Ich habe sie noch gut gekannt, eine weise und fromme Dame mit dem Willen eines Mannes und dem Herz einer Frau. Neun Kinder hat sie geboren und nur drei haben überlebt!“ Er seufzte schwer. „Sie hat nach all den Kriegen die gesamte Gegend wieder aufgebaut, den Menschen Hoffnung gegeben und dem Haus Glanz, Ruhm und neue Bedeutung geschenkt. Wenn Ihr nach Favorite kommt, werdet Ihr erkennen, mit welch geschickter Hand die Markgräfin ihre Residenz hat ausbauen lassen.“

Er senkte die Stimme und raunte andächtig: „Bis heute haben ihre Söhne, der selige Ludwig Georg und der heutige Markgraf August Georg, nicht gewagt die Möbel zu verrücken! Seit dem Tod ihrer Mutter ist dort alles unverändert!“

Jacob zog die Augenbrauen hoch. Das klang alles andere als modern! Und es machte ihn neugierig auf die offenbar antiquierte Welt von Schloss Favorite. Hoffentlich gelang es dem

Geheimrat, ihm eine Einladung zu besorgen!

„Da oben unter der Decke seht Ihr die gefangenen Osmanen", fuhr Schweinhuber unterdessen fort, „und wenn ihr dem Flur vor Eurer Kammer folgt, gelangt Ihr zu einem Gang, der oben um den Saal herum zur Musikerempore führt. Ihr solltet die dortigen Skulpturen unbedingt aus der Nähe betrachten!"

Jacob sah sich aufmerksam im Raum um, während er in Begleitung des Kastellans langsam umherhing. Hatte Anton nicht gesagt, dass die Türkenbeute hier ausgestellt sei? Bis auf ein paar Gemälde, die auf osmanische Motive verwiesen, sah er nichts dergleichen. Betont beiläufig erkundigte er sich bei seinem Führer nach dem Verbleib der Ausstellung.

„Die Türkenbeute?" Schweinhuber grinste. „Die ist in der Waschküche." Er kicherte über seinen eigenen Witz und fügte dann erklärend hinzu: „Nicht dass Ihr mich missversteht, Edler Herr von Bardenfleth, aber die ganzen Waffen und all die anderen Exponate werden gerade gesäubert. Diese Stücke waren teilweise arg verstaubt."

Jacob schluckte. Und wo befanden sich die kostbaren Schriften?

„Ach die!" Der Kastellan zuckte mit den Schultern. „Die sind hier im Schrank. Kann keiner was damit anfangen. Nur arabische Zeichen und ein paar Bilder." Er steuerte auf einen Vitrinenschrank in der Ecke zu und öffnete ihn einfach. Man hatte sich nicht einmal die Mühe gemacht ein Schloss einzubauen, fiel Jacob auf.

„Hier ...", Schweinhuber zog ein paar eng beschriebene Manuskripte heraus, „... könnt Ihr das etwa entziffern?"

Jacob starrte eine Weile auf die kunstvoll verzierten Blätter und schüttelte danach den Kopf. Dann schielte er in die Vitrine um zu sichten, was sonst noch dort lag. Bereitwillig zog Schweinhuber weitere Bücher und Papiere heraus. Er würdigte sie dabei keines Blickes, sondern schwatzte wieder über die Leistungen des Türkenlouis, offenbar eines seiner Lieblingsthemen. Jacob hatte so die Gelegenheit, den Inhalt der Vitrine genauer zu betrachten. Und er wurde fündig: In zarter Schrift und sehr eng und klein geschrieben hatte irgendjemand in einigen Werken die deutschen Übersetzungen der Titel notiert! Vermutlich war das unter der verstorbenen Markgräfin geschehen – schließlich galt sie als gebildete und interessierte Kulturförderin ihres Landes. Jacob frohlockte. Eines der gebundenen Bücher war tatsächlich mit *Das Gespräch der Vögel* tituliert – was für ein Glück er doch hatte! Er würde sich das Exemplar zu einem späteren Zeitpunkt sichern.

Scheinbar gelangweilt schob Jacob die Papiere in die Vitrine zurück, gähnte betont und wandte sich wieder dem Raum zu. Der Kastellan, der die ganze Zeit ununterbrochen geredet hatte, verstummte plötzlich. Jacob verstand erst nach einer Weile, warum: Die versprochene Zuwendung war fällig. Er zeigte sich generös – und schon öffneten sich die Türen zum Appartement des Markgrafen. Allerdings versicherte sich Schweinhuber zunächst, dass niemand in der Nähe war. Die Luft schien rein und sie schlüpften rechterhand durch eine Flügeltür in die hochherrschaftlichen Wohnräume.

Wie in den anderen Schlössen, die Jacob kannte, war auch hier die Zimmerfolge aufgeteilt in Antichambre, Audienzzimmer, Schlafzimmer und die Kabinette, wo die hohen Herrn zu verhandeln pflegten. Doch in Rastatt war alles – wohl wegen der enormen Bedeutung des Osmanen-Bezwingers – ein wenig üppiger ausgefallen. Große Gobelins mit Kriegsmotiven zierten die Wände; das passte gut zur Geschichte des Hauses. Und dem Wartenden von niederem Stande wurde damit gehörig Angst eingejagt, vermutete Jacob. Doch langsam langweilte ihn das Thema, zumal auch in den Gemälden stets dieser Ludwig Wilhelm als Kriegsheld dargestellt war. Das gesamte Antichambre mutete reichlich altmodisch an. Man lebte offensichtlich in Rastatt voller Überzeugung noch in der vergangenen Pracht. War das nun der ehrwürdige Respekt vor dem bedeutenden Haus und der Wunsch, Altes zu bewahren oder einfach die fatale Angst vor den aufregenden Neuerungen der Gegenwart?

Im Audienzzimmer sah Jacob dann tatsächlich den bereits

avisierten Thron, der sogar einen Baldachin besaß! Davor hatte man mit Stühlen eine regelrechte Rangfolge aufgebaut: Ganz vorne standen die Sessel mit gepolsterten Arm- und Rückenlehnen, dann folgten Stühle ohne Armlehnen, dahinter gab es Hocker. Jacob war fassungslos. Rastatt war nur eine Tagesreise vom kurpfälzischen Hof entfernt – und doch trennten Welten diese beiden Häuser. Hier ging es ausschließlich um Repräsentation. Zeitgemäße Strömungen oder Werte aus Wissenschaft und Bildung sah Jacob zumindest in Rastatt kaum vertreten. Wie war das nur möglich?

Das offizielle Schlafzimmer des Markgrafen war noch reicher ausgestattet als die Räume davor. Ein riesiges Prunkbett mit Gold- und Silberstickereien an Baldachin und Schabracken dominierte den Raum, die Wände waren mit Stoffen voll antiker Muster bespannt. Eine aufwendig mit Silber und Schildpatt verzierte Standuhr war ansonsten das einzige Mobiliar.

„Schläft der Markgraf tatsächlicher hier?“ fragte Jacob beim Kastellan nach, doch dieser schüttelte den Kopf und öffnete eine kleine Seitentür am Kopfende des Bettes. Durch sie hindurch gelangte man in das eigentliche Privatgemach des Markgrafen, das – so erfuhr Jacob zu seinem größten Erstaunen – Schweinhuber selbst bislang nur einmal zwecks Verrückung eines Schreibtisches gesehen hatte.

Später, im Porzellankabinett, das Jacob aufgrund der entzückenden und kostbaren Stücke begeisterte, nahm die Führung durch das Schloss ein jähes Ende. Schweinhuber war gerade dabei, vom Rastatter Frieden zu berichten, der 1714 im anschließenden Schreibkabinett ausgehandelt worden war, als sich jemand eilenden Schrittes näherte. Hastig schob der Kastellan Jacob durch eine Seitentür, die zu einer Wendeltreppe in das obere Geschoss führte. Schier endlos schien die Stiege, doch glücklicherweise folgte ihnen niemand. Jacob ließ sich nun zu seiner Kammer im Obergeschoss führen. Auf dem Weg dorthin brachte er noch in Erfahrung, dass sich die Schlossbibliothek im linken Ehrenhofflügel befand und der Schlüssel an der Schlosswache für ihn hinterlegt würde. Dann verabschiedete sich der Kastellan mit mehreren Verbeugungen, nachdem Jacob ihm noch einmal ein paar Münzen in die Hand gedrückt hatte. Denn Schweinhuber war eine lohnende Investition, fand er – Jacob hatte schon weitaus mehr Nützliches in Erfahrung bringen können als erwartet.

Die nächsten Tage verbrachte Jacob sehr angenehm: Er gönnte sich viele Stunden im teilweise verwilderten Schlossgarten, in dem er sich verwunschene Plätzchen suchte, wo er sich im Schatten von Hecken und Bäumen in seine Reiseliteratur, den *Candide*, vertiefte. In der Kurpfalz war es ihm nicht möglich gewesen, auch nur wenige Zeilen zu lesen – zu viele gesellschaftliche Verpflichtungen hatten ihn davon abgehalten. Doch nun nutzte er die Zeit, die ihm blieb, zum Lesen, bis er der inzwischen eingegangenen Einladung des Markgrafen ins Schloss Favorite Folge leisten würde.

Als er an der Stelle angelangt war, in der *Candide* in Frankreich diverse Abenteuer erlebt, stutzte er. Was schrieb Voltaire da von einem Zeitungsmenschen? „Das ist einer von dem Gesindel (...), das seinen Lebensunterhalt damit verdient, Schlechtes (...) zu verbreiten; er haßt jeden, der Erfolg hat, wie Eunuchen die Liebenden hassen: er ist eine jener Literaturnattern, die sich von Kot und Gift nähren, er ist ein Zeitungsschmierer. (...) Das ist ein Papiersudler, ein Fréron (...)."

Jacob ließ das Büchlein nachdenklich sinken. Im *Candide* verbreitete der Zeitungsmensch Lügen und kam nicht gut dabei weg. Das hatte natürlich mit Voltaire selbst zu tun, der in Elié Fréron, dem Herausgeber der französischen *Année littéraire*, einen extrem konservativen Gegner gefunden hatte, welcher die neuen Ideen Voltaires schlichtweg ablehnte und im Rahmen seiner Möglichkeiten bekämpfte. Witzig, dass Voltaire auch mit diesem Zeitgenossen im *Candide* abrechnete! Das Werk war wirklich ein Rundumschlag gegen alle Übel dieser Zeit. Dennoch, Jacob schüttelte innerlich den Kopf, man durfte nicht vergessen, dass hier auch die persönliche Geschichte des Philosophen einfloss. Denn Zeitungen waren an sich etwas Großartiges! Immerhin erreichte man so mit dem geschriebenen Wort viel mehr Menschen als alle Jahrhunderte zuvor, in denen ausschließlich die Kirche über die Bildung des Volkes gewacht hatte. Das war doch gelebter Fortschritt! Man würde in Zukunft nur darauf achten müssen, dass so etwas wie das öffentliche Zeitungswesen nicht in falsche Hände geriet. Es konnte nämlich schnell passieren, dass Unfug publiziert wurde – Jacob erinnerte sich nur zu gut an die Beschreibung seiner Person in der *Mannheimer Zeitung*.

Am Freitag vor dem Diner in Favorite machte er einen ausgiebigen Spaziergang durch Rastatt. Vom Ehrenhof gelangte er direkt in die Stadt, die ihm wohlgeordnet vorkam. Viele der Häuser waren zwar altmodisch, aber im gleichen Stil gebaut. Das verlieh der Stadt etwas Ruhiges, Gemessenes, dessen Charme man sich nicht entziehen konnte. Dass die Stadt einen Grundriss besaß, bei dem drei Hauptachsen fächerförmig auf das Schloss zuliefen, die von kleineren Straßen rechtwinklig gekreuzt wurden, das hatte Jacob bereits aus seinem Kammerfenster erkannt: Das Ganze sah von oben aus wie eine Vogelkralle.

Jacob begann mit seinem Rundgang am Marktplatz, zu dem vom Schloss aus ein direkter Weg führte. Dort wollte er sich das neue Rathaus, den Alexiusbrunnen und die Alexanderkirche anschauen – das war ihm von Kastellan Schweinhuber zumindest nahegelegt worden. Er wandte sich zunächst dem Rathaus zu, dessen schlichte Giebelfront aus gelbem und rotem Sandstein ihn nach all der in Bruchsal erlebten Pracht nicht vom Hocker riss. Ganz anders der Alexiusbrunnen gegenüber: Fasziniert starrte Jacob auf die prächtige Sandsteinanlage, die zwar wie ein repräsentativer Brunnen aussah, doch gar keiner war! Denn das entscheidende Element fehlte – das Wasser[102]. Jacob fand das sehr merkwürdig, schließlich war der Brunnen bereits unter dem verstorbenen Markgrafen Ludwig Georg in Auftrag gegeben worden und das war schon 30 Jahre her!

102 In der Tat floss erst ab 1770 Wasser in dem Brunnen – wie die lateinische Inschrift auf dem Brunnen verrät. Demnach hat Markgraf Ludwig Georg den Brunnen gestiftet und August Georg dann viele Jahre später dafür gesorgt, dass Wasser darin fließt.

Zu Ehren des heiligen Alexius von Edessa hatte man das Bauwerk errichtet, des Schutzheiligen gegen Erdbeben, Blitz und Unwetter, so hatte ihn Schweinhuber belehrt. Ungefragt war Jacob dann in den Genuss einer dramatischen Geschichte mit zahlreichen tragischen Einzelschicksalen gekommen, die der Kastellan über die Rastatter Erdbeben von 1723 und 1728 zum Besten gab. Jacob glaubte nicht recht zu hören: In Rastatt hatte es Erdbeben gegeben? Kam so etwas nicht nur im fernen Ausland vor? In Lissabon hatte 1755 die Erde gebebt; damals waren an die 30.000 Menschen ums Leben gekommen, das wusste Jacob[103]. Aber hier in Raststatt? Entsprechend neugierig war er auf den Alexiusbrunnen gewesen, der ihn nun – als halbfertiges Bauwerk – ein wenig enttäuschte. Er umrundete den Brunnen mehrmals, fand aber keinen Hinweis auf Wasser. Gab es da möglicherweise ein technisches Problem? Er beschloss, diese Frage im Schloss Favorite zu stellen – das war ein guter Einstieg in ein Gespräch mit dem Markgrafen.

Die Sankt-Alexander-Kirche in unmittelbarer Nähe war Jacobs nächstes Ziel. Das Gotteshaus schien ganz neu zu sein und war sehr imposant. Die hohe Fassade an der Eingangsseite war aus rotem Sandstein und machte im Mittelteil einen gekonnten Schwung nach außen. Vier große Heiligenfiguren dominierten neben dem hohen Turm mit der auffälligen Haube die Ansicht. Jacob erkannte nach einigem Überlegen und kurzer Rücksprache mit einem freundlichen Passanten den heiligen Donatus als Beschützer vor Gewitter, seinen Kollegen Antonius von Padua, der gegen Überschwemmungen angerufen wurde, den für Schutz gegen Feuer verantwortlichen heiligen Florian und Karl Borromäus, den man um Schutz vor der Pest anrief. Die Rastatter schienen eine ängstliche Gesellschaft zu sein, folgerte Jacob im Angesicht dieser Kirchenfassade – sie versicherte sich mit Steinskulpturen gegen sämtliche nur möglichen Naturkatastrophen und Epidemien. So etwas hatte er noch an

103 Das Erdbeben von Lissabon am 1. November 1755 erschütterte die gesamte Öffentlichkeit Europas und führte kurzfristig zu einer erneuten und dem Trend der Zeit keinesfalls entsprechenden allgemeinen Hinwendung zur Kirche.

keinem anderen Ort gesehen! Jacob beschloss, diese Merkwürdigkeiten unbedingt in seinem Reisetagebuch zu notieren, das er bislang nur recht unregelmäßig zur Hand genommen hatte.

Im Inneren der Kirche fand Jacob seine Vermutung bestätigt, dass sie erst vor kurzem fertiggestellt worden war. Die Wände waren noch strahlend weiß und es roch nach frischer Tünche. Als Jacob das Gotteshaus wieder verließ, war der Himmel plötzlich wolkenverhangen. Im Hinblick auf seine kostbare Kleidung verkniff er es sich, auch noch das Piaristenkolleg mit seiner Bibliothek zu besuchen – er konnte schließlich nicht alle Büchersammlungen des Landes zugleich besichtigen. Hastig eilte er zum Schloss zurück – gerade noch rechtzeitig: Denn kaum hatte er die Eingangshalle betreten, setzte ein kräftiger Sommerregen ein.

Der Kastellan erwartete ihn bereits: „Ihr habt Besuch aus Mannheim, Edler Herr von Bardenfleth", raunte er mit wichtiger Miene. „Ein Bote. Und der scheint in Eile zu sein. Er sitzt dort hinten." Schweinhuber deutete in eine Ecke der Halle, wo Jacob den Kontaktmann Anton Altenbergs erkannte.

„Ist schon gut." Er wimmelte den Kastellan ab und bat den Boten hinauf in seine Kammer. Dort drückte er ihm ein sorgsam verschnürtes Paket in die Hand und erhielt im Gegenzug einen Beutel mit Münzen, der verheißungsvoll klingelte. Graf von Vieregg würde zufrieden mit ihm sein, spätestens morgen hätte er seine arabischen Gesänge! Während Jacob den Boten wieder hinaus zu seiner Kalesche begleitete, dachte er an seinen nächtlichen Ausflug in den Ahnensaal. Es war ganz leicht gewesen, dort die Schrift zu entwenden, weil ihn niemand bei seinem Diebstahl störte. Das Schloss war nachts geradezu ausgestorben: Nirgends standen Wachen oder machten Nachtwächter die Runde. Der Markgraf schien ein Gottvertrauen in die Redlichkeit seiner Gäste und Bediensteten zu haben, das seinesgleichen suchte! Jacob beschwichtigte das schlechte Gefühl, das ihn bei solchen Überlegungen beschlich, mit der Gewissheit, dass diese Werke nun zumindest angemessen gewürdigt werden würden und nicht in irgendwelchen ungesicherten Vitrinen ihren Untergang erwarteten.

Am Nachmittag des folgenden Tages machte Jacob sich in höfischer Kleidung, ordentlich gepudert und mit Perücke auf den Weg nach Schloss Favorite. Die Fahrt in der Kutsche dauerte nicht mehr als eine Dreiviertelstunde und war eine beschauliche Reise durch liebliche Felder und Wäldchen. Was hatte der Kastellan ihm über das Schloss erzählt? Die Mutter selig von Markgraf August Georg habe es als ihre persönliche Sommerresidenz bauen lassen. Sibylla Augusta habe es mit dem Verstand einer Frau eingerichtet, weswegen es auch zwei Küchen gab: eine Nutzküche für das Personal, in der gekocht und gewirtschaftet wurde – und eine Schauküche der verstorbenen Markgräfin, in der ihre Sammlung von Steinzeug-, Kupfer-, Zinn- und Messinggeschirr wirkungsvoll in Szene gesetzt worden war. Offenbar galt es unter Gästen stets als besondere Ehre, von Sibylla Augusta durch „ihr" Refugium geführt zu werden, in dem sie freilich nie gearbeitet hatte. Jacob fragte sich, was das für ein Land sein musste, in dem Frauen Schlösser mit Schauküchen bauen ließen!

Das Lust- und Jagdschloss tauchte unvermittelt in den Feldern auf. Jacob ließ das Verdeck öffnen und wies den Kutscher an, gemächlich weiterzufahren. Das Schloss war ein langgestreckter Bau mit einem Mittelrisaliten und breit vorgelagerter Treppe. Er war dreigeschossig und trug eine dominante Kuppel. Jacob fragte sich, ob sich darunter wohl auch ein solch spektakuläres Treppenhaus wie in Bruchsal verbarg. Auffällig war schon von Weitem der merkwürdige Kieselsteinverputz der Fassaden. So etwas hatte Jacob bislang nur in Grotten gesehen. Wer wohl all diese Steine gesammelt hatte?

Er ließ die Kutsche zunächst um das Schloss herumfahren, was dank gepflegter Kieswege gut möglich war. Bestimmt hatte man seine Ankunft bereits bemerkt und verfolgte seine Tour durch die hohen Fenster. Das war Jacob gerade recht; sollte doch jeder sehen, dass er sich bei seinem Stand eine gemütliche Spazierfahrt erlauben konnte, ehe er die Honneurs machte! Auf der Rückseite des Schlosses fand er ein großes Parterre vor, das auf jeder Seite einen Orangerieflügel hatte. Viele der Pflanzen darin sahen allerdings ungepflegt aus – und hätten die Kübel nicht längst im Freien stehen sollen? Schließlich war es Ende Juni! Jacob ließ sich nun entlang der südlichen Orangerie kutschieren und traf – kaum zu erkennen – auf ein kleines Kapellchen vor einem dichten Wald. Das musste die Einsiedelei sein, über die er schon Erstaunliches gehört hatte. Er ließ umdrehen und fuhr zurück zum Schloss. Dort waren inzwischen mehrere Kaleschen angekommen. Der Kutscher reihte sich ein. Ein Bediensteter in kostbarer Livree half Jacob kurz darauf aus dem Wagen und bat ihn die Treppe hinauf in die Sala terrena. Zuvor hatte er einen kurzen und gelangweilten Blick auf die Einladung geworfen, die Jacob ordnungsgemäß zückte, weitere Formalitäten gab es nicht.

Die Sala terrana war eine dreigeschossige Halle und reichte bis unter die hohe Kuppel. Damit war zumindest dieses Rätsel gelöst. Im Übrigen musste der Raum sich keinesfalls vor einem Treppenhaus des großen Balthasar Neumann verstecken – im Gegenteil: Bardenfleth war regelrecht erschlagen von der unglaublichen Pracht, die sich hier bot. Er legte seinen Kopf in den Nacken und ließ seinen Blick schweifen. Was für ein Prunk, was für herrliche Stuckaturen, welch ein Farbenfeuerwerk waren hier eingesetzt worden! Der Saal war in der Höhe zweigeteilt: Unten befanden sich Grotten mit den vier Jahreszeiten und tausende von Nürnberger Kacheln in Delfter Manier. Der obere Bereich besaß große Fenster und darüber eine gewaltige Kuppel mit einem Deckengemälde, das den Olymp zeigte. Jacob vermutete, dass dies eine Anspielung auf die Macht der Markgrafen sein sollte.

Ein italienischer Offizier in Galauniform trat neben ihn und räusperte sich: „Gestatten? Friedrich von den Marken, Hauptmann der Schweizer Garde des heiligen Stuhls, derzeit auf Reisen nach Kur Köln.“ Zackig ließ er die Hacken zusammenknallen und hörte sich Jacobs Vorstellung an. Dann verriet er ihm, dass er schon vor einigen Tagen die Ehre gehabt hatte, mit dem Markgrafen August Georg zu jagen. Auch ihm sei es mit der Opulenz der Schlossausstattung ähnlich wie Jacob ergangen. Der Offizier beschrieb Jacob das inoffizielle Programm des Abends: Sicherlich würde in der Schauküche gegessen werden – und dann würde es sich der Markgraf nicht nehmen lassen, die Herrschaften zu einer Runde Poch[104] in die oberen Gemächer zu bitten.

Eben jener Markgraf betrat in diesem Moment die Sala terrana und empfing seine Gäste sehr zuvorkommend. Etwa 15 Herren und nur eine Handvoll Damen waren anwesend; die Markgräfin selbst sei wieder einmal unpässlich, so erfuhr Jacob. Der Fürst ist von kleiner Gestalt, würde Jacob später in sein Reisetagebuch notieren, munter und unbefangen und ganz zwanglos. Es war unmöglich, in seiner Gegenwart verzagt zu sein. Er hat eine Vorliebe für eine Frau von Weyfelt; Lästermäuler behaupten, es bestehe ein Verhältnis zwischen den beiden. Sie sieht nicht eben knusprig aus ...[105].

Jacob schätzte den Markgrafen auf Anfang 60. Er bat seine Gäste freundlich nach oben zur Kurzweil. Die Appartements übertrafen die Sala terrana an Ausstattung erwartungsgemäß. Jacob fiel das Überladene der Einrichtung sofort auf: Zwar brachte sie die Kostbarkeit der verwendeten Materialien zum Ausdruck – und damit natürlich auch Würde und Macht des Hauses Baden. Zugleich bemerkte er jedoch, dass hier ganz offensichtlich die Mode einer längst vergangen Epoche tonangebend war. Moderne Herrscher setzen doch mittlerweile deutlich mehr auf Inhalte als nur auf Dekoration! Und Jacob konnte das durchaus nachvollziehen: Lag doch in der Schlichtheit elegant gestreifter Wandbespannungen viel mehr Kraft als in den üppigen Blumenmustern vergangener Jahrzehnte! Es war fast schon tragikomisch, aber doch so offensichtlich: Markgraf

104 Poch war eines der beliebtesten Kartenspiele der höfischen Gesellschaft. Ursprünglich kam es aus Frankreich und verbreitete sich über ganz Europa. Es wird noch heute in einer amerikanischen Variante als Poker gespielt.

105 Diese Worte stammen in Wirklichkeit aus der Feder James Boswells, der in *Große Reise. Deutschland und die Schweiz*, 1764, sehr aufschlussreiche Beschreibungen deutscher Höfen lieferte. (Hrsg. V. Frederik A. Pottle, Konstanz/Stuttgart 1955, S. 212-216)

August Georg von Baden lebte in der Zeit seiner Mutter.

Die Spieltische waren in den offiziellen Räumen des markgräflichen Appartements aufgestellt. Jacob nahm im Florentiner Kabinett Platz, das hinter dem Paradeschlafzimmer lag. Der Boden war hier aus Terazzo gefertigt, einem Stuckmarmor mit vielen hübschen Details wie Blumenmustern, Echsen, Käfern und sogar Spielbrettern sowie einer Maus, die einen Käse stibitzt. Der Raum war über und über mit Spiegeln und Bildtafeln eingerichtet, alle in einer aufwendigen Einlegetechnik, die Jacob bislang nirgendwo gesehen hatte. Am liebsten wäre er an den Wänden entlang flaniert und hätte sich genauer damit befasst, doch dazu war leider keine Zeit: Der Markgraf wollte spielen. Die Spieltische standen in den Räumen verteilt und waren nummeriert. Jeder Spieler musste eine Nummer ziehen, sodass sich kurze Zeit später alle in bunt gewürfelter Gesellschaft an den Tischen wiederfanden. Jacob saß bei dem bereits bekannten italienischen Gesandten, einem Geistlichen, der ihm nicht sonderlich sympathisch war, und dem Oberhofmeister der unpässlichen Markgräfin, einem klugen Kopf namens Grünberg. Gespielt wurde wie erwartet Poch. Jacob wurden zunächst die Regeln erklärt, dann ging es los. Auf dem Spieltisch stand ein rundes Brett mit verschieden Vertiefungen, um die unterschiedliche Spielkarten gemalt waren. Hier setzte man sein Geld ein. Jeder bekam fünf Karten in die Hand, die nach bestimmten Abfolgen ausgespielt wurden. Besaß man eine Reihe von Trümpfen, konnte man mit einem Klopfen auf den Tisch „pochen" – und den Einsatz erhöhen. Dazu wurde in großen Mengen Wein gereicht, was die Stimmung schnell hob.

Jacob war das Spiel ziemlich suspekt. Er taktierte sehr vorsichtig und setzte nur kleine Summen ein, weil er schnell merkte, dass er mit Profis am Tisch saß. Auch der Markgraf hatte offenbar kein Glück und verlor schnell die Lust am Spielen. Kurzerhand löste er die Runde auf und bat zum Essen in die Küche. Jacob war nun sehr gespannt: Das konnte nur bedeuten, dass sie in der Schauküche speisen würden! Er sollte

Recht behalten. Die Gesellschaft schlenderte durch den Gartensaal hinunter in eine begehbare Puppenküche. So empfand es zumindest Jacob, der fassungslos auf die über und über mit Porzellan und Tafelaufsätzen dekorierten Wände und Regale starrte. In einem hübsch eingerichteten Gewölbe war die Tafel gedeckt, wobei man auch hier nur schwer zwischen Dekoration und Realität unterscheiden konnte. Es gab auf der Tafel nämlich aus Porzellan hergestellte Dekorationsgerichte, die sich kaum von den echten Speisen unterschieden – so fantastisch naturgetreu waren sie gearbeitet! Das ganze Essen war dann eine Folge von Täuschung und Erstaunen – ein regelrechtes Schaustück in Sachen Galadiner. Glücklicherweise saß Oberhofmeister Grünberg an seiner Seite, sodass Jacob zumindest ein anregendes Tischgespräch führen konnte. Das Essen selbst schmeckte ihm nämlich nicht. Weder die unter einem zerzausten Porzellan-Kohlkopf versteckte Terrine konnte ihn überzeugen noch der unter einem merkwürdigen Vogel verborgene „Indianer". Wie sich herausstellte, war es ein indianischer Vogel, den Bardenfleth später in Württemberg nochmals vorgesetzt bekommen sollte. Am schlimmsten erschien ihm jedoch das Aalgelee, das jeder hier als Spezialität besonders zu schätzen schien. Sein Tischnachbar klärte ihn in seinem singenden badischen Tonfall über den Inhalt auf: Zur Herstellung füllte man Aal, Wasser, Riesling, Schalotte, Limette, Salz, grünen Pfeffer, Estragon und Liebstöckel in einen Keramiktopf, sodass der Aal den Topf füllte und der Wein den Fisch bedeckte. Der Topf musste dann gut verschlossen werden und eine Viertelstunde im Wasserbad einkochen. Das Ganze wurde dann am nächsten Tag umgestülpt und gekühlt serviert.

Jacob schüttelte sich innerlich. Wie gut, dass er mit Grünberg einen Gesprächspartner gefunden hatte, dem gar nicht auffiel, dass er praktisch nichts aß und mit knurrendem Magen Gang für Gang auf die nächste kulinarische Katastrophe wartete.

Dafür war ihre Unterhaltung umso reichhaltiger: Sie tauschten sich über die Veranlagung und die Verfassung des Gemüts aus und kamen überein, dass ersterer eine große Bedeutung zuzuweisen war. „Die seelische Veranlagung“, meinte Grünberg, „liegt im Körperlichen begründet. Sie hat einen großen Einfluss auf die Gemütsverfassung, bringt sie aber nicht allein hervor. Man kann nämlich übel veranlagt und doch bei guter Verfassung sein, sofern man richtig erzogen worden ist. Denken sie an die Franzosen: Viele von ihnen sind zweifellos von Natur aus ungebärdig, tragen jedoch immer gute Laune zur Schau.“[106]

Jacob konnte ihm nur zustimmen. Das Körperliche spielte in der Tat eine Rolle, auch in diesem Moment hier in Schloss Favorite. Er konnte buchstäblich fühlen, was Grünberg postulierte. Seine körperliche Verfassung, genauer genommen sein Hunger, schlug ihm nämlich aufs Gemüt! Hoffentlich fand dieses Tafeln bald ein Ende! Doch Jacob hatte Pech: Bis tief in die Nacht hinein wurden Absonderlichkeiten serviert, die allen anderen bei Tisch köstlich zu munden schienen! Immerhin ließ es sich hier spaßen und laut lachen – auch in Anwesenheit des Markgrafen, der in der Tat ein fröhlicher Geselle war. Ab und zu flüsterte dieser seiner Tischnachbarin, jener Frau von Weyfelt, etwas ins Ohr, was diese stets mit einem kreischenden Lachen oder einem vergnügten Kichern quittierte. Ansonsten wurde allgemein und laut über die Franzosen gelästert, mit Jagderlebnissen geprahlt und immer wieder die verstorbene Sibylla Augusta gepriesen.

Jacob nutzte einen Moment der Stille, um sich zu später Stunde mit einer Frage quer über die Tafel direkt an den Markgrafen zu wenden: „Königliche Hoheit“, begann er mutig und bemerkte dabei, dass der viele Wein seine Zunge hatte schwer werden lassen, „sagt, warum führt der prachtvolle Alexiusbrunnen kein Wasser?“

Plötzlich war es still im Raum, alle Gespräche erstarben. Jacob brach der Schweiß aus – hatte er einen Fehler gemacht und ein Tabuthema angesprochen? Doch August Georg wirk-

106 Diese Worte stammen tatsächlich von Oberhofmeister Grünberg, sind jedoch vier Jahre früher gefallen und in den Reiseaufzeichnungen Boswells a. a. O. dokumentiert.

te ganz entspannt und lehnte sich mit einem milden Lächeln zurück. „Das, Edler Herr von Bardenfleth, ist eine lange Geschichte ...“ Er lallte merklich und sein Blick irrte über seine Gästeschar. Dennoch ergriff er erneut das Wort und erzählte Jacob etwas umständlich von einem geradezu unglaublichen Problem. Der Brunnen hatte nämlich bis vor einigen Monaten Wasser geführt, das dann aber von einem auf den anderen Tag geheimnisvoll verschwand. Sofort vermutete man, dass irgendein frecher Bauer die Leitung, die eigens für den Brunnen vom nahegelegenen Flüsschen Murg gelegt worden war, angezapft hatte, doch man fand nichts dergleichen. Seither beobachtete man mit wachsendem Unmut, dass zwar Wasser in die Leitung hineinfloss, doch niemals aus den Spendern am Brunnen herauskam. Seit einiger Zeit nun hatte man die Stadt selbst im Verdacht: Gab es hier vielleicht findige Handwerker oder Bürger, die das Wasser zu eigenen Zwecken umleiteten? Die Schwierigkeit bestand allerdings darin, dass Brunnenarchitekt Johann Peter Ernst Rohrer in diesem Fall ganz besonders viel Wert auf eine erdbebensichere Bauweise gelegt und folglich die Leitung über einen Meter tief ins Erdreich und unter das Straßenpflaster versenkt hatte. Man würde also an vielen Stellen der Stadt das Pflaster aufreißen müssen, um dem Verbleib des Wassers nachzugehen – und das stieß bei der Bevölkerung auf großen Unmut. Kurz: Der Markgraf saß die Situation derzeit aus und wartete auf eine Eingebung um das Problem zu beheben.

„Ja, ja,“ lamentierte August Georg abschließend, „meiner seligen Mutter wäre so etwas nicht passiert. Gottseiihrerseelegnädig – prost!“ Er leerte sein Glas in einem Zug und erhob sich schwankend. Das war das Zeichen zum Aufbruch! Erleichtert sprang Jacob auf, verabschiedete sich eilig von den Gästen, stürmte aus dem Schloss, weckte seinen Kutscher und machte sich in der bereits eingebrochenen Morgendämmerung auf den Weg zurück nach Rastatt. Er ließ allerdings nach wenigen Metern noch einmal anhalten, weil er noch einen Blick in die Einsiedelei werfen wollte, die sich hinter der rechten

Orangerie vor einem kleinen Wäldchen befand. Ein schmaler ausgetretener Pfad führte zu dem runden Gebäude, das von außen dunkel angestrichen war. Im Inneren brannte zwar ein Öllämpchen, doch es war darin trotz der beginnenden Morgenhelligkeit schummrig und düster. Jacob wandte sich in dem runden Gebäude zunächst nach rechts und stieß auf eine kleine Küche, eine Bettstatt, die nur aus einer ausgerollten Binsenmatte bestand, und einen Tisch. Erschrocken hielt er inne. Es saßen drei Personen am Tisch – regungslos und unwirklich. Gab es etwa doch Geister? Er näherte sich vorsichtig und erkannte, dass es sich um Jesus, Maria und Joseph, nachgebildet als lebensgroße Wachsfiguren, handelte! Der vierte Stuhl war leer und offenbar früher von Sybilla Augusta benutzt worden, die sich regelmäßig hierher zurückgezogen hatte. Jacob bemerkte ein makabres Detail: Den Figuren standen Wassertropfen in den Gesichtern, vermutlich Kondenswasser, weil es draußen wärmer als drinnen war. So wirkte es, als sei ihnen der Schweiß ausgebrochen – unglaublich! Jacob fasste sich an den Kopf. Träumte er oder hatte er einfach nur zu viel getrunken?

Im der Mitte des Rundes befand sich ein Altar, und darüber die Figur der Maria Magdalena. Hinzu kamen die Werkzeuge der Geißelung Christi, die dekorativ an den Wänden verteilt waren. Hier hatte die Markgräfin also das Zwiegespräch mit Gott gesucht? Vermutlich war sie verrückt gewesen und hatte sich mit den Wachsfiguren unterhalten! Eine Einsiedelei war nach Jacobs Verständnis ein einfacher Rückzugsort, schmucklos und reduziert, um Gott möglichst nahe zu sein – und kein Wachsfigurenkabinett! Fassungslos verließ er diesen Ort. Er sehnte sich nach Normalität und Menschen, die ganz einfach ihr Leben im Angesicht des Alltags meisterten. Vom Hochadel, seinem Gehabe und seinen Marotten hatte er jetzt erst einmal gründlich die Nase voll!

Noch auf der Rückfahrt im Morgengrauen hatte Jacob den Entschluss gefasst, für einen Abend wieder einmal in seine alte Identität zu schlüpfen und als einfacher Bürger unter normale Menschen zu gehen. Dazu wühlte er am nächsten Tag aus der untersten Lage seines großen Kleiderkoffers seine alte bürgerliche Tracht heraus, zerzauste seine Haare ein wenig, beschmutzte ein einfaches Leinenhemd mit etwas Holzkohle und schlüpfte in ein paar alte Schuhe, die er zuvor dem Gärtner abgeschwatzt hatte. Dann schlich er aus dem Schloss und lief inkognito hinunter in die Stadt. Dabei fiel ihm auf, dass seine Maskerade nun eine doppelte war: Er spazierte sozusagen inkognito inkognito durch Rastatt, indem er vorgab, ein einfacher Bürger zu sein, in Wirklichkeit aber Jacob von Bardenfleth war, der allerdings wiederum als Jacob Rosskopf das Licht der Welt erblickt hatte. Was für eine absurde Situation!

Jacob ging zunächst zum Barbier, eine Rasur konnte er nach der durchzechten Nacht ohnehin vertragen. Der alte Mann erzählte ihm bereitwillig vom Leben in der Stadt. Es hatte den Anschein, dass hier hier alle sehr fromm waren, auch der Barbier musste seine Kinder jetzt in die Schule schicken. Sein zweiter Sohn war angeblich sogar so gescheit, dass er aufs Gymnasium kam und dort schon einmal in der alten Bibliothek war. Bardenfleth wurde hellhörig.

„Ja ja“, plapperte der Barbier, während er Jacob von Seifenresten befreite, „nicht alles ist seinerzeit in Rauch aufgegangen.“

„In Rauch aufgegangen?“ Jacob hakte nach und erfuhr, dass es unter Sibylla Augusta tatsächlich eine Bilderverbrennung gegeben hatte, und das sogar im Ehrenhof des Schlosses! Offenbar hatte die Markgräfin sich von obszönen Bildern ihrer vom Türkenlouis geerbten Sammlung trennen und sie eigentlich verkaufen wollen. Dem Bischof Damian von Schönborn war das nicht genug und er riet ihr zur Verbrennung, was dann auch geschah. Zum Anheizen hatte man „wertlose Bücher“ benutzt – was für ein Frevel“

Jacob seufzte. Es wurde Zeit, dass er diesen Kulturbanausen am Badener Hof den Rücken kehrte. Sie besaßen zwar die schönste Porzellansammlung, die er je gesehen hatte, doch wem nutzte das wirklich? Nicht einmal gutes Essen gab es bei

Hofe! Er sehnte sich danach, in einer richtigen Wirtschaft einzukehren. Er bezahlte den Barbier großzügig und bekam dafür von ihm augenzwinkernd zwei in Ölpapier eingepackte Schafsdärme zugesteckt. Man konnte ja nie wissen, flüsterte der Barbier zum Abschied verschwörerisch, bei einem so jungen und stattlichem Kerl, wie Jacob es war.

Grinsend verstaute Jacob die Pariser, wie sie seit den Franzoseneinfällen allgemein genannt wurden, in seiner Jackentasche. Dann kehrte er beim Schlosswirt ein. Die Spelunke war bekannt für ihr gutes Essen und riesige Portionen, das hatte ihm Schweinhuber schon am ersten Tag gesteckt. Auch er pflegte dort seinen Hunger zu stillen. Freudig machte Jacob sich über Wellfleisch mit Kartoffeln her, die er sofort als gekochte Krumbeeren identifizierte und zum ersten Mal probierte. Sie schmeckten köstlich – und mit etwas Salz und Butter wurden sie geradezu zu einer Delikatesse!

Appetitlich war auch die junge Wirtin der Schlossschänke. Jacob kam bei einigen Bechern Wein mit ihr ins Gespräch und brachte dabei in Erfahrung, dass ihr Mann Ludwig derzeit auf dem Feld in den Rheinauen war. Sie sah proper aus, hatte einen mächtigen Busen und die Frische der Jugend stand ihr im Gesicht. Jacob dachte an die Schafsdärme in seiner Tasche und gab sich einen Ruck. Wie hatte der Oberhofmeister der Markgräfin es so schön formuliert? Das Körperliche hatte einen wesentlichen Einfluss auf die Gemütsverfassung. Und es war eindeutig an der Zeit, diese zu verbessern!

Württemberg, Juli/August 1768

Die Nacht mit der einsamen Wirtin aus der Schlossschänke hatte Jacobs Laune zwar deutlich verbessert – an seinem Entschluss, Baden zu verlassen, jedoch nichts geändert. Schon am nächsten Tag begann er mit den Reisevorbereitungen und ließ seine Kutsche beladen. Niemand kam auf die Idee, sein Gepäck dabei genauer zu untersuchen; und es würden vermutlich Jahre vergehen, bis irgendjemand das Fehlen einer arabischen Handschrift aus der ungeordneten Sammlung des Türkenlouis bemerkte – wenn überhaupt, Jacob war sich da nicht so sicher. Dafür, dass der Ruhm jenes Kriegsherrn derart gepriesen wurde, ging man doch recht nachlässig mit seinem Nachlass um, fand der junge Reisende. Hoffentlich würde sich das in Zukunft unter den Nachkommen des Fürsten ändern, es wäre doch zu schade um die bedeutenden Schriften seiner Bibliothek![107]

Jacobs nächstes großes Reiseziel war die Residenzstadt Ludwigsburg, von der er schon viel gehört hatte. Angeblich gab es am Württemberger Hofe ständig rauschende Feste und die Stadt selbst sollte sehr modern sein, was ihn ziemlich neugierig machte. Außerdem rechnete er fest damit, Aliénor dort zu treffen – sie hatte von einem Besuch bei Graf Montmartin gesprochen, einem ihrer entfernten Verwandten. Vermutlich würde sie dann von Jacob auch eine Lösung ihres Verlobungsproblems erwarten, die er noch gar nicht parat hatte. Aber ihm blieben ja noch ein paar Tage, denn er plante, vorher einige Zeit in Maulbronn zu verweilen. Das hatte einen guten Grund: Graf Viereggs Liste. Jacob sollte im Kloster ein paar Geschäfte für den Vertrauten des Kurfürsten abwickeln – offizielle und inoffizielle. Die offiziellen würden ihm, da war Jacob sich ganz sicher, die Türen in das Innerste der alten Klosteranlage öffnen. Die inoffiziellen hingegen, so befürchtete er, könnten zur

107 Glücklicherweise erfüllte sich Jacobs Wunsch: Die Sammlung ist heute in der sogenannten Piaristenbibliothek des Ludwig-Wilhelm-Gymnasiums in Rastatt aufgegangen.

Folge haben, dass er die ehrwürdigen Mauern nie mehr würde verlassen dürfen. Er musste also besonders vorsichtig zu Werke gehen und ausreichend Zeit einplanen, um das Kloster gut kennenzulernen.

Die Tagesfahrt führte Jacob in seiner bequemen Reisekutsche über Ettlingen und Bretten durch eine lieblich-hügelige Landschaft direkt nach Maulbronn. Ein unerwarteter Zwischenfall unterbrach jedoch bei Bretten die Reise: Der Kutscher überfuhr einen Hund. Das war an sich auf Reisen keine erwähnenswerte Begebenheit, doch dieser Hund faszinierte Jacob auch noch im leblosen Zustand: Er war nicht nur unsäglich dick, sondern besaß zudem keinen Schwanz mehr. Offenbar hatte man das arme Tier über einen längeren Zeitraum sehr gemästet und ihm dann auch noch den für das Gleichgewicht so wichtigen Schwanz genommen. Das Tier konnte sich in diesem erbärmlichen Zustand nur noch langsam über die Straße schleppen und war so buchstäblich unter die Räder gekommen. Warum die Brettener das arme Tier hatten so fett werden lassen, konnte Jacob sich nicht erklären; die unglaubliche Geschichte vom „Brettener Hundle“[108], die sein Kutscher angesichts des leblosen Tierkörpers andächtig zu erzählen wusste, mochte er allerdings auch nicht glauben.

Noch erstaunlicher war für Jacob die Reaktion einiger Brettener Bewohner, die Zeuge des Zwischenfalls geworden waren: Sie starrten ihn zunächst feindselig an und formierten sich dann zu einer Gruppe, die bis an die Zähne mit Knüppeln und Mistgabeln bewaffnet war. Mit drohenden Gesten näherten sie sich daraufhin der Kutsche. Zunächst hatte Jacob vor, auszusteigen und höflich mit den Brettenern zu reden – schließlich ging es nur um einen Hund und Tierliebe gehörte eigentlich nicht zu den herausragenden Qualitäten der ländlichen Bevölkerung. Doch dann entschied er sich spontan anders.

108 Das so genannte „Brettener Hundle“ wurde bei einer Belagerung der Stadt gemästet und ins feindliche Lager geschickt. Dort glaubte man deshalb, dass die Stadt noch ausreichend Proviant habe und folglich eine weitere Belagerung sinnlos sei. Aus Verdruss schlug man angeblich dem „Hundle“ nun den Schwanz ab, um wenigsten irgendetwas erbeutet zu haben.

Auslöser dafür war ein junger Mann, der laut schreiend auf die Kutsche zurannte: „Macht Euch bereit, Ihr müsst fliehen!“, schrie er Jacob entgegen und gestikulierte dabei hektisch. „Die spinnen, die Brettener, für ihre Hunde wollen sie Vergeltung. Ihr müsst fliehen!“

Jacob starrte abwechselnd von den bewaffneten Brettenern zu dem näher kommenden jungen Mann und wusste nicht, was er tun sollte. Auch sein Kutscher schien ratlos und zuckte unsicher mit den Schultern.

„Nehmt mich mit!“, stieß der Knabe nun atemlos hervor, „Die bringen mich sonst um!“

In diesem Moment erblickte Jacob eine weitere wütende Menschenmenge, die hinter einem Haus hervorkam und den armen Kerl lautstark grölend verfolgte. Sein Entschluss fiel in Sekundenschnelle: „Kutscher, fahr Er sofort los, wenn der Mann hier“ – er deutete auf den Flüchtenden, der nur noch wenige Schritte entfernt war – „den Kutschbock erreicht hat. Und zwar schnell, sonst passiert ein Unglück!“

Momente später raste die Kutsche mit voller Fahrt aus dem unwirtlichen Ort. Noch eine ganze Weile liefen Männer fluchend hinter ihnen her, doch ihre Verfolger waren schnell abgehängt. Endlich drosselte der Kutscher das Tempo und ließ die schnaubenden Pferde in einem Waldstück anhalten.

Jacob öffnete den Wagenschlag, streckte den Kopf hinaus, sondierte die Lage und stieg langsam aus. „Was zum Teufel war das?“, wandte er sich an den jungen Mann, der immer noch verschreckt auf dem Kutschbock kauerte.

„So sind sie, die Menschen in Bretten“, begann dieser mit stockender Stimme. „Mich wollten sie lynchen – und wer einen Hund verletzt, wird hier härter bestraft als anderswo Räuber im Wald!“ Ängstlich blickte er umher.

Nun bemerkte Jacob, dass der Knabe offenbar ein Schüler war; seine Kleidung verriet ihn. Er trug ein Barett, einen Rock zum Hineinwachsen, also bis zur halben Wadenlänge reichend, Hosen und ein Wams. Die Kleidungsstücke waren aus schwarzem Tuch gefertigt und glichen klösterlichen

Gewändern. Jacob schüttelte sich innerlich. Was hatte er dagegen doch für ein Glück gehabt – eine solche Lehranstalt hatte er nie besuchen müssen!

„Könnt Ihr mich mit nach Maulbronn nehmen?“, fragte der Knabe mit leiser Stimme und vergewisserte sich: „Ihr seid doch auf dem Weg nach Maulbronn, edler Herr?“

Jacob überlegte kurz und nickte. „Ja, du kannst mitfahren. Unter einer Bedingung: Du erzählst mir auf der Fahrt alles – wer du bist, was in Bretten passiert ist und was du über Maulbronn weißt. Einverstanden?“

Der Knabe atmete erleichtert auf, sprang endlich vom Kutschbock herunter, verbeugte sich mit angemessener Höflichkeit und stellte sich vor: „Martin Bruckbauer aus Pforzheim, Sohn des Goldschmieds Bruckbauer. Ich besuche das Seminar in Maulbronn – Gott sei Dank im letzten Jahr!“

Jacob lachte: „Ist es so schlimm?“

Als Martin sich nun über den harten Schulalltag im Kloster ausließ, unterbrach ihn Jacob, bat ihn in die Kutsche und ließ weiterfahren. Ohne Unterbrechung ging es jetzt weiter – allerdings weitaus kurzweiliger als erwartet. Denn Jacobs junge Reisebekanntschaft erwies sich als ausgesprochen gesprächig und durchaus gebildet. Zunächst beichtete der Knabe ihm jedoch, warum die Brettener so wütend auf ihn waren, und brachte Jacob damit zum Schmunzeln. Es steckte eine junge Magd dahinter, die mit ihrer Familie in Bretten lebte und mehrmals die Woche Dienst im Kloster versah. Martin hatte sich schon länger für das hübsche Mädchen interessiert – und sie kurzerhand und verbotenerweise in Bretten besucht. Dabei war es zu einem netten Schäferstündchen gekommen, das leider nicht unbemerkt blieb und den Zorn der Familie hinreichend erklärte. Innerlich grinsend erinnerte Jacob sich an den Skandal, den er selbst mit einer Magd in Schwerin verursacht hatte, und er hoffte insgeheim für den jugendlichen Liebhaber, dass sein erotisches Erlebnis ohne Folgen geblieben war. Dann jedoch konzentrierte er sich auf das vor ihm liegende Reiseziel.

Martin schilderte ihm das Leben in Maulbronn in epischer Breite und ausgeschmückt mit erstaunlich vielen historischen Details. So war der Bau bereits 1147 begonnen worden, die Weihe der Klosterkirche Sankt Maria dreißig Jahre später erfolgt. In dreißig Jahren konnte man viel bauen, überlegte Jacob und erwartete ein entsprechend großes Klosterareal. Einige Besonderheiten sollte es angeblich auch geben: So war der Klosterkirche eine dreischiffige Vorhalle des so genannten „Paradiesmeisters“ vorgelagert – laut Martin ein sehenswerter Bau. Außerdem war der gesamte Komplex nach der Regel 66 des heiligen Benedikt konzipiert worden, in der es hieß: Das Kloster soll (...) so angelegt werden, dass sich alles Notwendige, nämlich Wasser, Mühle und Garten, innerhalb des Klosters befindet und die verschiedenen Arten des Handwerks dort ausgeübt werden können.

Mittlerweile hatte das Kloster einige Wirren der Geschichte überstehen müssen: So war die einstige Zisterzienserabtei in den ersten Jahrhunderten nach ihrer Gründung zwar ein bedeutendes politisches, wirtschaftliches und gesellschaftliches Zentrum in der Region gewesen, wurde aber nach der Reformation nur noch als evangelische Klosterschule genutzt. Der derzeitige protestantische Abt hieß Johann Adam Lederer[109] und war – Jacob glaubte nicht richtig zu hören – mit der Witwe seines Bruders, einer gewissen Rosine Dorothea, verheiratet. „Ja“, bestätigte Martin, „und sie haben eine ganze Reihe Kinder.“

Das Klosterseminar in seiner heutigen Form – ein Sammelbecken für weniger begüterte Knaben oder abgeschobene Zöglinge aus nicht standesgemäßen Verbindungen – existierte offenbar erst seit Anfang des Jahrhunderts und konnte derzeit keine bedeutenden Schüler vorweisen. Unterricht wurde in Latein, Grammatik, Rhetorik, Dialektik, Griechisch, Astronomie und Arithmetik erteilt, immerhin 30 Wochenstunden lang. Geschichte, Geografie und Naturkunde fehlten auf dem

109 1692-1774

Stundenplan, was Jacob einigermaßen verwunderte. Schließlich lebten sie in modernen Zeiten und die Naturwissenschaften waren die Zukunft der Menschheit!

Maulbronn war jedoch nicht nur eine Schule, sondern auch ein Wirtschaftsfaktor, so erfuhr Jacob von seinem gut informierten Reisebegleiter. Demnach produzierten die Klosterangestellten typisch regionale landwirtschaftliche Produkte, kelterten einen eigenen Wein, auf den er schon gespannt war, unterhielten große Fischteiche und belieferten die Klosterapotheke mit Kräutern und Heilpflanzen. Die beträchtlichen Einnahmen daraus überließ Carl Eugen, der Herzog von Württemberg, dem das Kloster juristisch unterstand, großzügig dem Abt, der daraus wiederum den gesamten Schulbetrieb zu finanzieren hatte. Kam es zu einem Überschuss, was vermutlich selten der Fall war, musste dieser an den Herzog abgeliefert werden.

Als die Reisegesellschaft am frühen Abend in Maulbronn eintraf, war Jacob bestens über Kloster und Klosterleben informiert. So wusste er bereits, dass derzeit etwa 150 Menschen auf dem historischen Areal lebten und nur 40 davon Schüler waren. Diese bedauernswerten Zöglinge, die hier in aller Abgeschiedenheit vorzugsweise auf ein späteres Leben als Pfarrer vorbereitet wurden – ob sie das wollten oder nicht – verdienten sich unerlaubterweise ein kleines Zubrot durch den Verkauf von Wein an Durchreisende und an die Dienstleute der geistlichen Klosterleitung. Martin beichtete Jacob, dass die Schüler dazu regelmäßig in die üppigen Weinkeller des Klosters unter der Klosterapotheke schlichen und dort „Rationen“ entwendeten, was nicht ganz ungefährlich war. Denn der Kellermeister war streng und unerbittlich: Wer erwischt wurde, hatte mit dem Karzer und Prügeln zu rechnen.

„Tja, das droht mir nun auch“, seufzte Martin schwermütig, als er mit Jacob aus der Kutsche stieg. „Schließlich habe ich mich unerlaubterweise aus dem Seminar entfernt.“

Jacob dachte nach. Dieser umtriebige Schüler konnte ihm hier in den alten Mauern von Nutzen sein. Er schlug ihm spontan ein Geschäft vor: „Hör zu, Junge, was hältst du davon, wenn ich dir eine plausible Entschuldigung für deine Abwesenheit liefere – und du zeigst mir dafür gleich morgen die Bibliothek?“ Er machte eine kurze Pause und fixierte den Knaben mit einem andeutungsvollen Blick: „Ich meine, die ganze Bibliothek, also auch die verbotenen Sektionen.“

Martin riss die Augen auf und schluckte. Dann willigte er ein. „Aber das geht nur, wenn alle schlafen“, wisperte er. „Und ungefährlich ist das nicht ...“

„Ich weiß.“ Jacob lächelte ihn milde an. „Aber ich bin in wichtiger diplomatischer Mission für den Kurfürsten Carl Theodor von der Pfalz unterwegs, da muss man manchmal ungewöhnliche Wege gehen, um zum Ziel zu kommen.“

Martin nickte andächtig, Jacobs Worte hatten sichtlich Eindruck auf ihn gemacht.

Der Knabe führte ihn ins Pförtnerhaus, wo Jacob sich anmelden musste und gleichzeitig die Erklärung für die Abwesenheit des Seminaristen vorbrachte. Amtsschreiber Johann Christoph Schütz nahm seine Personalien und Empfehlungen ohne erkennbare Regung auf und versprach, so schnell wie möglich ein Treffen mit Abt Johann Adam Lederer zu arrangieren. Außerdem werde man ihm noch eine kleine Mahlzeit ins Gästezimmer bringen – das allabendliche Mahl im Refektorium war bereits beendet.

Jacob bedankte sich und wies seinen Kutscher an, das Gefährt in der Remise zu parken und einige seiner Reisetaschen abzuladen. Er selbst beschloss, zunächst allein einen Rundgang durch die Klosteranlage zu machen, um sich einen Überblick zu verschaffen.

Das kleine Dorf Maulbronn, denn mehr war es wirklich nicht, lag in einem weiten Tal. Es bestand jenseits des ummauerten Klosterbezirks und seines evangelischen Seminars sowie des Schafhofs nur aus einigen wenigen Häusern. Die Klostermauer krönte ein gedeckter Wehrgang, hinein in das Kloster selbst gelangte man durch den Torturm. Unmittelbar hinter diesem Turm lag das Pförtnerhaus, das Jacob bereits kannte; im benachbarten Haus war die Wache untergebracht. Das Gästehaus befand sich direkt gegenüber hinter dem Torturm[110]. Der Klosterhof öffnete sich unmittelbar nach den Häusern. Auf der linken Seite entdeckte Jacob eine Wagnerei, dort konnte er seine Kutsche überholen lassen. Alles erschien ihm recht wohlhabend, weil selbst einfache Wirtschaftsgebäude aus Stein gemauert waren, wie das Melkhaus mit dem Eichelboden, die Schmiede, der Marstall und die Klostermühle.

Das Kameralamt, der Württembergische Verwaltungsbau, erhob sich in der Mitte des Klosterhofs. Jacob steuerte darauf zu, weil er dort Papiere abgeben musste, die ihm der Pförtner in die Hand gedrückt hatte. Während er über die Anlage schlenderte, entdeckte er den eigentlichen mönchischen Teil des Klosters mit der gedrungenen Eingangshalle, das Portal der Klosterkirche und rechts den gewaltigen „Fruchtkasten", eine Scheune, in der alle Erträge aus der Landwirtschaft gelagert wurden. Daneben schloss sich die Weingartenmeisterei an, ein Neubau, der laut Martin erst vor wenigen Wochen fertiggestellt worden war. Man hielt offenbar viel vom klösterlichen Rebensaft, was Jacob neugierig auf diesen Tropfen machte.

Nachdem er den lästigen Papierkram erledigt hatte, besichtigte er mit Erlaubnis der Verwaltung die Klausurbauten. Der Klosterkirche vorgelagert war die dreischiffige Vorhalle des so genannten „Paradiesmeisters". Er bewunderte das filigrane Kreuzrippengewölbe und die schlanken Säulen an den Wänden. Dann betrat er die Kirche durch das kleinere Tor neben dem Hauptportal. Die unglaubliche kalte Luft im Inneren ließ ihn frösteln. Sofort nahm ihn die monumentale Einfachheit der Architektur gefangen. Hier konnte man wirklich verstehen, dass Generationen von Mönchen alles außerhalb des Klosterbezirks als Chaos empfunden hatten! Diese Schlichtheit und Größe konnten einem tatsächlich wie Vorboten des himmlischen Jerusalem erscheinen.

110 Das Gästehaus existiert heute nicht mehr.

Vor dem quer im Kirchenschiff eingebauten Lettner stand ein alles überragendes Kreuz mit dem sterbenden Heiland. Es sah aus wie aus Holz gefertigt, doch zu Jacobs größtem Erstaunen entdeckte er beim Nähertreten, dass Kreuz und Christus aus einem Steinblock herausgehauen waren und die Holzoberfläche künstlerisch imitiert war. Was für ein erstaunliches Kunstwerk!

Hinter dem Lettner befand sich das hölzerne, reich geschnitzte Chorherrengestühl. Nachdenklich ließ Jacob sich auf einem der Sitze nieder. Sechsmal am Tag hatten sich die Mönche früher zum Beten in der Kirche versammelt – und das seiner Meinung nach zu Unzeiten! Hinzu kam das Schweigegelübde, die Keuschheit, der ewige Leitspruch *ora et labora*. Schlief ein Mönch oder Schüler in der Nacht beim Beten ein, musste er sich nach vorne für alle sichtbar hinstellen. Am Boden war diese Stelle durch einen Kreis markiert. Nein – Jacob schüttelte innerlich den Kopf – ein Leben im Kloster war für ihn unvorstellbar!

Er verließ die Kirche linkerhand und gelangte in den Kreuzgang. Bislang war er keiner Menschenseele begegnet, was ihn ein wenig wunderte. Waren etwa alle schon im Bett? Auch den Kreuzgang mit dem lichtdurchfluteten kleinen rechteckigen Innengarten durchquerte er ganz allein, bis er rechts im Kapitelsaal einen Schatten sah. Er näherte sich auf leisen Sohlen und konnte so hinter einer der aufwärts strebenden Säulen, deren Kapitelle kunstvoll mit Vögeln verziert waren, zwei Seminaristen miteinander flüstern sehen. Als Jacob aus Versehen mit seinem Fuß gegen eine Bank stieß, schraken die beiden auf und verschwanden in Sekundenschnelle. Offenbar gab es doch einige Heimlichkeiten im Kloster, die nicht entdeckt werden sollten.

Durch das Parlatorium[111] gelangte er in den Bibliotheksaal. Der langgestreckte Raum mit den vielen großen Spitzbogenfenstern beeindruckte ihn sehr. Auch traf er hier auf einige

111 Der Name verrät es bereits: Hier durften die Mönche sich unterhalten – allerdings nur über geistliche Themen.

Männer, die an Pulten in Büchern und alten Folianten blätterten. Sie würdigten ihn allerdings keines Blickes, was Jacob nicht weiter störte. Verstohlen musterte er im Vorbeigehen die Büchergestelle in der Mitte des Raumes. Wo wohl die verbotene Sektion versteckt war? Martin würde es ihm zeigen, da war Jacob sich ganz sicher.

Das Dormitorium, in dem auch die Seminaristen wohnten, betrat Jacob bei seinem Rundgang nicht. Auch das Refektorium, den Speisesaal des Klosters, würde er ohnehin am nächsten Morgen zu sehen bekommen. Er beschloss, seinen Rundgang zu beenden und sich zum Gästehaus zu begeben, als ein älterer Herr im Talar auf ihn zukam.

„Ihr müsst der Edle von Bardenfleth sein, nicht war?“ Der Mann stellte sich als Klosterabt Lederer vor und führte ihn zu einer steinernen Bank. „Und, was bringt Ihr mir?“

Jacob berichtete von Graf Vieregg und den Büchern, die er für das Kloster im Gepäck hatte. Dann drückte er ihm die Depesche des Grafen in die Hand. Schweigend brach der Abt das Siegel und las die wenigen Zeilen. Dabei runzelte er die Stirn und schien angestrengt nachzudenken. Nach einer Weile ließ er das Papier sinken und musterte Jacob eingehend.

„Nun gut“, begann er aufs Neue, „der Graf scheint Euch zu vertrauen und viel von Euch zu halten. Gebt mir also die Bücher, ich werde Euch wie vom Grafen gewünscht direkt auszahlen. Außerdem habt Ihr ...“ – wieder erschien eine tiefe Sorgenfalte auf seiner Stirn – „freien Zutritt zur Bibliothek, wann immer Ihr wünscht. Seid Ihr ein Nachtmensch?“

Jacob, der zwar nicht wusste, was Vieregg dem Abt geschrieben hatte, reagierte überlegt: „Ja, ich arbeite oft bei Nacht. Ich lese dann einfach ungestörter.“ Er zögerte einen Moment und fügte betont beiläufig hinzu: „Im Übrigen wäre es von Vorteil, wenn ich einen Gehilfen bekäme, der mir die gewünschten heiligen Schriften und Traktate aus den Bücherschränken heraussucht. Ich dachte da an diesen jungen Seminaristen Martin Bruckbauer ...“

„Ach ja, der Martin.“ Lederer starrte Jacob mit einem Anflug von Misstrauen an. „Nun, er steht ja gewissermaßen bereits in Euren Diensten, wurde mir zugetragen. Das geht in Ordnung. Aber raubt ihm nicht zu viel Schlaf. Nicht, dass er wegen Unaufmerksamkeit in der Lateinstunde wieder ins Carenten-Buch[112] geschrieben werden muss!"

Jacob versicherte dem Abt einen verantwortungsvollen Umgang mit der Nachtruhe des Seminaristen und verabschiedete sich. Im Gästehaus suchte er das Paket des Grafen. Soweit er wusste, handelte es sich bei den Büchern, die Vieregg an den Abt verkaufen wollte, um Dubletten aus der Kurfürstlichen Bibliothek in Mannheim. Ob Carl Theodor von den Geschäften seines Freundes wusste? Und vor allem: Hatte der Kurfürst eine Ahnung davon, was Jacob ausgerechnet in der Klosterbibliothek für den Grafen finden sollte? Kam dieser Auftrag möglicherweise auf allerhöchste Anweisung? Jacob grinste. Wie auch immer die Interessen hier gelagert waren: Sollte er das Buch tatsächlich im Bestand von Maulbronn entdecken und unauffällig mitnehmen können, hätte er bis Ludwigsburg zumindest eine aufregende Reiselektüre!

Jacob hatte gerade sein Mahl aus Brot und einem Becher Milch beendet, das ihm wie versprochen in die Kammer gestellt worden war, als es leise an der Tür klopfte. Er öffnete neugierig. Ein junger Seminarist stand vor ihm und bot ihm für einen Obolus einen Krug Klosterwein an. Jacob ließ sich auf das Geschäft ein, zumal er ja wusste, dass gerade die armen Schüler, die aufgrund eines Stipendiums des Herzogs von Württemberg hier einsaßen, auf zusätzliche Essensrationen angewiesen waren. Lebensmittel gab es beim Apotheker Johann Daniel Hochstetter, der erst vor zwei Jahren sein Geschäft im Klosterareal eröffnet hatte. Die Apotheke lief aber nur schleppend, hatte Jacob von Martin erfahren, vor allem, weil Hochstetter vom Seminar nicht mit Geld, sondern mit

112 Das Carenten-Buch (von lat. Carere = entbehren) führte die Bestrafungen der Klosterbewohner auf. Gestraft wurde durch den Entzug von Weinrationen. So gibt es beispielsweise einen Eintrag von 1734, in dem es heißt: „Schoell verkehrte in Privathäusern und führte dazu noch mit Mädchen trauliche Gespräche (2 Tage Weinentzug)".

Naturalien bezahlt wurde. Folglich verdiente er sich ein Zubrot mit Schnapsbrennen und dem Verkauf von Zucker, Kaffee, Korinthen, Mandeln, Tee, Gewürzen, Tabak, Schnupftabak, Süßigkeiten, Marmeladen, Marzipan, Konfekt, Kräuterweinen und vielen anderen Leckereien.

Mit dem Krug in der Hand ließ Jacob sich an dem einfachen Holztisch nieder. Langsam schenkte er sich in einen Becher ein, wobei ihn die helle Farbe des Rotweins ein wenig irritierte. Er roch daran, konnte jedoch nichts Ungewöhnliches feststellen. Also nahm er einen tiefen Schluck – den er binnen Sekunden in hohem Bogen ausspuckte. Was war das denn? Der Wein war ungenießbar und schmeckte wie Essig. Jacob würgte. Kein Wunder, dass er nie zuvor etwas vom Maulbronner Rebensaft gehört hatte! Oder war ihm einfach ein schlechter Jahrgang angeboten worden? Vorstellen konnte er sich das nicht, schließlich galt er als hochgeboren und war vom Abt persönlich empfangen worden. Sich innerlich schüttelnd schob er den Krug beiseite und beschloss, Martin am nächsten Morgen über das abscheuliche Gesöff zu befragen.

Seine Reisebegleitung prustete laut heraus, als Jacob ihn am späten Vormittag des folgenden Tages im Kreuzgang traf, wo die Seminaristen an der frischen Luft Latein pauken sollten. Sichtlich froh über die Unterbrechung führte Martin ihn in die Klosterkirche, wo er ihm ein Deckengewölbe zeigte. *a.v.k.l.w.h.* stand dort als kryptische Abkürzung[113]. Jacob blickte den jungen Seminaristen fragend an.

„Das ist ein Beweis, Edler von Bardenfleth!“ Martin grinste frech.

„Ein Beweis wofür?“ Jacob wusste nicht einmal annähernd, wovon der Knabe sprach.

„Dafür, dass unser Wein einigen Menschen durchaus mundet! Die Abkürzung steht nämlich für *alles voll, keiner leer, Wein her*. So heißt es jedenfalls unter uns.“

Jacob war skeptisch und zog die Augenbrauen hoch. Doch

113 Bis ins 19. Jahrhundert konnte man diese Abkürzung tatsächlich im Deckengewölbe lesen.

ehe er etwas erwidern konnte, war Martin auf eine Kirchenbank gesprungen und begann laut zu deklamieren[114]:

Im Winterrefektorium
Zu Maulbronn in dem Kloster
Da geht was um den Tisch herum,
Klingt nicht wie Paternoster:
Die Martinsgans hat wohlgetan,
Eilfinger blinkt im Kruge,
Nun hebt die nasse Andacht an
Und alles singt die Fuge:
A.V.K.L.W.H.
Complete pocula![115]

Der Abt Johannes Entenfuß
Kam unwirsch hergewatschelt:
»Was wird so spät als Festtagschluß
Beim Geigenschall gefratschelt?
Lasst ab, ihr stört den Doktor Faust
Im Gartenturm dahinten:
Wenn solch ein Singsang zu ihm braust,
Kann er kein Gold nicht finden:
A.V.K.L.W.H.
Cavete scandala![116]

Derweilen bracht der Zellerar,
Herr Godefrit von Niefern,
Den Sankt Martinuszuspitz dar
Vom Keller mit den Küfern.
Der rief: »Herr Abbas, was Ihr sagt,
Soll man in Züchten ehren,

114 Bei dem nachfolgenden Gedicht handelt es sich um die sogenannte *Maulbronner Fuge* des Joseph Victor von Scheffel. Sie entstand erst gut 100 Jahre später – allerdings wohl im Angesicht dieser Abkürzung. Der Leser möge den Autoren die dichterische Freiheit verzeihen!
115 Füllt die Becher!
116 Hütet euch vor Ärgernissen!

Doch wenn kein andrer Schmerz Euch plagt,
So mögt Ihr uns nicht wehren:
A.V.K.L.W.H.
Der Faust sitzt selbst schon da!

Der Faust saß rückwärts an der Wand
Und trank vergnügt im Dunkeln,
Nun ließ der blasse Nekromant
Sein Glas am Licht karfunkeln
Und sprach: »Ich brüt' schon Tag und Jahr
Am schwarzen Zauberbuche
Und merk' erst heut, ich bin ein Narr,
Daß ich das Gold dort suche:
A.V.K.L.W.H.
Das echte Gold ist da!

»Mit Hermes Trismegistos' List
Wird keins elaborieret,
Die Sonne ist der Alchimist,
Der's flüssig destillieret:
Wenn's durch die Adern glüht und rollt
Mit des Eilfingers Wonnen,
Dann habt Ihr Gold, habt echtes Gold,
Und ehrlich selbst gewonnen.
A.V.K.L.W.H.
Haec vera practica![117]

Da lacht der Abt: »Mit solcher Lehr'
Zwingt Ihr auch mich zum Kruge,
Denn All Voll, Keiner Leer, Wein Her
Ist eine feuchte Fuge.
Als Fausti Goldspruch lass' ich sie
Jetzt in den Kreuzgang malen,
Man kennt die ganze Melodie

117 Das ist die Wahrheit!

Schon an den Initialen:
A.V.K.L.W.H.
Sit vino gloria![118]

Jacob war sprachlos. Wo hatte dieser Martin nur das Gedicht her? Es war witzig, hintergründig und ganz schön frech. Lachend schüttelte er den Kopf: „Was sagen denn eure Lehrer und der Abt zu dieser Deutung?“

„Oh, sie ignorieren es, so gut es geht.“ Martin kicherte. „Aber es beweist immerhin, dass es Liebhaber unseres Weines geben muss, nicht wahr?“

Jacob war sich nicht sicher, ob der Seminarist einen Schabernack mit ihm trieb, und wechselte vorsichtshalber das Thema: „Hör zu, Martin, heute Nacht gehen wir in die Bibliothek. Eine Stunde nach Mitternacht treffen wir uns im Klosterhof – der Abt weiß Bescheid, dass ich dich brauche. Kann ich mich auf dich verlassen?“

Der Knabe nickte eilfertig. Schließlich hatte er einen Pakt einzulösen. Dann eilte er zu seinem Seminar zurück, während Jacob sich den Tag mit Spaziergängen in der Umgebung vertrieb. Pünktlich zur vereinbarten nächtlichen Stunde wartete Martin im Schatten einer großen Eiche auf Jacob. Der Vollmond schien hell, sodass sie im freien Gelände kein Licht benötigten. Erst in der Bibliothek zündeten sie einen Leuchter an. Wie erwartet war der Saal leer und das ganze Kloster schien im tiefen Schlaf zu liegen. Erst zur Matutin, dem nächtlichen Frühgebet, würde sich das ändern – doch das fand hier in Maulbronn zur dritten Stunde statt. Sie hatten also noch knapp zwei Stunden Zeit, um das von Graf Vieregg gewünschte Werk im Bestand des Klosters zu finden.

Jacob orientierte sich zunächst: Der lange Saal besaß an den Wänden und in einzelnen Nischen verschließbare Bücherschränke; in der Mitte luden offene Regale zum Stöbern und Arbeiten in erbaulichen Schriften ein. Die vielen Fenster

118 Ehre sei dem Wein!

hinaus zum Kreuzgang ließen das Mondlicht herein, das die Arbeitsplätze unter den Kreuzrippengewölben in ein sanftes Licht tauchte. Der Raum wirkte insgesamt aufgeräumt und gepflegt – offenbar nutzten ihn nicht allzu viele Seminaristen. Unterdessen war Martin zielstrebig auf eine Nische zugeeilt, die sich am Kopfende des Saals hinter einem hohen Katheder befand.

„Hier ...“, flüsterte er, „hier sitzt tagsüber immer die Aufsicht und sorgt für Ruhe. Außerdem darf nicht jeder an alle Bucherschränke gehen ...“ Er kicherte leise und lief um das imposante Pult herum. Dann wies er auf einen unauffälligen Schrank ohne Glasfront, der in die Nische dahinter passgenau eingebaut war. „Und das hier ist unser Giftschrank!“

Jacob kratzte sich am Kopf. In etwa so hatte er sich seine schwierige Mission vorgestellt: ein stabiler Schrank mit einem imposanten Vorhängeschloss – und dann nicht einmal die Gewissheit, ob sich darin das gesuchte Werk überhaupt befand! Andererseits musste sich Graf Vieregg seiner Sache relativ sicher sein – hätte er ihn sonst mit solch einem Auftrag hierher geschickt?

Während Jacob noch über den Grafen nachdachte, machte Martin sich am Schloss zu schaffen. „Was tust du da?“ Besorgt beugte Jacob sich zu ihm hinüber.

„Ich öffne den Schrank, Edler Herr, das wolltet Ihr doch, nicht wahr?“ Im Schein der flackernden Kerzen konnte Jacob deutlich das freche Grinsen im Gesicht des Seminaristen erkennen. „Ja ..., und womit?“ Der Knabe tat so, als würde er solche Dinge alle Tage erledigen!

„Mit dem Schlüssel natürlich. Hier!“ Martin schwenkte das geöffnete Schloss triumphierend vor Jacobs Gesicht hin und her und fügte mit gedämpfter Stimme hinzu: „Ich weiß, wo der Abt seine Schlüssel aufbewahrt. Er trinkt abends gern viel Wein und schläft tief. Es ist also nicht besonders schwer, die Schlüssel zu klauen!“

Jacob staunte. Das hätte er dem Knaben gar nicht zugetraut! Erfreut leuchtete er ins Innere des Bücherschranks. Wie vermutet, waren die Rücken der Einbände nicht beschriftet. Er würde sie also nacheinander hinausnehmen müssen, um den Inhalt zu prüfen. Seufzend machte er sich an die Arbeit, während Martin ihm mit dem Leuchter ausreichend Licht spendete. Im Übrigen versäumte der Knabe es nicht, dabei manchen neugierigen Blick in die Werke zu riskieren, was Jacob nicht entging. Und er hatte Glück: Es dauerte nur wenige Minuten, ehe er instinktiv nach einem unauffälligen kleineren Einband griff und ihn öffnete. Die speckigen, abgegriffenen Seiten verrieten eine hohe Nutzerfrequenz – und die Herkunft der zahlreichen Flecken im Inneren wollte Jacob sich lieber nicht vorstellen. Das Wichtigste war ohnehin, dass er das verbotene Werk gefunden hatte!

Interessiert blätterte er die Seiten um. Auch Martin war ganz nahe gekommen, um ja nichts zu verpassen. Die Illustrationen waren atemberaubend unanständig und übertrafen den ersten Band dieses Werkes um ein Vielfaches, fand Jacob. Keine Frage: Die *Mémoires de Suzon, soeur de D... B...* galten nicht umsonst als würdige Fortsetzung der *Histoire de Dom B..., portier de Chartreux, écrite par lui-même*[119]. Unglaublich, welche Phantasien Menschen entwickeln konnten, wenn es um die eigene Lustbefriedigung ging! Die angeblichen Memoiren dieser Suzon schilderten in Worten und Bildern den sexuell enthemmten Alltag in einem Bordell, in dem die junge Frau arbeitete. Stets wurde sie dabei „Opfer" anstößiger Spielarten, erregter Voyeure und geiler Mönche; der Leser und Betrachter taumelte förmlich von einer anstößigen Szene zur anderen.

Das tat Martin mittlerweile auch, stellte Jacob plötzlich fest und klappte das Werk abrupt zu. Der Knabe war noch entschieden zu jung für solche Dinge, fand er. Während der Seminarist hastig den Schrank abschloss, wickelte Jacob das verbotene Buch sorgfältig in seinen Mantel. Dann bliesen sie die

119 Der erste Band galt als Bestseller seiner Zeit und kam bereits 1741 auf den Markt. Jean-Charles Gervaise de Latouche, ein Pariser Advokat und Mitglied des Parlaments, soll angeblich der Verfasser gewesen sein – gesichert ist das jedoch nicht. Die Autoren der beiden Nachfolgeschriften, von denen *Mémoires de Suzon, soeur de D... B...* die erste ist, sind unbekannt.

Kerzen aus und machten sich schweigend auf den Weg zurück in den Klosterhof. Dort entlohnte Jacob seinen fleißigen Gehilfen großzügig – er wurde die nächsten Monate ganz sicher nicht Hunger leiden! Mit einem wissenden Lächeln im Gesicht verabschiedeten sich beide voneinander; Jacob wollte bereits am nächsten Tag weiterreisen und wusste nicht, ob er den hilfsbereiten Seminaristen noch einmal sehen würde.

Die Fahrt nach Ludwigsburg war eine der schönsten Reiseetappen, die Jacob bislang hinter sich gebracht hatte. Der Neckar schlängelte sich idyllisch durch eine sanfte Hügellandschaft, die hinter jeder Flussschleife neue atemberaubende Panoramablicke freigab. Der heiße Spätsommer tat dem Land und der Landschaft gut: Allerorten wurde auf den Feldern die Ernte eingefahren und die Laubwälder trugen erste warme Herbsttöne. Begeistert stieg Jacob für ein paar Stunden auf den Kutschbock, um nur nichts zu verpassen. Dafür nahm er es sogar in Kauf, dass seine Haut durch die Sonne Farbe annahm, was er sonst – seit er „adelig" war – tunlichst vermied; das galt als unfein. Mit offenem Verdeck konnte er in diesem gleißenden Sonnenlicht jedenfalls nicht fahren, weil er sich um seine Bücher und lichtempfindlichen Dokumente sorgte.

Jacob erreichte Ludwigsburg am anderen Morgen von Nordosten her. Auf Höhe Marbach war der Kutscher rechts in eine breite Allee abgebogen und hatte die Straße entlang des Neckars verlassen. Durch Parkanlagen, die immer wieder von Alleen gekreuzt wurden, ging es vorbei an einem offenbar ganz neu angelegten Friedhof, bis die Kutsche irgendwann vor einem prachtvollen und sehr modern anmutenden Torhaus zu stehen kam. Durch die Bögen hindurch konnte Jacob in der Ferne das Residenzschloss sehen. Irgendwo dort in der Nähe mussten auch die großen Kasernen sein, für die Ludwigsburg so berühmt war. Denn die Stadt war nicht nur die ständige Residenz des Herzogs Carl Eugen und seiner Gattin, sondern vor allem auch eine Garnisonsstadt. Soweit Jacob wusste, betrieben die Württemberger schon immer einen regen Soldatenhandel – und Ludwigsburg war ein Rekrutierungs- und

Ausbildungszentrum des Herzogs. Entsprechend hoch war die Anzahl von Militärs auf den Straßen und Plätzen, die Jacobs Kutsche noch vor der Stadtmauer passiert hatte. Überall patrouillierten oder exerzierten Soldaten! Angenehm war ihm das nicht, zu viel Militär ließ seiner Meinung nach oft auf einen Mangel an Kultur schließen.

Doch schon bald merkte er, dass Ludwigsburg mehr bot als Garnisonen. Reger Verkehr hielt die Wachsoldaten rund um das Torhaus in Trab: Zahlreiche Kutschen fuhren in die Residenzstadt hinein oder kamen heraus. Es waren nicht nur Reisegefährte, sondern vor allem auch Händler, die hoch beladen mit Waren aller Art das Tor passierten. Offenbar war Ludwigsburg nicht nur groß, sondern auch eine Handelsmetropole. Das gute Geschäft lag hier förmlich in der Luft, fand Jacob. Dafür sprach auch die professionelle Abwicklung der Einreiseformalitäten am Stadttor, die nur wenige Minuten dauerte. Die Württemberger hielten es sichtlich pragmatisch und waren offen für Fremde. Als Jacob zudem sein Empfehlungsschreiben von Graf Vieregg vorlegte und nach dem Weg zum *Palais Grafenbau* fragte, wo er seine Kontaktperson, einen gewissen Professor Guibal treffen sollte, wurden die Beamten noch freundlicher und behandelten ihn geradezu ehrfürchtig. Jacob genoss die Aufmerksamkeit und ließ zur Einfahrt in die Stadt voller Euphorie das Verdeck öffnen.

Doch das hätte er besser nicht getan. Denn kurze Zeit, nachdem die Kutsche hinter dem Torhaus in gemächlichem Tempo in die prachtvolle Allee eingefahren war, passierte es: Er fuhr gerade an der Gartenseite der Residenz vorbei direkt auf die Stadt selbst zu, als Jacob von einem harten Gegenstand am Kopf getroffen wurde. Weil er den Blick auf die prachtvolle Fassade des Schlosses gerichtet hatte, der sich ihm durch die Mittelachse des Parks eröffnete, hatte er nichts Ungewöhnliches um sich herum bemerkt. Jacob schrie leise auf und der Kutscher hielt sofort an. Was war geschehen? Mit schmerzverzerrtem Gesicht rieb Jacob sich die Schläfe, wo ihn das Geschoss getroffen hatte.

„Da, da ist er, der Bengel!" Aufgeregt deutete der Kutscher auf einen mageren und blassen Knaben mit wirrem Haarschopf, der hastig fortlief und sich anschickte, die breite Allee zu überqueren, die den Residenzbereich von der Stadt selbst trennte. Ungefährlich war das nicht – der Kutschenverkehr in beide Richtungen war immens und die meisten Fahrzeuge fuhren zudem mit überhöhter Geschwindigkeit. Jacob reagierte schnell: Ohne Rücksicht auf seine feine Kleidung sprang er aus der Kutsche und rannte dem Knaben nach. Der war so verblüfft über diese Aktion, dass er vor Schreck am Straßenrand stehen blieb. Jacob packte ihn am Arm und schüttelte ihn: „Was fällt dir ein, du Lausejunge! Warum hast du mit einem Stein auf mich geworfen?"

Der Knabe starrte ihn verschüchtert an und schwieg. Jacob musterte ihn neugierig. Ungepflegt wirkte der Junge nicht. Seine Kleidung war zwar ärmlich, aber sauber, seine Fingernägel ordentlich geschnitten und seine auffallenden wilden Locken sahen so aus, als wären sie am Morgen gründlich gekämmt worden. Warum also benahm dieser Bengel sich wie ein Gassenjunge?

„Friedrich, was hasch noh jedzd scho wiedr angeschdelld?[120]" schallte es über die breite Allee. Jacob erkannte eine junge korpulente Frau, die ängstlich zu ihnen herüberstarrte. Vorsichtig machte sie sich daran, die Straße zu überqueren, wobei sie immer wieder rasenden Reitern und Kutschern ausweichen musste, die nur wenig Rücksicht auf die Fußgängerin nahmen. Endlich hatte sie die andere Straßenseite erreicht. Nun sah Jacob auch, dass die Frau nicht dick war, sondern hochschwanger. Die Hitze machte ihr sichtlich zu schaffen, außerdem ruhte ihr besorgter Blick auf dem Knaben, den Jacob immer noch festhielt – man konnte ja nie wissen.

„Had r Euch beläschdigd, edlr Herr, gell?"[121], fragte die Frau ihn mit leiser Stimme, wandte sich dann streng an den Jungen und zischte: „Warde nur, bis dr Vadr no Hause kommd, hajo,

120 Schwäbisch: Friedrich, was hast du denn jetzt schon wieder angestellt?
121 Schwäbisch: Hat er Euch belästigt, Edler Herr?

so isch des!“[122]

„Nun, wie man es nimmt ...“ Jacob rieb sich erneut die Schläfe. Die Erschöpfung der Frau rührte ihn und sein Bedürfnis den Knaben zu strafen war schlagartig verflogen. Außerdem musste er sich auf die merkwürdige Redeweise der Frau konzentrieren – dieser schwäbische Dialekt, den er in Ansätzen schon in Maulbronn gehört hatte, war für seine norddeutschen Ohren gar nicht leicht zu verstehen.

„Bidde endschuldigd ...“, begann sie stockend und stellte sich höflich vor: „Die Schillerin bin i, d Frau vo Johann Caschbar, dem Wundarzd und Offizierswerber.“ Sie holte tief Luft und fuhr fort: „Wisch Ihr, unsr Friedrich isch oi kloir Rebell, mir wisse au nedd, warum. Mir sind oi goddesfürchdig Familie und moi Mann Johann Caschbar arbeided in Dienschde soir Hoheid, dem Herzog“. Sie seufzte schwer und schüttelte bekümmert den Kopf. „Ersch achd Jahre isch dr Jung und scho so oi Schdurkobf. Milidärbarade mag r nedd, Edelleide ärgerd r – nur lese will r und Gedichde schreibe. Manchmol weiß i au nedd, wo des no hinführe soll[123] ...“[124]

„Nun gräm’ Sie sich nicht“, versuchte Jacob die besorgte Mutter zu beruhigen, „letztendlich ist ja nichts passiert.“ Er ließ den Knaben mit einem belustigten Blick los.

Friedrich rieb sich den Arm und schüttelte energisch seine Locken. Dann fragte er neugierig nach, wobei er Jacob intensiv musterte: „Was machd Ihr hier in Ludwigsburg?“

„Ich?“ Jacob grinste den Knaben an. „Mal schauen. Was kann man denn hier machen? Hast du eine Idee?“

Ungläubig starrte Friedrich ihn an. „Ja also ...“ Er warf seiner

122 Schwäbisch: Warte nur, bis der Vater nach Hause kommt!
123 Schwäbisch: Bitte entschuldigt ... Elisabeth Schiller bin ich, die Frau von Johann Caspar, dem Wundarzt. (...) Wisst Ihr, unser Friedrich ist ein kleiner Rebell, wir wissen auch nicht, warum. Wir sind eine gottesfürchtige Familie und mein Mann Johann Caspar arbeitet in Diensten seiner Hoheit, des Herzogs. (...) Erst acht Jahre ist der Junge und schon so ein Sturkopf. Militärparaden mag er nicht, Edelleute ärgert er – nur lesen will er und Gedichte schreiben. Manchmal weiß ich auch nicht, wo das noch hinführen soll ...
124 Heute wissen wir sehr genau, wohin das führte: Friedrich Schiller (1759-1805) verbrachte seine Jugend zwar in der Garnisonsstadt Ludwigsburg – sein Sturkopf und seine rebellische Art ließen ihn jedoch andere Wege gehen, als von den Eltern geplant. Gott sei Dank!

Mutter einen entschuldigenden Blick zu und legte los: „Also, man kann in d Obr gehe, des koschded für Edelleide nix. Dann gibd's immr und überall langweilig Milidärbarade. Manchmol isch au Schbießruadenlaufe dabei odr oir wird gehängd, des kann man durch unsr Fenschdr zum Pladz naa sehen."[125]

„Ach ja? Wo wohnst du denn?" unterbrach Jacob den Redeschwall des Jungen.

„Beim Hofbuchdruggr Codda im Haus[126], direkd am große Pladz in dr Carlschdadd", antwortete seine Mutter für ihn. „Dahinde durch d Bäum könnd Ihr des Haus sehen[127]." Sie deutete nach links über die breite Allee hinüber.

„Beim alten Cotta?" Interessiert ließ Jacob sich das Haus beschreiben. Er hatte ohnehin vorgehabt, dem Verleger einen Besuch abzustatten – und nun wusste er schon, wie er dorthin gelangte.

„Wenn Ihr in dr Nähe seid, klobfd an", bat Frau Schiller ihn mit warmem Lächeln. „Unsr Friedrich hädde oi schdraf verdiend und Ihr ward saumaessich großzügich. Ich werd Euch noh oin echde schwäbische Zobf zschdegge, des isch man hier."

Jacob bedankte sich freundlich und stieg zurück in die Kutsche. Friedrich winkte ihm fröhlich zu, als er weiterfuhr; der Knabe gefiel ihm. Ein Achtjähriger, der Bücher mochte, das war großartig!

Kurze Zeit später bemühte sich sein Kutscher, einigermaßen sicher in die breite Allee einzufahren, was gar nicht so einfach war[128]. Entlang des modern angelegten Residenzparks ging es Richtung *Palais Grafenbau*. Das große Gebäude, das fast gegenüber dem Haupteingang des Schlosses lag, stammte of-

125 Schwäbisch: Also, man kann in die Oper gehen, das kostet für Edelleute nichts. Dann gibt es immer und überall langweilige Militärparaden. Manchmal ist auch Spießrutenlaufen dabei oder einer wird gehenkt, das kann man durch unser Fenster zum Platz hinaus sehen.

126 Das Cotta'scheHaus ist auch heute noch zu besichtigen: Es steht in der Stuttgarter Straße 26. Friedrich Schiller lebte dort mit seiner Familie von 1767 bis 1773. Danach musste er auf Befehl von Herzog Carl Eugen in die Carlschule eintreten.

127 Schwäbisch: beim Hofbuchdrucker Cotta im Haus, direkt am großen Platz in der Carlstadt. Dahinten durch die Bäume könnt Ihr das Haus sehen.

128 Auch heute noch ist die Schlossstraße eine der lautesten Verkehrsadern der Stadt.

fenbar aus einer älteren Bauphase[129]. Die Fassade war reich mit Bauornamenten gegliedert und hob sich deutlich vom nüchternen Militärstil der angrenzenden Kasernenbauten ab. In unmittelbarer Nachbarschaft befanden sich zudem das Gesandtenhaus und ein Gasthaus[130], sodass zumindest die Frage der Verpflegung für die nächsten Tage geklärt war.
Mit knirschenden Rädern hielt die Kutsche auf dem hellen Kies vor dem Eingang des Palais. Jacob wartete, bis der Kutscher ihm den Verschlag öffnete, und stieg aus. In diesem Moment stürzte ein junger Mann mit wehenden dunklen Haaren und einem wallenden Umhang aus der Tür heraus. Er schimpfte lautstark vor sich hin, ballte die Fäuste und ließ das Tor hinter sich zuknallen. Ohne Jacob eines Blickes zu würdigen, stieß er ein wütendes „Impertinenza!“[131] aus und verschwand in Richtung Residenz. Sprachlos verfolgte Jacob das Geschehen. Besonders freundlich schienen die Bewohner dieses Palais ja nicht zu sein!
Doch der erste Eindruck täuschte. Seine Ankunft war im Inneren des Gebäudes bemerkt worden und zwei ältere Herren traten nun heraus. Der eine stellte sich als Professor Nicolas Guibal vor und war Leiter der *Académie des Arts*, die sich in diesem Palais und dem Nachbargebäude befand. Offenbar hatte er Jacobs Ankunft bereits erwartet und war sichtlich erfreut ihn kennenzulernen. Der andere Mann war der Kastellan des Hauses, der ihn umgehend in sein Appartement geleitete, das Jacob während seines Aufenthaltes in Ludwigsburg unentgeltlich bewohnen durfte. Graf Vieregg hatte ordentliche Vorarbeit geleistet.
Auf dem Weg in das Zwischengeschoss über dem Piano

129 Jacob lag mit seiner Einschätzung richtig: Das Palais wurde nämlich bereits in den Jahren 1724/25 durch Donato Giuseppe Frisoni für Graf Friedrich Wilhelm von Grävenitz fertiggestellt. Der Baustil dürfte auf ihn also ein wenig altmodisch gewirkt haben.
130 Das Gasthaus „Waldhorn“ in der Schlossstraße 33 eröffnete 1708 als erstes bürgerliches Gebäude außerhalb der Residenzanlage seine Tore. Nicht nur Gäste des Herzogs logierten hier, auch Mozart und Goethe sollen in dieser Pension übernachtet haben.
131 Ital.: Unverschämtheit!

Nobile[132] , wo sich ein Teil der Gäste- und Künstlerappartements befand, erfuhr Jacob allerlei Details über das Haus, seine Bewohner und seine Funktion[133]. Bei dem jungen Kerl, der kurz zuvor so wütend das Haus verlassen hatte, handelte es sich um den berühmten Theatermaler Antonio De´Bittio, „eine Diva“, wie der Kastellan etwas abfällig bemerkte. „Er denkt, er ist etwas ganz Besonderes, ein Künstler allerhöchsten Ranges“, schnaubte er, „dabei bepinselt er Theaterkulissen, ich bitte Euch!“

Jacob schwieg und grinste in sich hinein. Er wusste, wie empfindlich Künstler sein konnten – und gerade beim Theater spielten sich diesbezüglich manchmal regelrechte Dramen ab! Wenn alle Bewohner hier so waren, dann würde es eine unterhaltsame Zeit werden!

Der Kastellan plauderte munter weiter und Jacob hörte interessiert zu. So wohnte auch Guibal im Palais, allerdings als Direktor deutlich repräsentativer. Er lehrte hier ebenso wie seit 1761 die Gründungsmitglieder Adolf Friedrich Harper, ein Landschaftsmaler, der Bildhauer Pierre Francois Lejeune, ein gewisser Innocente Colomba, dann jener Theatermaler, den Jacob bereits gesehen hatte, ein weiterer Italiener, der Maler Guiseppe Scotti, und mit Johann Adam Groß auch noch ein Professor für Architektur. Sie unterrichteten in ihren jeweiligen Ateliers, die sich hinter den hohen Fenstern der Fassade verbargen.

Guibal und Harper lehrten offenbar streng nach den Vorbildern der Antike, was häufiger zu Unstimmigkeiten mit den beiden Italienern führte, die für einen „weiblicheren Duktus“ standen, wie der Kastellan es bezeichnete. Guibal war übrigens schon 43 Jahre alt und seit knapp zehn Jahren mit seiner Frau Christine verheiratet. Die beiden hatten fünf Kinder,

132 Mit Piano Nobile bezeichnet man seit der Renaissance das erste, repräsentative Stockwerk eines Palastes.

133 Die nachfolgenden Informationen zu den Bewohnern und der Funktion der Akademie stammen weitgehend aus Büttner, Rathgeb: *Die Anfänge der Stuttgarter Kunstakademie*, in: Nils und Angela Zieger: Autorennamen – wie oben!: *Rücksichten. 250 Jahre Akademie der Bildenden Künste Stuttgart*, Stuttgart 2011, S. 27 ff.

die gerne im Haus herumtollten. Seit 1760 war Guibal Akademiedirektor – und scheinbar führte er das Haus mit strenger Hand. Zu Recht, wie der Kastellan befand, schließlich war er einer der bedeutendsten lebenden Künstler seiner Zeit! Seit fünf Jahren arbeitete er an der künstlerischen Innenausstattung des neuen Seeschlosses[134]; erst im letzten Jahr war das große Deckengemälde in *Schloss Solitude*[135] fertig geworden. „Und die Verantwortung wird ja auch immer größer", betonte der Kastellan, während er die Tür zum Gästeappartement aufschloss. Fragend schaute Jacob ihn an.

„Ja, ja, seit etwas mehr als einem Jahr ist in unseren beiden Häusern ja auch noch die öffentliche Bibliothek, die Grafiksammlung und das Münzkabinett untergebracht. Nur – mehr Personal haben wir nicht bekommen – sieht man einmal von Bibliothekar Vischer ab. Aber der muss gleichzeitig auch noch das Kupferstichkabinett beaufsichtigen." Seufzend stieß der Kastellan die Tür auf und ließ Jacob dann den Vortritt. Die beiden Räume waren einigermaßen hell, zweckmäßig eingerichtet und hatten zwei Fenster hinaus zur großen Allee und zum Schloss. Die Lage hätte nicht besser sein können, fand Jacob und dankte seinem Gönner insgeheim. Dennoch verabschiedete er sich noch nicht, sondern nahm den Gesprächsfaden wieder auf. „Wie viel Personal gibt es denn hier, abgesehen vom Lehrkörper?", fragte er nach. Er versuchte, möglichst beiläufig zu klingen.

Der Kastellan antwortete bereitwillig und mit wichtiger Mine: „Außer meiner Wenigkeit haben wir einen Sekretär und zwei fest angestellte Aktmodelle, die auch die Ateliers reinigen müssen."

Jacob hob erstaunt die Augenbrauen. Aktmodelle, die gleichzeitig putzen? Das klang irgendwie unanständig. Nun ja, wenn es der Kunst diente ...

Unterdessen plauderte der Kastellan munter weiter und

134 Das Schlösschen trägt heute den Namen *Monrepos* und liegt nordwestlich von Ludwigsburg.
135 *Schloss Solitude* steht auch heute noch auf einer Anhöhe südwestlich von Stuttgart.

Jacob erfuhr, dass es im Palais und im angrenzenden Gesandtenhaus neben den Ateliers und den Dienstwohnungen auch eine Mustersammlung sowie im ersten Stock einen repräsentativen Saal gab, in dem akademische Versammlungen und Preisverleihungen stattfanden. Jeden 11. Februar, am Geburtstag des Herzogs, wurden zum Beispiel Preise verliehen.

„Und wer studiert hier so?“, hakte Jacob nach.

„Alle!“ Dem Kastellan schwoll stolz die Brust, als ob er dafür verantwortlich sei. „Ihr müsst wissen, dass Seine Hoheit, unser Herzog, sehr fortschrittlich denkt. Jeder soll einen Zugang zur Bildung erhalten. Zurzeit studieren hier 95 Schüler, egal welchen Standes. Ja, auch Handwerkslehrlinge sind inskribiert!“ Er machte eine bedeutungsschwere Pause, als wollte er das Unerhörte dieser Nachricht wirken lassen. „Die adligen Schüler werden allerdings in einer besonderen Klasse geschult“, ergänzte er dann mit bekümmerter Mine. „Das wollten die Herren Professoren zwar nicht, doch Seine Hoheit hat darauf bestanden.“

Jacob schnaubte innerlich: So weit her konnte es mit der Modernität des Herzogs wohl doch nicht sein! Dagegen sprach auch das ganze Soldatengetöse, das sich in den Straßen der Residenzstadt abspielte. Konnte ein Herrscher, der sich vor allem auf das Militär konzentrierte, überhaupt etwas von Fortschritt, Kultur und Bildung verstehen? Allerdings ... Jacob fiel da etwas ein und er wandte sich erneut an den Kastellan: „Hat Er nicht gesagt, dass auch die herzogliche Bibliothek hier im Haus sei?“

„Jawohl. Seit genau einem Jahr. Und es ist eine öffentliche Bibliothek“, betonte der Kastellan.“ Er erklärte Jacob, dass die Einrichtung überhaupt erst vor zwei Jahren gegründet worden und zunächst im Beckschen Haus[136] untergebracht war. Tatsächlich durfte jeder die Bibliothek benutzen – mit Ausnahme von Livree-Bediensteten, so hatte es der Herzog verfügt. Seine Hoheit selbst war übrigens Oberster Bibliothekar; angeblich

136 Heute Stuttgarter Straße 12

war ihm das Ganze eine Herzenssache – und eine neue Hofbibliothek wollte er nicht.

Das klang wiederum vielversprechend. Jacob wurde langsam neugierig: Was war dieser Württemberger Carl Eugen nur für ein Mensch? In Schwerin hatte er von der Markgräfin einiges über ihn gehört – durchweg Positives – und nun würde er sich hoffentlich selbst bald ein Bild machen können. Ob er die Gelegenheit bekommen würde, bei Hofe vorgestellt zu werden? Die nächsten Stunden verbrachte Jacob damit, sich in seinem Appartement einzurichten. Immer wieder schaute er dabei aus einem der beiden Fenster hinunter in die Allee oder hinüber zum Schloss. Was für ein Trubel! Auch durch die Schlosseinfahrt fuhren ständig Kutschen ein und aus. Der Herzog schien eine lebhafte Hofhaltung zu pflegen. Am frühen Abend klopfte es an der Tür: Der Sekretär des Hauses übergab ihm zwei versiegelte Briefe, die offenbar schon ein paar Tage auf ihn gewartet hatten – und eine Einladung zum Abendessen bei Akademiedirektor Guibal, die Jacob dankend annahm. Gespannt brach er das erste Siegel auf: Die Nachricht war von Anton aus Mannheim, der ihn aufforderte, die Lieferung und das Geld für Graf Vieregg in den nächsten Tagen beim Hofbuchdrucker Cotta zu deponieren. Dort würde es dann von einem Vertrauensmann des Grafen abgeholt werden. Außerdem führte Anton kommentarlos einige Buchtitel auf, die Jacob vermutlich besorgen sollte, wenn sich ihm eine Gelegenheit ergab. *Solltest Du Unterstützung brauchen, alter Freund,* ... so endete der kurze Brief, ... *dann wende dich bitte in Heidenheim, das sicherlich irgendwann auf deiner Reiseroute liegen dürfte, an Vinzenz Hohnleitner, einen Buchhändler im Ort. Er steht mit mir in regelmäßigem Kontakt. A.*

Jacob ließ das Papier sinken. Sein Freund Anton schien gut vernetzt zu sein! Und der rechnete scheinbar fest damit, dass Jacob noch weitere Schätze in diversen Bibliotheken fand. Jacob kratzte sich am Kopf. Er hatte bereits viel Geld für seine kleinen Manipulationen und Diebstähle erhalten und wollte dies alles am liebsten beenden. Andererseits warteten noch interessante Bibliotheken auf seinen Besuch. Er beschloss spontan zu entscheiden, inwieweit er auch zukünftig diesen „Handel“ mit Büchern treiben wollte. Hier in Ludwigsburg wollte er jedenfalls darauf verzichten und einfach nur das Leben in der Residenzstadt genießen.

Der zweite Brief war von Aliénor. Damit hatte Jacob nicht gerechnet; entsprechend laut klopfte sein Herz, als er das Blatt Papier auseinanderfaltete. Vermutlich hatte sie über Vieregg herausgefunden, wo er sich aufhielt, anders konnte er sich das nicht erklären. Sie schrieb mit energischer, recht großer Schrift – und keinesfalls besonders freundlich – dass sie seit Anfang des Monats in Ludwigsburg weile, weil ihr zukünftiger Gatte Graf Lauenstein ein Bildnis von ihr bei Professor Guibal in Auftrag gegeben hätte. Nun müsse sie langweilige Porträtsitzungen über sich ergehen lassen – und sie erinnerte Jacob eindringlich daran, dass er ihr die Lösung ihres Problems zugesagt habe. Mehr stand nicht im Brief; kein Wunsch nach einem Wiedersehen, nichts.

Wütend knüllte Jacob das Papier zusammen. Dieses Frauenzimmer war wirklich unglaublich! Sollte sie doch an der Seite dieses gräflichen Tattergreises versauern! Nicht einmal einen Hinweis auf ihre Unterkunft hatte sie ihm gegeben – an einem privaten Treffen war sie also nicht interessiert. Enttäuscht ließ Jacob sich auf einen Stuhl sinken und dachte nach. Was hatte er denn erwartet? Dass Aliénor von Imhoff sich auf ein Wiedersehen mit ihm freute? Nun, in Weikersheim hatten sie sich zu guter Letzt bestens verstanden und kluge, humorvolle Gespräche miteinander geführt. Und sie hatte ihn nicht verraten, obwohl sie damals bereits ahnte, dass mit seiner Herkunft etwas nicht stimmte. Brauchte sie ihn vielleicht nur, um aus dieser unsäglichen Verlobung zu entkommen? Waren diese vergnüglichen Gespräche lediglich ein Mittel zum Zweck gewesen – oder doch mehr?

In einer Mischung aus Ratlosigkeit, Ärger und Traurigkeit begann Jacob damit, sich für das Essen bei Guibal umzukleiden. Er wählte dezente Farben und verzichtete auf Puder und Perücke – schließlich war man hier in der Akademie nicht an das Hofzeremoniell gebunden. Dann ließ er sich vom Kastellan zur Wohnung des Direktors und seiner Familie führen. Die privaten Räume Guibals gingen nach hinten zu einem Gartengrundstück hinaus, das auf der Rückseite an Kasernenbauten grenzte. Guibals Frau, eine kleine zierliche Dame, war sicherlich einst eine Schönheit gewesen. Sie hatte die klassischen Züge, die Frauen anstrebten, und eine aufrechte. gerade Haltung. Jacob fand sie sofort sympathisch, doch sie verabschiedete sich schnell und mit dem Hinweis auf die Kinder; die beiden Herren würden allein im großen Saal speisen.

Guibal führte seinen Gast zu Tisch. Der große Saal war nichts anderes als ein hübsch eingerichtetes Speisezimmer mit einem opulenten ovalen Tisch, der mit einem weißen Tischtuch, Servietten und Terrinen eingedeckt war. Hinzu kam etwas Ludwigsburger Porzellan zur Dekoration: Es zeigte, hübsch gemacht, ein Schäferstündchen. Sie nahmen einander gegenüber Platz, während ihnen ein Bediensteter einen guten Trollinger einschenkte und Brot mit Pastete als ersten Gang servierte.

„Nun, wie fühlt Ihr Euch hier in Württemberg, Edler Herr von Bardenfleth?“, begann Guibal das Gespräch. „Trauert Ihr der Kurpfälzer Lebensfreude schon nach?“

Jacob lächelte. Zum einen war es nicht zu überhören, dass der Professor in Frankreich geboren war[137] – sein charmanter Akzent verriet ihn. Zum anderen wusste er genau, was Guibal meinte: Kam man aus Mannheim oder Schwetzingen, erschien einem Ludwigsburg mit all seinen Neubauten und frisch angelegten Parks und Alleen extrem aufgeräumt und streng organisiert – nicht zuletzt wegen der stark militärischen Ausprägung. Dennoch antwortete Jacob diplomatisch: „Nun, das was ich bislang gesehen habe, gefällt mir! Euer Palais zum Beispiel ist von erlesenem Geschmack.“ Er blickte sich im Raum um und ließ seinen Blick über die Deckenstuckaturen und Gemälde

137 Er wurde am 29.11.1745 als Sohn eines Bildhauers in Lunéville geboren.

gleiten. „Aber Ihr wisst natürlich auch, worauf es ankommt ...“

Sichtlich geschmeichelt strahlte sein Gegenüber ihn an und begann wortreich, Jacob über seine laufenden Großprojekte und sein gutes Verhältnis zu Carl Eugen in Kenntnis zu setzen. Demnach war er schon seit 1755, dem Jahr seiner Rückkehr von einem prägenden Studienaufenthalt in Rom, vom Herzog zum Peintre du Duc du Wurttemberg ernannt worden. Leider waren jedoch praktisch seine gesamten Gemälde aus den römischen Jahren bei einem Brand im *Neuen Schloss* in Stuttgart 1762 zerstört worden, ein Verlust, der Guibal noch sichtlich naheging. Immerhin hatte er für eben diesen Neubau vor Kurzem das Deckengemälde im Treppenhaus schaffen dürfen – eine große Ehre, wie der Künstler Jacob versicherte, und sein bisher wichtigster Auftrag. „Und vor zwei Jahren haben wir mit dem großen Deckengemälde im Hauptsaal begonnen – ein Meisterwerk. Ihr müsst es Euch ansehen!“

Die Begeisterung Guibals war nicht gespielt. „Und erst die Kapelle – das wird ein Traum. Ihr solltet *Schloss Solitude* unbedingt besichtigen.“

Jacob nickte. Das klang wirklich interessant. Nur warum baute der Herzog so viele Schlösser? Er fragte seinen Gastgeber, der gut über die Verhältnisse Carl Eugens informiert war: „Wisst Ihr, eigentlich ist unser geliebter Herzog eine tragische Figur.“ Guibal seufzte schwer und fuhr fort. „Bislang ist ihm nicht allzu viel im Leben gelungen. Seine Ehe mit Elisabeth Friederike Sophie von Bayreuth-Brandenburg ist nach nur wenigen Jahren gescheitert und die Dame ist zu ihren Eltern zurückgekehrt, welch ein Affront! Nun hat das Mätressenwesen Einzug gehalten – Ihr glaubt gar nicht, in welchem Ausmaße!“

„Ach ja?“ Das war neu für Jacob. Er war stets davon ausgegangen, dass die Württemberger ein solides Völkchen waren. Doch Guibal lachte laut, als Jacob diesen Einwand brachte. „Solide? Unser sinnenfreudiger Herzog? Ganz sicher nicht! Vor gut vier Wochen hat die Schauspielerin und Sopranistin Teresa Bonafoni einen Knaben des Herzogs entbunden[138]. Außerdem ist diese italienische Abenteurerin Anna Eleonora Franchi[139] hochschwanger und auch Mademoiselle Kurtzin, eine bürgerliche Schönheit, soll guter Hoffnung sein[140]!"

„Und alle drei ...?" Jacob brauchte die Frage nicht zu Ende zu formulieren, Guibal unterbrach ihn, immer noch lachend: „Ganz sicher! Und nicht nur die – man munkelt, es seien bereits über 30 illegitime Söhne und Töchter. Im Übrigen" – er senkte die Stimme ein wenig – „hat er bislang alle seine natürlichen Söhne anerkannt![141]"

Jacob staunte und schwieg. Es hieß, dass Kurfürst Carl Theodor von der Pfalz ein Schwerenöter sei, doch gegen Carl Eugen kam er in dieser Hinsicht nicht an. Dennoch verstand Jacob den von Guibal hergestellten Zusammenhang mit dem fürstlichen Schlösserbau nicht und fragte noch einmal nach: „Und was hat der ausschweifende Lebensstil Seiner Hoheit Carl Eugen nun mit den vielen neuen Schlössern zu tun?"

„Nun, das ist etwas komplizierter", begann Guibal, während als zweiter Gang eine klare Flädlesuppe mit klein geschnittenen Pfannkuchen aufgetragen wurde. „Die Ursache allen Übels liegt wohl in der herzoglichen Großzügigkeit." Offenbar gab Carl Eugen seit jeher zu viel Geld für Vergnügungen aller Art aus, beauftragte nur die besten Künstler und Architekten und führte ein Hofleben, das eines Kaisers würdig war. Das alles kostete Unsummen, was irgendwann die Stuttgarter Landstände auf den Plan gerufen hatte. Sie hatten ihren Landesherren im Jahre 1764 wegen Ausschweifung beim Reichshofrat in Wien, dem höchsten Gericht im Heiligen Römischen Reich deutscher Nation, verklagt – und den Prozess tatsächlich

138 Es handelt sich um den Sohn Karl (* 2. Juli 1768; † 30. April 1769); zwei Jahre später erblickte des Herzogs Sohn Karl Borel (* 18. Mai 1770) das Licht der Welt.
139 Sohn Eugen kam am 5. Oktober 1768 zur Welt.
140 Das Gerücht stimmte: Der Sohn Karl David von Franquemont wurde am 13. März 1769 geboren; er starb am 20. Juli 1830.
141 Tatsächlich hat Carl Eugen bis zu seinem Tod insgesamt 70 (!) natürliche Söhne anerkannt!

gewonnen! Daraufhin hatte Carl Eugen seine Residenz kurzerhand nach Ludwigsburg verlegt, was die hier überall stattfindende rege Bautätigkeit erklärte. Doch das war nicht genug der Demütigung für Carl Eugen: Zuvor war er 1763 erfolglos in Schimpf und Schande mit seinen Truppen aus dem Siebenjährigen Krieg zurückgekehrt. Das Trauma dieser Niederlage verarbeitete er mit einem stehenden Heer von insgesamt 17.000 Mann, was die Staatsfinanzen zusätzlich ruinierte. Kurz: Menschen wie Guibal profitierten vom Herzog und seinem großzügigen Umgang mit Geld – das einfache Volk und die Stände wohl kaum. Ein glückliches Händchen in Regierungsgeschäften hatte Carl Eugen offenbar nicht, das erkannte nun auch Jacob.

„Ja, ja", seufzte sein Gastgeber, während er seine Suppe löffelte, „wo soll das noch hinführen? Aber nicht zuletzt deshalb habe ich auch Kontakt zur Kurpfalz aufgenommen." Interessiert horchte Jacob auf. Wovon sprach der Professor? Genauere Details gab der jedoch nicht preis – lediglich den Hinweis, dass sein Kontakt etwas mit dem Badhaus im Schwetzinger Schlosspark zu tun hatte[142].

Guibal wechselte geschickt das Thema und begann nun, sich beim Hauptgang, einem Rehbraten mit allerlei Gemüse und neumodischen Kartoffeln, nach Jacobs Herkunft und seinen Plänen zu erkundigen. Gewandt und so knapp wie möglich berichtete Jacob von seiner bisherigen Reise und stellte dabei wieder einmal fest, dass allein der Kontakt zu bestimmten Persönlichkeiten ausreichte, um seine Identität außer Frage erscheinen zu lassen. Guibal war sichtlich beeindruckt von seinen Erlebnissen und Gesprächen mit den Herrschern und Edelleuten in Hohenlohe, der Kurpfalz und Baden – und so ergab es sich schnell, dass der Professor Jacob auch seine Vorstellung am Württemberger Hof avisierte.

„Am 10. August wird es eine Truppenparade geben und danach ein Spektakel im Festsaal der Residenz", informierte Guibal ihn. „Ich werde Euch eine Einladung besorgen – es wird ein

142 Guibal sollte tatsächlich in Schwetzingen aktiv werden: Im Jahr 1772 entstand im Schwetzinger Badhaus von seiner Hand das Deckengemälde Aurora vertreibt die Nacht.

kleiner Personenkreis anwesend sein."

Jacob nickte erfreut. Nur was sollte er bis dahin in Ludwigsburg tun? Sein Besuch beim Drucker Cotta würde ihn lediglich einen Tag beschäftigen – und dann? Doch Guibal versicherte Jacob, dass er sich in der Residenzstadt und deren Umgebung nicht langweilen werde, es gab einfach zu viel zu sehen und zu entdecken: angefangen bei der Akademie selbst bis hin zu den vielen neuen Palais in der Stadt, den langen ländlichen Alleen und dem zauberhaften Neckartal. Jacob solle seine Zeit einfach genießen, zumal Ludwigsburg als Soldatenstadt einen immensen Vorteil besaß: Es gebe hier überdurchschnittlich viele hübsche junge Frauen, die für ein paar Münzen gern auch das Nachtlager mit Zugereisten teilten. „Und bei Eurer Jugend und Statur", grinste Guibal Jacob an, „bin ich mir nicht einmal sicher, ob Ihr überhaupt für gewisse Dienste zahlen müsstet!"

Der Professor sollte recht behalten. Während Jacob die nächsten Tage hindurch Stadt und Leute erkundete, machte er allerlei galante Bekanntschaften. Seine komfortable Reisekutsche erwies ihm dabei gute Dienste, sodass er seine kleinen Abenteuer außerhalb seines Appartements ausleben konnte. Dort hielt er sich ohnehin selten auf, weil tagsüber mit den vielen Schülern viel Trubel in den Gängen des Hauses herrschte. Aliénor lief ihm allerdings nie über den Weg – Jacob hatte den Verdacht, dass sie ihm aus dem Weg ging. Nur warum? Schließlich wollte sie doch etwas von ihm und nicht umgekehrt!

Einige Tage nach dem Essen bei Guibal hielt er die Unsicherheit nicht mehr aus und fragte bei seinem Gastgeber nach. Der verzog gequält das Gesicht: „Ja, leider musste ich diesen Auftrag annehmen. Dabei hasse ich die Porträtmalerei!" Belustigt lauschte Jacob den Worten des Professors, der in epischer Breite die wenigen Sitzungen schilderte, die bislang mit Aliénor von Imhoff stattgefunden hatten. „Sie macht das Ganze nur äußerst unwillig mit und hält nicht still. Ich habe nicht den Eindruck, dass sie sich über das Interesse ihres Zukünftigen an ihrer Person freut. Aber der wollte unbedingt einen

‚echten Guibal' haben ..."

Jacob grinste in sich hinein. Er konnte sich lebhaft vorstellen, wie Aliénor die Arbeit des Künstlers insgeheim boykottierte. „Allein die Tageszeiten, in denen sie hier stets unangemeldet auftaucht, sind eine Zumutung!" fuhr Guibal empört fort. „Abends, wenn kein gutes Licht zum Arbeiten mehr da ist – oder mittags, wenn hier eigentlich Ruhezeit herrscht." Der Professor schüttelte unwillig den Kopf und fragte ihn: „Kennt Ihr die junge Dame näher?"

Jacob zögerte und beschränkte seine Auskünfte auf ein Minimum. Dennoch musste er es irgendwie schaffen, mehr über sie herauszufinden. Außerdem begann eine Idee in ihm zu reifen, auf die er zuvor noch gar nicht gekommen war: Er würde sich ebenfalls porträtieren lassen – schließlich besaß jeder Mann von Stand mindestens ein Bildnis von sich selbst! Vorsichtig fragte er bei Guibal an, wer in der Akademie denn dafür zur Verfügung stünde, schließlich wolle er dem Professor nicht eine solch ungeliebte Aufgabe zumuten. Doch Guibal reagierte anders als erwartet: „Nein, Edler von Bardenfleth, es ist mir eine Ehre, Euch zu porträtieren! Wenn Ihr mir im Gegenzug bei Gelegenheit eine Empfehlung für den Kurpfälzer Hof schreiben würdet?" Jacob schlug ein und sie vereinbarten die erste Sitzung bereits für den nächsten Morgen. Dabei würde er dann genug Zeit haben, mehr über Aliénor herauszufinden – zumal der Professor sehr gesprächig war.

Zunächst aber kümmerte Jacob sich darum, die Ware und das Geld für den Grafen Vieregg beim Drucker Cotta zu hinterlegen. Auf der kurzen Fahrt zur Hofbuchdruckerei fiel Jacob zum wiederholten Mal auf, wie viele Teile der neuen Residenzstadt noch nicht fertiggestellt waren. Gerade der südliche Bereich, wo auch Cotta residierte, die so genannte Carlstadt, bestand fast nur aus einzelnen Häuserzeilen entlang der Prachtalleen – dahinter lag das Land brach oder es wurde gerade erst bebaut. Vom Hofbuchdrucker, einem ruhigen und freundlichen Mann in den besten Jahren[143], erfuhr Jacob den wahren Grund für

143 Christoph Friedrich Cotta war 1768 gerade 38 Jahre alt.

die unfertigen Stadtviertel: Demnach war das gesamte Bauprojekt südlich der bisherigen Stadt ins Stocken geraten, sah man einmal von verschiedenen Kasernen- und Arsenalbauten ab. „Die Juden wollen hier nicht leben und haben sich weitgehend von der Verpflichtung freigekauft, in der Carlstadt neue Häuser zu bauen“, erklärte Cotta. Diese Verpflichtung hatte ihnen der Herzog von Württemberg willkürlich aufgezwungen, doch war er stets so knapp bei Kasse, dass ihm das Geld der jüdischen Untertanen gelegen kam. „Eine Milchmädchenrechnung“, seufzte Cotta bekümmert, „denn jetzt sind die Juden und ihr Geld weg, die Stadt ist immer noch eine Großbaustelle – und ein Ende ist nicht in Sicht!“ Die Bewohner der Carlstadt hatten jedoch aus der Not eine Tugend gemacht und nutzten die brachliegenden Flächen einfach als Gärten. Das sah Jacob beim Rundgang durch den Verlag aus dessen rückwärtigen Fenstern.

Der Hofbuchdrucker ließ schließlich Grüße an den Grafen Vieregg ausrichten und verabschiedete sich zu einem wichtigen Termin in der Hofkanzlei. Jacob klopfte auf dem Rückweg bei der Familie Schiller an. Schließlich hatte die Frau des Hauses ihn dazu eingeladen. Doch niemand öffnete, die Familie war außer Haus. Wo dieser Wildfang Friedrich wohl zur Schule ging? Und was aus ihm einmal werden würde? Gedichte schreiben in einer Soldatenstadt – da war der Konflikt eigentlich vorauszusehen, fand Jacob. Er wünschte dem kleinen Schiller insgeheim, dass er irgendwann an einem anderen Ort lebte, wo er seine Interessen entfalten konnte. Das musste doch möglich sein in modernen Zeiten wie diesen!

Auf dem Rückweg zur Akademie wählte Jacob sodann den Weg durch die Stadt. Der Marktplatz faszinierte ihn immer wieder mit seiner weitläufigen Anlage zwischen den beiden Kirchen. Der große Brunnen in der Mitte mit dem Standbild des eigentlichen Stadtgründers, Herzog Eberhard Ludwig, bildete das Herz des Platzes, der vor allem durch seine rundherum gebauten Arkadenhäuser bestach. Jacob fand diese Idee des Baumeisters Donato Guiseppe Frisoni erstaunlich modern

– schließlich war der Mann bereits über 50 Jahre tot! Offenbar hatte Frisoni durchweg seine neuen Ideen von Stadtkultur umsetzen können, wenngleich das Palais Grafenbau, in dem die Akademie untergebracht war, stilistisch noch früheren Jahrzehnten verhaftet war. Im Übrigen war diese Arkaden-Anlage außerordentlich praktisch: Bei Regen konnte man hier im Trockenen flanieren und in der gleißenden Sommersonne spendeten die Bogengänge kühlenden Schatten. Auch die Geschäfte profitierten davon – der Marktplatz war ein lebendiger Umschlagort für Waren und Dienstleistungen aller Arten.

Jacob beschloss auf dem Holzmarkt, seine Kutsche zu verlassen und die letzten Meter durch das Kasernenviertel zu Fuß zurück zur Akademie zu gehen. In einer Stadt wie Ludwigsburg war Baumaterial eines der wichtigsten Handelsgüter, und entsprechend lebhaft ging es auf dem großen Holzmarkt rund um den Brunnen[144] zu. Schnell überquerte er den Platz und bog dann rechts in die Marstallstraße ein. Nach wenigen Metern wurde er von einer auffallend hübschen rothaarigen jungen Frau angesprochen: „Edlr Herr, erkennd Ihr mi no, gell? Vor oiige Tage habd Ihr mi in Eurr Kudsche zum Seeschloss midgenommen ...“[145]

Jacob errötete leicht und blickte sich hastig um. Doch niemand schien sich daran zu stören, dass er sich mit der Frau unterhielt – im Gegenteil: Er entdeckte einige Damen zweifelhaften Rufes, die sich meist mit Soldaten unterhielten und schäkerten.

„Nun ... ja ...“, stotterte Jacob und ärgerte sich über sich selbst. Er wusste natürlich genau, wer die Frau war. Sie hieß Kathi und hatte ihm mit ihrer ungenierten Art und einem erstaunlichen Wissen über alles, was Männern Spaß macht, die aufregendste Kutschfahrt seines Lebens beschert. Kathi hatte ihm dabei von ihrer Jugend im Dienst eines französischen Lan-

144 Seit 1953 steht anstelle des Brunnens auf dem ebenfalls von Frisoni gestalteten Platz, der zur Überwindung des Höhenunterschieds zwischen Schloss und Marktplatz angelegt wurde, ein Obelisk.

145 Schwäbisch: Edler Herr, erkennt Ihr mich noch? Vor einigen Tagen habt Ihr mich in Eurer Kutsche zum Seeschloss mitgenommen.

dedelmanns erzählt, der sie in die Geheimnisse der körperlichen Liebe eingeweiht hatte. Und das nur zu gut – wusste sie doch mit Ihrem Mund nicht nur zu sprechen und hatte sich ihm in Positionen dargeboten, die in Württemberg mit Sicherheit verboten waren.

All das schoss Jacob durch den Kopf, während er verzweifelt versuchte, seine Beherrschung zu wahren. „Vielleicht können wir morgen ..." begann er erneut, als eine prachtvolle Kutsche an ihnen vorbeifuhr. Das Wappen kam ihm bekannt vor und voller Schrecken glaubte er, ausgerechnet Aliénor von Imhoff hinter der Gardine des Fensters wahrzunehmen. Entsetzt hielt er inne und starrte der Kalesche nach. Kathi verstand sofort und trat einen Schritt zurück. „Ich schdeh' immr hir, falls Ihr mi brauchd ..."[146] Ihr Gesicht hatte einen traurigen Zug bekommen und sie tat Jacob leid. Hastig wollte er ihr ein paar Münzen zustecken, doch sie winkte ab. „Lassch nur. Kommd liabr wiedr. Ihr seid vo dr angenehme und kuldivierde Ard, des erleb i selden."[147] Sie lächelte wehmütig und verschwand um die Hausecke.

Betroffen und verwirrt machte Jacob sich auf den Weg. Er mochte diese Kathi. Sie besaß ein gerüttelt Maß an Bildung – wohl aus dem Umgang mit feineren Herrschaften – war fröhlich, mit ihrer hellen Haut und dem dunkelroten Haar sehr hübsch und sie hatte ihm größtes Vergnügen bereitet. Sie erinnerte ihn an ein Gemälde, das er in einem Bildband in der Kurfürstlichen Bibliothek in Mannheim gesehen hatte: Es handelte sich um eine Kopie des Gemäldes eines gewissen Sandro Botticelli mit dem passenden Namen Geburt der Venus. Kathi sah ein wenig so aus wie diese Göttin, die der Muschel entsteigt – einfach lieblich und schön. Doch was sollte er tun, wenn tatsächlich ausgerechnet Aliénor in der Kutsche an ihnen vorbeigefahren war? Ihre spitze Zunge würde seine Unterhaltung mit einer unverkennbaren Kurtisane ganz sicher

146 Schwäbisch: Ich stehe immer hier, falls Ihr mich braucht.
147 Schwäbisch: Lasst nur. Kommt lieber wieder. Ihr seid von der angenehmen und kultivierten Art, das erlebe ich selten.

nicht unkommentiert lassen! Jacob war allein der Gedanke daran derart unangenehm, dass ihm der Schweiß ausbrach.

Doch bei seiner Ankunft in der Akademie wurde er sofort aus seinen unerfreulichen Gedanken gerissen. Im Palais summte es wie in einem Bienenstock. Aufgeregt schwatzende Schüler und ein völlig verzweifelter Friedrich Harper empfingen ihn bereits im Vestibül: „Er ist tot, abgeschlachtet wie Vieh!"

Jacob wandte sich fragend an einen Schüler, der ihn aufklärte: „Johann Jacob Winckelmann ist ermordet worden. Der bedeutende Kunsttheoretiker und Professor. In Triest ist es passiert, und zwar schon vor einigen Wochen. Es war wohl ein Zimmernachbar, der an sein Geld wollte." Der Schüler kam näher und raunte ihm zu: „Es war ja ein offenes Geheimnis, dass Winckelmann großzügige Gönner hatte. Immer männliche natürlich, Ihr wisst schon. Es soll zu einem heftigen Kampf gekommen sein, bei dem der Mörder erst versucht hat, ihn mit einem Strick zu erdrosseln. Gestorben ist er dann an sieben Messerstichen. Ist das nicht furchtbar?"

Viel wusste Jacob nicht über den berühmten Kunsttheoretiker, doch dass dieser eindeutig homoerotische Neigungen hatte, war allgemein bekannt. Deshalb schockierte ihn weniger dieser Teil der Auskunft als vielmehr der grausame Mord selbst. Geld allein als Motiv – wer wohlhabend war, lebte wohl auch auch gefährlicher! Wie gut, dass er bislang auf seiner langen Reise Glück gehabt hatte und weder überfallen noch bestohlen worden war!

Während der nächsten Tage, als Jacobs Porträtsitzungen begannen, war der Tod Winckelmanns noch das Hautgesprächsthema in der Akademie. Harper war offenbar eng mit ihm befreundet gewesen und untröstlich; außerdem kamen nun zusätzlich täglich neue Gerüchte über Winckelmanns Gönner und das Motiv des Täters hinzu. Jacob nutzte die allgemeine Unruhe und begann, während der Stunden mit Guibal das eine oder andere Detail über Aliénor herauszufinden. So erfuhr er mühelos, dass sie derzeit bei einem entfernten Verwandten in einem der prächtigen Häuser am Marktplatz residierte: Graf

Samuel Friedrich von Montmartin war ein sehr gradliniger und ehrgeiziger Militär mit preußischer Erziehung. Er galt als gebildet, unbestechlich, geistreich und talentiert und war ein enger Vertrauter und Berater des Herzogs. Andere Stimmen bezeichneten ihn als kalt und unbeherrscht, als strengen Pedanten und Schmeichler, wenn es um Carl Eugen ging. Wie auch immer der Graf wirklich war – im Jahr zuvor war es ihm jedenfalls gelungen, seinen Nebenbuhler Philipp Friedrich Rieger, seines Zeichens geheimer Kriegsrat, durch untergeschobene Briefe beim Herzog zu denunzieren. Dem armen Rieger war daraufhin vom Herzog persönlich der Degen abgenommen, zerbrochen und vor die Füße geworfen worden. Er verschwand im Zuchthaus auf dem Hohenasperg[148] und niemand wusste, was seither aus ihm geworden war.

„Und die zukünftige Gräfin Lauenstein?“, Jacob wollte endlich mehr über Aliénor wissen.

„Oh, ihr Porträt ist fertig“, teilte ihm Guibal mit einen Anflug von Erleichterung mit. „Wollt Ihr es sehen?“ Er führte Jacob in ein Nachbaratelier, wo zahlreiche verhüllte und unverhüllte Werke auf Staffelleien und am Boden herumstanden. Jacob stockte der Atem: Genau genommen sah er hier nur Aktgemälde aller Art – stets mit den beiden gleichen Modellen in ganz unterschiedlichen und recht freizügigen Positionen. Guibal bemerkte seine Irritation und erklärte lachend: „Ja, ja, das sind die beliebtesten Stunden unserer Schüler.“ Er grinste anzüglich und fuhr fort: „Und da fast jeder eines unserer Aktmodelle näher kennt, sind die Ergebnisse in anatomischer Hinsicht insgesamt recht gut. Ansonsten ist das alles natürlich nicht salonfähig und wird alle Jahre vernichtet oder übermalt.“ In Jacobs Kopf arbeitete es. Fieberhaft überlegte er und eine verrückte Idee nahm Gestalt an, die ihn in helle Aufregung versetzte. Das war die Lösung für Aliénors Problem – und ganz uneigennützig dabei auch nicht! Sie durfte nur nichts davon mitbekommen, weil sie ganz sicher nicht mit seinem Plan

148 Das Gefängnis „Hoher Asperg“ existiert heute noch. Rieger blieb dort 10 Jahre inhaftiert, wurde dann rehabilitiert und 1776 Pate von Friedrich Schiller.

einverstanden wäre. Vorsichtig tastete Jacob sich bei Guibal vor, der gerade das Porträt Aliénors auf einer Staffelei enthüllte.

„Sagt, könnte ich eines dieser Aktgemälde käuflich erwerben? Es geht um einen Scherz unter Männern“, er zwinkerte Guibal vertraulich zu, „Ihr wisst schon, etwas Geheimes.“

Guibal lächelte verständnisvoll. „Hier, dann nehmt am besten das hier!“ Er griff nach einem Bild, das mit der Vorderseite an die Wand gelehnt war. Es zeigte eine junge Frau bäuchlings und mit gespreizten Beinen auf einem zerwühlten Canapée liegen – ein Arrangement, das eindeutig auf soeben erlebte erotische Abenteuer schließen ließ. „Es ist eine mittelmäßige Kopie eines Francois Bucher“, erläuterte Guibal. „Angeblich ist die Dame eine Mätresse des französischen Königs Ludwig XV. gewesen, eine gewisse Mademoiselle O'Murphy. Er soll sie eine Weile sehr geliebt haben ...“[149]

„Ah ja. Und wer hat diese Kopie gefertigt?“ Guibal nannte Jacob den Namen des Schülers und wandte sich dann dem Porträt Aliénors zu. „Gefällt es Euch?“ Jacob nickte anerkennend: Die junge Frau war gut getroffen. Um ihren Mund spielte ein leise spöttischer Zug und ihre Augen funkelten lebensecht. Ja, genau so war Aliénor von Imhoff, der Meister hatte sie wirklich gut getroffen. Jetzt galt es nur, das Porträt zu bekommen, damit sein Plan aufging.

Jacob verwickelte den Professor in ein ausführliches Gespräch über Hohenlohe und ließ zahlreiche Namen von Adligen fallen, denen er in Weikersheim über den Weg gelaufen war. Er würzte seine Erzählungen mit heiteren Anekdoten und überzeugte Guibal damit so sehr, dass es Jacob ein Leichtes war, ihm das Porträt schließlich abzuschwatzen. „Ich bin ohnehin auf dem Weg dorthin“, versicherte er treuherzig, „Ich werde es Graf Lauenstein mit den besten Wünschen eines großen Künstlers überbringen!“ Guibal willigte nichtsahnend ein und versprach außerdem, Aliénor nichts davon zu verraten. „Sagt

149 Eine bearbeitete Version dieses Gemäldes wurde auf dem Buchumschlag verwendet.

einfach, ein Bote hätte das Bildnis bereits mitgenommen, das ist ganz sicher im Sinne des Grafen!", bat Jacob den Maler abschließend.

Kurz danach machte er sich auf die Suche nach dem Schüler, der das Boucher-Gemälde kopiert hatte. Gegen ein hübsches Sümmchen erklärte er sich bereit, in der folgenden Nacht die Züge Aliénors in das nur halb zu erkennende Gesicht der ruhenden Kurtisane einzufügen. „Das schaff' ich schon – bei dem Vorbild ..." meinte grinsend der junge Mann, der sich sichtlich über die üppige Geldzuwendung aus Jacobs Hand freute. „Und auf mein Stillschweigen könnt Ihr Euch verlassen, Edler Herr von Bardenfleth." Und so verließ am übernächsten Morgen unauffällig und per Kurier ein Päckchen die Residenzstadt, dessen Inhalt noch für allerlei Querelen sorgen würde, während Jacob das echte Meisterwerk mit Aliénors Porträt sorgfältig zwischen seinem Gepäck versteckte.

Nach einigen Tage, die Jacob im Müßiggang mit oder ohne weibliche Begleitung – und dann vorzugsweise mit Kathi – in der Ludwigsburger Umgebung verbracht hatte, war es soweit: Herzog Carl Eugen bat auch ihn zu einem Kleinen Salon ins Schloss. Zuvor sollte eine öffentliche Truppenparade im Ehrenhof des Schlosses stattfinden. Dieses Spektakel, zu dem Jacob selbstverständlich fein herausgeputzt erschien, interessierte ihn nicht im Geringsten: Soldaten marschierten in unterschiedlichen Formationen auf und ab, präsentierten ihre Waffen, brüllten Befehle und stampften mit den Stiefeln über das Pflaster – das war nicht nach Jacobs Geschmack. Dennoch blieb er aufmerksam dabei – hatte er doch auf der gegenüberliegenden Seite des Hofes endlich Aliénor von Imhoff ausgemacht. Sie saß auf einer Tribüne inmitten des ortsansässigen Adels und ließ sich irgendwann zu einem gnädigen Kopfnicken in seine Richtung herab. Jacob vermutete allerdings, dass sie ihn längst entdeckt hatte, zu offensichtlich war ihr Desinteresse an seiner Person. Was bildete sich diese kleine Hexe eigentlich ein? Auf einmal war der Anflug von schlechtem Gewissen, das ihn manches Mal beim Gedanken an die Porträt-

Manipulation beschlichen hatte, wie weggeblasen. Diese hochnäsige Edle von Imhoff hatte den Ärger verdient, der ihr sicherlich bald ins Haus stand!

Zum ‚Kleinen Salon' im Schloss empfing der Herzog seine Gäste abends vor der mittleren Pforte der Orangerie, die mit Lampions taghell erleuchtet war. Gemeinsam mit Guibal gelangte Jacob durch diverse Gemächer in den Marmorsaal, wo ein prächtig gedeckter Tisch – jedoch mit leeren Schüsseln – vorbereitet war. Während Guibal ihn einzelnen Herrschaften vorstellte, deren Namen Jacob sich kaum merken konnte, wanderte sein Blick immer wieder unruhig über die Gästeschar. Würde Aliénor auch hier erscheinen? Ihren Gastgeber und Verwandten, diesen Grafen von Montmartin, hatte er hier bereits kennengelernt. Der enge Berater des Herzogs war allerdings nicht weiter interessiert gewesen und hatte sich vermeintlich wichtigeren Gästen zugewandt.

Jacob ließ sich von diesem Verhalten nicht aus der Ruhe bringen. Gespannt lauschte er den Worten Guibals, der ihn in die Geschichte des auffälligsten Gastes einweihte: eines Riesen, der Jacob als Thut, ein enger Vertrauter des Herzogs, vorgestellt worden war. Angeblich stammte der Hüne aus den Schweizer Alpen, wo er 1736 geboren worden war. Bereits mit 17 Jahren hatte er eine unvorstellbare Körpergröße erreicht und war jetzt wohl der größte Mensch der Welt. Er hatte sein Tal verlassen und sich für Geld auf Jahrmärkten gezeigt. Im Siebenjährigen Krieg hatte Thut als Soldat im preußischen Heer gedient und war dann vor drei Jahren nach Württemberg gekommen, wo er im Ludwigsburger Schloss als „Kammertürke"[150] angestellt wurde. Als der Herzog dem Riesen das erste Mal begegnet war, sollte er gesagt haben: „Merk' Er sich, Er ist zwar der Längste, aber ich bin der Größte in meinem Reich!" In der Residenz verrichtete Thut zunächst allerlei Dienste in Schloss und Garten, schwere Arbeit bereitete ihm jedoch häufig Schmerzen im Rücken. Erst seit Kurzem gehörte er zum

150 Mit Kammertürke bezeichnete man im 18. Jahrhundert einen persönlichen Diener eines Herrschers.

auserwählten Dienerkreis um Carl Eugen.

Jacob war tief erstaunt und stellte sich unauffällig neben den Riesen. Er selbst galt ja schon als groß, doch neben diesem Thut, der nun auch noch mit undurchdringlicher Miene auf ihn herabsah, fühlte er sich wie ein Zwerg! Schnell wechselte Jacob seinen Standort und bezog am anderen Ende des Saales einen Beobachtungsposten. Von dort entdeckte er endlich Aliénor, die dem Herzog gerade ihre Referenz erwies und sich danach suchend im Raum umschaute. Da Graf Montmartin immer noch ins Gespräch verwickelt war und Guibal auch nicht zur Verfügung stand, passierte sie höflich grüßend zwei Grüppchen eifrig schwatzender Damen und steuerte direkt auf Jacob zu.

„Nun, Euch trifft man auch allerorten, nicht wahr, Edler Herr von Bardenfleth?“ Sie musterte ihn von oben bis unten und fügte mit leiser Stimme hinzu: „Wie immer perfekt inszeniert, Kompliment. Fast besser als alle anderen. Wo habt Ihr das nur gelernt?“ Sie lächelte süffisant. Doch ehe Jacob empört antworten konnte, setzten laute Fanfarentöne ein. Die Gesellschaft eilte zu den weit geöffneten Fenstern mit Blick in den Schlosshof. Dort marschieren Württemberger Soldaten ein. Inszeniert wurde ein kleines Feldlager mit Lagerfeuer, Zelten und einem Feldherrenhügel. Mit großem Getöse überfiel nun Reiterei das Lager und es kam zum Gerangel um die Standarte. Plötzlich trat der Feldherr auf und gebot mit theatralischer Geste ein Ende der Kampfhandlungen. Pax und Victoria stellten sich zwischen die Parteien und es kehrte Ruhe auf dem Schlachtfeld ein. Die Bevölkerung huldigte dem großen Feldherrn ehrfürchtig – und der ganze Zinnober war vorbei. Es folgte ein Feuerwerk, das der Herzog höchstpersönlich dirigierte. Dann traten die Gäste wieder ins Innere, während im Stehen ein Imbiss serviert wurde.

Jacob wunderte sich. Was sollte das alles? Eine gedeckte Tafel mit leeren Schüsseln, ein inszeniertes Kriegsspielchen mit Soldaten und Waffen, deren beste Tage vorüber schienen, eine Gästeschar, die sich darüber nicht einmal wunderte – war die

Ludwigsburger Residenz möglicherweise nicht mehr als eine gigantische Kulisse für einen militärverliebten Souverän ohne ernsthafte militärische Ambitionen? Denn dass Carl Eugen kein begnadeter Feldherr war, hatte sein unrühmlicher Einsatz im letzten Krieg gezeigt.[151]

„Und, hat der Herzog Euch schon in sein Herz geschlossen?“ Aliénors spitzer Tonfall riss Jacob aus seinen Gedanken.

„Nein, ich wurde ihm noch nicht vorgestellt“, gab Jacob zu. „Wollt Ihr das vielleicht übernehmen?

„Nun, wenn Ihr mir verratet, wer Ihr wirklich seid“, raunte Aliénor ihm zu, da sich Carl Eugen in diesem Moment näherte. „Später vielleicht einmal.“ Jacob blinzelte der schönen Aliénor verschwörerisch zu und verbeugte sich beflissen vor seinem Gastgeber.

„Er muss dieser Bardenfleth sein, nicht wahr?“ Herzog Carl Eugen ließ seinen Blick anerkennend auf Jacob ruhen. „Und er ist an Bildung und Büchern interessiert, sagte man mir.“

„Sehr wohl, Euer Durchlaucht. Ich hatte bereits die Gelegenheit, in vielen Bibliotheken hoher Herrschaften zu arbeiten oder deren Bestände durch gezielte Ankäufe aufzuwerten. Auch Eure ganz neue öffentliche Bibliothek habe bereits besichtigt ...“ Jacob verschwieg wohlweislich, dass ihn die Sammlung, die ja in der Akademie untergebracht war, keinesfalls überzeugt hatte und nicht weiter interessierte.

„Nun, dann soll Er mir als Consultant zur Seite stehen. Ich plane nämlich eine neue Lehranstalt für Begabte[152]. Ich werde Ihn, wenn es so weit ist, gnädig kontaktieren.“ Der Herzog nickte ihm höflich zu und zog weiter, während Jacob Aliénor fragend anschaute.

„Ja, Carl Eugen ist ein vielseitig interessierter Mann“, bemerk-

151 Jacobs Vermutungen liegen einigermaßen richtig. Ende der Sechziger-/Anfang der Siebzigerjahre verlagerte der Herzog seine Interessen deutlich und widmete sich Sozial- und Bildungsprojekten. Seine Soldaten galten im Übrigen stets als schlecht ausgerüstet und alles andere als wehrhaft.

152 Tatsächlich beschäftigt sich Carl Eugen seit 1768 mit der Gründung einer Militärakademie. Sie wurde 1781 zur „Hohen Carlsschule“, in der auch Friedrich Schiller erzogen wurde.

te sie und schob dabei ihre Unterlippe pikiert vor. „Leider gilt sein Interesse vor allem seinen Mätressen."

Jacob musste lachten. Störte sich ausgerechnet Aliénor an so etwas? Er konnte es sich kaum vorstellen. Gut gelaunt trat er einen Schritt vor und fragte sie: „Wie lang werdet Ihr noch in Ludwigsburg weilen? Wie ich hörte, ist Eure Porträtsitzung erfolgreich beendet."

Aliénor schnaubte. „Gott sei Dank, ja. Und mein werter Zukünftiger hat das Werk bereits holen lassen. Er scheint es ja kaum erwarten zu können, dass mein Antlitz sein düsteres Schloss erhellt. Nun, ich werde trotzdem noch einige Zeit hier bleiben."

Ihre Stimme klang gleichermaßen trotzig und traurig und Jacob beschloss, ihr ein wenig Mut zu machen: „Edle Dame von Imhoff, wenn Ihr mir die Ehre erweist, mich einmal auf einer Ausfahrt zu begleiten, werde ich Euch bei dieser Gelegenheit berichten, was ich in der bewussten Angelegenheit – Ihr wisst schon – unternommen habe." Er lächelte sie freundlich an.

„Ach ja? Eine Ausfahrt wünscht Ihr?" Aliénor blitzte ihn zornig an. „Etwa jener Art wie mit dieser rothaarigen Schlampe? Nein, mit mir nicht! Was erlaubt Ihr Euch!" Sie dreht sich auf dem Absatz um und ließ Jacob einfach stehen. Perplex starrte er ihr hinterher. Hocherhobenen Hauptes schritt Aliénor an den anderen Gästen vorbei, flüsterte Graf Montmartin ein paar Worte zu und verschwand, ohne sich noch einmal umzudrehen. Wie hatte sie nur denken können, dass er an einem pikanten Abenteuer mit ihr interessiert war? Jacob überlegte fieberhaft, was er nun schon wieder falsch gemacht hatte, kam jedoch auf keine plausible Lösung. Die einzige Erklärung für Aliénors Verhalten, die ihm einfiel, war so absurd, dass er sie sofort wieder verwarf: Denn eifersüchtig auf eine Kurtisane würde Aliénor von Imhoff wohl kaum sein!

Der Rest des Abends verging in Langeweile und ohne interessante Gespräche; Jacob war froh, als er spät in der Nacht in sein Bett fiel. Die vielen Veranstaltungen, die sich in der folgenden Zeit anschlossen, besuchte er lediglich, um Aliénor wieder zu treffen. Zuvor wurde er mehrfach Zeuge der prunkvollen Hofhaltung des Herzogs. Dazu zählten Jahrmärkte und unendlich viele Truppenparaden des stehenden Heeres, aber auch Opern und Singspiele, die in solche Vorführungen eingebaut wurden. Den Ludwigsburger Adligen und wohlhabenden Bürgern gefielen derartige Spektakel – vor allem dann, wenn sie auf den Feldern zwischen Oßweil, Pflugfelden und Kornwestheim als so genannte „Lustlager" stattfanden. Dazu schlugen die ansonsten kasernierten Soldaten ihre Biwaks im Freien auf und spielten Krieg. Auch der Herzog selbst, obwohl ein miserabler Heerführer, war gern „an vorderster Front" dabei. Großer Beliebtheit erfreuten sich auch die Redouten Carl Eugens, zu denen stets alle Bürgerinnen und Bürger der Stadt eingeladen waren. In Anwesenheit des Herzogs durften sie dabei zur Musik mehrerer Musikkapellen tanzen. Das Ganze fand in einem eigens eingerichteten Festsaal statt – und häufig in Verbindung mit Maskeraden. Dabei amüsierte man sich auch mit verschiedenen „Commerzspielen" an Würfeltischen, beim Kartenspiel und mit einer Lotterie. Einen gesellschaftlichen Höhepunkt bildeten die „venezianischen Messen", die Carl Eugen ins Leben rief. Dazu musste der Adel in venezianischer Maskerade erscheinen und abends nach dem Ball im Stadtzentrum von Ludwigsburg flanieren. Offenbar hatte der Italienaufenthalt des Herzogs tiefen Eindruck auf ihn gemacht – anders konnte sich Jacob diese merkwürdigen Veranstaltungen nicht erklären.

Genau darüber kam er auch mit Aliénor ins Gespräch, die er Ende des Erntemonats auf dem Marktplatz traf. Sie war mit Abreisevorbereitungen beschäftigt, weil ihr zukünftiger Gatte sie demnächst in Heidenheim treffen wollte, um dann gemeinsam mit ihr zurück ins Hohenlohische zu reisen. Unglücklicherweise war ihr komfortables Reisegefährt bei einem Remisenbrand vollständig zerstört worden, so dass sie nun auf der Suche nach einem Leihfahrzeug war. Jacob reagierte sofort und lud sie ein, die Reiseetappe mit ihm gemeinsam zu unternehmen, da er ohnehin nach Heidenheim wollte. Damit sie sich von der Bequemlichkeit seiner Kutsche überzeugen konnte, schlug er eine gemeinsame Ausfahrt nach Stuttgart vor. Diese stand ohnehin noch auf seinem Programm; schließlich hatte er Guibal versprochen, seine Gemälde in Schloss Solitude zu besichtigen. Aliénor stimmte zu, ohne ihren empörten Abgang vor einigen Wochen zu erwähnen. Das erleichterte vieles, fand Jacob, und sie vereinbarten den Ausflug für den folgenden Tag.

Als Aliénor am Morgen Jacobs Kutsche bestieg, zeigte sich das Wetter von seiner schönsten Seite. Sonnenschein und leichte Wolken wechselten sich ab, die Temperatur war angenehm. Sie beschlossen offen zu fahren, um möglichst viel von der Landschaft zu sehen.

Stuttgart lag in einem Talkessel etwa eine Stunde von Ludwigsburg entfernt. Über Serpentinen ging es durch zahlreiche Weinberge hinab in die Stadt. Stuttgart war von einer Stadtmauer umgeben. Vor dem Tor fiel sofort eine gigantische Baustelle ins Auge: der Schlossplatz mit dem *Neuen Schloss*, von dem Guibal ihm ausführlich erzählt hatte. Das Corps de Logis mit seinen beiden angrenzenden Flügelbauten war bereits fertiggestellt. Allerdings waren am Gartenflügel auf der linken Seite noch deutlich die Brandspuren der Katastrophe zu sehen, der ja auch Guibals italienische Gemälde zum Opfer gefallen waren. Das Dach war schon wieder neu eingedeckt. Vor dem Corps de Logis befand sich ein geräumiger Ehrenhof und im Gebäudetrakt auf der gegenüberliegenden Seite, dem sogenannten Stadtflügel, hatte Carl Eugen immerhin schon seinen Geburtstag gefeiert.

Jacob und Aliénor trafen Guibal im Ehrenhof des Schlosses, von wo aus er sie auf einen Rundgang durch die fertigen Gebäudeteile mitnahm. Interessiert lauschten sie seinen weitschweifigen Ausführungen zur Größe der Anlage, zu den halbfertigen Stuckarbeiten, deren Plafond Guibal wahrscheinlich noch ausmalen sollte, zur Inneneinrichtung des Corps de Logis und zu den großen repräsentativen Räumen in der Bél Etage. Die Ausmaße dieses Schlosses waren imposant, doch Jacob stellte fest, dass er kleinere Anlagen bevorzugte. Möglicherweise kam hier seine tatsächliche Herkunft ins Spiel – er fand es einfach gemütlicher, wenn Räume nicht nur repräsentativ, sondern auch bewohnbar wirkten. Aliénor sah das übrigens ganz ähnlich; Guibal hingegen liebte die Weite und Größe, die er für seine künstlerische Tätigkeit brauchte.

Ehe sie jedoch darüber in eine kontroverse Diskussion geraten konnten, musste Guibal sich verabschieden, weil er noch anderweitig zu tun hatte. Erleichtert machten die beiden sich ohne ihn auf den Weg in den Stadtkern mit dem wunderbaren Geviert des *Alten Schlosses*. Auch hier gab es einen gigantischen Ehrenhof, den Arkaden umgaben. Ganz erstaunlich war die riesige Reitertreppe, über die man mit dem Pferd in die obere Etage gelangen konnte. Aliénor geriet vor allem in der Schlosskapelle ins Schwärmen, die hübsch mit Empore und Netzgewölbe ausgestattet war – und dann natürlich im Innenhof der Schlossanlage. Auch Jacob musste zugeben: Einen so schönen arkadengeschmückten Hof hatte er zuvor noch nie gesehen! Beide fragten sich, warum die Herzoge und Grafen von Württemberg hier schon seit 30 Jahren nicht mehr residierten. Der altmodische Charme dieses Schlosses hatte weitaus mehr für sich, als die überall gleichen modernen Schlossanlagen – das empfand zumindest Jacob so.

Zu Fuß machten die beiden sich auf den Weg in die engen Gassen der alten Stadt. Im Süden stießen sie dabei auf das so genannte „Bohnenviertel"[153]. Aliénor erzählte Jacob, dass die Bewohner dieses Quartiers auch bei den Einheimischen als originell und sonderlich galten. Offenbar waren hier die schwäbischen Freigeister zu Hause, die man in der Stadt als „Veschperlesmoischter"[154] und „Knackwurschtprivatiers" bezeichnete. Jacob und Aliénor genossen das besondere Flair in

153 Der Name kommt von den Weinranken, die an den Häusern emporwuchsen und denen von oben nach unten die Bohnenranken entgegenkamen. Der Schellenturm im Bohnenviertel ist heute der letzte erhaltene Turm der Stadtmauer. Er verdankt seinen Namen den „Schellen" (Metallfesseln), mit denen früher Sträflinge fest angekettet waren.
154 Vesper Meister

den engen Gassen und kehrten in einer kleinen Wirtschaft ein. Zu einem guten Mahl aus Linsen, Spätzle und feinen Seidenwürsten wurde ihnen ein ordentlicher Trollinger serviert, der die Zungen lockerte und ihre Stimmung deutlich hob. Und so ergab es sich schließlich, dass sie tatsächlich ihre gemeinsamen Reisepläne Richtung Heidenheim schmiedeten.

„Es gibt allerdings ein Problem ...", erwähnte Jacob mit zögerlicher Stimme. Fragend schaute Aliénor ihn an.

„Nun ja", begann er, „ich habe recht viel Gepäck, vor allem auch Bücher, die ich im Auftrag hoher Herren gekauft habe oder verkaufen muss – da bleibt nicht allzu viel Platz." Jacob wand sich vor Verlegenheit; hoffentlich bekam die impulsive Gräfin nicht wieder alles in den falschen Hals!

„Ihr meint, wegen meiner Garderoben?" Aliénor zuckte die Schultern. „Ich pflege nur leichte Reisegarderobe mitzunehmen."

„Nein, ich dachte eher an Eure Zofe." Nun war es heraus und Jacob begann zu schwitzen. Anständige Frauen reisten nicht allein – schon gar nicht unverheiratet in fremder männlicher Begleitung. Doch die Gräfin von Imhoff war anders als die meisten Frauen, die er bislang kennengelernt hatte und einen Versuch war es wert.

„Ich verstehe." Aliénor sah ihn prüfend an und dachte einen Moment nach. Der Wein hatte ihr Gesicht leicht gerötet und sie wirkte deutlich entspannter als sonst. Dann holte sie tief Luft und sprach hastig: „Ehrlich gesagt, ich konnte meine Zofe noch nie besonders leiden. Mein Bruder hat sie mir aufgezwungen. Von daher bin ich ganz froh, nicht mit ihr in einer Kutsche sitzen zu müssen. Nur geht das natürlich eigentlich nicht. Deshalb schlage ich vor, dass wir die Stadt in zwei Kutschen getrennt verlassen und ich das dumme Ding, sobald wir die Tore Ludwigsburgs weit hinter uns haben, mit all meinen Einkäufen und einem Teil des Gepäcks nach Weikersheim vorausschicke. Soll mein Bruder sich doch schwarz ärgern – schließlich werde ich in Heidenheim erwartet!"

Sie unterbrach ihren Redeschwall für einen Moment und

seufzte. Ehe Jacob etwas erwidern konnte, fuhr sie jedoch in deutlich schärferem Ton fort: „Ich erwarte aber, Edler von Bardenfleth, dass Ihr die Situation nicht ausnutzt, zu Eurem Wort steht und mir während der Reise verratet, was Ihr in meiner Angelegenheit unternommen habt. Nicht, dass Ihr mich mit der stadtbekannten Kathi verwechselt!“

Bei ihren letzten Worten war Aliénor feuerrot geworden. Ihre Augen funkelten zornig und sie wedelte sich mit einem eleganten Fächer hektisch Luft zu. Jacob wusste nicht, wie er reagieren sollte. Die Situation war unangenehm, denn er konnte seinen Kontakt zu Kathi nicht abstreiten. Jeder wusste, welchem Gewerbe die Frau nachging – auf reine Spazierfahrten konnte er sich also auch nicht hinausreden. „Es, ... es tut mir leid ...“ begann er stotternd, doch Aliénor hatte sich bereits wieder in der Gewalt und unterbrach ihn hastig: „Schon gut, lasst gut sein.“ Sie blickte betreten auf die Tischplatte vor sich und knetete nervös ihre Finger. „Mein Cousin Graf Montmartin pflegt offenbar auch Umgang mit dieser Frau.“ Sie räusperte sich verlegen. „Sie ... sie soll durchaus kluge Gedanken haben, sagt er, und natürlich außerordentlich anziehende und sonstige ungewöhnliche Qualitäten ...“

Nun war es an Jacob, einen roten Kopf zu bekommen. Hatte Montmartin ihr tatsächlich Details verraten? Zerknirscht schaute er zu ihr auf, doch Aliénor schien nicht bereit, das heikle Gespräch fortzusetzen und sprang auf. „Lasst uns zurückfahren, damit wir vor Einbruch der Dunkelheit wieder in Ludwigsburg sind!“

Schwaben im September/Oktober 1768

Das Ungemach begann in dem Moment, als Aliénors Mietkalesche mit der völlig aufgelösten Zofe hinter einer Wegbiegung verschwunden war und Jacob seinen Kutscher anwies, über Stuttgart den direkten Weg nach Lorch einzuschlagen. Dort wollte er die Reise unterbrechen, um nach einem mysteriösen vierten Band der *Lorcher Chorbücher* zu forschen, die Herzog Carl Eugen vor Kurzem vom Neresheimer Klosterabt geschenkt bekommen hatte[155]. Jacob war dieser Vorgang selbst zu Ohren gekommen, nicht aber die Vermutung, dass auch die beiden angeblich verschollenen Bände noch irgendwo in Lorch oder Umgebung ihrer Entdeckung harren könnten. Diesen Tipp hatte er per Depesche von Anton erhalten, der ihn dringend darum bat, dieser Angelegenheit nachzugehen. Denn bei den bislang unbekannten Bänden sollte es sich nicht um erbauliche Psalmen und Lieder handeln, sondern um eine Sammlung außerordentlicher Zoten mit entsprechend anschaulichen Illustrationen, die einzigartig waren. *Schau, dass Du diesen unanständigen Chorälen auf die Spur kommst ...*, hatte Anton ihn gebeten, ... *sie dürften ein Vermögen wert sein und unsere Zukunft absichern*. Diese Worte hatten Jacob dazu bewogen, dem ehemaligen Kloster Lorch zumindest einen Kurzbesuch

155 Die weltberühmten Lorcher Chorbücher entstanden im damals bedeutenden Kloster Lorch in den Jahren 1511 bis 1512. Sie werden heute in der Württembergischen Landesbibliothek Stuttgart aufbewahrt und stammen aus der Glanzzeit des Klosters. Ursprünglich waren es wohl fünf Handschriften, an denen die besten Schreiber, Buchmaler und Notenspezialisten aus Süddeutschland in einer eigens eingerichteten Werkstatt arbeiteten. Die beiden ersten Handschriften dienten dem Stundengebet, das dritte Chorbuch enthielt Lieder für die Messgottesdienste. Über den Inhalt der beiden anderen Chorbücher ist nichts Genaues bekannt; sie dürften aber in Stil und Gestaltung mit Bildern, Ornamenten und kunstvollen Initialen den anderen drei Büchern ähnlich gewesen sein. Einer ihrer Hauptstifter war Herzog Ulrich von Württemberg, was das Interesse Carl Eugens an den unschätzbar kostbaren Dokumenten der Buchmalerei erklärt. Die Lorcher Chorbücher sind für ihre witzigen Darstellungen und ihre Farbenpracht bekannt, wobei längst nicht nur Szenen aus dem Klosterleben gezeigt werden. Besonders verblüffend ist auch für heutige Leser die Szene, in der Hasen einen Jäger grillen! (Cod. mus. fol I 64 S. 139r). 1535 wurde das Kloster und damit auch die Bibliothek aufgelöst und die kostbaren Chorbücher verschwanden in dunklen Kanälen. Zwei ehemalige Lorcher Mönche verkauften sie 1587 an das nicht reformierte Benediktinerkloster Neresheim, von wo aus sie im 18. Jahrhundert nach Stuttgart gelangten.

abzustatten. Seine Mitreisende stimmte dem zu, zumal Lorch auf dem Weg lag und das alte Klosterareal als sehenswert galt.

Doch die Fahrt verlief anders als von Jacob geplant und erhofft, denn sie hatten noch nicht einmal den Stuttgarter Talkessel passiert, als Aliénor sich in ihrem Sitz aufrichtete und feststellte: „So, Edler Herr von Bardenfleth, nun ist es so weit: Die Stunde der Wahrheit ist gekommen." Sie machte eine bedeutungsschwere Pause und musterte ihn streng. Dann fuhr sie fort: „Ihr habe die Wahl: Entweder Ihr erzählt mir von Eurer tatsächlichen Herkunft – oder Ihr erklärt mir, was Ihr in Sachen Hochzeitsaufschub für mich unternommen habt." Sie schob ihr Kinn trotzig vor und machte allein durch diese Pose klar, dass Widerstand zwecklos war.

Dennoch versuchte Jacob das drohende Unheil abzuwenden und begann betont freundlich: „Nun, Edle Dame von Imhoff, wie Ihr wisst, stamme ich aus dem hohen Norden, von einem kleinen Gut in der Nähe der Hansestadt Bremen ..."

„Nein, das tut Ihr nicht!" Aliénor unterbrach ihn mit scharfem Ton und stampfte wütend mit dem Fuß. „Das Geschlecht der Bardenfleths ist seit Jahrhunderten ausgestorben; besonders rühmlich war diese Familie ohnehin nie. Wie seid ihr nur auf diesen unglaublichen Schwindel gekommen?"

Erneut bemühte Jacob sich die Situation zu retten und versuchte eine andere Variante: „Also gut, Ihr sollt die Wahrheit wissen: Ich bin ein unehelicher Sohn des Markgrafen von Mecklenburg-Schwerin und reise incognito ..."

„Das wird ja immer schlimmer!" Empört beugte sich die schöne Gräfin vor. „Haltet Ihr mich für dumm? Der Markgraf ist ein Frömmler und würde niemals einen Bastard an die berühmtesten Höfe des Südens aussenden, damit er dort irgendwelche merkwürdigen Geschäfte macht. Also, raus mit der Sprache: Wer seid Ihr wirklich?"

Jacob kapitulierte. Auf Dauer würde seine Maskerade gegenüber Aliénor ohnehin kein Bestand haben, das war ihm eigentlich schon seit längerem klar. Aber er musste unbedingt Zeit gewinnen, um zumindest in Lorch noch als Edler von Bardenfleth auftreten zu können. Denn er konnte sich absolut nicht sicher sein, dass Aliénor bereit war, sein Versteckspiel auch weiterhin mitzumachen. Fieberhaft dachte er nach.

„Ich möchte Euch einen Vorschlag unterbreiten, Gräfin." Er lächelte sie zerknirscht an und bemerkte erleichtert, dass ihr strenger Gesichtsausdruck ein wenig wich. „Ich verspreche Euch hoch und heilig, auf der Fahrt zwischen Lorch und Heidenheim alle Karten auf den Tisch zu legen." Er hob seine rechte Hand wie zum Schwur und presste die Linke inbrünstig aufs Herz. „Zuvor aber verratet Ihr mir, wie Ihr mir auf die Spur gekommen seid. Könnt Ihr Euch für diesen Handel erwärmen?"

Aliénor zögerte und wog offenbar seine Worte . Dabei zog sie die Stirn kraus, was ihr einen entzückend zerstreuten Ausdruck verlieh. Vermutlich war ihr klar, dass er so oder so auffliegen würde – und dass dieser kurze Aufschub keine wesentliche Veränderung mit sich brachte. Sie reichte ihm die Hand und er schlug ein. „Abgemacht!" erklärte sie mit fester Stimme und ergänzte drohend: „Aber wenn Ihr Euch nicht daran haltet, bringe ich Euch ins Zuchthaus!"

Jacob schluckte. Er traute ihr das durchaus zu und wollte es besser nicht darauf ankommen lassen. Wenn er doch nur diese mysteriösen und verschollenen Chorbücher finden würde – dann hätte er ausgesorgt und konnte irgendwo anders auf dieser Welt ein ganz neues Leben beginnen. Andererseits: Wollte er das überhaupt? Hatte er sich nicht selbst manches Mal dabei erwischt, wie er von einem Leben als glücklicher Ehemann der schönen Gräfin träumte? Hastig schob Jacob den Gedanken beiseite – vermutlich war er nie weiter von einer solchen Aussicht entfernt gewesen als in diesem Moment!

„Euer erster Auftritt war bereits denkwürdig", kicherte Aliénor und erinnerte Jacob an seinen peinlichen Sturz aus der Kutsche kurz vor Weikersheim. „Damals habt Ihr Euch selbst von Gräsern und Staub befreit, die an Eurer Kleidung hingen – und nicht Euren Kutscher dafür bemüht. Das war zumindest ungewöhnlich." Sie zwinkerte ihm zu.

„Dann, bei dem großen Diner im Schloss, erinnert Ihr Euch? Wir sind im Park promeniert und Ihr habt mir von Eurer Passion für Bücher erzählt. Nie kamen dabei Bibliothekare oder Buchbinder vor; ganz so, als bräuchtet Ihr in Eurer eigenen Bibliothek – wenn Ihr denn eine habt – keine Hilfe. Nur: warum nicht? Jeder hohe Herr beschäftigt eine ganze Reihe Hilfskräfte zur Pflege und Instandhaltung seines Bibliotheksbestandes. Bei Euch machte es den Eindruck, als tätet Ihr das alles allein!"

Jacob staunte. Die Gräfin war eine ausgesprochen gute Beobachterin. Diesen Fehler hatte er tatsächlich gemacht und vermutlich überhaupt nie irgendwelche Bedienstete erwähnt. Krampfhaft versuchte er sich zu erinnern.

Unterdessen setzte Aliénor ihre Auflistung fort. Sie erwähnte seine Unkenntnis in Jagddingen, sein Interesse an anderen Menschen, sein Bestreben, sich allerorten mit Geleitbriefen und Passierscheinen abzusichern, seine erstaunlich joviale und freundliche Art Untergebenen gegenüber, die Tatsache, dass eigentlich niemand aus der höfischen Gesellschaft ihn genauer kannte, und vieles andere mehr. „Und dann natürlich Eure intensive Auseinandersetzung mit Voltaire und anderen modernen Schriftstellern!" Aliénor schaute ihn nachdenklich an. „Dieser Franzose stellt Euren Lebensstil und Euren Stand in Frage und Ihr preist ihn als den Literaten unserer Zeit! Überhaupt: Ihr lest! Zumindest auf dem Land ist das in Adelskreisen nur selten üblich. Meine Brüder zum Beispiel sind dumm wie Brot und haben freiwillig noch nie ein Buch in die Hand genommen. Mein Zukünftiger zählt leider auch zu dieser Kategorie. Und ausgerechnet Ihr, ein junger Mann, solltet trotz gesellschaftlicher Verpflichtungen, neben Jagden, Bällen, Empfängen, Promenaden und diversen Fechtduellen Zeit gefunden haben, praktisch die gesamte wichtige europäische Literatur zu lesen? Da passt entschieden etwas nicht zusammen!"

Natürlich hatte die Gräfin recht mit allem, was sie gegen seine falsche Identität anführte. Jacob konnte nur hoffen, dass seine Fehler und Unstimmigkeiten nicht auch anderen Beteiligten aufgefallen waren. Wie hatte er nur so naiv sein können zu glauben, dass er seine Herkunft mit ein wenig Maskerade und Schauspielerei vertuschen könnte? Und dass ihn ausgerechnet seine breite Bildung verraten würde, das war wirklich absurd. Denn genau die fehlende Bildung war es ja, die den einfachen Mann vom hohen Herrn unterschied: Der eine hatte im Normalfall Zugang zu Bildung – der andere nicht.

„Spätestens als ich dann diesen Buchhändler in Mannheim aufgesucht hatte, war ich mir ganz sicher", fuhr Aliénor unterdessen fort. „Er ist ja ganz reizend, dieser Herr Altenberg, aber leider nicht sehr souverän. Er geriet ganz schön ins Schwitzen, als ich ihn nach Euch fragte. Mir war schnell klar, dass Euch mehr mit ihm verbindet als nur Geschäfte." Sie nickte zufrieden.

„Und warum habt Ihr mich nie selbst gefragt?" unterbrach Jacob sie mit leiser Stimme.

„Oh, ich habe es versucht. In Schwetzingen, auf diesem denkwürdigen Empfang bei der Familie von Hundheim mit den heiratswilligen Töchtern. Habt Ihr das schon vergessen?" Sie grinste ihn frech an. „Ihr müsst Euch doch noch an diesen unsäglichen Dichter erinnern. Wie hieß er noch gleich? Carl-Heinrich von der Ketscher Aue oder so ähnlich."

Jacob wusste genau, wovon Aliénor sprach. Sie hatte ihn damals tatsächlich angesprochen und eine Bemerkung gemacht, die ihr Misstrauen zum Ausdruck brachte. Schließlich hatte er eingewilligt, ihr Verlobungsproblem zu lösen – nur damit sie über ihn schwieg. Doch würde sie das auch in Zukunft tun?

Als hätte sie seine Gedanken gelesen, griff Aliénor nun genau diesen Aspekt des Themas auf: „Ihr könnt übrigens beruhigt sein. Außer mir dürften diese Unstimmigkeiten wohl kaum jemandem aufgefallen sein. Naja, bis auf Graf Vieregg, das war zu erwarten."

Entsetzt richtete Jacob sich auf. „Graf Vieregg weiß ...?" Erschrocken unterbrach er sich, doch Aliénor winkte gelangweilt ab.

„Natürlich. Wenn einer über seine Mitmenschen gut informiert ist, dann der Graf. Er hat mich in einer vertraulichen

Unterhaltung auf Euch angesprochen. Ich habe daraufhin eine unauffällige Nachfrage beim Reichskammergericht[156] eingeleitet, die ..."

„Ihr habt was?" Jacob stockte der Atem. Das würde böse Folgen für ihn haben. Am besten, er würde gleich fliehen. Mit dem Reichskammergericht war nicht zu spaßen! Und mit Aliénor von Imhoff scheinbar auch nicht. Er musste irgendwie seinen Kopf retten, um nicht tatsächlich im Zuchthaus zu landen!

„Nun beruhigt Euch doch!" Die Gräfin lehnte sich süffisant lächelnd zurück. „Das hat keine Folgen für Euch – sieht man einmal davon ab, dass spätestens dann klar war: Eure Identität ist falsch! Graf Vieregg hat nämlich ganz offensichtlich überhaupt kein Interesse daran, dass Ihr enttarnt werdet. Und genau dieses Detail wiederum macht mich sehr neugierig. Sagt, welcher Art sind Eure Geschäftsbeziehungen zu ihm?"

Jacob schwitzte. Einerseits war er kurzfristig erleichtert, andererseits tauchte sofort eine neue Schwierigkeit auf. Er konnte Aliénor doch unmöglich von den Büchern erzählen, die er im Auftrag des Grafen besorgen sollte! Da musste eine Ausrede her – und zwar schnellstmöglich. Wie gut, dass sie auf dem Weg nach Lorch waren!

Jacob begann nun in epischer Breite von den *Lorcher Chorbüchern* zu schwärmen und log Aliénor vor, dass der Graf genau solche kostbaren Dokumente im Auftrag des Kurfürsten höchstpersönlich sammelte, weil sie von unschätzbarem Wert waren. Er schilderte ihr die prachtvollen Illustrationen – die er im Übrigen selbst noch nie gesehen hatte – und versuchte sie davon zu überzeugen, dass mit solchen Handschriften gute Geschäfte zu machen waren. Doch die Gräfin Imhoff war nicht so leicht zu überzeugen. In einer Mischung aus Interesse und Misstrauen lauschte sie seinen Worten und zog dabei die Augenbrauen hoch.

„Ihr wollt mir doch nicht allen Ernstes verkaufen, dass ausgerechnet Graf Vieregg erbauliche Literatur liebt, oder?" Sie

156 Das Reichskammergericht beschäftigte sich mit Adelsangelegenheiten, insbesondere mit Streitereien Adliger untereinander.

schüttelte energisch den Kopf. „Nein, Bardenfleth, das glaube ich Euch nicht. Aber die Geschichte habt Ihr wie immer schön erzählt. Nur nicht ganz der Wahrheit entsprechend. Aber die finde ich auch noch heraus."

Aliénor biss sich auf die Unterlippe und überlegte einen Moment. Dann gab sie sich einen Ruck und blickte demonstrativ aus dem Fenster. „Übrigens, wo sind wir hier eigentlich? Müssten wir nicht bald in Lorch ankommen?"

Erleichtert stieg Jacob auf den Themenwechsel ein und die nächsten Stunde plauderten sie ganz gelöst über die Landschaft, den Herzog von Württemberg und seine merkwürdige Affinität zum Soldatenleben, die vielen modernen Häuser in Ludwigsburg und das Leben in der Residenzstadt. Offenbar hatte Aliénor beschlossen, das leidige Thema von Jacobs wahrer Herkunft zu vertagen.

Am Nachmittag fuhren sie wie geplant in Lorch ein. Ihre Stimmung war gut und entspannt – trotz der vielen ungeklärten Fragen, die zwischen Jacob und seiner Mitreisenden schwebten. Doch mit der Suche nach einer angemessenen Unterkunft begann der Ärger erneut. Jacob war zwar darüber informiert, dass Lorch wegen der Auflösung des Klosters seine besten Zeiten hinter sich hatte – auf die tatsächlichen Zustände in dem Ort war er jedoch nicht vorbereitet: Das einst blühende Städtchen schien halb verfallen und völlig verwaist zu sein. Und an einen geeigneten Gasthof als Unterkunft war gar nicht zu denken. Achselzuckend verwies ihn ein alter Mann, den Jacob fragte, aufs Kloster, das auf einer Anhöhe über dem Remstal lag. Immerhin waren die imposanten Klostermauern noch weitgehend intakt und guten Mutes näherten sie sich dem Torturm. Dort stand ein modernes „Observationshäuschen", in dem ein wachhabender Soldat laut schnarchte. Jacob weckte ihn auf. Was waren das nur für verlotterte Zustände? Doch der Kerl ließ sich von Jacobs Tadel nicht weiter beeindrucken und schickte ihn brummend zum Amtshaus in der Prälatur. Jacob schüttelte den Kopf, wies den Kutscher an, in das Klosterareal einzufahren und informierte Aliénor über den Stand der Dinge. Sie saß leicht gereizt und aufrecht auf ihrem Polster und bemerkte lediglich spitz: „Nun, Bardenfleth, was machen wir nun ohne Unterkunft? Da seid wohl auch Ihr am Ende Eures Lateins, nicht wahr?"

Jacob schluckte seinen Ärger über ihre Stichelei hinunter und schwieg, während die Kutsche durch den Klosterhof rumpelte. Unter einer Schatten spendenden Eiche hielt das Gefährt an und Jacob half Aliénor bei Aussteigen. Vor ihnen erhob sich die imposante Abteikirche, rechter Hand stand noch ein Teil des Kreuzgangs mit einem halb verfallenen Bauteil der ehemaligen Abtei, wo sich nun die Prälatur befand. Alles wirkte sehr vernachlässigt. Wie sollte er hier eine kostbare Handschrift finden, fragte sich Jacob und grübelte gleichzeitig über die Frage der Unterkunft für die Nacht. Er selbst konnte auch in einfachen Unterkünften schlafen, doch der Gräfin war das nicht zuzumuten. Was hatte er sich mit dieser streitbaren Mitreisenden bloß angetan!

In der Prälatur trafen sie zu Jacobs größtem Erstaunen auf einen jungen und sehr freundlichen Amtsschreiber. Heinrich Scheinemann hatte sich seine Schreibstube im ersten Obergeschoss eingerichtet. Der Raum verblüffte durch symbolträchtig bemalte Holzvertäfelungen, die noch recht neu erschienen und an Buchmalereien erinnerten[157].

„Schön, nicht wahr?" freute sich der Amtsschreiber über das Interesse seiner Besucher. „Sie sind ganz neu."

Jacob nickte und begann einen Austausch darüber, wie Hell-Dunkel-Kontraste umgesetzt wurden. Dabei zeigte er sich als Kenner von Buchmalereien aller Jahrhunderte und stellte sich dem jungen Mann endlich vor.

„Und das ist sicherlich Eure werte Gattin, nicht wahr?" Freundlich verbeugte Scheinemann sich vor Aliénor, die vor Schreck ganz blass geworden war. Doch ehe sie den Irrtum aufklären konnte, antwortete Jacob: „Jawohl. Darf ich vorstel-

157 Tatsächlich wurde die Prälatenstube im 1. Obergeschoss des Klosters erst 1687 von einem unbekannten Maler ausgemalt. Die aufwendigen Paneelmalereien sind bis heute erhalten geblieben und zu besichtigen.

len: Aliénor von Bardenfleth."

Er drängte sie ein wenig zur Seite und raunte dem Amtsschreiber zu: „Meine Gattin ist leider ein wenig unpässlich – hättet Ihr vielleicht eine Idee, wo wir hier in der Nacht unterkommen könnten? Der Ort unten am Fluss erschien uns doch etwas ungastlich ..."

„Ach ja", seufzte Scheinemann und sein Gesicht bekam einen bekümmerten Ausdruck. „Das Schicksal meint es nicht gut mit diesen ehrwürdigen Mauern." Er seufzte schwer und wies dann zum Fenster hinaus auf ein kleines Häuschen, das sich eng an die Klostermauer schmiegte. „Ihr werdet hier kaum etwas Besseres finden, Edler Herr, als dieses Gartenhäuschen. Es ist gepflegt und wird von uns als Gästezimmer genutzt. Wenn Ihr damit vorlieb nehmen wollt ...?"

„Danke, sehr gern!" Hastig ergriff Jacob das Wort, um zu verhindern, dass Aliénor sich einmischte. Er ergriff ihren Arm und schob sie aus der Stube. „Wir werden gleich Quartier beziehen, wenn es recht ist. Darf ich Euch später noch ein paar Fragen zum Kloster und seiner Geschichte stellen?"

„Aber ja doch." Der Amtsschreiber war sichtlich erstaunt über Jacobs Verhalten, eilte ihm jedoch mit dem Schlüssel hinterher. „Ich werde Euch aus dem Dorf etwas zu essen bringen lassen. Eine junge Frau übernimmt das für uns. Ein einfaches Mahl, aber nahrhaft."

Kurze Zeit später stand Jacob mit Aliénor und einigen Gepäckstücken allein in dem einzigen Raum des Häuschens. Schweigend wanderte ihr Blick zwischen den beiden Pritschen, dem etwas komfortableren Bett, dem einzigen Stuhl, dem Tischchen und Jacob hin und her. Dann holte sie tief Luft: „Was fällt Euch ein? Mich als Eure Gattin auszugeben! Mein Ruf ist ruiniert – ein Hochstapler mein Mann?" Sie japste.

„Ihr täuscht Euch, edle Dame", antwortete Jacob mit betont ruhigem Ton. „Euer Ruf hätte weitaus mehr darunter gelitten, als Gräfin von Imhoff unverheiratet mit einem anderen Mann in einer Stube zu nächtigen, das dürfte Euch doch wohl klar sein. Und eine Alternative scheint es an diesem Ort kaum zu geben, nicht wahr?“

Zornig starrte Aliénor ihn an, widersprach jedoch nicht. Dann stürmte sie zum Fenster und steckte ihren Kopf hinaus. Jacob folgte ihr langsam. Schweigend ließen sie ihren Blick über den Klosterhof mit dem Brunnen, über die alte, halb verfallene Abtei, die Kirche und den großen Baum gleiten. In was waren sie hier hineingeraten? Jacob fragte sich ernsthaft, ob er jemals diesem Lügengeflecht wieder entkommen würde.

„Nun, da ich ja unpässlich bin ...“ – Aliénor schnaubte – „... werde ich mich jetzt zur Ruhe begeben.“ Sie inspizierte eine der Pritschen und ließ sich dann darauf nieder. „Ihr habt ja noch eine Verabredung, nicht wahr?“ Ihr honigsüßer Ton weckte Jacobs Misstrauen, doch er hatte keine Ahnung, was sie vorhatte. Also nickte er ihr kurz zu und verließ die Stube.

Vom jungen Scheinemann wurde Jacob in den nächsten Stunden in die Geschichte des Klosters eingeweiht. Der Amtsschreiber war trotz seiner Jugend ein auffallend gebildeter Mann, dessen aufklärerischer Geist nicht so recht zu der halb verfallenen Anlage passen wollte. Scheinemann erzählte ihm von der ursprünglichen Bedeutung der Klosters, das vor hunderten von Jahren eine große Bibliothek besessen hatte und berühmt war für seine Buchmalereien. In den Zeiten der Bauernaufstände war das Kloster unglücklicherweise gebrandschatzt und schließlich während der Reformation aufgegeben worden.

Scheinemann selbst versah noch nicht lange seinen Dienst in Lorch – er war infolge eines ungeheuerlichen Skandals in das Provinznest gekommen. Erst vor kurzem waren nämlich Grab- und Schatzräuber des Nachts mehrmals in die Klosterkirche eingedrungen, hatten den schadhaften Boden durchwühlt, dabei mehrere Gräber geöffnet und geschändet. Das hatte Herzog Carl Eugen höchstpersönlich auf den Plan gerufen, der sich zuallererst davon überzeugte, dass sich niemand am Hochgrab der Kaisertochter Irene zu schaffen gemacht hatte. Der Herzog ließ das Kloster fortan Tag und Nacht bewachen – wenngleich die Soldaten, so Scheinemann, nicht besonders eifrig ihrer Aufgabe nachgingen. Jacob konnte das nur bestätigen und erzählte dem Amtsschreiber von dem schlafenden Kerl im Observationshäuschen.

Seit dem Vorfall in der Kirche war Scheinemann nun im Auftrag der hochlöblichen Hofkammer des Herzogs von Württemberg vor Ort tätig und hatte den Auftrag, die Kirchenfenster zunageln zu lassen und die restlichen Klostergebäude instandzuhalten. „Wie man hinreichend weiß", fügte er hinzu, „kann es ja kurzfristig passieren, dass die Hohen Herrschaften aus der Residenz auf einen Jagdvergnügen vorbeikommen. Gott bewahre uns davor und vor der vielen Arbeit!"

„Kann man die Kirche denn besichtigen?" Jacobs Interesse war geweckt. Offenbar glaubten auch andere, dass in Lorch noch irgendetwas Kostbares zu finden war.

„Selbstverständlich!" Erfreut über Jacobs Interesse führte Scheinemann ihn auf dem Gelände herum und zeigte ihm das schadhafte Dach der Kirche, wo schon vor Jahren der Blitz eingeschlagen hatte. Er selbst hatte es gerade reparieren lassen; glücklicherweise waren Mauern und Dekoration stark und wetterresistent geblieben.

Jacob war von dem hübschen langestreckten Bau mit seinen feinen Gewölberippen in der Vierung und im Chor begeistert. Das Schiff war flach gedeckt und man merkte es dem Baukörper an, dass er deutlich älter sein musste. Dazu passten auch die massiven Bögen, die auf Pfeilerkapitellen mit Tierornamenten ruhten. Tatsächlich, so erfuhr Jacob, war der Bau um 1100 begonnen worden, wobei die Skulpturen an den Vierungspfeilern aus einer späteren Epoche stammten. Das galt auch für den Chor, der offenbar im 15. Jahrhundert erneuert und erhöht worden war.

„Und wurde denn etwas gestohlen, als die Grabschänder hier eindrangen?" Jacob ließ seinen Blick über den Boden der Kirche gleiten, der in einem erbarmungswürdigen Zustand war.
„Nein, eigentlich nicht."

Das leichte Zögern in der Stimme des Amtsschreibers ließ Jacob aufhorchen. „Eigentlich nicht?", hakte er nach.

„Nun ja." Der junge Mann schien seine Worte genau abzuwägen, ehe er fortfuhr. „Es gibt da etwas, was ich selbst gefunden habe. Offenbar wurde es von einem meiner Vorgänger im Prälatenhaus versteckt. Es ist allerdings etwas ... hm ... delikat und nicht direkt als liturgisch bedeutsam anzusehen." Verlegen starrte Scheinemann auf den Boden.

Jacobs Neugier war geweckt und er überredete den Beamten, ihm seinen Fund zu zeigen. Dieser führte ihn zurück in seine Prälatenstube, löste eines der kunstvoll bemalten Wandpaneele und holte aus einem Geheimfach dahinter eine unscheinbare flache Holzkiste hervor, die er vorsichtig aufschob. Jacob, der bereits kostbare Handschriften erwartet hatte, riss die Augen auf, als er sah, was der junge Mann unter einigen Lagen Baumwolltuch hervorkramte: Es handelte sich um zwei Kupferstiche, die er eindeutig als Werke Hans Sebald Behams[158] identifizieren konnte. Beham, dem schon zu Lebzeiten ein Ruf als unanständiger und gottloser Maler anhaftete, hatte tatsächlich ganz in der Technik Albrecht Dürers einige Stiche gefertigt, die gegen Sitte und Anstand verstießen – und zwei davon lagen nun vor Jacob auf dem Schreibtisch in der Prälatenstube. Die Nacht zeigte eine nackte Frau in sehr freizügiger Schlafpose, die den Blick des Betrachters auf ihr Geschlecht freigab; das zweite Blatt stellte den Tod in Gesellschaft eines jungen Mannes und eines Mädchens dar, die sich gegenseitig auf anstößige Weise an ihren Geschlechtsteilen berührten und befriedigten. Die Stiche waren vermutlich in Behams Nürnberger Jahren vor 1530 entstanden und ein kleines Vermögen wert. Dabei gefielen sie Jacob nicht einmal: Die beinahe grobe Darstellung der nackten Körper fand er eher abstoßend als sinnlich; doch er wusste, dass diese Blätter auf dem Markt von hohem Wert waren. Wie konnte er den Amtsschreiber nur davon überzeugen, ihm die Stiche gegen ein angemessenes Honorar zu überlassen?

158 Hans Sebald Beham (1500 – 1550) erhielt seine Ausbildung vermutlich bei Albrecht Dürer. Er galt als politisch radikal und wurde mehrmals für seine freizügigen Darstellungen bestraft oder verbannt. Zahlreiche Holzschnitte und Kupferstiche von ihm sind bis heute erhalten.

„Ich finde sie schrecklich“, gab Scheinemann in diesem Moment zu, „und ich wäre froh, sie los zu sein. So etwas hier im Kloster – was für ein Frevel!“ Er schien ernsthaft betroffen. Jacob handelte sofort. Er nannte ihm eine Summe, von der er annahm, dass sie seinen Jahreslohn im Dienste des Herzogs deutlich überstieg und zückte sofort ein Säckchen mit Münzen. Scheinmann zögerte nicht lange und schlug ein.

Wenige Minuten später kehrte ein vergnügt vor sich hin pfeifender Jacob in das Gartenhäuschen zurück. Dort musste er allerdings erkennen, dass der Tag noch weiteren Ärger zu bieten hatte. Aliénor hatte nicht nur das Nachtmahl zur Hälfte aufgegessen, sondern auch eine seiner sorgfältig verschlossenen Kisten geöffnet. Nun lagen seine Schätze aufgeschlagen im ganzen Raum auf dem Boden herum – und inmitten der unanständigen Bilder und Geschichten hockte die Gräfin mit einem triumphierenden Gesichtsausdruck. „Nun Bardenfleth, ist das der Grund für Eure falsche Identität? Ein absonderliches Geschlechtsleben mit interessanten Vorlieben?“ Sie starrte ihn an.

Entsetzt schlug Jacob die Hände vor sein Gesicht und ließ sich auf eine der Pritschen fallen. Schlimmer hätte es kaum kommen können: Aliénor hatte seine pikante Ware gefunden und war nun der Meinung, er selbst ergötze sich an den Darstellungen! Wie sollte er ihr jemals glaubhaft erklären, dass nicht er, sondern seine Auftraggeber und Kunden Leser dieser Werke waren!

„Ach, habt Ihr Nachschub besorgt?“ In Windeseile hatte Aliénor ihre Röcke gerafft und war zu ihm herübergekommen. Ehe Jacob überhaupt reagieren konnte, hatte sie sich das Holzkästchen mit den Stichen geschnappt. „Oh mein Gott!“ Sie klang sehr betroffen und studierte die Blätter mit aufgerissenen Augen.

Plötzlich kam Leben in Jacob. „Edle Gräfin, Aliénor, so lasst mich doch erklären ...“, stotterte er, doch sie unterbrach ihn mit einer ungeduldigen Handbewegung. „Gott bewahre, sind die aber schlecht!“

Jacob horchte auf. Wovon sprach sie nur? Er starrte sie fragend an.

„Der hat ganz bestimmt noch nie eine nackte Frau gesehen", schimpfte sie und hielt das Blatt von der Nacht ins Abendlicht, das durch die Fenster hereinkam. „Das Weib sieht aus wie eine Mähre! Und das hier ...", sie schüttelte den Kopf und wandte sich dem zweiten Stich zu, „... das hier hat ja wohl eher abschreckende als stimulierende Wirkung. Oder wie seht Ihr das? Erregt Euch so etwas?"

Jacob spürte, dass sein Gesicht knallrot anlief. Noch nie in seinem Leben hatte er sich in einer derart peinlichen Situation befunden. Was war Aliénor nur für eine Frau? Nicht nur, dass sie ganz ungeniert in seinen Sachen schnüffelte – nein, sie machte auch gar kein Hehl daraus, obwohl ihre Entdeckungen alles andere als gesellschaftsfähig waren, und sie redete sogar darüber! Besaß sie denn keinen Anstand?

Als hätte sie seine unausgesprochene Frage gehört, fing Aliénor nun an, leise zu kichern. „Also wirklich, Bardenfleth, hat es Euch die Sprache verschlagen? Ich finde das hier ...", sie deutete auf die vielen aufgeschlagenen Bücher am Boden „... sehr unterhaltsam. Und einiges ist ja sogar richtig gut. Hier, hört mal!" Sie zitierte einige Zeilen, in denen im Detail beschrieben wurde, wie lustvoll es war, sich als Frau einem fremden Mann hinzugeben. Jacob vermutete, dass es sich um eine Passage aus Scheik Nefzanis Schriften handelte. „Aber diese Stiche ...", Aliénor griff noch einmal nach den beiden Beham-Blättern, „... findet Ihr die gelungen?"

„Sie sind zumindest viel wert, weil sie ein Dürer-Schüler gestochen hat", hörte Jacob sich selbst mit ganz normaler Stimme antworten. „Es gibt Sammler, die ein Vermögen dafür auf den Tisch legen. Die künstlerische Qualität ist schon hoch, ja. Aber gefallen ..." – er kratzte sich am Kopf – „... nein, sie gefallen mir auch nicht."

Im Nachhinein wusste Jacob nicht, ob es Aliénors unverblümte und natürliche Art war über diese Dinge zu plaudern oder vielleicht auch die Absurdität ihrer gemeinsamen Situation –

aber wenige Minuten später hockten sie beide auf dem Boden, blätterten in den erotischen Werken herum, als handle es sich um Kochrezepte oder ganz normale Bilder und brachen dabei immer wieder in schallendes Gelächter aus.

„Sagt, Bardenfleth, wer kauft und sammelt solche Bilder?", prustete die Gräfin und hielt einen der Beham-Stiche hoch. „Das kann doch niemand sein, der etwas von Frauen und der Liebe versteht, oder?"

Jacob belehrte sie eines Besseren. Er nannte zwar keine Namen, machte jedoch ausreichend Andeutungen, dass Aliénor sich ausrechnen konnte, um welche Hohen Herren es ging. „Und am schlimmsten ist die Geistlichkeit, das könnt Ihr mir glauben!", versicherte er ihr grinsend.

„Also, das kann ich nachvollziehen", erwiderte Aliénor, „schließlich müssen diese Herren ja meist auf die holde Weiblichkeit in natura verzichten. Aber all die weltlichen Hohen Herren mit ihren schönen Frauen und Mätressen ..." Sie schüttelte den Kopf.

„Ach ja, das hier ...", Jacob griff nach einem unscheinbaren Folianten, den Aliénor noch nicht aufgeschlagen hatte, „das habe ich in der Geheimbibliothek in Weikersheim entdeckt. Ihr wisst schon, dort, wo ich ungeschickterweise Euer Tüchlein verloren habe."

Die Gräfin lachte. „Dass ich nicht damals schon darauf gekommen bin, was für einen Handel Ihr treibt!" Sie griff nach dem Buch und begann zu blättern. „Zeigt her, was unseren Fürsten so bewegt ..." Gemeinsam studierten sie das kostbare Werk, bis Aliénor es zusammenklappte, gähnte, sich erhob und damit begann, die Bücher zusammenzuräumen.

„Lasst es gut sein für heute", bat sie ihn, „ich bin ziemlich müde. Werdet Ihr mir morgen erzählen, wie Ihr zu Euren erotischen Geschäften gekommen seid?" Sie blickte Jacob verschmitzt lächelnd an und strich sich dabei wie ein kleines Mädchen eine Locke aus dem Gesicht. Er hätte sie in diesem Moment am liebsten in den Arm genommen, doch er beherrschte sich. Mit sanfter Stimme antwortete er: „Sehr gern, ich habe Euch viel zu erzählen."

Am folgenden Morgen brachen sie frühzeitig auf. Heidenheim war etwa eine Tagesreise entfernt; außerdem hatte der Amtsschreiber sie zum Abschied noch darauf hingewiesen, dass die Strecke sehr kurvig und hügelig war. Für lange Pausen blieb also keine Zeit, wollte man vor der Dunkelheit in Heidenheim eintreffen.

Jacob hielt sein Versprechen und erzählte Aliénor während der Fahrt, wie aus einem Buchbindersohn in Schwerin ein „adeliger" junger Mann auf Grand Tour, unterwegs in pikanten Geschäften, wurde. Die Gräfin hörte nicht nur interessiert und auch belustigt zu, sondern unterbrach ihn immer wieder, um Fragen zu stellen oder mehr Details zu erfahren. Jacob hingegen ließ seine Scheu fallen: Offen und ehrlich beichtete er ihr von seinen Schauspielereien und Erfolgen, ließ aber auch die traurigen Kapitel, wie den Tod seiner Eltern und die Perspektivlosigkeit seines früheren Lebens an der Ostsee, nicht aus. Aliénor reagierte voller Anteilnahme: keine Spur mehr von ihrer Spitzzüngigkeit und ihren Sticheleien. Unbemerkt entstand etwas Neues, sehr Vertrauensvolles zwischen ihnen. Einige Details verschwieg Jacob trotzdem wohlweislich: Den Grund seiner Verbannung vom Schweriner Hof ließ er in seinen Erzählungen ebenso aus wie die amourösen Abenteuer, die er während seiner Reise mit Damen zweifelhaften Rufes genossen hatte.

Kurz vor Heidenheim packte ihn allerdings das schlechte Gewissen: Er hatte Aliénor immer noch nicht verraten, was mit Guibals Porträt der Gräfin passiert war! Glücklicherweise hatte sie die Kiste mit dem Gemälde nicht geöffnet, weil er diese über Nacht in der Kutsche gelassen hatte! Nur – wie sollte er ihr diese Manipulation erklären, ohne das gerade gewonnene Vertrauen Aliénors wieder zu verlieren? Er verfluchte sich innerlich. Was hatte er sich nur bei dieser Aktion gedacht? Hoffentlich entstand daraus kein Skandal, der ihr Leben zerstören würde! Natürlich wollte er nicht, dass sie diesen senilen Grafen Lauenstein ehelichte – nur: der Preis dafür durfte nicht zu hoch sein. Mit Bangen sah er ihrer Ankunft in Heidenheim entgegen, schaffte es jedoch nicht, Aliénor die Wahrheit zu sagen. Auch Aliénor war auf dem letzten Teil ihrer Reise stiller geworden. Manchmal starrte sie minutenlang bekümmert vor sich hin. Dann stellte sie Jacob wieder Fragen zu seinem Leben und ließ sich für einige Zeit von seinen heiteren Anekdoten ablenken. Doch als sie das Hochplateau der Schwäbischen Alb verlassen hatten und sich dem Stadttor näherten, verstummte sie vollkommen. Dabei gab es einiges zu sehen: Jacob wunderte sich über die modern ausgebauten Straßen, die – je näher man Heidenheim kam – immer dichter befahren waren. Vor dem Stadttor mussten sie sich sogar hinter einer Reihe anderer Kutschen anstellen, die auf Einlass warteten. Immerhin konnten sie während dieser Zeit einen ausführlichen Blick auf Schloss Hellenstein werfen, das an einem Steilhang hoch über der Stadt ragte. Wie ein Schloss wirkte die Anlage eigentlich nicht, dachte sich Jacob, sondern eher wie eine Festung[159]. Bewohnt war das Schloss wohl auch nicht mehr – schon in Ludwigsburg hatte er gehört, dass sich die Herzöge von Württemberg nicht mehr für den riesigen Baukomplex interessierten. Vermutlich war für sie der Unterhalt zu teuer oder die Lage nicht mehr attraktiv. Jacob beschloss dennoch, dem Schloss vielleicht am nächsten Tag einen Besuch abzustatten.

Jacob ließ zur Einfahrt in die Stadt das Verdeck der Kutsche öffnen. So konnten Aliénor und er einen ersten Eindruck davon gewinnen, wie die Menschen hier lebten und wohnten. Sie fuhren durch das Nordtor in Heidenheim ein, nachdem die Formalitäten ohne Zwischenfälle erledigt worden waren. Die Stadt besaß eine intakte Stadtmauer und man fuhr durch die sogenannte Webervorstadt. Jacobs Kutsche fuhr über die

159 In der Tat hatte Herzog Friedrich I. von Württemberg 1593 damit begonnen, aus der einstigen mittelalterlichen Festungsanlage ein repräsentatives Schloss zu machen. Baumeister Heinrich Schickardt übernahm 1598 die Arbeiten und erweiterte den Komplex um Türme und Basteien mit reichem Säulen- und Wappenschmuck. Allerdings verlor die Anlage nach dem Dreißigjährigen Krieg, unter dem auch Heidenheim sehr zu leiden hatte, an Bedeutung und wurde seit 1762 nicht mehr instandgesetzt. 1797 wurde sie zum Abbruch freigegeben. Das, was man heute sieht, ist das Ergebnis jahrzehntelangen Raubbaus und danach mühevoller moderner Restaurierungsinitiativen.

geschäftige Hauptstraße, die zwar nicht gepflastert war, aber immerhin wie in der Residenzstadt Ludwigsburg über eine Straßenbeleuchtung verfügte. Mitten durch die Stadt floss kanalisiert ein Seitenarm der Brenz, was für ein angenehmes Klima sorgte. Ein Nachteil des städtischen Flüsschens waren offensichtlich seine Hochwasser; überall an den Gebäudeecken konnte man die Hochwassermarkierungen sehen.

Neugierig betrachteten Jacob und Aliénor die vielen stattlichen Häuser. Sie bestanden fast alle im Erdgeschoss aus Stein und darüber aus Fachwerk, wobei die Gefache oft bunt ausgemalt waren. Sie fuhren an der Pfarrkirche St. Michael vorbei, einem etwas düsteren Bau mit einem dürftigen Kuppelturm. Im Inneren stand ein recht hübsches Retabel mit den drei Weisen aus dem Morgenland, das hatte ihm der Schreiber Scheinemann erzählt. Das Rathaus hingegen war unscheinbar und wenig repräsentativ für eine derart florierende Stadt, so fand Jacob. In seinem Erdgeschoss, in der Fruchthalle, wurde der wöchentliche Markt abgehalten.

Jacob hieß dem Kutscher das *Gasthaus zur Post* anzusteuern, wo Aliénor ihren Bräutigam treffen sollte. Nicht ganz klar war, wann Graf Lauenstein dort sein würde; doch Aliénor hatte die Weisung bekommen, im Zweifelsfall auf ihn zu warten. Weil das Gasthaus die erste Adresse im Ort war, war dort genügend Komfort geboten.

Im Gasthof trennten sich ihre Wege zwangsläufig. Aliénor bezog ein vorbereitetes Zimmer im Obergeschoss, während Jacob eine hübsche Stube im Dachgeschoss zugewiesen wurde. Er hoffte, die Gräfin später in der Gaststube zum Nachtmahl zu treffen, doch er erfuhr von der Wirtin, dass Aliénor sich ihr Essen hatte auf das Zimmer kommen lassen, weil sie sich nicht wohl fühlte. Der Anstand verbot es ihm, sie dort zu besuchen – galt sie doch hier als zukünftige Gattin des Grafen Lauenstein und wurde mit entsprechendem Respekt behandelt. Also unterhielt Jacob sich mit ein paar Einheimischen, die sich im Gastraum auf ein Viertele getroffen hatten. Sie erklärten ihm, warum die Menschen in Heidenheim so wohlgenährt aussahen und woher der Wohlstand der Stadt rührte. Die übliche Landwirtschaft konnte es zweifellos nicht sein, davon hatte Jacob bislang nichts in der Stadt bemerkt. Hingegen war Heidenheim vor allem für seinen Flachsanbau und seine Leinenweberei bekannt. Hinzu kamen zahlreiche Baumwollspinnereien und Färbereien, eine Tabakfabrik, die ihren Tabak aus der Pfalz bezog, eine Papierfabrik am Itzelberger See, die mit Wasserkraft betrieben wurde, zwei Ziegeleien, eine Ölmühle, eine Apotheke und eine Buchdruckerei, die Jacob ohnehin aufsuchen wollte, um im Auftrag von Anton dort Geschäfte zu tätigen. Bei dieser Gelegenheit erkundigte er sich auch nach dem Weg zur Druckerei. Das bedeutendste Unternehmen Heidenheims war jedoch die Eisenschmelzerei und die damit verbundene Drahtzieherei. Sie war mit ihrem großen Gebäudekomplex wohl seit Jahren der größte Arbeitgeber weit und breit..

„Und die vielen Kutschen vor den Stadttoren?“, hakte Jacob nach. Stolz berichteten ihm die Einheimischen, dass der Handel von Württemberg nach Bayern in der Stadt für gute Geschäfte sorgte. Getreide, Württemberger Wein und die Garne für die Webereien fanden in Bayern reißenden Absatz.

Nachdem Jacob noch ein wenig über Herzog Carl Eugen und das Leben in Ludwigsburg erzählt hatte, verabschiedete man sich höflich voneinander. Sollte Jacob länger verweilen, versicherte man ihm, wäre er stets ein gern gesehener Gast in der abendlichen Runde. Jacob bedankte sich für so viel Freundlichkeit und zog sich in seine Stube zurück. Seine letzten Gedanken galten Aliénor und der Frage, wie Graf Lauenstein sie wohl empfangen würde, nachdem er das gefälschte Aktgemälde von seiner Verlobten ganz sicher inzwischen erhalten hatte. Warum hatte er Aliénor nur nicht vorgewarnt? Er war ein Feigling und hätte sich dafür ohrfeigen können. Ob Lauenstein seine Zukünftige bestrafen oder sie gar schlagen würde?

Doch alles kam noch viel schlimmer.

Am nächsten Morgen machte Jacob sich zunächst in aller Frühe auf den Weg zu Vinzenz Hohnleitner, dem Buchdrucker und Händler, der ihm von Anton empfohlen worden war. Dort tauschte er einige seiner Bücher gegen bare Münze ein und nahm einen Brief seines Mannheimer Freundes in Empfang, der dort bereits seit einigen Tagen lagerte. *Du solltest Dich auf den Weg nach Alpirsbach machen*, empfahl ihm Anton darin, *ich kenne den dortigen Bibliothekar ganz gut. Er hat stets interessante Ware zu verkaufen und Abt Johann Gottlieb Faber drückt beide Augen zu, da es dem Kloster finanziell nicht mehr so gut geht wie früher, als es noch katholisch war. Frage einfach nach Bruder Manuel, er weiß bereits, dass Du kommst.* Es folgte ein längerer Absatz mit neuestem Tratsch vom Kurpfälzer Hof und abschließend der Wunsch, Jacob schon bald wieder in Mannheim in die Arme schließen zu können. Das Postskriptum brachte Jacob dann dazu, zunächst auf die Besichtigung des Schlosses oberhalb der Stadt zu verzichten: *Was machen Deine Heiratspläne, alter Freund?*, fragte Anton ihn darin, *Hast Du Erfolg gehabt und konntest Dir eine gute Erbschaft sichern?* Das erinnerte ihn an Aliénor, die vermutlich immer noch in ihrem Gastzimmer saß und auf Lauenstein wartete. Er beschloss, nach ihr zu sehen.

Aliénors lautes Schluchzen war bis hinunter in den Gastraum zu hören. Jacob starrte die Wirtin fragend an. War der Graf schon da und stellte Aliénor gerade zur Rede? „Es is nur oi Debesche komme", beteuerte die Wirtin schulterzuckend, „und seithr heild d gnädig Frau ununderbroche."

Jacob zögerte nicht lange und stürmte die Treppe hinauf. Er klopfte an Aliénors Zimmertür, woraufhin das Weinen ein en Moment aufhörte. „Wer da?", hörte er sie mit zitternder Stimme sagen.

„Ich bin's, Jacob. Äh, ich meine von Bardenfleth." Er verhaspelte sich.

„Was wollt Ihr? Euch an meinem Unglück weiden?" Sie klang bitter.

„Nein, Aliénor, ich möchte Euch helfen. Lasst mich bitte ein." Jacob presste die Lippen fest zusammen und wartete ab. Würde sie ihm öffnen? Endlich hörte er das Poltern eines Stuhls und Schritte, die sich der Tür näherten. Der Riegel wurde aufgeschoben, so dass er die Tür aufdrücken konnte. Er trat ein und erschrak: Aliénor sah erbärmlich aus. Ihre Haare waren unfrisiert und ihre Augen verquollen. Wie lange mochte sie schon in diesem Zustand sein?

„Wo ist Lauenstein?", fragte er undiplomatisch, woraufhin sie wieder begann leise zu weinen. „Er will mich nicht, ich bin seines Standes nicht würdig", schluchzte sie und reichte ihm einen Brief, der von ihren Tränen halb durchweicht war. *Schwester*, stand dort, *Du hast uns mit Deinem unzüchtigen Verhalten in Schmutz und Schande gezogen. Graf Lauenstein hat die Verlobung gelöst und verlangt Entschädigung. Als Gefallene bist Du kein Mitglied unserer ehrwürdigen Familie mehr und wirst den Rest Deiner Tage im Kloster zur Besinnung kommen. Im Kloster Lichtenthal wartet man bereits auf Dich, um Dich zurück auf den Pfad der Tugend zu führen. Bleibe in Heidenheim, ich hole Dich dort ab! Gezeichnet* ... Darunter war ein Schnörkel, den Jacob nicht entziffern konnte.

„Mein Bruder", erklärte Aliénor ihm ungefragt. „Und ich habe keinen blassen Schimmer, wovon er spricht!" Sie schüttelte den Kopf.

Jacob hätte ihr in diesem Moment einiges erklären können, doch er fand es in ihrem jetzigen Zustand nicht angebracht. Stattdessen versuchte er sie zu trösten, indem er sie auf den Vorteil der geplatzten Hochzeit hinwies, das war doch immerhin etwas.

„Ja, aber doch nicht um diesem Preis!", heulte sie laut auf, „Ich wollte doch meine Familie nicht kompromittieren. Und jetzt soll ich ins Kloster ..." Sie schlug die Hände vors Gesicht und begann erneut bitterlich zu weinen. Jacob gab sich einen Ruck und trat dicht an sie heran. Vorsichtig nahm er sie in die Arme und wiegte sie beruhigend hin und her. Irgendwann machte er ihr den Vorschlag, ihn auf seiner Reise weiter zu begleiten – so lange, bis sich die Wogen geglättet hätten und ihr Bruder zu einem klärenden Gespräch bereit wäre. Heimlich hoffte Jacob, dass so Gras über die Angelegenheit wachsen würde und sein

Anteil an dem Skandal niemals ans Licht käme. Und er hatte Glück: Nach einigem Zweifeln und Abwägen stimmte Aliénor ihm zu, denn das letzte, was sie wollte, war in ein Kloster einzutreten. Sollte ihr Bruder sie doch suchen – schlimmer konnte ihre Situation ohnehin nicht werden!

„Richtig. Und so bleibt Ihr wenigstens in Freiheit, liebe Gräfin", bestärkte Jacob sie in ihren Überlegungen. Dennoch ließ Aliénor sich nicht davon abhalten, einige Zeilen an ihren Bruder zu schreiben und sie im Gasthaus zu hinterlegen. Darin beteuerte sie, dass sie sich keiner Schuld bewusst sei und zu einem klärenden Gespräch bereit wäre. Ihre Reiseroute gab sie mit dem Hinweis auf dem Weg ins Kloster Alpirsbach an – Graf von Imhoff würde sie ohnehin finden, wenn er wollte, erklärte sie Jacob. Erst danach kam sie auf die Idee, ihn zu den Anschuldigungen ihres Bruders näher zu befragen: „Sagt, Bardenfleth, Ihr machtet in Ludwigsburg eine gewisse Andeutung. Habt Ihr denn etwas mit diesem Brief zu tun?" Misstrauisch schaute sie ihn an.

„Nein, natürlich nicht!" Mit gespielter Empörung baute Jacob sich vor ihr auf. In gewisser Weise war das ja auch keine Lüge, redete er sich ein, denn er hatte mit dem Bruder der Gräfin nie in Kontakt gestanden. Insgeheim war ihm allerdings klar, dass er die Unwahrheit sagte – doch etwas Besseres fiel ihm im Moment nicht ein.

Wenige Stunden später saßen sie wieder in Jacobs Kutsche und verließen Heidenheim. Jacob bedauerte es, dass er keine Zeit für eine Schlossbesichtigung gehabt hatte, nahm sich jedoch vor, dies bei einem nächsten Besuch in der Stadt nachzuholen. Schließlich pflegten solche Bauten die Zeit in der Regel zu überdauern.[160]

Das Wetter hatte inzwischen umgeschlagen und es goss in Strömen. Laut prasselte der Regen auf das Kutschendach, so dass an eine Unterhaltung nicht zu denken war. Aliénor starrte nur vor sich hin. Sie schien sichtlich mitgenommen von den

160 In diesem Fall irrte Jacob: Das Schloss verfiel in den nachfolgenden Jahren und ist heute nur noch eine Ruine.

Ereignissen und Jacob fühlte sich sehr unwohl bei dem Gedanken, dass seine Manipulation möglicherweise ihr gesamtes gesellschaftliches Leben zerstört hatte. Diese fatalen Folgen waren ihm damals in Ludwigsburg nicht bewusst gewesen – und er musste sich eingestehen, dass diese schwere Fehleinschätzung ihn als falschen Edelmann brandmarkte. Denn er war gar nicht auf die Idee gekommen, an Aliénors Ruf zu denken; zu sehr hatte ihn der Gedanke beherrscht, dass er sie aus dem unerwünschten Ehearrangement lösen könnte. Was für ein Trottel er doch war!

Die Straßen wurden nun immer schlechter, sodass die Kutsche nur noch mühsam vorankam. Immer wieder hinderten überflutete Straßen und aufgeweichte Wege sie an der Weiterfahrt. Eigentlich hatte Jacob geplant, im Eiltempo nach Westen zu reisen, um noch am späten Abend in Kirchheim unter Teck anzukommen, doch daran war nicht zu denken. Sie mussten in Donzdorf auf der Hälfte der Strecke Quartier nehmen, einem kleinen Ort mit einem großen Schloss. Dort residierte seit vier Jahren Maximilian Emanuel von Rechberg und seine Frau Walburga. Sie bauten derzeit das Schloss stark um[161], was dazu führte, dass der ganze Ort wie eine Großbaustelle wirkte. Zahlreiche Arbeiter verschiedener Gewerke logierten in den beiden Gasthäusern am Ort, sodass Jacob und Aliénor mit einen Schlafplatz in einer Scheune vorlieb nehmen mussten. Immerhin stellte man hier keine weiteren Fragen nach ihrer Herkunft und ihrer Beziehung zueinander. Sicherheitshalber ließ Jacob jedoch schon in der Morgendämmerung des folgenden Tages anschirren und besorgte erst einige Meilen weiter auf einem Bauernhof etwas Mich, Brot und Speck zum Frühstück. Auf der Weiterfahrt nach Kirchheim beratschlagten Jacob und Aliénor, wie es weitergehen sollte. Beiden war klar, dass sie in großen Städten nicht als Ehepaar wie in Lorch auftreten

161 Schloss Donzdorf entstand 1568 als prächtiger Renaissancebau. In den Jahren 1764 bis 1765 erweiterten die jungen Schlossherren den Komplex mit einer barocken Gartenanlage, die im 19. Jahrhundert in einen englischen Landschaftsgarten umgewandelt wurde. Das Schloss beherbergt heute die Stadtverwaltung und ein Restaurant – und ist ein beliebter Ort für Hochzeiten.

konnten. Sie beschlossen deshalb, so gut es ging, bei der Wahrheit zu bleiben, Jacob jedoch als Cousin Aliénors auszugeben, der sie zu ihrem Verlobten bringen sollte. Das schlechte Wetter habe sie aufgehalten und von den beiden anderen Kutschen mit den Bediensteten getrennt – was erklärte, warum keine Anstandsdame bei ihnen war. Das klang plausibel und würde für Städte wie Kirchheim oder Urach reichen, die von Herzog Carl Eugens Jagdgesellschaften gerne aufgesucht wurden. Es bestand nämlich die Gefahr, dass Hofbeamte oder Adlige im Gefolge des Herzogs sie erkennen würden. Reisten sie jedoch unter ihren bei Hofe bekannten Namen, würde niemand Verdacht schöpfen. Das einzige Problem bestand darin, dass Aliénor keine Passierscheine für die ungeplante Reise besaß. Also griff Jacob zu Feder, Pergament und Siegellack – und stellte, so gut es in der wackeligen Kutsche ging, die nötigen Dokumente her. Aliénor konnte sich auf diese Weise von seinen besonderen Fähigkeiten überzeugen und lächelte zum ersten Mal, seit sie Heidenheim verlassen hatten.

„Ihr seid wirklich gut, Bardenfleth." Interessiert beugte sie sich vor, um seine Arbeit zu begutachten. „Ihr habt die Schrift von Fürst Ludwig Friedrich Carl zu Neuenstein-Hohenlohe-Öhringen perfekt getroffen. Wo habt Ihr das nur gelernt?"

Jacob lachte. „Jeder Buchbinder sollte das können. Immerhin muss ich ja manchen Bucheinband verändern, um vom tatsächlichen Inhalt abzulenken. Das gehört zum Geschäft."

„Zu Eurem Geschäft", verbesserte Aliénor ihn grinsend. „Aber gut, Eure Arbeit scheint meisterhaft – hat doch auch Euer Adelsprädikat dem kritischen Blick mancher Beamten standgehalten. Zu dumm nur, dass Ihr im Adelsregister nicht auftaucht – das wird Euch irgendwann das Genick brechen!" Sie zuckte mit den Schultern.

„Ich weiß". Mit bekümmerter Miene rollte Jacob den gefälschten Passierschein ein und fügte dann listig hinzu: „Aber bis dahin habe ich vielleicht meine Schäflein ins Trockene gebracht."

Als sie sich der Stadtmauer Kirchheims näherten, wurde Aliénor zunehmend nervöser. Jacob griff nach ihrer Hand und ließ sie für eine ganze Weile nicht mehr los. „Alles wird gut, vertraut mir, liebe Aliénor", versuchte er sie zu beruhigen, erntete dafür jedoch nur ein schiefes Lächeln.

„Solange das nicht im Sinne Candides geschieht, bleibe ich zuversichtlich", antwortete sie seufzend und brachte ihn damit zum Lachen. Denn bei Voltaires Helden passierten auf jeder seiner Reiseetappen noch größere Katastrophen als zuvor – ein Alptraum, dem der französische Philosoph jedoch mit viel Humor und beißender Ironie begegnete. Kein Wunder, dass auch Aliénor ihn so schätzte!

Am östlichen Tor der Stadt wurde ihre Kutsche überraschend umgeleitet. Grund war eine öffentliche Auspeitschung, die Herzog Carl Eugen persönlich angeordnet hatte und die auf dem Platz vor dem Stadttor stattfand. Eine große Menschenmenge hatte sich dazu eingefunden und kommentierte das Geschehen mit lautem Geschrei. Da weder Jacob noch Aliénor in diesem lärmenden Durcheinander etwas verstanden, erkundigten sie sich bei einem diensthabenden Wachmann nach den Hintergründen: Demnach hatten ein Metzger namens Buck und seine Magd Freyin behauptet, Kontakt zu Geistern zu haben, die ihnen einen großen Schatz versprachen. In Bucks Haus erschienen angeblich regelmäßig die Seelen von Toten, die mit den Anwesenden fromme Lieder sangen und auch mit ihnen beteten. Diese Zusammenkünfte waren offenbar von immer mehr Leuten besucht worden, sodass sich daraus eine größere Gemeinschaft entwickelte. Es sollte sogar ein „heiliges Buch" mit den Äußerungen der Geister verfasst werden Doch dann hatte der Herzog eingegriffen, das führte entschieden zu weit! Carl Eugen hatte alle Hände voll damit zu tun, dieser Geisterbeschwörung Einhalt zu gebieten; die Behörden sprachen gar von einer „Revolution", die von dieser Geister- und Schatzsuche ausginge. Schließlich war der Metzger Buck verhaftet worden und hatte unter Folter gestanden, dass alles nur Humbug gewesen war[162]. Und genau in diesem Moment fand nun als Strafe die öffentliche Auspeitschung des betrügerischen Metzgers und seiner Mitwisser statt.

Für Jacob und Aliénor waren diese Vorkommnisse nur von Vorteil. Die Einreise in die Stadt ging im allgemeinen Trubel ohne größere Formalitäten vonstatten, so dass sie kurz darauf im Gasthaus Kupferkanne recht komfortabel Quartier beziehen konnten. Der Regen hatte zudem endlich nachgelassen und die Welt sah bald wieder etwas freundlicher aus. Während Aliénor sich nach einem üppigen Nachtmahl schnell zurückzog, weil sie die Nacht davor in der Scheune nicht besonders gut geschlafen hatte, beschloss Jacob noch einen kleinen Rundgang durch die Stadt zu unternehmen. Er besichtigte die alten Festungsanlagen und das hinter den Mauern verborgene Schloss in der Südwestecke der Stadt. Bei der Einfahrt war es ihnen nicht weiter aufgefallen, aber nun staunte Jacob über seine Größe und den tiefen Wassergraben. Vom Schloss zog sich die Stadtbefestigung auf der Westseite in nördlicher Richtung bis zur Pfarrkirche St. Martin, deren Turm in die Mauer einbezogen war – ein ungewöhnliches Detail, wie Jacob fand. Die Stadt war im Übrigen doppelt gesichert, denn jenseits des Grabens gab es zusätzlich einen hohen Wall mit einer Palisade, der die Mauern vor direkter Beschießung schützte. ‚Gar nicht dumm', dachte Jacob; er fragte sich jedoch, wer denn Interesse an einer Stadt wie Kirchheim haben konnte. Scheinbar rechnete man jedoch mit Belagerungen, denn es gab hier ein riesiges Kornhaus[163] und einen Speicher, wo Getreide, Speck und Wein eingelagert waren. Wie eine Festung wirkte die Stadt dennoch nicht – es fehlte an Militär und Kasernen.

Dafür gab es allerlei Möglichkeiten, sich in Kirchheim zu vergnügen. So hatte der Herzog die Hofgärtnerei in ein Opernhaus umbauen lassen, um während seiner Jagdaufenthalte nicht auf kulturelle Zerstreuung verzichten zu müssen. Außerdem

162 Diese Geschichte hat sich tatsächlich zugetragen – allerdings in Weilheim unter Teck in den Jahren 1770-72. Siehe: Dilliger, Johannes: *Auf Schatzsuche. Von Grabräubern, Geisterbeschwörern (...)*, Freiburg 2011

163 Das Kornhaus von 1553 ist bis heute erhalten als Städtisches Museum.

stieß Jacob überall in den Gassen auf kleine Schildwirtschaften, die Wein und deftige Kost anboten. Sie waren gut besucht und schienen zum Alltagsleben der Kirchheimer zu gehören. Am stärksten prägten jedoch die vielen Textilmanufakturen das Stadtbild. Vermutlich rührte hierher der Reichtum der Kirchheimer, der sich von den vielen schmucken Hausfassaden und liebevoll gestalteten Plätzen ablesen ließ.

Jacob beendete seinen Rundgang und kehrte in den Gasthof zurück. Dort gönnte er sich noch ein ordentliches Viertel Wein, bei dem er über die Ereignisse der vergangenen Tage nachdachte. Vielleicht konnte er Aliénor ja überreden, einige Tage in Kirchheim zu bleiben? Die Unterkunft hier war angenehm und die Menschen waren sehr freundlich. Zu gern hätte er sich das Schloss näher angesehen und nach der sicher vorhandenen Hofbibliothek gefragt. Seiner Erfahrung nach fanden sich gerade in Schlössern, die seltener benutzt wurden, wahre Schätze! Er dachte an seine Beute aus Weikersheim und musste grinsen. Dass es ausgerechnet eine Frau von Stand war, die sich dafür interessiert hatte und sich – als wäre es das Normalste der Welt – mit ihm über seine pikanten Geschäfte ausgetauscht hatte, war wirklich erstaunlich. Keine Frage: Aliénor von Imhoff war eine ungewöhnliche Persönlichkeit; das Leben an ihrer Seite wäre ohne Zweifel interessant sein und würde großen Spaß machen. In der aufsteigenden Weinseligkeit konnte Jacob es sich endlich eingestehen: Er war bis über beide Ohren in Aliénor verliebt – trotz ihrer oft ruppigen und spitzen Art. Sie war eine moderne Frau, mit der man sicherlich auch ein modernes Leben führen konnte. Im Geiste stellte er sich mit ihr eine fröhliche Kinderschar vor, die Freude am gemeinsamen Lesen und an gehobener Unterhaltung hatte. Selbstverständlich würden sie angemessen wohnen und ihr Schloss wäre der kulturelle Treffpunkt einer lebendigen geistigen Elite. Er sah sich förmlich umringt von Dichtern, Denkern und Fürsten, die alles darum gaben, von ihm und seiner bildschönen Frau eingeladen zu werden. Abend für Abend würde er sich dann mit Aliénor ins Schlafgemach zurückziehen und mit ihr die Eindrücke austauschen, die ihre jeweiligen Gäste hinterlassen hatten. Glücklich würden sie dann einander in die Arme sinken ...

„Mir schließet etza, Sperrstund!“[164] Die Stimme der Wirtin riss Jacob unsanft aus seinen Träumen. Leicht benommen rappelte er sich auf, taumelte die Treppe hinauf und fiel in seiner Kammer in einen tiefen Schlaf.

Am anderen Morgen wartete eine unerfreuliche Überraschung auf Jacob und Aliénor: Graf Friedrich Wilhelm von Imhoff, der zweitälteste Bruder und amtierende Vormund Aliénors stapfte grimmig gelaunt in der Gaststube auf und ab, als sie zum Frühstück herabkamen.

„Was fällt Dir eigentlich ein!“ brüllte er, als er Aliénors ansichtig wurde und stürmte auf sie zu. Sofort ging Jacob schützend dazwischen, doch der Graf stieß ihn zur Seite und packte seine Schwester grob am Arm.

„Lasst sie in Ruhe!“ Jacob wusste gar nicht, dass er zu solch einem Befehlston fähig war, doch seine Worte verfehlten ihre Wirkung nicht. Friedrich Wilhelm ließ verblüfft von Aliénor ab und starrte ihn an.

„Wisst Ihr denn, wen Ihr Euch da angelacht habt? Unwürdig ist sie und durch und durch verdorben! Dem Himmel sei dank, dass unser lieber Vater das nicht mehr erleben musste. Nackt hat sie sich malen lassen, in einer Pose, die anständigen Menschen die Schamesröte ins Gesicht treibt! Und dann hat sie das Werk Ihrem Verlobten schicken lassen. Man kann von Glück reden, dass er diesen Schock überlebt hat – in seinem Alter.“ Graf Imhoff wischte sich mit einem Tuch, das er aus seiner Westentasche zog, die hochrot angelaufene Stirn. Dann musterte er Jacob von oben bis unten und fragte: „Wer seid Ihr überhaupt? Kennen wir uns nicht irgendwoher?“

„Jacob Edler von Bardenfleth“, erwiderte Jacob mit tonloser Stimme, „wir wurden einander schon einmal vorgestellt. In Weikersheim bei einem Jagddiner des Fürsten.“

164 Schwäbisch: Wir schließen jetzt, Sperrstunde!

„Stimmt, jetzt erinnere ich mich.“ In Friedrich Wilhelms Kopf begann es zu arbeiten, das sah man ihm deutlich an. „Sagt, und was macht Ihr hier in Begleitung meiner unwürdigen Schwester?“ Sein Blick hatte einen lauernden Ausdruck angenommen, doch ehe Jacob überhaupt zu einer Antwort ansetzen konnte, mischte Aliénor sich in das Gespräch ein: „Wovon ist hier eigentlich die Rede? Ich habe mich niemals nackt malen lassen!“ Die Empörung stand ihr ins Gesicht geschrieben und sie trat einige Schritte auf ihren Bruder zu.

Doch der fing sofort wieder an zu brüllen und Jacob dankte der Vorsehung innerlich, dass mit Ausnahme der völlig eingeschüchterten Wirtin an diesem Morgen niemand in der Gaststube saß. „Du hältst Deinen Mund, Du Schlampe! Jetzt lügst Du auch noch, das ist ja ungeheuerlich! Oder willst Du mir etwa weismachen, dass das Bild von ganz allein aus der Ludwigsburger Akademie nach Lauenstein gelangt ist? Geh und pack Deine Sachen, damit ich Dich gleich mitnehmen kann.“

Aliénor erstarrte. Ihr Blick wanderte zu Jacob hinüber. Fragend hob sie die Augenbrauen, doch der konnte in diesem Moment nichts sagen und zuckte lediglich hilflos mit den Schultern. Dann senkte er voller Scham seine Augen. „Ich verstehe“, sagte sie leise. Aliénor presste ihre Lippen aufeinander und machte auf dem Absatz kehrt. Sie hörten ihre wütenden Schritte auf der Treppe, dann das laute Knallen, als ihre Zimmertür zufiel.

„Gibt es denn keine andere Möglichkeit, diesen Skandal abzuwenden?“ Vorsichtig nahm Jacob den Faden wieder auf. Er musste irgendwie verhindern, das Aliénor seinetwegen hinter Klostermauern eingesperrt wurde.

„Wohl kaum“, brummte Graf Imhoff unfreundlich. „Oder wollt Ihr sie zur Frau nehmen?“ Er lachte bitter. „Aber das kann man ja wohl keinem Mann von Stand zumuten, entehrt, wie sie nun ist.“

Jacob unternahm einen erneuten Versuch: „Und wenn dahinter nur ein Irrtum steckt ... oder vielleicht ein böser Streich?“

„Papperlapapp!“ Der Graf schnaubte: „Wer sollte sich so

etwas ausdenken? Nein, die Entscheidung ist gefallen: Aliénor kommt mit mir! Im Stift Lichtenthal erwartet man sie bereits."
„Ich heirate sie." Jacob wusste selbst nicht, woher er den Mut nahm. „Ja, werter Graf, ich nehme Eure Schwester zur Frau, damit die Familienehre wieder hergestellt ist."

„Wie bitte?" Interessiert musterte Friedrich Wilhelm ihn. „Ihr wollt sie wirklich ehelichen? Nach all den Ungeheuerlichkeiten? Warum tut Ihr das?"

„Nun ...", Jacob geriet ins Stottern. „Ich ... ich mag sie."
„Habt Ihr Euch etwa an ihr vergriffen? Das wird ja immer schönen!" Das Blut schoss dem Grafen wieder ins Gesicht und verlieh ihm etwas Derbes, Unberechenbares.

„Um Himmelswillen, nein!" beeilte Jacob sich zu sagen, „Ich glaube fest an ihre Unschuld." Aliénors Bruder musterte ihn schweigend und schien etwas abzuwägen. Dann schob er sich einen Stuhl zurecht und bat Jacob, ebenfalls Platz zu nehmen.
„Konfession?" Imhoffs Ton war schlagartig geschäftsmäßig geworden, offenbar wollte er sich dieses Angebot nicht ungeprüft entgehen lassen – entstand hier doch vor seinem inneren Auge gerade die Lösung eines gewaltigen Familienproblems!

„Protestantisch", antwortete Jacob ebenso zackig.
„Hm, tut in diesem Fall nichts zur Sache. Dann muss das dumme Ding eben konvertieren, selber schuld. Vermögensverhältnisse?"

Jacob nannte eine Summe und nuschelte etwas vom Familienbesitz in Norddeutschland, doch Graf Imhoff hörte ohnehin nicht genau hin. Er schien so erleichtert darüber, seine skandalumwitterte Schwester doch noch an den Mann zu bringen, dass er – so vermutete Jacob – auch einen Schweinehirten akzeptiert hätte!

„Und wann?" Nun kam der entscheidende Punkt, das spürte Jacob an Friedrich Wilhelms festem Blick, den dieser jetzt auf ihn richtete.

„Werter Schwager", Jacob grinste innerlich über die Frechheit, die er sich herausnahm, „so darf ich Euch doch von nun an nennen, nicht wahr? Gewährt mir noch einige Tage Aufschub.“

Misstrauisch fixierte ihn der Graf, doch Jacob ließ sich nicht aus der Ruhe bringen. „Ich habe nämlich in Alpirsbach noch eine diplomatische Mission zu erfüllen. Es handelt sich um eine delikate Angelegenheit im Auftrag seiner Hoheit des Pfälzer Kurfürsten. Ihr werdet sicher verstehen, dass ich dazu nicht mehr sagen kann.“ Friedrich Wilhelm nickte beeindruckt. „Von daher schlage ich vor“, fuhr Jacob fort, „dass mich die Gräfin Imhoff als meine Verlobte dorthin begleitet und dass wir unmittelbar im Anschluss und natürlich in aller Diskretion und Stille heiraten. Was meint Ihr?“

Graf Imhoff war begeistert und sehr erleichtert, das war ihm deutlich anzusehen. Schnell wurde man sich auch über die Mitgift Aliénors einig. Außerdem bat Jacob den Grafen, eine Zofe und das Gepäck der Gräfin nach Alpirsbach nachzuschicken. Der Abschied fiel eilig aus, ganz so, als hege der Graf die Befürchtung, Jacob könnte noch von seinem großzügigen Angebot zurücktreten. Hastig schrieb er ein paar Zeilen für seine Schwester und griff nach seinem Umhang. „Wir sehen uns, Schwager!“, rief er im Hinausgehen über die Schulter zurück und verschwand.

Jacob atmete tief durch.

„Na, des war joo wohl d schnellschde Verlobung, d i je gsehe hend, hajo, so isch des!“ Die Wirtin kam wieder hervor und staunte. „Soll i Euch und dr gnädige Frau oin Viertele zum Anschdoße richde, gell?[165]“

Jacob lehnte dankend ab. Aliénor würde vermutlich nicht mit ihm auf das Arrangement trinken wollen – zumal ihr vorhin klar geworden sein dürfte, was es mit dem Porträt auf sich hatte. Kleinlaut machte er sich mit dem Brief des Bruders auf den Weg zu ihrer Kammer. Wie ein glücklicher Bräutigam sah er in diesem Moment nicht aus.

Die Stube war nicht einmal abgeschlossen. Aliénor saß

165 Schwäbisch: Na, das war ja wohl die schnellste Verlobung, die ich je gesehen habe! Soll ich Euch und der gnädigen Frau einen Schoppen zum Anstoßen richten?

schweigend auf einem Stuhl vor dem Fenster und starrte hinaus. Jacob trat leise ein und schloss sorgsam die Tür.

„Aliénor?“ Zaghaft näherte er sich der stolzen Gräfin.

„Ihr wart es also, Bardenfleth, natürlich, wer sonst.“ Sie schnaubte fast lautlos. „Und wer musste für das Gemälde herhalten? Diese Kathi vielleicht?“ Wütend drehte sie sich zu ihm um. „Und wo ist der echte Guibal?“

„Ich habe ihn.“ Jacob schluckte. „Ihr ... Ihr könnt ihn selbstverständlich haben.“

„Danke, im Kloster benötige ich keine Bilder.“ Sie begann leise zu schluchzen. „Warum habt Ihr mir das nur angetan? Ich dachte, wir wären so etwas wie Verbündete.“

„Das sind wir auch, Aliénor, wirklich. Wahrscheinlich viel mehr, als Ihr euch ausmalen könnt. Aber lasst mich bitte erklären, wie es überhaupt dazu kam ...“ Mit wenigen Worten schilderte Jacob der schweigend zuhörenden Gräfin, in welcher Situation ihm die Idee mit dem unanständigen Akt gekommen war. „Guibal hat nichts damit zu tun, das müsst Ihr mir glauben“, versicherte er abschließend. „Und das Bild ist ...“, er räusperte sich verlegen, „es ist sehr gelungen und keinesfalls verunstaltend.“

Aliénor strafte ihn mit einem vernichtenden Blick, doch dann gab sie sich einen Ruck. „Habt Ihr die Geschichte so auch meinem Bruder erzählt?“ Hoffnungsvoll schaute sie zur Tür, die immer noch geschlossen war.

„N ... nein ...“ Jacob kam ins Schwitzen. Wie sollte er Aliénor nur klarmachen, dass sie jetzt miteinander verlobt waren? In seiner Hilflosigkeit reichte er ihr den Brief des Grafen, den sie hektisch aufriss. Während sie las, wurden ihre Augen immer größer und ihr Gesicht lief feuerrot an. „Das ist ja wohl die größte Frechheit!“ Sie stürmte auf Jacob zu und begann mit beiden Fäusten gegen seinen Brustkorb zu trommeln. „Wie könnte Ihr es wagen ... ein Hochstapler und Betrüger ... ich werde Euch zu Fall bringen, das lasst Euch gesagt sein!“

Jacob griff nach ihren Handgelenken und versuchte sie zu beruhigen. „Aliénor, haltet ein, so lasst doch! Verdammt!“ Mit schmerzverzerrtem Gesicht ließ er sie los. Sie hatte ihn in den Arm gebissen und die Wunde blutete. Das brachte sie offenbar zur Räson und sie ließ sich erschöpft zurück auf ihren Stuhl fallen.

„War das von Anfang an Euer Plan? Eine Frau von Adel zu ehelichen – auf welchem betrügerischen Weg auch immer?“ Sie klang müde.

„Nein, das war es nicht.“ Jacob nahm sich einen Hocker, schob ihn zu ihr herüber und setzte sich ebenfalls. Dann erzählte er ihr, wie das Gespräch mit Graf Friedrich Wilhelm von Imhoff abgelaufen war – und dass dieser Weg im Moment die einzige Möglichkeit darstellte, sie vor dem Kloster zu bewahren.

„Aber wir können gar nicht heiraten. Ihr seid nicht von Stand!“ Wütend stampfte sie mit dem Fuß auf.

„Da habt Ihr leider recht, edle Dame“, gab Jacob zu, „auch wenn Euer Bruder davon glücklicherweise nichts ahnt. Ich werde daher versuchen, kurzfristig einen Adelstitel zu erhalten.“

„Und wie wollt Ihr das anstellen?“ Höhnisch funkelte Aliénor ihn an. „Glaubt Ihr, Ihr könnt Euch einfach so ein Adelsprädikat kaufen? Vielleicht gleich hier in Kirchheim auf dem Wochenmarkt?“

Jacob verdrehte die Augen. Für wie naiv hielt Gräfin Imhoff ihn eigentlich? Betont ruhig und sachlich erklärte er ihr seinen Plan in dieser Angelegenheit: Er werde seinem treuen Freund Anton Altenberg noch heute eine Eildepesche zusenden und ihn um Fürsprache bei Graf Vieregg bitten. Schließlich habe Jacob für den engen Vertrauten des Kurfürsten eine Reihe erfolgreicher und lukrativer Geschäfte abgewickelt. Bis zu einer Antwort wolle er in Kirchheim verweilen, um weitere Anweisungen entgegenzunehmen.

Aliénor presste ihre Lippen aufeinander und schwieg fortan. Sie sprach auch die folgenden Tage nicht mehr mit Jacob und ließ sich sogar die Mahlzeiten auf ihrem Zimmer servieren, um Jacob möglichst dauerhaft aus dem Weg zu gehen. Er konnte sie einerseits gut verstehen, andererseits ärgerte ihn das

Verhalten seiner Verlobten auch. Ein wenig mehr Dankbarkeit hätte sie ruhig zeigen können, fand er.

Um sich die Wartezeit zu vertreiben, strich er die nächsten Tage durch das Städtchen, ohne allerdings etwas Nennenswertes zu erreichen. Er versuchte nur ein einziges Mal in die Schlossbibliothek zu gelangen, doch er war nicht recht bei der Sache und ließ es am nötigen Engagement im Gespräch mit dem zuständigen Kastellan fehlen. Das einzig Produktive, was er tat, war der Kauf eines kunstvoll vergoldeten Bilderrahmens für das Porträt Aliénors. Er wollte es ihr bei passender Gelegenheit schenken.

Dann endlich, Ende September, traf die ersehnte Antwort ein: Anton wies ihn an, umgehend nach Alpirsbach zu reisen, weil dort in den nächsten Tagen ein kaiserlicher Gesandter erwartet werde. Dank Graf Viereggs Intervention würde dieser hohe Beamte ihm einen Adelstitel verkaufen. *Das ist allerdings ein kostspieliges Unterfangen*, schrieb Anton findig, *doch wenn Du im Kloster wie vereinbart Deine Geschäfte abwickelst, hast Du die ohnehin lohnende Investition bald wieder im Säckel.* Jacob grinste. Sein Freund hatte wirklich immer das gute Geschäft vor Augen. Kein Wunder, dass er so erfolgreich war! Was würde Aliénor jetzt zu den neuesten Entwicklungen sagen?

Doch Aliénor schwieg. Wortlos packte sie ihre Sachen und bestieg die Reisekutsche, als Jacob die Weiterfahrt anordnete. Nicht einmal mit einem Augenzucken reagierte sie, als er sie in seine Pläne einweihte. Ununterbrochen starrte sie vor sich hin oder blickte gelangweilt aus dem Fenster. Irgendwann wurde es Jacob zu dumm und er stieg zum Kutscher auf den Bock. So konnte er wenigstens ab und zu mit einem lebenden Menschen ein Wort wechseln, wenngleich das Gespräch eher schleppend verlief und an geistigem Anspruch zu wünschen übrig ließ. Immerhin erfuhr er auf diesem Weg, dass es im Schloss in Urach, ihrem nächsten Etappenziel, eine legendäre Wildsau gab. Dabei handelte es sich um die hölzerne Nachbildung eines Tieres, das Herzog Ulrich von Württemberg 1507 in der Nähe erlegt hatte. Ein Gestell war mit dem Fell des gewaltigen Tieres bezogen und sah wohl sehr lebensecht aus[166]. Auch der Nachkomme jenes Ulrich, Herzog Carl Eugen, hielt sich gern zur Jagd in dieser Region auf, weshalb das Schloss sehr geräumig und komfortabel ausgestattet war.

Kurz vor Urach begann es wieder heftig zu regnen, so dass Jacob wohl oder übel ins Kutscheninnere zurück musste. Sturzbachartig rauschte es vom Himmel herunter und irgendwann gingen die schweren Tropfen in Hagel über. Immer lauter trommelte es auf das Dach. Besorgt schaute Jacob nach oben – und auch Aliénor begann unruhig zu werden. Plötzlich passierte es: Ein walnussgroßes Hagelkorn durchschlug das Kutschenverdeck und fiel polternd vor ihre Füße, weitere folgten. Ängstlich hielt Aliénor die Hände zum Schutz über ihren Kopf, bis Jacob ihr einen Umhang überwarf. Er selbst nahm eine Tasche als Kopfschutz. Der Spuk dauerte glücklicherweise nur wenige Minuten, dann hielt die Kutsche unter einem Torbogen und das Getrommel auf dem Dach ließ nach. Sie hatten das Stadttor von Urach erreicht. Jacob stieg aus und besah sich das Malheur: Das Verdeck war stark beschädigt und würde ausgewechselt werden müssen – und auch der Kutscher hatte trotz Hut und Umhang einiges abbekommen. Er blutete leicht aus einer Wunde an der Wange und fluchte vor sich hin. „Das dürfte einige Tage in Anspruch nehmen, aber wir haben am Ort einen guten Sattler.“ Ein freundlich nickender und gut gekleideter Herr trat mit einem Soldaten aus der Wachstube und begutachtete den Schaden an Jacobs Kutsche. Höflich stellte Jacob sich und Aliénor vor, wobei er sie ganz selbstverständlich als seine Verlobte ausgab, was sie mit einem ärgerlichen Gesichtsausdruck quittierte. Glücklicherweise fiel das niemandem auf – zumal das Wetter nach wie vor wütete.

166 Martin Crusius überliefert dieses Detail in seiner Chronik von 1596: „Zu Aurach wurde ein wildes Schwein von Holtz durch Kunst gemacht, welches ein von Herzog Ulrich erlegtes natürliches und wahrhafftiges wildes Schwein repräsentierte, und dergestalten zubereitet war, daß es, wann man ein kleines Höltzlein mit dem Fuß hinab druckte, denenjenigen zulieff, welche dabey stunden.“

„Sehr erfreut, Edler Herr von Bardenfleth." Der Herr verbeugte sich ehrfurchtsvoll und gab sich als Kastellan des Schlosses zu erkennen. „Ein Kastellan ohne richtige Arbeit", ergänzte er lächelnd, „denn Seine Durchlaucht der Herzog lässt das Schloss gerade komplett umbauen."

Interessiert fragte Jacob nach, ob man das Schloss besichtigen könne, jetzt, wo der Herzog ganz sicher nicht vor Ort sei. Dabei zückte er ein klimperndes Säckchen und fragte gleichzeitig nach einer angemessenen Unterkunft für die Zeit, die zur Reparatur des Verdecks nötig sein werde. Erfreut willigte der Kastellan ein und führte Jacob und Aliénor zum Stadthaus[167] in unmittelbarer Nähe des Schlosses, wo üblicherweise die Gäste des Herzogs logierten. Es gab zwar auch noch die Herberge zum *Goldenen Kreuz*, doch dort waren zur Zeit die vielen Handwerker untergebracht, die im Schloss arbeiteten.

Während Bedienstete das gesamte Gepäck aus der Kutsche in das Appartement trugen, das für die nächsten Tage Komfort und einen angenehmen Aufenthalt versprach, fragte Jacob den Kastellan nach seiner Herkunft. Ihm war nämlich aufgefallen, dass der Mann keinen hiesigen Dialekt sprach. „Ja, ich stamme aus dem Norden, aus der Nähe von Hannover", bestätigte jener und schilderte, wie es durch familiäre Beziehungen dazu gekommen war, dass er nun im Dienste des Württemberger Herzogs stand. „Geschadet hat es mir nicht", endete er, „im Gegenteil: Sieht man einmal davon ab, dass der Herbst hier manchmal sehr ungemütlich sein kann ..." – er seufzte und schaute bekümmert zum Fenster hinaus – „... lässt es sich gut leben hier. Wartet nur ab, morgen führe ich Euch durch das Städtchen, wenn Ihr mögt."

Jacob nahm das Angebot dankend an und ließ sich am nächsten Tag den hübschen Ort zeigen, während Aliénor immer noch schweigend protestierte und im Zimmer blieb. Jacob fragte sich, was sie wohl all die Zeit über machte. Schrieb sie Briefe oder Tagebuch? Las sie Bücher? Oder handarbeitete

167 Heute bekannt als Haus am Gorisbrunnen

sie gar? Immer, wenn er das Zimmer betrat, saß sie regungslos herum – er wurde jedoch den Verdacht nicht los, dass sie diese Pose gezielt einnahm, wenn sie ihn kommen hörte. Er beschloss, sich bei Gelegenheit anzuschleichen, um ihr auf die Spur zu kommen.

Zunächst erfreute er sich jedoch an den Schönheiten des Ortes. Urach lag in einem Talkessel am Rande der Schwäbischen Alb. Durch das Städtchen floss die Erms, die südwestlich der Stadt vom Brühlbach gespeist wurde. Dieser Brühlbach bildete einen spektakulären Wasserfall, den der Kastellan ihm nach einer kurzen Kutschfahrt stolz präsentierte. Die Stadt selbst besaß einen hübschen Marktplatz, umgeben vom Rathaus und von vielen fein herausgeputzten Fachwerkhäuser aus früheren Jahrhunderten. Dominiert wurde der Ort jedoch vom Schloss und der Stiftskirche Sankt Amandus mit ihrem auffallend hohen Turm.

Jacob schlenderte den halben Tag mit dem Kastellan durch die Gassen und erfuhr nebenbei, dass es im Uracher Schloss keine eigene Bibliothek gab. Angeblich hatte der Herzog alle Bestände in seine neue Öffentliche Bibliothek nach Ludwigsburg gebracht, woraus Jacob schloss, dass ohnehin nicht viel in Urach gelagert gewesen sein dürfte. Dennoch wollte er die ehemalige Bibliothek unbedingt sehen – man konnte ja nie wissen – und sie verabredeten sich für den folgenden Morgen vor dem Schlosstor.

Am Abend nahm Jacob gemeinsam mit Aliénor ein reichhaltiges Essen im *Goldenen Kreuz* ein. Zuvor hatte er sie dabei überrascht, wie sie in seinem Voltaire blätterte und sich Notizen dazu machte. Das also tat sie, wenn sie allein war! Jacob freute sich insgeheim, zeigte es doch ihr Interesse an Themen, die auch ihn faszinierten. Was für ein Pech, dass die Vorzeichen für ihre unter ungünstigen Umständen arrangierte Ehe so schlecht waren. Denn eigentlich passten sie recht gut zueinander, fand Jacob, und beschloss, am Abend einen neuen Versuch zu starten, Aliénor aus ihrer Schweigsamkeit zu locken. Er hatte Glück: Beim gemeinsamen Essen inmitten des lautstarken Geschwätzes der Handwerker und Einheimischen, die sich hier trafen, löste sich auch Aliénors Zunge. Möglicherweise tat auch der Wein ein Übriges dazu – auf jeden Fall begann die Gräfin damit, Jacob gezielt nach dem Verständnis von „Glück" im Sinne des französischen Philosophen zu fragen. „Habt Ihr den *Candide* zu Ende gelesen?", fragte Jacob sie erfreut.

„Ja, aber ganz verstanden habe ich sein Fazit nicht. ‚Wir wollen arbeiten, ohne zu philosophieren (...), das ist das einzige Mittel, das Leben erträglich zu machen'[168] heißt es am Schluss. Seht Ihr das auch so?" Aufmerksam schaute sie ihn an.

Jacob musste lächeln. Sie machte sich also Gedanken um ihre gemeinsame Zukunft. Er nahm sich einen Augenblick Zeit, ehe er sprach, da er fühlte, dass dieses Gespräch wichtig war. „Liebste Aliénor", begann er mit sanfter Stimme, „ein paar Zeilen weiter unten findet Ihr die Antwort, die Ihr sucht. ‚Wir müssen unseren Garten bestellen'[169], beschließt Candide seine lange Reise – und genau das ist es, was ich auch tun möchte. Entscheidend ist jedoch, was wir in unserem Garten anbauen und wie wir damit umgehen. Versteht ihr, was ich meine?"

Aliénor nickte langsam. „Und was wollt Ihr dort pflanzen und pflegen?", nahm sie das Gartenbild auf.

„Eine glückliche Familie, Wohlstand und eine Kultur, die durch Bildung und einen aufgeklärten Geist geprägt ist", antwortete er mit fester Stimme. „Ich sehe meine Frau als meine gleichwertige Partnerin, Literatur, Gesang und Malerei als eine Quelle der Inspiration – und unser gemeinsames Heim, wo auch immer es sein wird, als einen Mittelpunkt für moderne Menschen. Aliénor", Jacob griff nach ihrer Hand, „wollt Ihr dieses Leben mit mir teilen?"

Ein zartes Lächeln überflog ihr Gesicht, während sie leise nickte. Erleichtert drückte Jacob ihre Hand. Sie hatten gemeinsam einen ersten Schritt in eine vielversprechende Zukunft ge-

168 Zitiert nach Voltaire, *Candide oder der Optimismus*, a. a. O., S. 126
169 ebenda

tan – auch wenn es bislang noch nicht um ihre persönlichen Gefühle gegangen war. Aber wer heiratete schon aus Liebe? Das waren die wenigsten. Jacob war sich ganz sicher: Irgendwann würde auch Aliénor erkennen, dass alles eigentlich ein Glücksfall für sie beide war. Über seine eigenen Empfindungen für sie schwieg er jedoch wohlweislich; das erschien ihm noch nicht angebracht und viel zu früh.

Am nächsten Morgen warteten sie gemeinsam vor dem Schloss auf den Kastellan. Dieser traf pünktlich ein und stellte ihnen die „Uracher Großbaustelle“ vor, wie er formulierte.

Ursprünglich war das Schloss als Residenz der Uracher Linie der Herzöge von Württemberg errichtet worden[170]. Über die Landesgrenzen hinaus berühmt wurde es durch die Hochzeit Graf Eberhards im Barte mit Barbara Gonzaga von Mantua im Jahr 1474. Eberhard V. war zu diesem Zeitpunkt bereits 30 Jahre alt und recht vermögend, sodass er aus Anlass seiner Hochzeit umfangreiche Umbauten des Schlosses. So ließ er beispielsweise die alte Dürnitz[171] zu einer gewölbten Halle ausbauen, deren Bögen mit Kreuzrippen modernisiert wurden.

Beeindruckt durchschritten Jacob und Aliénor den gigantischen Saal mit dem reizvollen Licht-Schattenspiel, das sich durch die Gewölbe ergab. Die Steinbänke in den Fensternischen, vor denen Holztische standen, wiesen auf die Nutzung hin: Wie seine Vorfahren auch nutzte Carl Eugen diese Halle während seiner Jagdaufenthalte als Speisesaal.

„Und hier darüber befinden sich die gräflichen Fest- und Wohnräume“, erläuterte der Kastellan. „Leider wird dort oben gerade gearbeitet und die Hälfte der Räume ist gesperrt oder mit Tüchern verhängt, um die prachtvolle Ausstattung zu schützen. Aber ich geleite Euch trotzdem hinauf.“

170 Erbaut ab1443 nach dem Vorbild des Stuttgarter Alten Schlosses.

171 Mit Dürnitz, (slawisch: dorniza = beheizbare Stube), bezeichnet man den heizbaren Bereich einer mittelalterlichen Burganlage. Meist war dies ein einziger großer Raum im Erdgeschoss, den man aufwendig ausstattete und mit dekorativen Gewölben versah. Die Dürnitz wurde in der Regel als Aufenthalts- und Versammlungsraum oder auch als Gerichtssaal genutzt. (Frei zitiert nach Wkipedia, am 7.08.2012, 11.00 Uhr)

Er begann seine Führung mit dem wohl schönsten Raum des Schlosses, dem Goldenen Saal. Ihn hatte man ebenfalls anlässlich der Hochzeit Eberhards mit Barbara Gonzaga eingerichtet; von seinen Nachfolgern wurde er später mehrmals umgestaltet. Trotz der vielen Tücher an den Wänden und über Böden und Möbeln ließen die freiliegenden vergoldeten Wand- und Deckendekorationen, der prachtvolle Ofen und die beiden aufwendig verzierten Portale Rückschlüsse auf den gesamten Raum zu. „Und was versteckt sich hierrunter?" Aliénor hob ein Tuch in der Mitte des Raumes an und legte einen großen Marmortisch frei.

„Hier pflegt der Herzog zu spielen", erklärte der Kastellan und bat sie dann in die angrenzenden Räume.

„Ohhh, ist das schön!" entfuhr es Aliénor, als sie den Palmensaal betraten. Die gesamten Wände entlang des riesigen Raumes waren zwischen den Fensternischen mit wandhohen Palmen bemalt, die an Herzog Eberhards Pilgerfahrt ins Heilige Land erinnern sollten. An den Palmstämmen hingen die Wappen des Herzogshauses, rechts und links von ihnen stand jeweils in schmuckvollen Lettern *Attempto*[172] geschrieben – das Motto des Herzogs, erläuterte der Kastellan. „Übrigens war der Saal früher noch größer", fügte er stolz hinzu, „alte Pläne zeigen, dass er einmal über das gesamte Geschoss reichte!" Zu ihrem größten Erstaunen erfuhren Jacob und Aliénor, dass es hier einst eine Holztreppe gegeben hatte, auf der sogar Reiter, vom Schlosshof kommend, in diesen Prachtsaal hinaufgelangen konnten. Allerdings war diese Treppe den Umbauarbeiten zum Opfer gefallen – schon vor über 100 Jahren war der Raum zum Jagdsaal umgewandelt worden.[173]

„Und was wird hier gerade gebaut?" Suchend sah Jacob sich im Saal um, in dem weißer Staub in der Luft lag und einige Handwerker mit Plänen in der Hand diskutierten.

„Seine Durchlaucht der Herzog lässt sich den Palmensaal zum Appartement mit Gardesaal umbauen" antwortete der Kastel-

172 Lat. „Ich wage es"
173 Heute erstrahlt dieser Saal teilweise wieder in seiner ursprünglichen Fassung.

lan. „Auch der Weiße Saal wird gerade kräftig renoviert – da können wir aber leider nicht hinein.“[174]

Die ehemalige Bibliothek, in die der Kastellan sie anschließend führte, erwies sich als große Enttäuschung. Der Raum wurde als Abstellkammer für Werkzeug und allerlei Gerümpel genutzt und barg keine Schränke oder Regale mehr. „Tja, hier sind wohl keine interessanten Geschäfte zu machen“, raunte Aliénor ihrem Verlobten zu und grinste frech. Jacob ärgerte sich nicht darüber, sondern freute sich. Immerhin zeigte sie ihm so, dass sie jetzt Anteil an seinem Leben nahm.

Die folgenden Tage, während deren sie auf ihr repariertes Kutschenverdeck warteten, vergingen trotz Jacobs Ungeduld wie im Fluge. Sie machten in einer bequemen Kalesche, die ihnen der Kastellan zur Verfügung gestellt hatte, kleinere Ausflüge in die reizvolle Umgebung und unternahmen sogar zwei gemeinsame Ausritte. Das allerdings bereitete Jacob weniger Spaß, da Aliénor – wie er bereits wusste – eine hervorragende Reiterin war, er selbst sich jedoch mehr schlecht als recht im Sattel hielt. Lachend drohte Aliénor ihm darauf an, ihm später Reitstunden zu erteilen, was er nicht besonders komisch fand.

Endlich war ihre Kutsche bereit zur Weiterfahrt. Über Kloster Bebenhausen, wo sie nächtigen wollten, sollte es schnellstmöglich nach Alpirsbach gehen. Schließlich durften sie den Kaiserlichen Gesandten nicht verpassen! Mittlerweile war der Oktober angebrochen und es war empfindlich kalt geworden. Das Laub der Bäume verfärbte sich bereits in warmen Herbsttönen. Nördlich von Reutlingen mussten sie den Neckar überqueren, was sie ordentlich Zeit kostete, weil der Fährmann recht gemächlich arbeitete. Schließlich erreichten sie am frühen Nachmittag das ehemalige Zisterzienserkloster Bebenhausen, das malerisch in einem weitläufigen Waldgebiet lag. Jacob meldete sie als Edle und Edler von Bardenfleth an und man teilte ihnen eine halbwegs komfortable Stube im

174 Ab 1765 ließ Carl Eugen das Schloss modernisieren. Er wollte den Weißen Saal als Speise- und Musiksaal nutzen und ließ daher reichen Wand- und Deckenschmuck anbringen. Dieser Saal gilt heute als Inbegriff des heiteren Lebensgefühls im Zeitalter des Rokoko.

Gästehaus des Klosters zu. Dort wurde ihnen umgehend ein einfaches Mahl serviert, weil der Prälat keine Gäste im Refektorium duldete – schon gar keine weiblichen, so erfuhren sie von einem dienstbaren Knecht.

Das Kloster stammte aus dem 12. Jahrhundert, seine Blütezeit war jedoch längst vorüber.[175] Wie viele andere Klöster ging auch Bebenhausen nach der Reformation 1534 und dem Dreißigjährigen Krieg andere Wege als ursprünglich geplant. Die strengen Zeiten der Zisterziensischen Klausur waren längst vorbei, das zeigte das geschäftige Treiben, das Jacob und Aliénor schon bei der Einfahrt in das durch mehrere Mauergürtel gesicherte Areal beobachteten. Sie wussten, dass im Kloster eine der bedeutendsten Klosterschulen des Landes untergebracht war. Die Warnung: „Der Prälat ist ein trockener Knochen und sehr, sehr streng“, hatte ihnen der Uracher Kastellan zum Abschied mitgegeben und ihnen geraten, nur kurz in Bebenhausen zu bleiben. „Man bekommt schlechte Laune an diesem Ort, glaubt mir.“

Dennoch beschlossen sie, in der Abenddämmerung gemeinsam einen Spaziergang durch die Anlage zu machen. Schließlich hatte Kloster Bebenhausen einst zu den reichsten Abteien des Landes gehört. Außerdem hoffte Jacob, noch Spuren des einzigartigen Lebensgefühl der einst hier ansässigen Zisterzienser aufzufinden. Das hatte ihn schon in Maulbronn fasziniert.

„Lasst uns mit der Kirche beginnen“, schlug er Aliénor vor, „dort dürfte im Moment niemand sein, weil vermutlich alle Bewohner im Refektorium zum Essen versammelt sind.“

„Hat der Knecht vorhin nicht von zwei Refektorien gesprochen?“, überlegte Aliénor laut, „Eins für den Sommer und eins für die kalten Tage im Winter?“

Jacob zuckte die Achseln: „Keine Ahnung. Klingt aber plausibel. Lasst uns einfach nachsehen!“

Sie betraten die Klosterkirche durch das Hauptportal. Die

175 Pfalzgraf Rudolph von Tübingen gründete das Kloster vermutlich um 1183/84, 1190 zogen hier Zisterzienser ein.

schlichte und flach gedeckte Pfeilerbasilika besaß einen gerade abgeschlossenen Chor und vier Nebenkapellen am Querschiff. Die prachtvollen Chorfenster ließen viel Licht ins Innere und waren ganz offensichtlich in einer späteren Epoche eingefügt worden[176], ansonsten wirkte der Bau eher karg.

„Und wieso hat die Kirche ihren Turm über der Vierung? Ist das typisch für die Bauweise der Zisterzienser?“, fragte Aliénor ihn flüsternd.

„Nein“, antwortete er nachdenklich, „der Turm stammt wohl auch aus späteren Zeiten. Irgendwie wirkt der ganze Bau ein wenig zusammengestückelt, finde ich.“ Er kratzte sich am Kopf. „Kommt, lasst uns den Kreuzgang besichtigen. Der soll sehr schön sein.“

Tatsächlich war der Kreuzgang ein besonderes Kleinod.[177] Zwar schien auch er nicht mehr original-zisterziensisch in seiner Bauornamentik, doch Jacob fand, man könne noch nachempfinden, welche Funktion dieser Teil des Klosters einst gehabt hatte: „Hier konnten die frühen Mönche wandeln und meditieren – oder sich einfach im Freien aufhalten“, erklärte er Aliénor. „Auch die wichtigen Prozessionen fanden hier statt, weil die Mönche damals ihr Kloster nie verließen.“

„Es ist wirklich wunderschön hier“, wisperte Aliénor ergriffen. Die rote Abendsonne tauchte das Gewölbe-Viereck in ein warmes Licht und man hörte hier nichts vom hektischen Treiben außerhalb der Klausurbauten. „Was für ein Glück, dass man hier einfach so hineinkommt.“

„Stimmt.“ Jacob nickte. „Aber es ist eben alles nicht mehr so streng wie früher, der Reformation sei Dank.“ Er fasste die Gelegenheit beim Schopfe und fragte vorsichtig: „Wie sieht es mit Euch aus, liebe Aliénor: Würdet Ihr denn konvertieren, um unsere Hochzeit zu ermöglichen?“

176 Jacob ist ein guter Beobachter: Abt Konrad von Lustnau ließ im 14. Jahrhundert zahlreiche Veränderungen im hochgotischen Stil durchführen, wozu auch die großen Chorfenster zählten.
177 Der heutige Kreuzgang hatte einen Vorgängerbau (1281-1305) und entstand gegen Ende des 15. Jahrhunderts. Er zählt zu den bedeutendsten und besterhaltenen spätgotischen Anlagen dieser Art in Südwestdeutschland. (Quelle: SSG-Website www.schloesser-und-garten.de)

„Muss ich wohl“, seufzte Aliénor schwer. Dann fing sie an zu lachen und gestand ihm: „Jacob, auf die Gefahr hin, dass Ihr jetzt entsetzt seid: Ich glaube nicht so recht an Gott. Von daher ist mir das mit der Konfession ziemlich egal.“

Erleichtert stimmte Jacob in ihr Lachen ein: Wieder einmal hatten sie etwas entdeckt, was sie beide verband. Gut gelaunt hakte er sie unter und führte sie in den Kapitelsaal, wo sich früher der Konvent versammelt hatte. Das Kreuzrippengewölbe ruhte hier auf vier kurzen Säulen mit riesigen Kapitellen. Sie hatten allerdings auch einiges an Gewicht zu tragen – Jacob vermutete, dass sich im Obergeschoss darüber ein weiterer Saal befand. Alles in allem wirkte die Architektur deutlich archaischer als die von Maulbronn, doch Jacob war kein Historiker und konnte seinen Eindruck nicht genauer begründen.

„Wie merkwürdig.“ Nachdenklich starrte Jacob auf ein paar Grabplatten, die sich im Kapitelsaal befanden. „Hier wurden auch Laien bestattet.“

„Ja, und?“ Aliénor wusste offenbar nicht, was ihn so irritierte.

„Na ja, nach den Regeln der Zisterzienser durften innerhalb der Klausurbauten nur die Äbte ihre letzte Ruhe finden. Und das nur in bescheidenster Form, also ganz im Sinne von Selbstbeschränkung, Zurückhaltung, Verzicht und Askese. Aber das hier ...“, er deutete auf zwei schmuckvolle Grabplatten, „scheinen die Klosterstifter Rudolph von Tübingen und seine Gemahlin Mechthild zu sein. Wie die wohl hierhin gekommen sind?“[178]

Sie besichtigten weitere Räume des Klausurbereichs wie das Winterrefektorium, wo sie allerdings an der Tür stehen bleiben mussten, weil der Prälat sich darin aufhielt, und das Sommerrefektorium mit seinen prachtvollen Dekorationen. Es war wohl der schönste Raum, den das ehemalige Kloster zu bieten hatte: Der große und lang gestreckte Saal bestach durch die hohen schmalen Fenster, die den Speiseraum in helles

178 Jacob ist zurecht erstaunt: Die Grablege rührt allerdings aus den wenigen Jahren vor Einzug der Zisterzienser. Damals hatte jener Rudolf die Familiengruft seiner Sippe innerhalb des Klosters geplant.

Abendlich tauchten. Das Gewölbe weit oben wurde von nur drei schlanken Säulen getragen; die Zwickel waren bunt mit Rankenmustern ausgemalt. Tief beeindruckt beendeten Jacob und Aliénor ihren Rundgang, nachdem sie das ungewöhnliche Refektorium verlassen hatten. Es war einfach zu dunkel geworden, außerdem fegte ein empfindlich kalter Wind durch die Mauern.

„Lasst uns schlafen gehen", schlug Aliénor vor, „ich bin müde und freue mich auf die unbequeme Pritsche im Gästehaus."

Jacob grinste über ihren Humor. Auch er war erschöpft und brauchte jetzt einige Stunden ruhigen Schlaf. Rasch einigten sie sich über die Aufteilung der Pritschen.

„Gute Nacht, Aliénor", wünschte Jacob er ihr durch das Dunkel des Raumes.

„Gute Nacht, Jacob", kam es aus dem Dunkel zurück und mit einem Lächeln im Gesicht schlief er ein.

Nur wenige Stunden später weckte sie ein lautes Pochen an der Stubentür: „Aufmachen, sofort!"

Schlaftrunken rieb Jacob sich die Augen und zündete eine Kerze an. Aliénor hatte sich entsetzt auf ihrer Bettstatt aufgerichtet. Wer war das nur – und vor allem: Was wollte der Kerl vor der Tür?

Jacob schob den Riegel beiseite. Vor ihm stand der Kastellan des Klosters und schäumte vor Wut. „Ihr seid nicht rechtmäßig vor Gott getraut. Ihr habt uns belogen! Verlasst sofort unser Kloster!"

„Wie bitte? Aber es ist mitten in der Nacht! Woher wisst Ihr überhaupt ...?" Jacob war völlig durcheinander. Hatte er richtig gehört? Man wollte ihn und Aliénor zu nächtlicher Stunde einfach vor die Tür setzen?

„Man hat Euch erkannt, vielmehr die Gräfin von Imhoff. Ein Besucher ist sich ganz sicher. Und er wusste auch, dass die Gräfin von ihrer Familie verstoßen worden ist. Wegen Unzucht! Das können wir hier nicht dulden. Der Prälat wünscht, dass Ihr sofort abreist!"

Jacob wollte gerade zu einer gepfefferten Antwort ansetzen,

als er bewaffnete Wachleute hinter dem Kastellan entdeckte. Man meinte es also ernst, Widerstand zwecklos. „Gebt uns ein paar Minuten“, bat er kleinlaut und schob den Riegel wieder vor. Resigniert wandte er sich Aliénor zu, die bereits mit dem Packen begonnen hatte. Kurze Zeit später traten sie hinaus in den Klosterhof, wo ihre Kutsche mit einem völlig übermüdeten Kutscher auf dem Bock bereits angeschirrt wartete. Schweigend verfolgten der Kastellan und die Wachsoldaten ihre Abfahrt hinaus durch das Tor, das krachend hinter ihnen zufiel.

„Und was machen wir jetzt?“ Bibbernd vor Kälte hatte Aliénor sich in eine Decke eingewickelt. Ratlos standen sie zusammen mit dem Kutscher vor den nächtlichen Klostermauern. Ab und zu schrie ein Käuzchen, ansonsten war die Nacht dunkel und still. Glücklicherweise kam der Mond hinter den Wolken hervor, sodass zumindest der Weg hinaus aus dem Wald, der Kloster Bebenhausen umgab, zu erkennen war.

„Traut Er sich die Fahrt bei diesen Lichtverhältnissen zu?“, fragte Jacob den immer noch verstörten Kutscher. „Ja? Dann fahr Er los. Wir müssen hinunter nach Tübingen und dann neckaraufwärts in den Schwarzwald hinein!“

Die Fahrt in der Dunkelheit verlief in Müdigkeit und Schweigen, bis die vielen Türme des kleinen Städtchens Rottenburg im Morgengrauen auftauchten. Hier ließ Jacob auf dem Marktplatz anhalten, um sich ein wenig die Beine zu vertreten und ein Frühstück zu besorgen.

„Müssen wir den Neckar überqueren?“, fragte Aliénor ihn im Anblick der imposanten Brücke über den Fluss. „Nein, wir fahren auf dieser Seite am Fluss entlang, man sagte mir, das sei schneller. Und wir haben keine Zeit zu verlieren.“ Jacob fühlte sich verfolgt und wollte diese Gegend so schnell wie möglich verlassen. Hatten sie am Abend zuvor in Bebenhausen erwähnt, dass sie auf dem Weg nach Kloster Alpirsbach waren? Hoffentlich nicht! Noch einmal wollte er Aliénor nicht zumuten, aus Gründen des Anstands vertrieben zu werden. Zum Glück lag ihr nächstes Ziel hoch oben im Schwarzwald – und ob der Prälat von Bebenhausen einen engen Kontakt mit der Alpirsbacher Klosterschulleitung pflegte, war fraglich. Dennoch wollte Jacob lieber kein Risiko eingehen und im Auge behalten, wer dort ein- und ausging.

Gestärkt durch herzhaft gewürztes Brot, ein Paar Brezeln, Speck, Käse und Milch machten sie sich wieder auf den Weg. Diese Fahrt nutzten Jacob und Aliénor dazu, ihr weiteres Vorgehen zu besprechen. „Die Reformierten erscheinen mir in

Württemberg weitaus sittenstrenger als die Katholiken", überlegte Jacob laut. „Ich denke, wir sollten uns in Alpirsbach wieder als Ehepaar ausgeben. Man kann ja nie wissen."

Aliénor stimmte ihm zu, wirkte jedoch besorgt. Die letzte Nacht hatte ihr sehr zugesetzt, das sah man ihr an. Als Jacob mitfühlend nachfragte, brach sie in Tränen aus. „Ich möchte so nicht leben", schluchzte sie, „immer auf der Flucht, stets in Angst vor Entdeckung – das ertrage ich nicht!"

Wieder machte sich Jacobs schlechtes Gewissen breit, während er auf Aliénors Sitzbank hinüberkletterte, um sie in den Arm zu nehmen und zu trösten. Er hatte das Leben der jungen Gräfin mit seinen Lügen und spontanen Einfällen auf den Kopf gestellt – wie konnte er das nur wieder gutmachen? Andere Männer schenkten ihren Frauen Juwelen oder Landgüter, um sie in Sicherheit zu wiegen, doch Aliénor war anders und legte auf diese Dinge nicht so viel Wert. Vielleicht sollte er sie mit einer eigenen kleinen erlesenen Bibliothek überraschen, wenn sie später einmal irgendwo verheiratet und sesshaft geworden wären, – war das vielleicht eine Idee? Bis dahin waren allerdings noch einige Hürden zu nehmen, die Jacob erhebliches Kopfzerbrechen bereiteten. Hoffentlich verlief die Reise nach Alpirsbach schnell und reibungslos, damit sie dort den kaiserlichen Gesandten nicht verpassten!

Das Wetter machte ihnen einen Strich durch die Rechnung. Kurz vor Horb am Neckar begann es heftig zu schneien. Der frühe Wintereinbruch führte dazu, dass sie in dem schmucken Ort am Rande des Schwarzwalds in einem Gasthof abwarten mussten, bis das Schneetreiben aufhörte. Die Tage vergingen in ungeduldiger Anspannung – zumal die Kälte es nicht zuließ, das Städtchen zu Fuß zu erkunden. Zumindest erfuhren sie im Gastraum in Gesprächen mit Einheimischen, dass Horb auch „das Tor zum Schwarzwald" genannt wurde und eine alte Burg besaß. Ein Gotteshaus, die Stiftskirche zum Heiligen Kreuz, war das Wahrzeichen der Stadt. Der Marktplatz mit dem Marktbrunnen sollte besonders schön sein, außerdem war man in Horb stolz darauf, dass der berühmte Bildhauer und

Holzschnitzer Veit Stoß[179] von hier stammte.

Mit mäßigem Interesse lauschten Jacob und Aliénor den Erzählungen der Horber. Erst als das Kloster Alpirsbach Gesprächsthema wurde, das nur eine knappe Tagesreise entfernt war, hörte Jacob genauer hin. Demnach schickten einige Bürger der Stadt ihre Söhne in die Klosterschule, die von einem strengen evangelischen Abt nach dem Motto: *das Trachten nach Gottseligkeit, der sicherste Weg zur Bildung* geleitet wurde[180]. Offenbar pflegte er seinen Schülern auch zu sagen: „Alles Wissen blähet auf, und alle menschlichen Dinge pflegen die Menschen so sehr einzunehmen, dass das fröhliche Keimen des Samens der göttlichen Wahrheit dadurch gehemmt wird. Besonders ist dieß bey den Wissenschaften der Fall“. Denn „der Geist, der die heidnischen Weisen beseelte, ist ein Geist des Übermuthes, der Eitelkeit, der Weltklugheit, des Egoismus, der Sinnenlust und hat für noch nicht ganz befestigte Gemüther etwas ungemein Ansteckendes“. Dieser Johann Gottlieb Faber[181] war erst seit dem vergangenen Jahr im Amt und hatte einen Klosterverwalter an seiner Seite, mit dem er Alpirsbach als selbstständiges Klosteramt führte. Im Gegensatz zu vielen anderen Klöstern hatten die alten Mauern im Schwarzwald wohl trotz der Wirren der Reformation zumindest einen Teil ihrer Selbstständigkeit behalten dürfen. Das verlieh dem Abt außerordentliche Macht, was dieser – so munkelte man in Horb – weidlich auszunutzen verstand.

Tatsächlich verdankte das Kloster Alpirsbach seine Gründung

179 Davon hatten die Horber allerdings nicht so viel: Zwar wurde Stoß um 1447 in dem Neckarstädtchen geboren, sein eigentliches künstlerisches Schaffen fand jedoch in Krakau/Polen und Nürnberg statt. Als Hauptwerke gelten der Hochaltar in der Krakauer Marienkirche (1489 vollendet) und der Englische Gruß in der Nürnberger Lorenzkirche (1518 gestiftet).

180 Dieser Leitspruch stammt in Wirklichkeit von Johann Albrecht Bengel, der von 1713 bis 1741 Klosterpräzeptor in Denkendorf war und den Pietismus in der Bayerischen Evangelischen Landeskirche vertrat. Seine Lehre war von weltflüchtiger Frömmigkeit geprägt und orientierte sich stark an der asketischen Mönchstheologie.

181 Einen evangelischen Abt mit diesem Namen gab es tatsächlich in Alpirsbach: Johann Gottlieb Faber (1717-1779) war Theologieprofessor und wurde später sogar Oberhofprediger in Stuttgart. Ein Bildnis des Theologen besitzt die Grafische Sammlung des Kunsthistorischen Instituts der Universität Tübingen. Die Nähe Fabers zu pietistischen Strömungen oder – wie im weiteren Verlauf des Romans geschildert – zu altkatholischem Gedankengut ist allerdings frei erfunden.

einer großzügigen Schenkung: Drei Adlige, Graf Alwig von Sulz, Graf Adalbert von Zollern und Ruotmann von Neckarhausen, hatten das Hofgut Alpirsbach mit allen Gütern und Rechten dem Heiligen Benedikt gestiftet. Diese Schenkung ist in einer Urkunde überliefert und fand am 16. Januar 1095 statt. Sofort wurde eine provisorische Klosterkirche gebaut, geweiht und ein Abt bestellt. Doch das Kloster entwickelte sich dann nur schleppend: Die meisten Mönche stammten aus niederem Adel und konnten sich mit der bescheidenen Lebensweise der Benediktiner nicht recht anfreunden. Sie pflegten sehr weltlichen Luxus, was zum wirtschaftlichen und moralischen Niedergang des Klosters führte. Schon im 15. Jahrhundert wurde der Konvent schließlich aufgelöst. Zwar gab es danach einige Versuche und vor allem zahlreiche Baumaßnahmen, um das Kloster wieder in Schwung zu bringen, doch die grundlegenden Ordensregeln wie persönliche Armut, Keuschheit und Gehorsam waren nicht besonders beliebt. Kurzerhand hob Herzog Christoph von Württemberg im Zuge der Reformation 1556 das Kloster endgültig auf und richtete dort eine evangelische Klosterschule ein.

„Und wie viele Menschen leben heute in dem ehemaligen Konvent?“, erkundigte Jacob sich. Niemand von den im Gastraum Anwesenden wusste die Frage zu beantworten. „Der Abt wird's wohl wissen“, war das einzige, was man ihm sagte – und er wurde den Eindruck nicht los, dass man dem Kloster hier unten am Neckar mit einiger Skepsis begegnete. „Zu viele hohe Persönlichkeiten gehen dort bei Nacht und Nebel ein und aus“, hieß es und es kursierten Gerüchte, dass der evangelische Abt in allerlei Geschäfte und diplomatische Missionen verwickelt war. Das wiederum konnte Jacob gut nachvollziehen – wartete nicht auch ein kaiserlicher Gesandter ausgerechnet dort in der Schwarzwälder Einsamkeit auf ihn? Was machte dieser Mann dort? Ein Zufall konnte das alles wohl kaum sein!

Endlich entschied der Kutscher, dass eine Weiterfahrt möglich sei. Am Abend wollten sie in Alpirsbach ankommen, doch sie hatten die vielen Steigungen und vereisten Wege hinauf in den Schwarzwald unterschätzt. Die Landschaft sah aus wie im tiefsten Winter und Straßen und Wege waren entsprechend schlecht zu passieren, je höher sie kamen. Völlig entnervt mussten sie im Weiler Dornhan erneut Quartier beziehen – zu etwas Besserem als einer Scheune reichte es jedoch nicht. Das Dorf lag auf einer Hochebene und bereits im Einflussbereich des Klosters. Obwohl dieses unter normalen Wetterbedingungen nur eine gute Stunde Wegreise entfernt lag, brauchten sie fast noch einmal einen ganzen Tag, um endlich Alpirsbach mit seinem Kloster zu erreichen.

Es war ein magischer Ort, darüber waren Jacob und Aliénor sich von Anfang an ausnahmsweise einmal einig. Alpirsbach lag in einem Tal an der oberen Kinzig und war rundherum von Wäldern umgeben. Schon von Weitem erkannte man die ausgedehnte Klosteranlage. Der Platz dafür war einst gut gewählt worden: Es gab dort frisches Wasser, Wild und landwirtschaftliche Produkte – und dazu die Einsamkeit, die klösterliches Leben einst prägte. Ein vortrefflicher Ort zum Meditieren, Lernen oder Beten, fand Jacob, auch wenn heute hier oben vermutlich niemand mehr das einsame Gespräch mit Gott suchte. Die Kutsche fuhr dem Lauf der Kinzig folgend an der südlichen Klostermauer entlang und passierte das untere Torhaus, das verschlossen war. Erst nachdem sie um eine Ecke der Klostermauer gefahren waren, erblickten sie auch den kleinen Ort Alpirsbach, der gegenüber dem Haupteingang des Klosters entstanden war: ein paar schmucke Häuser, eine Fruchtschranne[182], einige Werkstätten und Lagerhäuser. Das alles lag sehr idyllisch im Tal und wirkte unter der dicken Schneedecke friedlich und ein wenig verträumt. Es roch allerdings merkwürdig, je näher sie dem oberen Torhaus kamen, wo sie sich als Logiergäste anmelden mussten. Aliénor rümpfte die Nase: „Was stinkt hier so?"

„Maische." Jacob kannte den Geruch aus seiner Schweriner

182 Mit Fruchtschranne bezeichnete man im süddeutschen und österreichischen Sprachraum ein Gebäude, in dem ein Getreidemarkt eingerichtet war.

Jugend nur zu gut. „Hier im Kloster wird vermutlich ein gutes Bier gebraut." Er schaute aufmerksam aus dem Fenster und ergänzte: „Die Voraussetzungen scheinen hier ja auch ideal zu sein: Es gibt reines Quellwasser, Hopfen und Gerste kommen wahrscheinlich aus der näheren Umgebung – und Platz zum Lagern und Reifen gibt's hier auch ausreichend."

„Und was bitte ist Maische?" Augenscheinlich kannte Aliénor sich nicht besonders gut mit Bier aus.

„Das, meine Liebe, ist die Basis eines guten Bieres", dozierte er. „Das Gerstenmalz wird mit dem Quellwasser vermischt und aufgekocht – das riecht eben ein wenig. Dazu kommen dann nur noch Hopfen und Hefe, mehr nicht. Darauf legen die Brauer großen Wert. Den Rest macht dann die Natur mit Gärungsprozessen von allein." Aliénor blickte ihn immer noch fragend an, aber glücklicherweise hielt die Kutsche in diesem Moment an und ihr Gespräch wurde unterbrochen. Auf eine tiefere Diskussion über das Bierbrauen wollten eigentlich weder Aliénor noch Jacob sich einlassen.

„Jacob von Bardenfleth", stellte er sich beim diensthabenden Amtsschreiber vor, „unterwegs in diplomatischer Mission und mit Gattin." Aliénor hielt sich dabei dezent im Hintergrund, das hatten sie zuvor abgesprochen.

„Ah ja." Der Amtsschreiber wühlte in seinen Papieren und zog ein Dokument hervor. „Ihr werdet bereits erwartet. Aber von Eurer Gattin war dabei keine Rede." Er runzelte missbilligend die Stirn und grummelte: „Immer diese hohen Herren, die sich an nichts halten ..., muss ich wieder umdisponieren ..., aber na ja, wenn es von oben so gewünscht wird ..., dann muss es eben das große Appartement sein ..., hoffentlich ist dort auch alles vorbereitet ...!"

„Gibt es irgendwelche Schwierigkeiten?" Jacobs Ton klang schärfer, als eigentlich beabsichtigt, und zwang den Amtsschreiber wieder zu angemessener Haltung und Respekt. „Nein, nein, Edler Herr, selbstverständlich nicht. Ihr werdet im Obergeschoss der Amtsschreiberei logieren, ich geleite Euch dorthin. Ein Knecht wird Euch mit dem Gepäck helfen. Eure

Kutsche kann in der Fruchtschranne eingestellt werden, dort ist sie sicher. Und Euer Kutscher findet im Gasthof im Ort ein ordentliches Quartier." Er griff nach seinem schweren Schlüsselbund und bat Jacob ihm zu folgen. „Ihr solltet besser wieder einsteigen und in der Kutsche fahren, gnädige Frau", riet er Aliénor, „die Wege im Klosterareal sind noch nicht gut geräumt. Der Wintereinbruch hat uns alle überrascht." Dann stapfte er los, ohne sich noch einmal umzudrehen. Achselzuckend folgte Jacob ihm – gespannt, wo sie dieses Mal untergebracht werden würden.

Das Appartement, das ihnen zugewiesen wurde, erwies sich als recht geräumig und vor allem sehr gemütlich. Jacob fragte sich unwillkürlich, wo der Kaiserliche Gesandte wohl logierte; offenbar verfügte das Kloster über noch komfortablere Gästezimmer, was ihn sehr erstaunte. Während ein Knecht gemeinsam mit dem Kutscher das Gepäck nach oben brachte, schaute er sich in der Stube um: Aliénor und ihm stand eine breite Bettstatt mit Baldachin zur Verfügung. Glücklicherweise gab es außerdem eine zusätzliche Pritsche, sodass sie nicht in eine peinliche Situation gerieten. Heimlich seufzend sah Jacob, dass er Aliénor wohl oder übel das gemütliche Bett überlassen und mit der harten Liege vorlieb nehmen musste. Ein imposanter Eichentisch mit drei schweren Stühlen stand in der Mitte des Raumes, außerdem gab es zwei rustikale Schränke und mehrere Regale. In einem offenen Kamin an der Wand hatte eine Magd in Windeseile Feuer gemacht, das schon bald angenehme Wärme verbreitete. Das schönste Detail des Raumes war jedoch der weiche Bändelteppich: Er verlieh ihm ungewöhnliche Behaglichkeit. Zwei Fenster zur Stadtseite ließen die Abendsonne herein; mehrere Leuchter würden den Raum bei Dunkelheit ausreichend beleuchten. Jacob war zufrieden und auch Aliénor lächelte zum ersten Mal nach langer Zeit wieder einmal. Hier würden sie ganz sicher zur Ruhe kommen und neue Kraft tanken.

Doch zunächst rief die Pflicht. Der Amtsschreiber machte sie mit den Regeln des Klosters vertraut, auf deren

Einhaltung Abt Faber bestand: „Die Schüler dürfen auf keinen Fall gestört werden. Im alten Kapitelsaal und im Parlatorium findet der Unterricht statt, darüber sind die Schlafsäle. Das alles ist im Ostflügel des Konvents und dort hat niemand Zutritt. Haben die Schüler Pause, dürfen sie im Kreuzgang flanieren. Es ist nicht erlaubt sie anzusprechen – unser Abt möchte den schädlichen weltlichen Einfluss auf diese angehenden Pfarrer so gering wie möglich halten."

„Und die Kirche?", wagte Jacob die Litanei des Beamten zu unterbrechen.

„Ist immer offen." Mit wichtiger Miene fuhr der Mann fort: „Genauso wie der Südflügel mit der Küche und dem Speisesaal, der Kreuzgang natürlich und der Westflügel. Hier befinden sich allerdings auch die Wohnung unseres Abtes und die Gästeappartements für die hohen Herren von Stand." Er musterte Jacob und Aliénor abschätzig, doch Jacob sah darüber hinweg. Diese Information war zu interessant: Dort also war der Kaiserliche Gesandte untergebracht!

„Kann man auch die Bibliothek besichtigen?", mischte Aliénor sich energisch in das Gespräch ein.

„Welche Bibliothek?", fragte der Amtsschreiber nervös. „Es gibt hier keine Bibliothek mehr. Die wurde schon vor Jahrhunderten aufgelöst."

„Ach ...", entfuhr es Jacob, der fieberhaft nachdachte. Hatte sein Freund Anton nicht explizit einen Bruder Manuel erwähnt, der für die Klosterbibliothek in Alpirsbach verantwortlich war? Wie merkwürdig - nun erfuhren sie, dass es sie angeblich gar nicht gab! Irgendetwas stimmte hier nicht, dafür sprach auch die plötzliche Unruhe des Amtsschreibers. Jacob beschloss, darüber keine weiteren Fragen zu stellen und bei Gelegenheit selbst nachzuforschen.

„Und wann und wo wird hier im Kloster gegessen?", lenkte er ab.

„Unsere Gäste pflegen in ihren Unterkünften zu speisen", beeilte sich der Amtsschreiber zu erläutern. Er schien sichtlich erleichtert, das Thema wechseln zu können. „Ihr wisst schon, der Abt möchte nicht zu viel Kontakt nach außen. Eine Magd wird Euch dreimal am Tag mit Brot, Butter, Käse, Speck, Wurst und anderen Spezialitäten der Region versorgen. Eine warme Mahlzeit gibt es nur am Abend zur sechsten Stunde. Dazu gibt es unser gutes Quellwasser und natürlich das herrliche Bier! Wein trinken wir hier nur im Gottesdienst zum Abendmahl."

Jacob runzelte die Stirn. Man schien in Alpirsbach von der Qualität des Klosterbiers sehr überzeugt zu sein, wenn man auf Wein vollständig verzichtete! Hoffentlich würden Aliénor und er diese Begeisterung teilen können.

„Ach ja, noch etwas." Der Amtsschreiber nahm den Schlüssel für das Zimmer vom Bund und legte ihn auf den Tisch, während er sprach: „Heute Abend zur siebten Stunde findet eine Andacht mit Gesang statt. Abt Faber lässt hier die gregorianische Tradition ganz neu aufleben – und das ist ein Erlebnis für die Ohren. Ihr solltet es Euch nicht entgehen lassen; er wird Euch dann auch begrüßen. Bis dahin!" Er drehte sich um und verließ eilig den Raum.

Ratlos sahen Jacob und Aliénor sich an. Abt Faber führte ganz offensichtlich ein strenges Regiment. „Aber ist es nicht merkwürdig", begann Jacob laut zu denken, „dass dieser Schreiber nichts von einer Bibliothek wissen wollte? Da stimmt doch irgendetwas nicht! Mein Freund Anton sprach von einem Bruder Manuel, mit dem ich genau in dieser Angelegenheit Kontakt aufnehmen soll. Komisch ..."

„Nun, das würde ich an Eurer Stelle auch tun, Jacob!" Aliénor hatte die Arme vor der Brust verschränkt und wirkte sehr energisch. „Das klingt doch spannend, nicht wahr? Vielleicht gibt es ja ein dunkles Geheimnis ..." Doch dann besann sie sich und fragte mit leiser Stimme: „Wisst Ihr schon, ob und wenn ja, wie Eure Nobilitierung vonstattengehen soll?"

Jacob schüttelte den Kopf. „Nein, keine Ahnung. Der zuständige Gesandte scheint ja schon anwesend zu sein. Vielleicht treffen wir ihn heute Abend in der Kirche. Da müssen wir sowieso hin – der Vorschlag des Schreibers erschien mir eher wie ein Befehl des Abtes!"

Aliénor lachte und stimmte ihm zu. In dem Moment begannen die Glocken laut zu läuten. Rasch räumten sie noch einige Dinge beiseite, aßen ein wenig von dem Brot und den Äpfeln, welche die Magd ihnen auf den Tisch gestellt hatte, und eilten dann hinunter in den Klosterhof. Dort folgten sie dem im kniehohen Schnee ausgetretenen Pfad hinüber zur Klosterkirche.

Sie betraten das Gotteshaus von Westen her durch das so genannte „Paradies", eine flach gedeckte Vorhalle, die noch aus den Anfängen des Klosters stammte. Jacob hatte bereits einiges über den Kirchenbau und dessen liturgischen Hintergrund gehört: So wusste er, dass Alpirsbach zu den Reformklöstern gehörte[183], die in ihrer Architektur einer strengen und klaren Ordnung folgten. Die besondere Liturgie dieser Bewegung forderte von ihren Gotteshäusern einen kreuzförmigen Grundriss mit einer Unterteilung in den Bereich für die Mönche im Osten und den für die Laien im Westen. Heute wies allerdings nur noch die alte Chorschranke auf diese Struktur hin.

Gespannt schritten sie durch das aufwendig gestaltete Portal mit den wuchtigen Bronze-Löwenköpfen als Türöffnern in die flach gedeckte und dreischiffige Säulenbasilika und blieben nach nur wenigen Metern ergriffen stehen. Mit so viel monumentaler Schlichtheit hatten sie nicht gerechnet! Die Kirche hatte immense Ausmaße und besaß einen unerwartet hohen Hauptraum. Die stille Würde, die diese Architektur ausstrahlte, ließ erahnen, welchem Verständnis von klösterlicher Zurückgezogenheit und Bescheidenheit einst die Mönche in Alpirsbach gefolgt waren. Insgeheim verglich Jacob dieses Kircheninnere mit den üppig ausgestatteten Hofkirchen, die er an katholischen Höfen gesehen hatte, und kam zu dem Schluss, dass er die hiesige Art des Zugangs zu Gott besser nachvollziehen konnte, wenngleich es mit seinem Glauben nicht allzuweit

183 Die so genannten Reformklöster folgen dem Gedankengut des burgundischen Klosters Cluny: Architektonisch bedeutete dies schlichte Bauten ohne Verzierung, klare Gliederung in der Fläche und Schlichtheit. Liturgisch erforderlich war, dass auf Westchöre und Krypten ebenso verzichtet wurde wie auf komplizierte Gewölbe und plastischen Schmuck. Außerdem wurde der den Mönchen vorbehaltene Bereich im Osten der Kirchen deutlich vergrößert und streng von den Laien in den Haupt- und Seitenschiffen getrennt.

her war. Die Zeiten hatten sich einfach geändert; die moderne Wissenschaft ließ – nahm man sie ernst – nicht viel Raum für Spiritualität.

Dennoch nahm ihn dieser Raum gefangen und Aliénor ging es ähnlich, wie er mit einem Seitenblick auf die junge Frau an seinem Arm bemerkte. Langsam schritten sie durch den Mittelgang vor zur Vierung, von wo aus sie staunend die mächtigen Kapitelle der tragenden Säulen bewunderten, auf denen die Rundbogen ruhten. Im Hauptchor entdeckten sie drei prachtvoll ausgemalte Nischen; jedoch war es draußen bereits dunkel geworden und die Lichtverhältnisse in der Kirche trotz der vielen Leuchter schlecht. Außerdem standen sie jetzt anderen erkennbar im Weg: Zahlreiche Besucher drängelten sich an ihnen vorbei. Also nahmen sie in einer der vorderen Bankreihen Platz und warteten ab.

Nach einer Weile betrat eine Schar schwarz gewandeter Knaben in Reih und Glied den Chor und stellte sich dort auf. Schlagartig wurde es still im Gotteshaus. Unauffällig sah Jacob sich um – er hatte bislang weder den Abt noch eine besser gekleidete Person entdeckt, die auf einen Kaiserlichen Gesandten schließen ließ. Offenbar galt für den hohen Herrn die einer Aufforderung gleich kommenden Einladung zur Andacht nicht!

Endlich hörten die Glocken auf zu läuten und der Abt trat, gefolgt von zwei Messdienern, aus einer seitlichen Tür in den Altarraum. Jacob vermutete dort die Sakristei. Schweigend blickte der hochgewachsene Mann auf die Gläubigen, die in andächtiger Stille verharrten. Zu Jacobs größter Überraschung begann der Abt nun mit leiser, aber durchaus tragender Stimme in lateinischer Sprache zu sprechen, was hier niemanden zu wundern schien. War Alpirsbach nicht seit Langem reformiert? Normalerweise predigten evangelische Pfarrer allgemeinverständlich in deutscher Sprache! Nicht, dass Jacob des Lateinischen nicht mächtig war – aber es erschien ihm bizarr und anachronistisch, was der Abt da vollführte. Gab es nicht ohnehin feste Regeln für die Liturgie? Andererseits war dies kein normaler Gottesdienst, sondern hatte irgendetwas mit gregorianischen Chorälen[184] zu tun, erinnerte Jacob sich an die Worte des Amtsschreibers. Als hätte der Abt seine Gedanken gelesen, wandte er sich nun den Knaben zu. Mit einem Kopfnicken nahm er auf einer Chorbank gegenüber Platz und versank offenbar in tiefes Gebet.

Wenige Momente später erfüllten die hellen Stimmen der Knaben das Kircheninnere. Es war überwältigend: Der schlichte, aber monumentale Raum, das Flackern der Kerzen, der Hall des einstimmigen und fremdartigen Gesangs und die einzigartige Atmosphäre des altehrwürdigen Ortes vereinigten sich zu einem Gefühl, das Jacob so zuvor nicht nicht erlebt hatte. Ergriffen tastete er nach Aliénors Hand, die ihn zaghaft anlächelte. In diesem Moment spürte Jacob, wie tief seine Empfindungen für die schöne Gräfin waren, und er gelobte schweigend, alles für ihr gemeinsames Glück Erdenkliche zu tun. Vielleicht war es ja sogar so etwas wie göttliche Vorsehung, die dazu geführt hatte, dass er ihr damals in Weikersheim aus der Kutsche vor die Füße gefallen war? Er schloss die Augen und gab sich nun ganz dem Zauber der Choräle hin.

Als die Gläubigen das Gotteshaus in noch immer in ehrfürchtiger Stille verließen, stand der Abt unter dem großen Bronzeleuchter in der Vorhalle und begrüßte einzelne Personen. Geduldig warteten Jacob und Aliénor, bis sie an der Reihe waren. „Ah ja, und Ihr müsst der Edle von Bardenfleth sein, nicht wahr?“ Abt Faber musterte Jacob interessiert. Dann fiel sein Blick auf Aliénor. „Eure Gattin, vermute ich?“ Jacob nickte schweigend. Hoffentlich kam diese Lüge nicht ans Licht! Der Blick des Abtes ruhte nachdenklich auf ihnen. Etwa 50 Jahre alt schätzte Jacob den Mann mit den auffällig geschwungenen

184 Mit „gregorianischen Chorälen“ oder auch Gesängen bezeichnet man den ein- oder mehrstimmigen Chorgesang, der angeblich von Papst Gregor I. (gestorben 604) entwickelt und vorgeschrieben wurde. Feststeht, dass diese Art der Kirchenmusik zwischen dem 4. und 8. Jahrhundert in Rom entstand und danach viele unterschiedliche Ausprägungen erfuhr. Der eigenwillige Gesang ist bis heute Bestandteil mancher katholischer Liturgien und hat sogar Eingang in die Popmusik gefunden. Er gilt auch als Kunstform, die überkonfessionell gepflegt wird – so zum Beispiel auch heute noch in Alpirsbach bei den regelmäßig stattfindenden „Gregorianik-Wochen“.

Lippen im fleischigen Gesicht. Er wirkte insgesamt wohlgenährt und strahlte keinesfalls mönchische Askese aus. Am erstaunlichsten waren jedoch seine Augenbrauen, die nach außen hin in gerader Linie aufwärts strebten und seinem Gesicht einen permanent fragenden Ausdruck verliehen. Das hatte zur Folge, dass man im Gespräch mit dem Abt stets den Druck verspürte, Rechenschaft abzulegen – ein Effekt, der seine Schüler vermutlich manches Mal in unangenehme Situationen brachte.

„Und wie lange werdet Ihr Gast in unseren ehrwürdigen Mauern sein?", fragte Faber nach ein paar belanglosen Bemerkungen über das Wetter.

„Nun, ich habe hier eine Verabredung in diplomatischer Mission", erklärte Jacob betont beiläufig, „und weiß noch nicht, wie viel Zeit die Konsultationen in Anspruch nehmen werden. Wir möchten Eure Gastfreundlichkeit ja nicht überstrapazieren ..."

Der Abt winkte ab. „Ihr seid willkommen. Genießt die Stille unseres Konvents und entdeckt die Schönheiten dieses Ortes. Magister Bachmeier wird Euch morgen durch das Kloster führen, wenn Ihr mögt."

Dankend nahm Jacob das Angebot an. Ob er den Abt nun nach dem Gesandten fragen sollte? Doch Faber hatte sich bereits anderen Besuchern zugewandt, sodass Jacob und Aliénor nichts anderes übrig blieb, als durch die Dunkelheit zurück in ihre Unterkunft zu stapfen.

Am anderen Morgen klopfte es nach einem deftigen Frühstück an ihre Zimmertür. Sie hatten die Bettenfrage am Abend zuvor schnell klären können und Aliénor war früh eingeschlafen. Jacob hingegen hatte auf der unbequemen Pritsche noch lange wach gelegen und in die dunkle Stille gelauscht. Der gleichmäßige Atem Aliénors am anderen Ende des Raumes konnte nicht verhindern, dass seine Gedanken unruhig wanderten: Warum nur war der Kaiserliche Gesandte nicht aufgetaucht oder hatte sich zumindest ihnen zu erkennen gegeben? Und was wusste man hier von seinen Plänen? Er war verunsichert und besorgt. Hoffentlich ging alles gut!

Jacob öffnete die Tür, vor der ein junger Mann stand. Er stellte sich bescheiden mir einem gemurmelten „Bachmeier, zu Euren Diensten“ vor und führte sie in den nächsten Stunden durch das weitläufige Klosterareal. Sie erfuhren viel über das Leben in Alpirsbach – damals, als es noch Mönche gab, und heute, wo unter dem strengem Joch Abt Fabers gelernt und gebetet wurde. Die Klausur, die früher nur von Ordensangehörigen betreten werden durfte, war in der Form beinahe vollständig erhalten, wie sie viele hundert Jahre zuvor erbaut worden war. Zwar hatte man immer wieder einzelne Bereiche modernisiert oder ausgebaut – die ursprüngliche Nutzung war jedoch meist beibehalten worden. Lediglich der Teil, in dem die Mönche zu beten und zu schlafen pflegten, war nun Klosterschule geworden und nicht mehr zugänglich. Dieser östliche Trakt des Konvents besaß auch einen direkten Zugang zum Querschiff der Klosterkirche, durch den am Abend zuvor die Chorknaben hereingekommen waren.

„Der alte Kapitelsaal, das Parlatorium, die Frateria und das ehemalige Dormitorium gehören zum gesperrten Bereich[185]“, erklärte Lehrer Bachmeier ihnen, als sie ihren Rundgang im überdachten Kreuzgang begannen. Die Sonne war an diesem Morgen hinter den Wolken hervorgekommen und tauchte die verschneite Landschaft in ein glitzerndes Licht. Auch im Innenhof des Kreuzgangs lag der Schnee kniehoch; zahlreiche Spuren wiesen jedoch darauf hin, dass die Schüler hier schon in aller Frühe eine Schneeballschlacht veranstaltet hatten. „Nun ja, das ist über die Jahrhunderte wohl gleich geblieben“, sagte Bachmeier mit Blick auf die Schneehaufen lächelnd, „Der Kreuzgang ist und bleibt das Herz eines Klosters.“

Dieser war in Alpirsbach besonders schön, das bestätigten Jacob und Aliénor ihrem Führer mehrfach. Mit großer Sachkenntnis begleitete er sie durch die reich verzierten Netz-

185 Der Kapitelsaal war der Versammlungsraum der Mönche, das Parlatorium der Raum, in dem gesprochen werden durfte, die Frateria der Bereich für geistige Betätigung und das Dormitorium beherbergte die Schlafsäle bzw. -parzellen.

gewölbe, die aus einer späten Epoche stammten. Dennoch war in diesem Fall die stille Würde des Ursprungsbaus nicht verloren gegangen, das sah auch Bachmaier so. „Immerhin brachten diese verglasten Fenster“ – er deutete auf die offenen Maßwerkbogen zum Innenhof hin – „etwas mehr Komfort für die Bewohnter. Ganz früher gab es hier wohl nur schlichte Rundbogen, wie Ihr sie gestern in der Kirche gesehen habt. Übrigens war dieser Kreuzgang an den Wänden rundherum farbig bemalt; an manchen Stellen sieht man davon noch Reste.“

„Ach ja?“ Aliénor ließ sich einen Gemälderest im südlichen Bogengang zeigen. „Und warum lässt man diese Malereien so vermodern und rettet sie nicht?“ In der Tat waren die Fresken grünlich verschimmelt und der Putz blätterte ab.

„Man weiß einfach nicht, wie das ginge!“ Bedauernd zuckte Lehrer Bachmeier seine Schultern. „Nichts ist unvergänglich – so leid einem das manchmal tut.“

Im Westtrakt verließen sie den herrlichen Kreuzgang durch eine kleine Pforte und gelangten in eine aufwendig gestaltete Halle mit zahlreichen Gemälden an den hell verputzten Wänden und mit einer Treppe, die ins Obergeschoss führte. „Hier hinauf geht es in die Wohnung unseres ehrwürdigen Abts und seiner persönlichen Gäste. Da können wir natürlich nicht hinein – zumal dort gerade ein bedeutender Herr logiert, der seine Ruhe haben möchte, da er wichtige Depeschen schreibt.“ Bachmaier senkte seine Stimme und fuhr fort: „Andauernd gehen hier Boten ein und aus – manchmal fragen wir uns, warum das alles ausgerechnet in einem Kloster stattfinden muss. Aber der Abt wird schon wissen, was er tut ...“

Jacob wollte den Lehrer noch weiter zu dem besonderen Gast befragen, doch Bachmaier hatte bereits die Tür zum alten Vorratskeller, dem Cellarium, aufgeschlossen. Auch heute wurden hier noch Fässer gelagert und Lebensmittel in Regalen aufbewahrt. Speck und Trockenfisch hingen von den Deckenbalken herab, dazwischen sorgten Kräutersträuße für einen angenehmen Duft. „Sieht ganz so aus, als wäre das Kloster auf einen harten Winter gut vorbereitet“, bemerkte Aliénor anerkennend. „Ja, das ist Alpirsbach immer“, bestätigte Bachmaier, „die Winter können hier lang und bitterkalt sein.“

Sie verließen den Westbau durch die alte Klosterpforte neben dem Cellarium und schlenderten auf einem geräumten Weg an einem alten freistehenden Turm vorbei. „Das ist die ehemalige Vogtei aus der Zeit, als hier noch ein Vogt residierte und Alpirsbach damit ein eigenes Gericht besaß. Aber die Zeiten sind längst vorbei – wir nutzen den Turm jetzt als Gästehaus.“

Hinter der Ecke des ehemaligen Klausurbereichs erstreckte sich der südliche Trakt. Lehrer Bachmaier zeigte ihnen hier das Kalefaktorium: „Diese alte Wärmestube nutzen wir heute noch – genauso wie den herrlichen Speisesaal im Obergeschoss.“ Er führte sie hinauf in das Refektorium, in dem auch heute noch die Bewohner des Klosters ihre Mahlzeiten einnahmen. Der Raum mit seiner südlichen Fensterfront war erstaunlich niedrig und bescheiden eingerichtet. Die dunkle, flach gewölbte Holzdecke verstärkte diesen Eindruck noch, zumal die blind verglasten Fenster nicht besonders viel Licht hereinließen. „Ganz anders als in Bebenhausen oder Maulbronn“, bemerkte Jacob erstaunt. „Ich dachte, Refektorien wären immer die Prachtsäle eines Klosters!“

„Oh nein“, lachte Bachmaier, „ganz und gar nicht! Essen ist etwas, das in Stille und Bescheidenheit vonstattengehen muss. Deshalb duldet der Abt ja auch keine Gäste zu den Mahlzeiten.“

Mit hochgezogenen Augenbrauen schaute Aliénor Jacob an. Der grinste und dachte sich im Stillen, dass es vermutlich gar kein Vergnügen war, in einer derart strengen und kalten Atmosphäre zu speisen. Nein, da zog er das einfache Mahl am Tisch mit seiner Verlobten eindeutig vor! In diesem Moment bemerkte Jacob, dass sein Magen knurrte. Ob Aliénor auch schon Hunger hatte? Aus der Klosterküche kamen verheißungsvolle Gerüche; es schien kurz vor Mittag zu sein. Vorsichtig sprach er das Thema Mittagessen an – schließlich wollte er ihren freundlichen Führer nicht vor den Kopf stoßen. Gut gelaunt griff der Lehrer jedoch Jacobs Vorstoß auf und erklärte: „Das ist ohnehin fester Bestandteil meiner Führung: ein deftiges Mittagsmahl in der Klosterbrauerei!"

„Man kann in der Brauerei essen?" Verblüfft starrte Aliénor ihn an.

„Allerdings! Und ziemlich gut sogar. Kommt, wir wollen schauen, was Marianne, die Frau des Braumeisters, heute Leckeres gekocht hat. Sie versorgt übrigens auch die vielen Handwerker, die hier im Kloster dauernd mit Reparaturarbeiten beschäftigt sind."

Der Lehrer führte sie aus dem Klausurbereich hinaus über das weitläufige Klosterareal zu einem Gebäude auf der Stadtseite, das ihnen zuvor noch gar nicht aufgefallen war. „Manchmal schleichen sich auch Schüler hierher", flüsterte er kichernd, „Die brauchen das ab und zu nach all der Lernerei und dem strengen Leben im Kloster." Sie betraten einen kleinen und dunklen Gastraum, an dessen hinterem Ende mehrere Kessel über einer Feuerstelle dampften. Eine dicke Frau rührte abwechselnd darin herum und begrüßte freundlich. Drei der vier Tische waren bereits besetzt, vor den ausschließlich männlichen Gästen standen große Krüge mit Bier.

„Drei Dunkle bitte!", rief Bachmaier der Frau zu und erklärte dann: „Entschuldigt, dass ich einfach für Euch bestelle, aber dieses dunkle Bier ist heuer die Spezialität des Braumeisters. Es ist sehr würzig und schmeckt köstlich."

Die Wirtin knallte drei Krüge auf den Tisch und verkündete, dass es an diesem Tag Gulasch mit Spätzle gebe. Jacob lief das Wasser im Munde zusammen: Endlich einmal wieder eine deftige Mahlzeit! Beschwingt hob er seinen Krug zum Anstoßen und bemerkte dabei innerlich grinsend, das Aliénor mit dem Gewicht ihres Kruges kämpfte. Doch sie hielt sich wacker und nahm den Männern gleich einige kräftige Schlucke. „Ist das köstlich!" entfuhr es ihr, „Ich habe noch nie zuvor Bier getrunken und wusste gar nicht, wie süß und würzig das schmeckt." Jacob und der Lehrer wechselten einen belustigten Blick, als sie den Krug erneut ansetzte. Offenbar war Aliénor nicht klar, dass es sich um Starkbier handelte. Doch Jacob ließ sie gewähren; ein kleiner Rausch hatte noch niemandem geschadet.

Während sie auf ihr Essen warteten, entdeckte Jacob eine Kritzelei auf dem Tisch. *Quid v hic Mundus Qvid Gloria q dve Triumphus Post mis um funus pulvis et Vmbra sum Omnibus rebus iam peractis Mel in ore: verba lactis Fel in corde: f us in fa is*[186] entzifferte er, verstand den Sinn jedoch nicht. Bachmaier klärte ihn auf: „Das wird ein Schüler in einem Anfall von bierseeliger Melancholie verfasst haben“, und er übersetzte frei: „Was ist diese Welt wert, was der Ruhm und was der Triumph? Nach dem elenden Tod sind wir nur Staub und Schatten. Da ja alle Dinge schon einmal da gewesen sind: keine Treue zu Verträgen, Honig im Mund, Worte wie Milch, aber Galle im Herzen, Hinterlist in den Taten.“ Er machte eine kurze Pause und fügte seufzend hinzu: Wie wahr gesprochen!“

Jacob nickte. Sie prosteten sich erneut zu und leerten ihre Krüge. Sofort schenkte die Wirtin nach. Glücklicherweise brachte sie nun auch das Essen, sodass die Wirkung des Bieres ein wenig aufgefangen wurde. Jacob rührte den zweiten Krug nicht mehr an, doch Aliénor und Lehrer Bachmaier tranken ungeniert weiter. Jacob runzelte die Stirn: Dass ihr Führer danach möglicherweise mit gelösterer Zunge reden würde, war nur von Vorteil – aber was war mit der Gräfin? Ob sie das Bier einigermaßen vertragen würde?

Sie tat es nicht und wurde bald schlagartig müde. Noch am Tisch fielen ihr beinahe die Augen zu und sie bat Jacob mit schleppender Stimme, sie zur Mittagsruhe in ihr Zimmer zu geleiten. Zuvor wurde er jedoch noch eine Frage an Bachmaier los: „Wisst Ihr, wo ich Bruder Manuel finde?“

Auch der Lehrer lallte bereits ein wenig, als er antwortete:

186 Dieses Gedicht befindet sich tatsächlich im Kloster Alpirsbach, allerdings im Dormitorium in Zelle 107. Im Text sind einige Stellen nicht mehr leserlich. Korrekt müsste es heißen: Quid v(alet) hic Mundus Qvid Gloria q(ui)dve Triumphus Post mis(er)um funus pulvis et Vmbra sum(us) Omnibus rebus iam peractis Mel in ore: verba lactis Fel in corde: f(ra)us in fa(ct)is. (Quelle: Website SSG)

„Den Manuel? Den findet ihr über der Marienkapelle[187] in der ehemaligen Bibliothek. Keine Ahnung, was der dort immer zu tun hat."

„Eine Marienkapelle? In einem evangelischen Kloster?" Jacob glaubte sich verhört zu haben. Oder lag das vielleicht auch am Bier, das er in seinen Armen und Beinen jetzt auch deutlich spürte?

„Ja, ja, die gibt es immer noch, aber natürlich ungenutzt. Ihr findet sie im Osten hinter der Klausur. Hinein kommt ihr allerdings nur durch das Hospital – den Zugang vom Kapitelsaal hat Abt Faber zusperren lassen. Aber da dürftet ihr ja ohnehin nicht hinein." Er stützte seinen Kopf auf und fragte: „Was wollt Ihr eigentlich von Bruder Manuel?"

„Ach, nichts Besonderes", winkte Jacob ab, „ich soll ihm nur Grüße von einem alten Freund bestellen." Gelogen war das schließlich nicht, Anton hatte recht freundschaftlich von Manuel gesprochen. Jacob beschloss, ihm sofort einen Besuch abzustatten. Zuvor brachte er jedoch Aliénor in das Gästehaus, was gar nicht so einfach war: Die Gräfin war tatsächlich ziemlich betrunken und konnte sich kaum mehr auf den Beinen halten. Glücklicherweise versammelte sich um diese Uhrzeit praktisch das gesamte Kloster im Refektorium zum Essen, sodass niemand ihren momentan wenig damenhaften Zustand bemerkte. Hoffentlich würde sie bis zum Abend ihr Räuschlein ausschlafen können!

Es war für Jacob recht umständlich, zu jener irgendwie mysteriösen Marienkapelle zu gelangen. Er entschied sich, die Nordseite der Klosterkirche entlangzulaufen, um so auch noch einen Blick von außen auf den hohen Turm, den Chor und die Sakristei werfen zu können – allerdings waren die Wege dort nicht vom Schnee geräumt. Als er endlich vor dem Eingang

187 Eine Marienkapelle mit einer Bibliothek im Obergeschoss wird 1368 zum ersten Mal in Schriften zum Kloster Alpirsbach erwähnt. Ab 1523 wurde diese neu gebaut und der spätgotische Marienaltar errichtet. Der befindet sich heute im nördlichen Querschiff der Klosterkirche. Eine Bibliotheksliste von 1619 ist der einzige Beweis für eine Klosterbibliothek in Alpirsbach. 1840 wurde die Marienkapelle mitsamt vermuteter Bibliothek komplett abgerissen. Quelle: *Zeittafel aus Mönche und Scholaren. Funde aus 900 Jahren. Kloster Alpirsbach 1095-1995*, Karlsruhe 1995

des kleinen Klosterhospitals stand, waren seine Schuhe durchweicht und seine Füße nass. Er klopfte mehrmals an die Tür, doch nichts regte sich. Ratlos schaute er sich um. Offenbar war niemand krank. Gegenüber erhoben sich die Mauern des Klausurbereichs, dahinter büffelten die Schüler in den alten Sälen. Und wenn er doch versuchte, von dort aus in die Kapelle zu kommen? Den überdachten Durchgang, der den Kapitelsaal mit der Marienkapelle verband, konnte er von hier aus sehen. Nur: Wie sollte er unbemerkt in die vom Abt streng bewachten Schulräume gelangen? In diesem Moment öffnete sich knarrend die Pforte zum Hospital und ein untersetzter, nicht besonders großer Mönch steckte sein feistes Gesicht heraus: „Wollt Ihr zu mir?" rief er leise und mit warnendem Blick in Richtung Klausur.

„Wenn Ihr Bruder Manuel seid ...", antwortete Jacob, woraufhin ihn der Mann eilig hineinwinkte. Jacob hatte einige Mühe, den flinken Schritten des Mönchs zu folgen, der sich für seine Statur erstaunlich behände bewegte. Er führte Jacob eine Stiege hinauf durch eine kleine Tür, die so niedrig war, dass er den Kopf einziehen musste um hindurch zu kommen. Dahinter öffnete sich ein heller und freundlicher Raum mit halbrundem Abschluss, der – das sah man noch deutlich – einst eine größere Bibliothek beherbergt hatte. Während Jacob sich aufmerksam umsah, verriegelte Bruder Manuel die Tür hinter ihnen. Offenbar wollte er sicher vor unerwarteten Besuchern sein.

„Ja, das ist mein Reich, auch wenn es nicht mehr das ist, was es ganz sicher einmal war. Ihr seid Jacob von Bardenfleth, nicht wahr? Anton hat Eurer Kommen bereits angekündigt." Jacob staunte: Sein alter Freund verfügte nicht nur über ein gut ausgebautes Handelsnetz, sondern auch über ein ausgesprochen schnell arbeitendes Informationswesen. Nur: Welche Rolle spielte darin dieser Bruder Manuel? Bücher konnte Jacob nämlich nicht in dem Raum erkennen. Verwirrt streifte sein Blick über die leeren Regale und Schränke.

„Alles weg, alles verkauft", kommentierte der Mönch seine Verwunderung. „Der Abt hat alles zu Geld gemacht."

„Abt Faber?“ Das klang nicht gerade nach legalen Geschäften!
„Ja“, bestätigte Bruder Manuel, „allerdings wohl in allerhöchstem Auftrag. Er steht angeblich in engem Kontakt mit Herzog Carl Eugen. Es heißt auch, dass der Abt hier vor allem Geschäfte für die Württemberger Herzöge machen soll und danach einen guten Posten bei Hofe bekommen wird.“[188]
„Und was für Geschäfte sind das?“
„Nun, Bücher eben. Allerdings konnte ich die wahren Schätze retten und verstecken.“ Er lächelte verschmitzt. „Und dann natürlich der Bergbau. Der bringt richtig viel Geld. Gold, Silber und Kobalt werden hier in der Region seit Neuestem abgebaut. Abt Faber ist für die Abrechnungen zuständig und überwacht das alles. Deshalb die vielen Besucher hier im Kloster.“
Nun wurde Jacob einiges klar. Der Mönch begann zu erzählen und weihte Jacob vertrauensvoll in die Machenschaften ein, die jenseits der Klosterschule das Leben in Alpirsbach prägten. Demnach war Manuel seit einigen Jahren damit beauftragt, in den Häusern und Landgütern der Umgebung unter dem Deckmantel der christlichen Nachbarschaftshilfe und freundlicher Besuche nach Überbleibseln der einstigen Bibliothek zu suchen. Diese war nach den Wirren des letzten großen Krieges[189] geplündert worden – allerdings nicht durch feindliche Truppen, sondern von eigenen Soldaten, die alle kostbaren Gegenstände der Region schnell zu Geld machen wollten. Einen Teil des Buchbestandes hatte man damals aber innerhalb der Klostermauern versteckt; dieses Gerücht kursierte seither durch die alten Mauern – und interessierte nicht nur den Abt.
„Im Übrigen bin ich gar kein Geistlicher“, fügte Bruder Manuel abschließend hinzu, „aber der „Klosterbruder“ ist eine gute Tarnung. Außerdem nimmt Abt Faber mich deshalb nicht richtig ernst und glaubt fest, dass ich ihm unterwürfig und dankbar zuarbeite.“

188 Tatsächlich blieb Johann Gottlieb Faber nur wenige Jahre Abt in Alpirsbach und wurde 1774 zum Hofprediger in Stuttgart befördert.
189 Gemeint ist der Dreißigjährige Krieg von 1618-1648.

Jacob staunte. Dann fixierte er Manuel mit zusammengekniffenen Augen und hakte nach: „Und? Habt Ihr hier im Kloster bibliophile Schätze gefunden?“

„Allerdings“, kicherte Manuel, „einige! Seht her!“

Er fingerte an einer Wandverkleidung herum, bis sich ein Paneel entfernen ließ. Dahinter kam ein mannshohes Regal zum Vorschein, in dem schätzungsweise 70 bis 80 Bücher unterschiedlicher Größe standen oder lagen. „Das hier“ – der falsche Mönch deutete auf die Buchrücken in Augenhöhe – „ist harmloses Geplänkel. Ab und an ‚finde‘ ich eines dieser Büchlein irgendwo im Kloster und überreiche es feierlich dem Abt. Aber diese hier unten ...“ er wies auf die größeren Folianten, die meist liegend aufbewahrt wurden, „... das sind meine Schätze für gute Kunden und Freunde wie Anton. Das wollte er doch von Euch, nicht wahr?“

Jacob und Manuel wurden sich schnell handelseinig und eine kostbare Abschrift des *Sachsenspiegels* von Eike Repgow, einem der ältesten Rechtsbücher des Deutschen Reiches, und eine Ausgabe der berühmten *Weltchronik* von Hartmann Schedel wechselten ebenso den unrechtmäßigen Besitzer wie der Titel *Schediasma de amoris illecebris*[190] und ein Band mit Stichen aus dem vermeintlichen Alltag lüsterner Nonnen. Bruder Manuel versprach, diese Bücher in der Nacht sorgfältig verpackt in Jacobs Kutsche zu verstauen, weil es tagsüber viel zu gefährlich war, mit einem Bücherpaket über den Klosterhof zu spazieren. Sie plauderten dann, auf einer Bank sitzend, noch ein wenig über den für beide spannenden Buchmarkt und das derzeitige Verhältnis von Angebot und Nachfrage, ehe Jacob sich bei Einbruch der Dämmerung verabschiedete. „Ach ja, ehe ich es vergesse: Ihr werdet heute Abend nach der Komplet[191] in der Sakristei erwartet. Der Hohe Herr hat alles vorbereitet, soll ich Euch sagen.“

190 Grupen, Christian Ulrich: *Schediasma de amoris illecebris. Von Liebes-Caressen und Charmiren In Nuptias Treverianas et Griesebachianas Emissum*. Jena, Müller 1723.
191 Nachtgebet – die Tradition der Stundengebete wurde sowohl in der katholischen als auch der evangelischen Liturgie gepflegt.

Endlich! Der Kaiserliche Gesandte ließ bitten – das wurde aber auch Zeit, fand Jacob. Erleichtert erhob er sich und folgte dem falschen Mönch hinaus. Diesmal führte Bruder Jacob ihn verbotenerweise durch den Kapitelsaal, wo um diese Uhrzeit kein Unterricht mehr stattfand. Durch den Kreuzgang und die Klosterkirche kam er so einigermaßen trockenen Fußes bis zum Gästehaus, wo Aliénor bereits ungeduldig auf ihn wartete.

Beim gemeinsamen Nachtmahl erzählte Jacob von seinen Erlebnissen im Obergeschoss der Marienkapelle, doch Aliénor war schweigsam und müde. Das Starkbier zeigte immer noch Wirkung, was sie aber nicht davon abhielt, sich zum Essen erneut einen Becher einzuschenken. „Es schmeckt einfach so köstlich", bemerkte sie achselzuckend, „da habe ich uns einfach noch einmal einen Krug bringen lassen."

Jacob hingegen mied jetzt den starken Gerstensaft – er wollte einen klaren Kopf behalten. Schließlich ging es heute Abend um seine und Aliénors Zukunft! Er verbrachte die Zeit des Wartens damit, in seiner Reiselektüre zu blättern, konnte sich jedoch nicht besonders gut konzentrieren. Aliénor hatte sich bereits wieder zu Bett gelegt, als endlich die Zeit gekommen war, den Kaiserlichen Gesandten in der Sakristei zu treffen.

Das erste, was Jacob in dem nur schwach erleuchteten Raum mit dem prachtvollen Gewölbe sah, war ein Bildnis von Kurfürst Carl Theodor von der Pfalz. Es stand auf einer Kommode an der Wand und war links und rechts von Kerzen flankiert.

„Es ist nicht das beste Porträt, ich weiß, aber es ließ sich am einfachsten aus seinem Rahmen lösen und auf die Reise mitnehmen", vernahm er plötzlich eine bekannte Stimme. Eine Figur löste sich aus dem Schatten eines der gebündelten Wandpfeiler und trat auf ihn zu.

Jacob erstarrte. „Graf Vieregg? Was ... was macht Ihr hier?"

„Euch in den Adelsstand erheben, was sonst?" Belustigt griff der Graf nach einem Dokument und entrollte es.

„Ja, aber ... der Kaiserliche Gesandte ...?" Jacob verstand nichts mehr. Hatte nicht jener Vieregg von diesem hohen Beamten gesprochen und ihm das alles durch Anton Altenberg ausrichten lassen?

„Viel zu riskant, Bardenfleth, und völlig unnötig“, belehrte ihn der Graf. „Wir haben uns umentschieden.“

„Das heißt?“ Jacob wurde es abwechselnd heiß und kalt. Wenn es nicht klappte mit seinem Titel, würde er Aliénor nicht ehelichen können und sie in Schande stürzen! Wie sollte er ihr das nur klarmachen? Ihm brach der kalte Schweiß aus.

„Keine Sorge, keine Sorge.“ Graf Vieregg bemerkte offenbar seine Nöte und sprach beruhigend auf ihn ein. „Das Ganze geht auch informeller – Seine Durchlaucht der Kurfürst ist involviert. Es ist also alles rechtens.“ Er winkte Jacob zu sich heran und wies ihn in das Procedere der nachträglichen Nobilitierung, die es eigentlich gar nicht gab, ein. Kernstück der Zeremonie war eine Huldigung vor dem Porträt des Kurfürsten, bei der Jacob Carl Theodor in persona und seinem Land ewige Treue schwören musste. Daraufhin wurde er im Namen des Kaisers geadelt und erhielt auf Anraten des Kurfürsten der Pfalz wegen besonderer Verdienste den Adelsbrief überreicht. Er durfte sich fortan *Freiherr von Bardenfleth zu Buchenclau* nennen – ein humorvoller Einfall des Grafen höchstpersönlich, wie Vieregg ihm grinsend gestand. Allerdings hatte Jacob über seine nachträgliche Nobilitierung Stillschweigen zu halten und durfte sich auf keinen Fall am Kaiserhof in Wien oder in der Nähe der kaiserlichen Hofhaltung blicken lassen.

„Dann ist es also doch nicht rechtskräftig?“ Jacob studierte das Dokument, das fortan seinen Adelsstand verbriefen sollte. Das Siegel des kaiserlichen Beamten war jedoch vorhanden!
„Nun, doch ..., natürlich.“ Der Graf wand sich ein wenig, ehe er zugab: „Aber Seine Kaiserliche Hoheit ist nicht im Einzelnen über Euren Fall informiert, drücken wir es einmal so aus. Und was aus seiner Kanzlei alles genehmigt und besiegelt wird, weiß er nicht immer im Detail. Wir wollen nur verhindern, dass es unnötige Nachforschungen gibt – denn in den *Gothai-*

schen Hofkalender[192] bekommen wir Euch leider nicht mehr hinein."

„Ach so." Wenn es das nur war! Solange Jacobs Titel an den kleinen Höfen Bestand hatte, war das völlig ausreichend, fand er. Ein Problem gab es allerdings noch: die Familie der Grafen von Imhoff. Jacob äußerte vorsichtig seine Bedenken, aber Graf Vieregg wiegelte ab. „Ihr sollt die Gräfin heiraten, das gehört zum Plan, Bardenfleth. Ihren Bruder stellen wir ruhig, er wird keinen Kontakt mehr aufnehmen – und der alte Lauenstein ist im Zuge der ganzen Aufregung so schwer erkrankt, dass er vermutlich nicht mehr auf die Beine kommt. Soweit ich informiert bin, seid Ihr mit Graf Imhoff über die Aussteuer der Braut einig geworden?"

Jacob nickte. „Nur konvertieren muss sie noch", murmelte er, „weil ich ja Protestant bin. Oder ist das eine Schwierigkeit, wo Seine Durchlaucht der Kurfürst doch dem katholischen Glaubensbekenntnis angehört?"

„Nein, im Gegenteil!" Vergnügt rieb Graf Vieregg sich die Hände. „Ihr sollt sogar evangelisch bleiben. Es ist bereits alles vorbereitet: Pfarrer Hahn in Onstmettingen bei Balingen wird erst die Konversion Eurer Zukünftigen vornehmen und Euch dann sofort und ganz informell trauen."

„Onstmettingen? Wo bitte liegt denn dieser Ort?" Jacob schüttelte ratlos den Kopf – davon hatte er noch nie im Leben gehört!

„Auf dem Weg nach Schussenried. Ihr werdet dort im Kloster einen Auftrag für mich erledigen. Aber alles der Reihe nach. Denn an Euren Adelsbrief sind ein paar Bedingungen und Auflagen geknüpft, die Ihr kennen solltet."

Gespannt folgte Jacob den Worten des Grafen und erfuhr,

192 Dieses Adelsregister erschien erstmals im Jahr 1763 bei C. W. Ettinger mit dem vollständigen Titel: *Gothaischer Hof-Kalender zum Nutzen und Vergnügen eingerichtet in Gotha*. Sein Nachfolger ist der kurz so genannte Gotha, ein genealogisches Handbuch des Adels, das auch heute noch verwendet wird.

dass sein Adelstitel nicht vererbbar war, es sei denn, er heiratete eine Adlige – was er mit Aliénor ja auch vorhatte. Dann würden seine Kinder denen Namen seiner Frau voranstellen. Diese Vereinbarung musste Jacob feierlich unterzeichnen, was er umgehend tat. Im Geiste stellte er sich vor, dass sein erster Sohn dann vermutlich Jacob Graf von Imhoff und Bardenfleth zu Buchenclau heißen würde – und er platzte innerlich fast vor Stolz.

Doch die Freude sollte ihm schnell vergehen, denn Graf Vieregg zückte ein weiteres Papier zur Unterschrift: eine geheime Zusatzvereinbarung. Darin verpflichtete Jacob sich, weiterhin inkognito über die verschiedenen Höfe, die er bereiste, zu berichten und sich selbst dabei im Hintergrund zu halten. Dabei sollte er auch regelmäßig Rapport über die Ausbildung der jeweiligen Untertanen liefern und die neuen Ansätze der Schulbildung möglichst detailliert darstellen, denn genau das lag Seiner Durchlaucht dem Kurfürsten am Herzen. Schließlich galt Mannheim mittlerweile als das Athen am Rhein – und das sollte auf lange Sicht so bleiben! Außerdem sollte Jacob über militärische Entwicklungen, soweit sie ihm bekannt wurden, verschlüsselt berichten. Um nicht sofort mit der Kurpfalz in Verbindung gebracht zu werden, sollte er darüber hinaus in jedem Fall beim protestantischen Glauben bleiben.

Jacob seufzte und konnte im Moment nicht einschätzen, was das für ihn konkret bedeutete. War er damit offiziell im Dienste des Kurfürsten unterwegs?

„Auf keinen Fall!“, betonte Graf Vieregg erschrocken, „Wie gesagt: Eure enge Beziehung zu uns muss streng geheim bleiben.“

Warum der Graf so vehement auf Geheimhaltung bestand, machten ihm die beiden letzten Punkte der geheimen Zusatzvereinbarung klar: Darin verpflichtete Jacob sich per Unterschrift, jedes über Graf Vieregg vom Kurfürsten angeforderte Buch zu besorgen – auf seine eigene Gefahr und Verantwortung, versteht sich. Außerdem hatte er sich stets zu weiterer Verwendung des Kurfürsten bereitzuhalten.

„Und wovon werde ich dann leben?“, fragte Jacob sorgenvoll. Allein vom Spionieren und „Organisieren“ von Büchern konnte man auf Dauer nicht satt werden!

„Nun“, der Graf lächelte süffisant, „Ihr werdet über Schussenried an den Bodensee nach Salem weiterreisen. Dort werdet Ihr vom Erbe Eurer Frau Haus und Grund erwerben – schließlich gehört das zum Titel dazu. Buchenclau ist natürlich ein Kunstname ohne Besitz dahinter. Macht Euch in jedem Fall schnellstmöglich sesshaft und gründet eine Familie – Seine Durchlaucht wünscht das so. Ihr werdet danach alsbald von uns hören und in diplomatischer Mission Euer Geld verdienen.“

Der Graf begann, die Kerzen neben dem Bildnis Carl Theodors auszublasen. Dann steckte er Jacob zwei gefaltete Zettel zu: „Der eine beschreibt Euch den Weg in die Ehe, der andere eine Mission in Schussenried, die Eure Haushaltskasse ordentlich aufbessern wird. Macht Eure Sache gut, Bardenfleth, ich glaube an Euch!“ Damit verschwand Vieregg durch die Tür hinaus in den Kirchenraum. Jacob hörte den Hall seiner Schritte im Mittelschiff, bis er das Gotteshaus verlassen hatte. Langsam und nachdenklich machte auch er sich auf den Weg – nicht dass ihn jemand zu nächtlicher Stunde in der Kirche erwischte! Er umklammerte seinen Adelsbrief und die beiden kleinen Zettel fest und stapfte durch die Kälte zurück in das Gästezimmer. Dort wollte er die Dokumente sorgsam verstauen und dann versuchen, auf der unbequemen Pritsche noch ein paar Stunden zu schlafen.

Doch es sollte anders kommen: Denn durch das Geraschel, das Jacob verursachte, als er die wichtigen Dokumente in seinem Gepäck verbergen wollte, erwachte Aliénor. Sie schien etwas wirr und immer noch betrunken, als sie ihn bat: „Jacob, setzt Euch zu mir, mir geht es nicht gut.“

Jacob nahm neben ihr auf der Bettkante Platz und versuchte ihre Hand zu ignorieren, die sich an seiner geradezu festkrallte. Er begann, ihr von dem merkwürdigen Treffen und seiner Nobilitierung zu erzählen, aber sie hörte gar nicht richtig zu.

Stattdessen bat sie ihn um etwas mehr Nähe, weil ihr kalt war. Deshalb zog sie ihn, so gut es in ihrem Zustand ging, zu sich hinunter. Seufzend gab Jacob irgendwann nach und legte sich einfach neben sie. Schließlich waren sie ohnehin bald Mann und Frau, darauf kam es nun auch nicht mehr an. Dennoch war er zunächst erschrocken und schon bald angenehm überrascht, als er merkte, dass Aliénor mehr von ihm wollte als nur seine Nähe! Er zögerte nur kurz und ließ sich dann auf ihre hilflosen Zärtlichkeiten ein. Zwar roch sie deutlich nach Bier und wirkte insgesamt nicht ganz bei Sinnen, ihr lustvolles Stöhnen verriet ihm aber kurze Zeit später, dass ihr gefiel, was Jacob nun forcierte. Er hatte anfangs mit ihrer umständlichen Kleidung zu kämpfen, doch er bekam die vielen Bänder, Haken und Schnüre irgendwann in den Griff, sodass er kurze Zeit später zum ersten Mal den nackten Körper seiner zukünftigen Frau im Kerzenlicht erblickte. Sie war eine Schönheit – unbekleidet noch mehr als in Kleidern – und Jacob spürte, wie die Lust ihn überwältigte. Zärtlich begann er, sie zu liebkosen und zu erregen. Wie gut, dass seine Beschäftigung mit erotischer Literatur ihm manch Nützliches in dieser Hinsicht vermittelt hatte! Aliénor reagierte intensiv in der gewünschten Weise und so kam es, dass Jacob zwar diesmal deutlich bequemer nächtigte, aber keinesfalls mehr Schlaf bekam als an den Tagen zuvor.

Ein lauter Schrei weckte ihn am nächsten Morgen unsanft aus seinen süßen Träumen. Aliénor hatte sich neben ihm im Bett aufgesetzt und die Decke vor ihre entblößte Brust gepresst. Ihr Gesicht war totenbleich und ihr Mund stand vor Entsetzen weit offen. „Was habt Ihr getan?“, wimmerte sie und schlug vor Scham die Hände vors Gesicht.

„Nichts, was Ihr nicht auch wolltet, liebste Aliénor“, gab er sanft lächelnd zurück. „Wisst Ihr es nicht mehr, meine Liebe?“ Aliénor schluckte und schüttelte langsam den Kopf. Jacob sah, dass sie sich fieberhaft daran zu erinnern versuchte, was in der vergangenen Nacht geschehen war. „Mir war so kalt ...“, begann sie und schwieg. Dann lief ihr Gesicht feuerrot an, offensichtlich fiel ihr doch das eine oder andere Detail ein. „Was haben wir nur getan?“, jammerte sie laut auf und zog sich die Decke über den Kopf.

„Soll ich es Euch noch einmal zeigen?“, wagte Jacob einen Vorstoß und tastete unter der Decke nach ihr. Doch diesmal war sie schneller: In Windeseile entwand sie sich seinen Händen und sprang aus dem Bett. Die Decke zog sie dabei mit, sodass nun Jacob nackt und ihren Blicken ausgeliefert auf dem Bett zurückblieb. Die Situation war urkomisch und nicht mehr zu retten; das erkannten beide in diesem Moment und fingen an zu lachen.

„Mein Gott, bei uns geht aber auch nichts seinen normalen Gang, nicht wahr, Jacob?“, kicherte Aliénor, nachdem sie sich wieder einigermaßen beruhigt hatte. „Ihr seid kein echter Mann von Stand, fallt beim Aussteigen aus Kutschen, handelt mit verbotenen Büchern, lasst Euch mit gefallenen Mädchen auf der Straße erwischen und werdet dann noch wegen unzüchtigen Verhaltens mitten in der Nacht aus einem Kloster geworfen!“

„Oho!“, konterte Jacob umgehend, „Ihr habt auch einiges zu bieten, liebste Gräfin: Ihr reitet wie ein Kerl, verprellt Euren Zukünftigen mit freizügigen Ausblicken auf Euer Hinterteil, seid eifersüchtig auf eine Straßenkurtisane und verbergt es nicht einmal, erfreut Euch an eben jenen verbotenen Büchern und verbringt eine Art Hochzeitsnacht mit einem Mann, der zwar mittlerweile einen Adelsbrief besitzt, Euch aber nicht angetraut ist! Auch nicht schlecht.“

„Touché!“ Aliénor kicherte noch eine Weile vor sich hin. Doch dann wurde sie ernst: „Es hat also geklappt? Ihr habt den kaiserlichen Gesandten getroffen?“

Während Jacob sich anzog, erzählte er Aliénor ausführlich von seinen Erlebnissen am Vortag, die sie in ihrem Bierrausch schlichtweg verschlafen hatte. Sie staunte nicht schlecht, als sie von den Bedingungen Graf Viereggs hörte, nahm diesmal aber auch das Thema der Eheschließung recht gelassen. „Ich wollte schon immer in Onstmettingen heiraten“, bemerkte sie lakonisch, „und dieser Pfarrer Hahn soll ja eine ausgesprochen hochrangige Persönlichkeit sein!"

Jacob freute sich über den Humor, den sie an den Tag legte. Er liebte ihre spitze Zunge und wusste seit vergangener Nacht auch, dass sie noch weitaus mehr zu bieten hatte als einen klugen Kopf und viel Witz. Eigentlich konnte er es kaum erwarten, diese Frau zu ehelichen! Er begann damit, Aliénor ihre Kleider zu reichen, damit sie sich endlich aus der Decke schälen konnte, die sie immer noch um sich gewickelt hatte. Dabei fiel sein Blick aus dem Fenster hinunter auf den Marktplatz, wo sich der Amtsschreiber des Klosters mit einem Fremden unterhielt, der neben seiner Reisekutsche stand. Jacob stutzte. Den Kerl hatte er doch schon einmal gesehen! Er beugte sich ein wenig vor und erkannte mit Schrecken, wer soeben in Alpirsbach angekommen war: Ausgerechnet der Bebenhauser Kastellan schickte sich an, im Kloster zu logieren. Was würde passieren, wenn sie ihm über den Weg liefen?

„Ist irgendetwas?" Aliénor hatte bemerkt, dass ihn etwas beunruhigte. In wenigen Worten skizzierte er die missliche Lage. Ratlos blickten sie sich an: Damit hatten sie nicht gerechnet.

„Dann müssen wir eben sofort abreisen", erklärte Aliénor bestimmt. „Wie weit ist es bis nach Onstmettingen?"

„Ich schätze, etwa drei Tagesreisen bei diesen Witterungsverhältnissen". Jacob grübelte. Aliénor hatte recht, es war besser sofort zu packen. Hoffentlich waren die Bücher von Bruder Manuel schon in der Kutsche!

„Ich kümmere mich um den Kutscher und das Gepäck – sorgt Ihr für etwas Proviant?", sagte Jacob und eilte zur Tür.

„Ja, und ich räume hier im Zimmer die Sachen zusammen – es ist Euch doch recht, oder?", Aliénor wirkte verunsichert und Jacob kam noch einmal zurück und nahm sie in den Arm. „Liebste, in Zukunft teilen wir ohnehin alles. Warum sollte mich das also stören?" Er gab ihr einen Kuss und verließ das Zimmer.

Bereits eine Stunde später fuhr ihre Kutsche aus Alpirsbach hinaus. Es hatte wieder angefangen zu schneien, wodurch Jacob spontan eine Begründung für die eilige Abreise eingefallen war: Er ließ dem Abt die besten Wünsche ausrichten und entschuldigte sich auf das Herzlichste, doch der erneute Wintereinbruch barg die Gefahr in sich, dass er seine weitere diplomatische Mission nicht erfüllen könnte. Das klang schlüssig und unverdächtig, fand auch Aliénor.

Waren die langen und oft langweiligen Kutschfahrten bislang eher eine Qual gewesen, so genossen nun beide die ungestörte Zeit miteinander. Aliénor erzählte Jacob viele Erlebnisse aus ihrer Kindheit; wie es dazu gekommen war, dass sie Zugang zu Büchern gefunden hatte; und wie ihr Verhältnis zu den Brüdern und Schwägerinnen war. Außerdem schmiedeten sie Pläne, so gut es in ihrer Situation ging: Welcher Art ihr zukünftiges Heim sein sollte, wie viele Bedienstete sie brauchten und welche Farben in welchen Räumen ihnen angenehm erschienen. Wie selbstverständlich legten sie sich in ihren einfachen Reiseunterkünften in Oberndorf und Balingen gemeinsam unter eine Decke und wärmten sich gegenseitig. Erst als sie hinter Balingen von der eigentlichen Reiseroute nach Norden Richtung Onstmettingen abbogen, wurde Aliénor stiller und wirkte plötzlich angespannt. Die bevorstehende Hochzeit schien sie zu verunsichern – oder war es vielleicht der Wechsel des Glaubensbekenntnisses? Jacob fragte nach.

„Nein, mir macht es nichts aus, keine Katholikin mehr zu sein", versicherte Aliénor ihm mit leiser Stimme, „nur ..." Sie stockte und schaute ihn hilflos lächelnd an.

„Ihr fragt Euch, ob es wirklich richtig ist, das wir unter diesen widrigen Umständen heiraten, nicht wahr?" Jacob verstand sie nur zu gut. „Und Ihr hättet Euch eine andere Hochzeit gewünscht – mit einem großen Fest und fröhlichen Menschen um Euch herum." Er blickte sie mit zerknirschter Miene an. Aliénor kämpfte mit den Tränen. Sie tat ihm in diesem Moment unglaublich leid und er fühlte sich entsetzlich schuldig an ihrer heimlichen Trauer. Wie konnte er das jemals wieder gutmachen? Jacob nahm ihre beiden Hände in die seinen und versuchte, sich in der fahrenden Kutsche vor ihr niederzuknien, was nicht besonders gut gelang. Er sah ihr tief in die Augen und sagte mit fester Stimme: „Aliénor von Imhoff, Ihr seid die schönste und klügste und anstrengendste Frau, die mir je im Leben begegnet ist. Neben Euch macht sogar eine nächtliche Flucht bei Schnee und Kälte Freude. Ihr seid ein wunderbarer Mensch, eine interessante Gesprächspartnerin und eine aufregende Frau. Ich kann mir nichts Besseres im Leben vorstellen, als Euch an meiner Seite zu haben." Er räusperte sich, ehe er leise fortfuhr: „Aliénor, Liebste, wollt Ihr meine Frau werden?"

„Ja", schluchzte sie, gleichzeitig lachend und weinend, und warf sich ihm an den Hals. Das hatte zur Folge, dass beide unsanft auf dem Kutschenboden landeten, was sie in diesem Moment nicht weiter störte. Aliénor richtete sich ein paar Minuten später auf und stellte fest: „Das war mit Sicherheit der ungewöhnlichste Antrag, den ich je bekommen habe!"

Philipp Matthäus Hahn[193] trat in Onstmettingen gerade vor die kleine alte Ortskirche mit dem wuchtigen quadratischen Turm, als Jacob die Kutsche anhalten ließ. „Seid Ihr Pfarrer Hahn?" Der schwarz gewandete Mann hielt inne und nickte langsam. Vorsichtig schaute er sich um, als wäre es ihm unangenehm, mit Fremden im Gespräch gesehen zu werden. Doch der kleine Ort war menschenleer, was – so vermutete Jacob – mit der Mittagszeit zu tun hatte. Im Gegensatz zu der Gesellschaft an den großen Höfen pflegte man nämlich, das hatte Jacob in den letzten Monaten gelernt, auf dem Land und den Klöstern pünktlich und streng nach den vorgegebenen Stunden in der Bibel seine Mahlzeiten einzunehmen.

„Tretet ein." Pfarrer Hahn bat Jacob und Aliénor in das Gotteshaus hinein und wies den Kutscher an: „Fahr' Er in den Pfarrhof um die Ecke herum, dort ist Platz für die Kutsche und eine Mahlzeit wird es auch geben." Dann schritt der noch recht junge Geistliche durch das Mittelschiff voran. Er war groß ge-

193 Diesen Pfarrer (1739-1790) gab es tatsächlich in Onstmettingen; er wirkte dort in den Jahren 1764 bis 1769. Noch heute erinnert ein Museum an sein außergewöhnliches Wirken.

wachsen, trug die dunklen Haare lang und hatte ein freundliches Gesicht. Seine auffällig lange und spitze Nase verlieh ihm den Anschein eines neugierigen Menschen; seine dunklen, sehr wachsamen Augen hingegen wirkten warm, gütig und an der Welt interessiert. Jacob und Aliénor folgten ihm. Das Innere der Kirche war dunkel, nur wenig Licht fiel durch die schmalen Fenster herein. Alles wirkte ein wenig heruntergekommen: An den Wänden blätterte der Putz ab, der alte Boden war schadhaft und die schadhaften Chorfenster teilweise mit Pergament geflickt. Außerdem roch es muffig, was auf Feuchtigkeit im Gemäuer hindeutete.

Pfarrer Hahn bemerkte Aliénors gerümpfte Nase und gab zu: „Ja, diese Kirche hat ihre beste Zeit bereits hinter sich. Aber sie ist und bleibt ein Ort Gottes und ich begegne ihr deshalb stets mit Ehrfurcht. Sie ist alt, hat über die Jahrhunderte viele Gläubige gesehen, man hat hier Kinder getauft, Ehen gesegnet und Menschen auf ihrer letzten Reise begleitet. Also sehen wir ab vom äußeren Erscheinungsbild – darum geht es bei rechten Christen nicht." Sein Ton war strenger geworden. Aufmerksam musterte er Jacob und Aliénor und stellte dann eher fest, als dass er fragte: „Ihr seid Freiherr von Bardenfleth mit Eurer Verlobten, der Gräfin von Imhoff, nicht wahr?"

„Ja", antwortete Jacob für beide und fügte hin zu: „Graf Vieregg sagte uns, dass Ihr ..."

„Schon gut, schon gut", unterbrach der Pfarrer ihn ungeduldig, „spart Euch Eure Erklärungen. Ich bin im Bilde und möchte die weiteren Hintergründe lieber nicht wissen. Es hieß, die Gräfin müsse noch den rechten Glauben annehmen? Die nötigen Papiere aus Weikersheim habe ich bereits, Ihr seid dort aus dem Kirchenregister schon ausgetragen, im Moment also konfessionslos. Es ist gut, dass Ihr nun evangelisch werden wollt. Damit beginnen wir am besten gleich." Er wies Aliénor an, in der ersten Kirchenbank Platz zu nehmen und bat Jacob, ein paar Reihen dahinter still zu warten. „Ihr seid heute Nacht meine Gäste; im Pfarrhaus ist schon ein Zimmer für Euch gerichtet. Die Trauung wird morgen in aller Frühe unter Ausschluss der

Öffentlichkeit stattfinden, für Trauzeugen ist bereits gesorgt", erklärte er noch, während Jacob sich wie gewünscht in den hinteren Bereich der Kirche zurückzog. Dann begann er damit, Aliénor zunächst in Fragen des Glaubens, des Abendmahls und der Heiligenverehrung zu unterweisen. „Wir Protestanten lehnen es ab, an Wunder durch Heilige zu glauben", erklärte er Aliénor, und seine sonore Stimme tönte laut durch das Kirchenschiff. „Nicht das Wunder des Glaubens steht im Mittelpunkt, sondern dessen Verständnis." Dann fragte er Alinor feierlich, ob sie bereit sei, in Zukunft dem rechten Glauben zu folgen. Aliénor bejahte dies, woraufhin sie erneut getauft wurde. Gemeinsam sprachen sie das Vaterunser, im Anschluss händigte ihr Pfarrer Hahn eine Urkunde aus mit dem Nachweis über den Eintrag ins evangelische Kirchenregister. Dann folgte ein provisorisches Abendmahl, an dem auch Jacob teilnehmen durfte. „Und nun", schloss der junge Geistliche die Zeremonie ab, „seid meine Gäste. Lasst uns zusammen essen und über das Leben an den Höfen und in den Städten plaudern. Ihr seid sicherlich viel herumgekommen, nicht wahr?"

Gemeinsam verließen sie die gedrungene Kirche und verbrachten in der guten Stube des Pfarrhauses einen anregenden Nachmittag. Denn Philipp Matthäus Hahn war weit mehr als ein netter, junger Landpfarrer voller Glaubenseifer –er war Naturwissenschaftler und begeistert von den Zusammenhängen in Gottes Schöpfung. Stolz führte er Jacob und Aliénor astronomische Uhren vor, die er selbst konstruiert hatte[194]. „Sogar Seine Durchlaucht Herzog Carl Eugen interessiert sich für meine Instrumente", erzählte er ihnen lächelnd. „Er nennt mich seinen ‚Uhrmacher Gottes'."

Nach dem Abendgebet, dem Jacob und Aliénor auf ausdrücklichen Wunsch Hahns fernblieben, um niemandem im Ort über den Weg zu laufen, zeigte der wissenschaftsbegeisterte Gottesmann ihnen seine Werkstatt: „Versteht mich nicht falsch", begann er, während er die sorgfältig verriegelte Tür

194 Hahn legte mit seinen ungewöhnlichen naturwissenschaftlich-technischen Talenten in Onstmettingen den Grundstock für die später dort ansässige Feinmechanik-Industrie.

öffnete, „Euer Inkognito hier am Ort richtet sich nicht gegen Euch persönlich. Aber die Leute hier sind ohnehin misstrauisch, weil ich mich mit so viel anderen Dingen neben Seelsorge und Pfarrei beschäftige.“ Er seufzte schwer und fuhr fort: „Die wenigsten Menschen erkennen eben, dass letztendlich alles Gottes gutes Werk ist.“

Mit diesen Worten schob er die schwere Holztür auf und zündete mehrere Kerzen an. Im flackernden Licht erkannten Jacob und Aliénor kleinere Teleskope und sogar ein Mikroskop, Waagen und eine große Anlage, die sie nicht recht einordnen konnten. „Meine Weltmaschine[195]“, erklärte Hahn ihnen voller Stolz, „sie wird, wenn sie einmal fertig ist, gleichermaßen Tages- und Jahreszeit berechnen, die Zeit bis zur Apokalypse anzeigen, und das Verhältnis von Sonne und Erde in ihrem Umlauf darstellen.“

Nun verstand Jacob, warum ein Mann wie Graf Vieregg den Kontakt zu einem vermeintlich einfachen Landpfarrer suchte! Dieser Hahn war ein Wissenschaftler und Visionär und passte gut in das Programm des Kurfürsten, der in Mannheim am liebsten alle großen Künstler, Denker und Wissenschaftler auf Dauer angesiedelt hätte. Die Frage war nur, ob Carl Theodor den Kampf um Philipp Matthäus Hahn gewinnen konnte, nachdem auch schon Herzog Carl Eugen auf ihn aufmerksam geworden war. Immerhin lagen Stuttgart und Ludwigsburg näher als Mannheim; außerdem lehnte der Pfarrer den katholischen Glauben ab. Der Kurfürst hatte also in diesem Fall eindeutig die schlechteren Karten![196]

Mehrere Stunden blieben die beiden mit Hahn in seiner Werkstatt. Der heimliche Wissenschaftler führte ihnen nicht

195 Diese „Weltmaschine“ entstand tatsächlich in Onstmettingen – allerdings unter Mitwirkung von Philipp Gottfried Schaudt. Das berühmte „Nürnberger Modell“, das heute noch im Germanischen Nationalmuseum in Nürnberg zu bewundern ist, wurde jedoch erst nach dem Tod Hahns fertiggestellt.

196 Der Lauf der Geschichte sollte Jacob recht geben: Der Württembergische Herzog holte Philipp Matthäus Hahn schon bald in seine Nähe, und zwar nach Kornwestheim. Dort bekam er eine ruhige und einträgliche Pfarrei zugeteilt, so dass ersich intensiv den Wissenschaften widmen konnte. In einer eigenen Uhrmacher-Werkstatt brachte Hahn seine Verwandten unter und konnte sich so ein angenehmes Leben im Dienste Gottes und der Forschung gönnen.

nur seine fertigen Instrumente vor, sondern zeigte ihnen auch seine Pläne für eine automatische Rechenmaschine. Immer wieder fragte Jacob sich, was diesen ambitionierten Mann in die Provinz verschlagen hatte, und er musste an den Hofastronomen Christian Mayer denken, der nicht zuletzt durch sein Engagement für solche modernen Dinge das Vertrauen des Pfälzer Kurfürsten besaß. Doch Pfarrer Hahn lächelte nur bescheiden, als Jacob ihn auf seine Möglichkeiten hinwies und sagte: „Das alles ist Gottes Werk und ihm möchte ich dienen. Wer den kleinen Leuten nicht nahe ist, kann Gottes Herrlichkeit auch nicht begreifen. Ich bin glücklich in meinem Leben – auch hier in Onstmettingen."

Am anderen Morgen trafen sie Hahn zur vereinbarten Stunde noch bei Dunkelheit in der Kirche. Während der Pfarrer gemeinsam mit dem vor ihm knienden Paar betete, war der Kutscher bereits damit beschäftigt die Abreise vorzubereiten. Endlich kam die entscheidende Frage: „Wollt Ihr, Freiherr Jacob von Bardenfleth zu Buchenclau, die hier anwesende Gräfin Aliénor von Imhoff zu Eurer rechtmäßig angetrauten Ehefrau nehmen, sie lieben und ehren in guten wie in schlechten Zeiten, bis dass der Tod euch scheidet? So antwortet mit Ja."

Jacob schluckte und presste ein lautes „Ja" hervor. Obwohl der Morgen alles andere als feierlich war, hatten ihn jetzt doch seine Gefühle überwältigt. Ergriffen tastete er nach Aliénors Hand, die nun die gleiche Frage von Hahn gestellt bekam. Ihr „Ja" klang klar und laut durch das Kircheninnere.

„Dann erkläre ich Euch hiermit vor Gott zu Mann und Frau." Pfarrer Hahn segnete sie und drückte ihnen eine Urkunde in die Hand.

„Und die Trauzeugen?" Suchend schaute Jacob sich um. „Wir haben ja gar keine Trauzeugen. Ist unsere Ehe so überhaupt rechtmäßig?" Auch Aliénor blickte den Pfarrer besorgt an.

„Eure Trauzeugen haben bereits unterschrieben", seufzte der junge Geistliche lakonisch, „Graf Vieregg hat wie immer alles bestens organisiert." Eilig verabschiedete er sich von Jacob und dessen nun rechtmäßiger Gattin und geleitete sie hinaus zur Kutsche, die bereits vor der Kirche wartete. „Eine gute Weiterreise!“, wünschte er ihnen noch, „Und kommt irgendwann an – es ist nicht gut nur umherzuziehen.“ Dann verschwand Hahn in der Dunkelheit.

Jacob entzündete in der Kutsche sofort eine Kerze und besah sich das Dokument näher. Es war tatsächlich von zwei Trauzeugen unterschrieben: von Graf Vieregg höchstpersönlich – und von Aliénors Bruder! Verblüfft starrten sie sich an: Wie war das möglich? Dieser Vieregg war wirklich ein großer Intrigant und Diplomat vor dem Herrn! Besser konnte es für Jacob und Aliénor gar nicht kommen, darin waren sie sich einig. Immerhin war damit klar, dass ihre Ehe sowohl vom Kurpfälzer Hof als auch von Aliénors Familie als standesgemäß angesehen wurde. Nun konnten sie in aller Ruhe gemeinsam durch das Land reisen, bis sie irgendwo sesshaft werden würden.

„Auf nach Schussenried!“, rief Jacob vergnügt und blies die Kerze wieder aus. „Dort werden wir erfahren, wo und wie wir bald leben werden, darauf hat Graf Vieregg mir sein Wort gegeben.“

So reisten sie bei immer noch schlechtem Wetter über Winterlingen, Sigmaringen und Saulgau nach Schussenried, wo sie am frühen Abend des Allerheiligentags eintrafen. Der Ort selbst hatte jenseits der Klostermauern nicht viel zu bieten und wirkte wie ausgestorben. Jacob vermutete, dass alle Bewohner in der Kirche waren, um den Feiertag zu begehen. Er ließ an der Klosterpforte anhalten, wo er sich zum ersten Mal ganz offiziell als Freiherr von Bardenfleth zu Buchenclau nebst Gattin anmeldete. Wie insgeheim erhofft, waren Aliénor und er auch hier bereits avisiert und erhielten ohne weitere Formalitäten ein großes Zimmer im Obergeschoss des Gästehauses zugewiesen. Dieses befand sich auf dem unglaublich weitläufigen Klosterareal, das derzeit jedoch den Eindruck einer Großbaustelle machte. Irritiert blickten Jacob und Aliénor sich um. Was geschah hier nur?

Hofmeister Georg Allgeier, der sie in ihre Unterkunft führte, gab bereitwillig Auskunft. „Wir sind ja ein sehr altes Kloster“, begann er seine Erzählungen und fing mit Berengar und Konrad von „Schuozenried“ an, die den Konvent 1183 gegründet hatten. Rund dreihundert Jahre später war das Kloster zur Abtei erhoben worden und man hatte beschlossen, die alte Klosterkirche umzugestalten. Dem Kloster ging es damals wirtschaftlich gut: Es entstand ein reichsunmittelbarer Klosterstaat mit viel Landbesitz und kaiserlichen und päpstlichen Privilegien. Doch der Dreißigjährige Krieg hatte auch in Schussenried dramatische Folgen gehabt: Schwedische Soldaten hatten 1647 Feuer gelegt und Kirche und Kloster gründlich zerstört. Erst vor dreißig Jahren, so erfuhren Jacob und Aliénor, hatte man damit begonnen, die gesamte Klosteranlage neu zu planen und wieder standesgemäß aufzubauen. Das erklärte die vielen Bauarbeiten auf dem Gelände – nur: Warum war man nicht fertig geworden? Dreißig Jahre waren doch eine lange Zeit! Jacob fragte nach.

„Tja, leider“, der Hofmeister zuckte mit den Schultern, „leider sind auch unsere Mittel begrenzt. Ihr müsst wissen, dass der Plan des berühmten Baumeisters Dominikus Zimmermann wirklich imposant und herrlich war[197] – doch unglücklicherweise fehlen dem Kloster die Mittel, ihn umzusetzen.“ Er seufzte schwer: „Vor fünf Jahren haben wir die großen Bauarbeiten eingestellt. Das, was Ihr hier seht, sind die kläglichen Reste einen großes Wurfs.“[198] Er ließ seinen Blick nachdenklich über das Gelände schweifen und fügte hinzu: „Nun, immerhin führen wir hier heute eine der bekanntesten Klosterschulen des Landes. Bei uns können die Knaben sogar Gartenkunst, Dramaturgie, Musik und Bierbrauen lernen!“

„Aber dort drüben der Konventsbau – das sieht doch alles sehr modern und fertig aus“, mischte sich Aliénor ins Gespräch

197 Das Planungsmodell des schon damals berühmten Rokoko-Meisters steht heute, für Öffentlichkeit zugänglich, im neuen Kloster in Bad Schussenried.

198 In der Tat war ursprünglich geplant, das einstige mittelalterliche Kloster in eine hochbarocke Vierflügelanlage umzubauen. Ein ortsansässiger Klosterbaumeister namens Jacob Emele begann unter Abt Magnus Kleber mit den Bauarbeiten und realisierte immerhin den prächtigen Bibliothekssaal. 1763 musste man die Arbeiten jedoch wegen Überschuldung einstellen; zu diesem Zeitpunkt war lediglich ein Drittel der Planungen umgesetzt.

ein. „Was war denn da noch alles geplant?“ Sie standen vor dem Eingang des Gästehauses und hatten eine gute Sicht quer über den weitläufigen Hof auf die Kirche und das dahinter beginnende Konventsgebäude.

„Stimmt“, bestätigte der Hofmeister, „doch ursprünglich sollte ein solcher Gebäudetrakt wie der nördliche, den ihr dort seht, gegensymmetrisch auch auf der südlichen Seite errichtet werden. Damit wollte man unsere Kirche bis auf die Westfassade umschließen – ein grandioser Plan, von dem leider nicht viel geblieben ist. Auch die Kirche selbst konnte nicht komplett erneuert werden, sondern nur verschönert[199]. Jetzt haben wir allerdings ein großartiges Chorgestühl aus Nussbaumholz mit Reliefs aus dem Leben unserer lieben Frau Maria und aus der Passion Christi[200] sowie ein herrliches Deckenfresko – Ihr solltet es Euch unbedingt ansehen.“ Mit diesen Worten öffnete er die Tür zum Gästehaus und führte Jacob und Aliénor durch einen kleinen Vorraum in die untere Wohnung, die aus einem Wohnraum mit einem imposanten Kachelofen und einer Schlafkammer bestand. Von den drei Fenstern aus hatten sie einen freien Blick auf die Südseite der Kirche und einige alte Gebäudeteile aus früheren Zeiten. Der Raum war gut geheizt und gemütlich; Jacob vermutete, dass sein neuer Stand ihnen in Zukunft auf Reisen mehr Komfort bescheren werde. Zufrieden lächelte er Hofmeister Allgeier an und fragte: „Ist vielleicht eine Nachricht für mich hinterlegt?“

Ehe der Mann antworten konnte, ertönte eine sonore Stimme aus dem Vorraum: „Der Freiherr und die Freifrau von Bardenfleth? Seid willkommen!“ Ein freundlicher Mann betrat leise den Raum und stellte sich als Abt Nikolaus Kloos vor. Er war groß gewachsen, er seinen Kopf unter dem Türrahmen einziehen musste, und wirkte noch recht jung. Das mochte

199 Die ehemalige Klosterkirche St. Magnus wurde zunächst im 15. Jahrhundert gotisiert und dann schließlich im 18. Jahrhundert barockisiert.

200 Das hochbarocke Chorgestühl entstand in den Jahren 1715-1717. Es stammt aus der Überlinger Werkstatt von Georg Anton Machein und gilt heute als Meisterwerk des Oberschwäbischen Barocks. Nach einer Renovierung in den dreißiger Jahren des 20. Jahrhunderts wurde es allerdings falsch aufgestellt, so dass heute das Reliefprogramm in verkehrter Richtung verläuft.

zum einen an den dunklen Haaren liegen, die unter seiner Kopfbedeckung ohne graue Strähnen hervorblitzten; vor allem waren es jedoch die großen dunkelbraunen Augen, die unter buschigen Brauen wachsam in die Welt blickten. Sein fein geschwungener Mund mit den vollen Lippen verriet den Genussmenschen; nur die etwas zu lange und spitze Nase verlieh ihm einen strengen, etwas pedantischen Zug. Insgesamt war Nikolaus Kloos eine angenehme und kultivierte Erscheinung, durch die das Kloster und seine Bewohner in einem freundlichen Licht erschienen.

Der Abt wedelte mit zwei versiegelten Briefen in der Hand und fragte nach den Mühen ihrer Reise in diesen Schlechtwetterzeiten. Man plauderte eine Weile miteinander, während eine Magd ein erstaunlich üppiges Nachtmahl auf dem Tisch servierte. Dann überreichte der Abt die beiden Briefe und lud beide zu einer Bibliotheksbesichtigung am folgenden Morgen ein, was Jacob dankend annahm. „Unser Bibliothekar, Bruder Johannes, wird Euch erwarten und zeigen, welche Schätze Schussenried zu bieten hat. Man sagte mir, dass Ihr vom Fach seid und viel von dieser Kunst versteht.“ Da Jacob nicht wusste, ob in den Worten des Abts leise Ironie mitschwang, schwieg er vorsichtshalber; Aliénor hingegen – das nahm er im Augenwinkel wahr – konnte sich das Lachen kaum verkneifen. Kaum hatte der Abt den Raum verlassen, beeilte sich der Hofmeister zu erklären: „Die Bibliothek ist das Werk unseres ehrwürdigen Abts, müsst Ihr wissen. Sie ist unter seiner Leitung in den letzten zehn Jahren entstanden und wirklich ganz hervorragend bestückt.“

Genau das hatte auch Graf Vieregg an jenem Abend in Alpirsbach betont und Jacob eine Liste mit Titeln in die Hand gedrückt, die er dort zu finden hoffte. Dabei handelte es sich diesmal um bedeutende Abschriften aus den Lehren der Kirchenväter, die Kurfürst Carl Theodor höchstpersönlich in seiner eigenen Bibliothek besitzen wollte. Ob der Bibliothekar darauf eingehen würde? Immerhin würde dafür ein hübsches Sümmchen den Besitzer wechseln – und auch Jacob sollte ordentlich davon profitieren. ‚Und wer weiß', dachte er sich, ‚möglicherweise gibt es auch hier das eine oder andere Liebhaberwerk, das in einer kirchlichen Einrichtung eigentlich nichts zu suchen hat.'

Nachdem auch der Hofmeister gegangen war, öffneten sie die beiden Briefe. Der erste war an die Eheleute von Bardenfleth zu Buchenclau gerichtet und beinhaltete neben einigen umständlichen Gratulationsfloskeln zur Hochzeit den ausdrücklichen Wunsch Graf Viereggs, dass sie sich bis auf Weiteres in der Nähe von Kloster Salem am Bodensee niederlassen sollten. *Auch Euch wird es dort gefallen, liebe Gräfin*, versicherte Vieregg, *denn die Landschaft ist schön, der See ein herrlicher Anblick und die Menschen offen und freundlich. Richtet Euch ein repräsentatives Heim ein und scheut keine Mühen, dort zum Mittelpunkt der kultivierten Gesellschaft zu werden! Das könnt Ihr, liebe Gräfin, und Ihr werdet reüssieren, da bin ich mir ganz sicher.*

Es folgte ein längerer Absatz zur geografischen Situation des Klosters und der Orte in der Nähe sowie der Hinweis, dass Abt Anselm – eher ein Fürst denn ein Geistlicher, wie Vieregg schrieb – ihnen ein Hofgut anbieten könne, das vermutlich ihren Vorstellungen entsprechen werde und für die weiteren Missionen Jacobs hervorragend geeignet sei. Fragend schauten sie sich an: Was meinte der Graf wohl damit? Noch wusste Jacob nicht, wovon sie in den nächsten Jahren leben sollten. Doch vermutlich hatte der umtriebige Vertraute des Kurfürsten bereits einen Plan; Jacob hoffte nur, dass er nicht mehr so viele unerlaubte und heimliche Dinge tun musste wie bisher!

Der zweite Brief war nur an Jacob adressiert und enthielt dieselben Buchtitel, die Vieregg ihm schon als Liste in Alpirsbach ausgehändigt hatte: ein Werk des heiligen Athanasius von Alexandrien in einer Ausgabe von Erasmus von Rotterdam – offenbar ein sehr kostbarer Foliant mit zahlreichen Stichen darin; dann die *Decretales. Domini Gregorii Pape noni decretales epistole / cunctis decretorum peritiam affectantibus utilissime: opera Gilberti de vuliers* – ein Werk des Heiligen

Gregorius, dessen Abschrift 1528 in Lyon erschienen war; als drittes Werk wünschte Graf Vieregg eine Sammlung mit Emblemen des Niederländers Schonnhovius[201] sowie Texte des römischen Dichters Titus Livius, die in einer kostbaren Ausgabe mit klugen Kommentaren von Johannes Caspar Freinsheim versehen worden waren. Offenbar war sich der Graf ganz sicher, diese Werke in Schussenried erwerben zu können – und Jacob vermutete, dass er damit recht hatte.

Am nächsten Morgen fühlten Jacob und Aliénor sich zum ersten Mal, seit sie verheiratet waren, richtig großartig. Sie hatten abends gut gegessen, dazu einen vollmundigen Wein getrunken und danach eine Nacht miteinander verbracht, die sie später scherzhaft als ihre „richtige" Hochzeitsnacht bezeichneten. Endlich konnten sie einander ihre wahren Gefühle zeigen, ohne dabei Unsicherheit zu empfinden oder das Gesicht zu verlieren. Dass zwischen ihnen trotzdem immer wieder Sticheleien aufflammten, gehörte zu ihrer gemeinsamen Auffassung von Partnerschaft. „Ich möchte eine Frau an meiner Seite, die sich für alles interessiert, die liest, gebildet und immer zu einem Späßchen bereit ist", hatte Jacob ihr in der Nacht noch einmal versichert, „und genau das bist du für mich, Aliénor." Und sie gestand ihm umgekehrt, dass sie immer gehofft hatte, er möge doch irgendwie von Stand sei, weil er ihr von Anfang an nicht nur vom Äußeren ausgesprochen gut gefallen hatte. Jacob bekam ihre Begeisterung für seinen Körper auch im Bett zu spüren und insgeheim dachte er sich, dass ihre Empörung wegen des freundlichen Ludwigsburger Straßenmädchens zwar der Etikette halber nachvollziehbar war, nicht jedoch, was die Ausübung gewisser Tätigkeiten betraf. Denn Aliénors erotischer Ideenreichtum ließ bei ihm keine Wünsche offen, was bei ihm ein aufregendes Zukunftsbild entstehen ließ: Jacob sah sich in zehn Jahren mit seiner immer noch bildschönen Gattin und einer lustigen Kinderschar in ei-

201 Gemeint ist Schoonhovius, Florentinus, *Emblemata. Partim moralia partim etiam civilia. Cum latiori corundem eiusdam auctoris interpretatione*. Gouda, Andreas Buries, 1618.

nem prächtigen Anwesen – und Nacht für Nacht mit Aliénor genau das tun, was er nun erlebt hatte.

Nach dem Frühstück machten sie sich auf den Weg zur Bibliothek. Vor der Kirche, die sie zuvor noch besichtigt hatten, trafen sie auf Bruder Johannes, der sie mit in die Bibliothek nahm. Jacob hatte ganz bewusst darauf bestanden, dass Aliénor mitkam – auch wenn Frauen in katholischen Klosterbibliotheken nicht allzu gerne gesehen wurden. Vermutlich hatte man vorab alle Schüler und Mönche daraus entfernt – eine Vorsichtsmaßnahme, die Jacob einkalkuliert und bewusst provoziert hatte. Das würde seine Anliegen sicherlich erleichtern. Der Bibliothekssaal war tatsächlich sehenswert. Jacob und Aliénor hielten vor Staunen den Atem an, als sie den zweistöckigen, lichtdurchfluteten Raum mit der umlaufenden Empore betraten. Da sie durch eine unscheinbare Tür im Untergeschoss hineingeführt wurden, kamen sie in den Genuss, das phantastische Deckenfresko[202] sofort in ganzer Pracht zu sehen. Bruder Johannes erklärte ihnen das inhaltliche Programm der üppigen Malereien und Stuckaturen: „Der Laie erkennt es nicht sofort, aber hier geht es um die göttliche Weisheit, wie sie in der Apokalypse, der Wissenschaft, der bildenden Kunst und der Technik wirkt." Dabei deutete er in unterschiedliche Richtungen auf Szenen, die sich Jacob so nie hätte erklären können.

„Und was stellen die ganzen Figuren dar?" Aliénor zeigte auf die Statuen, die jeweils vor den Säulen in beiden Geschossen aufgestellt waren.

„Oh, die sind noch ganz neu![203] Dort drüben ...", er zeigte auf die andere Seite des Saals „... seht Ihr die kirchlichen Irrlehrer und hier auf unserer Seite stehen unsere Kirchenlehrer."

„Aha". Aliénor nickte wissend. Doch offenbar wollte sie keine Zeit verlieren und mit Jacob schnell zum Kern ihres Auftrags gelangen. „Sagt", begann sie, „und Eure Bücher stehen alle in den geschlossenen Schränken rundum?" Jacob folgte ihrem

202 Dieses Deckenfresko wurde 1757 von Franz Georg Hamann beendet.
203 Fidelis Sporer stellte diese Plastiken 1766 fertig.

Blick amüsiert.

„Ja“, erläuterte Bruder Johannes, „und zwar in einer sehr überlegten Anordnung.“ Die nächsten Stunden verbrachten sie damit, den ausführlichen Schilderungen des bibliophilen Mönchs zu folgen. Das System der Sortierung war sehr durchdacht und begeisterte Jacob. Fast erschien es ihm so, als wäre die Gesamtplanung der Bibliothek von der Architektur über die Ausstattung bis hin zu jedem einzelnen Buch von Anfang an als Ganzes gesehen worden. Denn stets befanden sich die passenden Werke in den Bücherschränken unterhalb der dazugehörigen Illustrationen an den Decken – es war unglaublich. Für ihn stellte sich allerdings dadurch auch die Frage, wo sich dann jene Art der Liebhaberliteratur befinden konnte, mit der er zu handeln pflegte. Doch ehe er vorsichtig nachfragen konnte, hatte seine geschäftstüchtige Gattin schon das Ruder übernommen. Mit einem strahlenden Lächeln baute sie sich vor Bruder Johannes auf und sagte: „Ihr seid der Herr über all diese phantastischen Werke, sicherlich ist Eure Bildung außerordentlich. Graf Vieregg hat dies meinem Gatten gegenüber bereits angedeutet. Eure Sammlung soll ja derart bedeutsam sein, dass Ihr sogar diese Werke besitzt, nicht wahr?“ Sie signalisierte zugleich Jacob, das Papier Viereggs aus der Westentasche zu ziehen und überreichte es dem sichtbar verlegenen und knallrot gewordenen Mönch. „Könntet Ihr einmal prüfen, ob diese Bücher zum Verkauf stehen? Der Kurfürst der Pfalz möchte damit noch mehr für die rechte Bildung und Gesinnung seiner Untertanen tun.“

Hastig blickte Bruder Johannes sich um, doch der Saal war, wie bereits von Jacob vorab vermutet, leer. „Nun, ich denke, das ist möglich“, murmelte der Mönch und wandte sich plötzlich mit einem gierigen Zug in den Augen an Jacob: „Was bietet Ihr?“

Jacob nannte eine stattliche Summe, die Bruder Johannes schlucken machte. Dann nickte er bedächtig und versprach, die Bücher noch am gleichen Abend nach Einbruch der Dunkelheit ins Gästehaus bringen zu lassen. Zufrieden lächelte Jacob ihn an und hakte nach: „Da Ihr in Euren Schränken hier so gut bestückt seid, besitzt Ihr doch sicherlich auch eine kleine Sammlung delikater Werke, die natürlich nur rein zufällig hier gefunden und gelagert wurden, nicht wahr?"

Bruder Johannes zögerte, gab sich dann aber einen Ruck und flüsterte: „Wenn Ihr mir folgen wollt, Freiherr von Bardenfleth ..." Er führte Jacob in ein in einen unscheinbaren Nebenraum der Bibliothek und öffnete dort einen gut getarnten Wandschrank. Sichtlich irritiert bemerkte er dabei, dass auch Aliénor ihnen gefolgt war, doch Jacob beruhigte ihn mit den Worten: „Keine Sorge, meine Gattin kann nicht lesen." Aliénor schnaubte empört, Bruder Johannes hingegen lächelte milde und bemerkte lediglich: „Das braucht sie ja auch gar nicht – das hat der Herr so bestimmt."

Jacob grinste in sich hinein und erwartete wie üblich den Widerspruch der schönen Gräfin, doch Aliénor machte gute Miene zum bösen Spiel. Schweigend begann er in den Werken zu blättern, die ihm Bruder Johannes nun auf einem Pult präsentierte. Es handelte sich um allerlei Schund: schlecht kopierte Stiche erotischer Darstellungen, billige Drucke qualitativ mäßiger Autoren und immer wieder neue Bilderzyklen aus dem lustvollen Leben geiler Mönche. Nichts Neues also – Jacob seufzte enttäuscht. Doch dann zog er unter einem Stapel ein äußerlich unscheinbares und recht abgegriffenes Büchlein heraus und hielt inne. Ob Bruder Johannes seine Erregung bemerkte? Zumindest Aliénor verstand auch ohne Worte, dass in diesem Moment ein Ablenkungsmanöver wichtig war und verwickelte den Mönch in ein Gespräch über weltoffene Erbauungsliteratur. Jacob konnte unterdessen in aller Ruhe in dem Büchlein blättern und sich vom guten Zustand der Ausgabe überzeugen. Anton würde jubeln, da war er sich ganz sicher. Denn eine Originalausgabe von Boccaccios *Decamerone*[204] hielt man nicht alle Tage in den Händen. Wie dieses Werk wohl

204 Die Novellensammlung *Decamerone* schrieb Giovanni Boccaccio in den Jahren 1349-1353. Es handelt sich dabei um recht derbe und auch erotische Geschichten, die von einzelnen Protagonisten erzählt werden. Das Werk wurde erstmals 1470 in Florenz und Venedig verlegt und gilt heute als stilbildender Klassiker.

nach Schussenried gekommen war? Jacob dachte fieberhaft nach. Offenbar war dem Mönch der Wert dieses Buches nicht bewusst, sonst hätte er es ihm anders präsentiert. Also würde er versuchen, es gemeinsam mit einem Haufen Schund für einen Preis zu erwerben, der dem Großteil des Angebots angemessen war. Hastig griff er nach einigen Blättern, drei größeren Ausgaben mit erotischen Illustrationen und den unsäglichen Phantasien eines Geistlichen. Den *Decamerone* schob er unauffällig dazwischen, nannte eine recht hohe Summe für die vielen schlechten Texte und wartete gespannt ab.

Bruder Johannes stutzte einen Moment und griff nach dem Stapel in Jacobs Hand. Sichtlich verunsichert blätterte er darin herum, würdigte den Boccaccio dabei allerdings keines Blickes. ‚Banause!', dachte sich Jacob insgeheim und zwinkerte Aliénor zu. Dann griff der Mönch seufzend in ein Schubfach unter dem Pult, zog einen groben Leinenbeutel heraus und schob die Bücher und losen Blätter hinein. „Hier", flüsterte er und schaute sich dabei immer wieder um, „nehmt das alles jetzt gleich mit! Und am besten, Ihr verschwindet morgen früh noch vor Sonnenaufgang. Dann habe ich nichts gesehen."

Seine Augen flackerten kurz auf, als Jacob ihm anstatt einer Antwort ein paar Münzen gab, nach den nunmehr verpackten Büchern und Stichen griff und sich anschickte, das kleine Kabinett zu verlassen. „Habt Dank, ehrwürdiger Bruder", verabschiedete Jacob sich und schob Aliénor vor sich her zurück in die Bibliothek, in der sich noch immer kein anderer Bücherfreund eingefunden hatte. „Nichts für ungut", rief Bruder Johannes ihnen hinterher, während er die restlichen Werke hastig wieder in den Wandschrank stopfte. „Gott wird Euch schon auf den rechten Weg führen", schob der Mönch hinterher und Jacob fragte sich, ob er dabei die morgige Abreise meinte oder einen moralischen Fingerzeig geben wollte. Aliénor hatte es offenbar genauso verstanden und kicherte, während sie die Bibliothek verließen. Sie beruhigte sich erst wieder im Gästehaus, als Jacob ihr seinen soeben erworbenen Schatz zeigte. Einen Teil der zur Tarnung ebenfalls gekauften Blätter warf er sofort in das Ofenfeuer, den Rest schob er in eine Mappe.

Am Abend brachte Bruder Johannes ihnen auch die von Vieregg bestellten Werke. Schweigend legte er die sorgsam verpackten Schätze in eine von Jacob bereits vorbereitete Reisekiste, während er Aliénor missbilligend anstarrte, die sich über eine Reisekarte beugte. „Was wird denn Euer nächstes Ziel sein?“, wandte sich der Mönch demonstrativ an Jacob.

„Oh, das wissen wir noch nicht so genau“, antwortete Aliénor anstatt seiner und Jacob ergänzte: „Ich bin in geheimer Mission in allerhöchsten Diensten unterwegs.“

„Ach so.“ Vergeblich bemühte Bruder Johannes sich darum, einen Blick auf die Karte zu erhaschen, doch Aliénors prachtvolles Haar, das sie zu dieser Stunde bereits offen trug, versperrte ihm die Sicht. Einen Schritt näher zu treten wagte er glücklicherweise nicht. Jacob traute dem Mönch nicht über den Weg: Einerseits zeigte er eine erzkatholische Frömmigkeit, gepaart mit einer spürbaren Abneigung Frauen gegenüber, andererseits war sein Handeln alles andere als ehrlich und gottesfürchtig! Vor solchen Menschen musste man sich in Acht nehmen, das hatte Jacob auf seiner langen Reise gelernt. Entsprechend eilig hatte er es, den Geistlichen wieder loszuwerden, um die Abreise für den nächsten Morgen weiter vorzubereiten. Aliénor erwies sich dabei als geschickte Partnerin, das hatte er in den letzten Tagen erfreut festgestellt: Sie hatte einen guten Blick für Größen und Gewichte und konnte extrem schnell Dinge fest und sicher mit möglichst geringem Platzaufwand verstauen. „Mit dir könnte ich ein ganzes Leben lang umherreisen“, hatte er ihr irgendwann gesagt – und war erstaunt über ihre Betroffenheit gewesen. In einem langen Gespräch wurde ihm danach klar, dass seine Gattin sich nach Ruhe, einem sicheren Heim und Familienidylle sehnte – so sehr ihr das abenteuerliche Umherziehen mit Jacob auch Spaß machte. Nicht zuletzt deshalb war er mit der eiligen Abreise am nächsten Morgen einverstanden – hatte ihnen Graf Vieregg doch ein Haus bei Salem in Aussicht gestellt. Die Verabschiedung von Abt Kloos war bereits erfolgt; glücklicherweise fragte dieser nicht weiter nach.

Ein typischer Novembernebel, nasskaltes Wetter und schlechte Sicht begleiteten Jacob und Aliénor am nächsten Morgen bei ihrer Abreise. Der Kutscher hatte alle Hände voll zu tun, die Pferde auf dem Weg zu halten, und sie waren erleichtert, als sie am späten Vormittag in Weingarten eine längere Rast einlegen konnten. Dort aßen sie ein frühes Mittagsmahl und Jacob beauftragte einen Eilboten, mit einer großen versiegelten Kiste schnellstmöglich nach Mannheim zu Anton Altenberg zu reisen. Er wollte Ballast loswerden und nicht mehr mit verbotener Ware durchs Land fahren. Außerdem würde er in nächster Zeit Geld benötigen – und bat seinen alten Freund, ihm den vereinbarten Anteil so schnell wie möglich nach Salem zu schicken. Er informierte ihn kurz und ohne nähere Hintergrundinformationen über seine Heirat und versprach, ihn demnächst wieder in der Kurpfalz zu besuchen.

Die große Abtei in Weingarten besuchten sie nicht: Aliénor hatte ohnehin genug von „bigotten Mönchen“, wie sie Bruder Johannes aus Schussenried im Nachhinein bezeichnete – und Jacob wusste, dass die Abtei oberhalb der Stadt zwar eine wundervoll ausgestattete Kirche, jedoch keine bedeutende Bibliothek mehr besaß. Also machten sie sich schon am Mittag wieder auf den Weg. Der Nebel hatte sich gelichtet und eröffnete ihnen den Blick auf eine sanft gewellte Landschaft, die immer fruchtbarer wurde, je näher sie dem Bodensee kamen. Sonderlich besiedelt war die Gegend nicht, nur vereinzelt gab es landwirtschaftliche Gehöfte oder kleine Dörfer. Gespannt und ein wenig aufgeregt schauten sie zu beiden Seiten aus den Fenstern der Kutsche – schließlich würde diese Region zumindest für eine Weile ihre neue Heimat werden. Ob sie sich hier wohlfühlen würden? Jacob war überzeugt davon; mit Aliénor an seiner Seite war es überall schön! Doch die Gräfin hatte ab und zu Sorgenfalten im Gesicht, ihr war die Anspannung der letzten Tage deutlich anzusehen. Es war also wirklich an der Zeit, sesshaft zu werden!

Bodensee, November 1768

Der erste Eindruck von Kloster Salem war überwältigend. Die Straße hatte sie über eine Anhöhe von Südwesten her in das Tal geführt, in dem die ehemalige Zisterzienserabtei lag. Das Klostergelände war von einer Mauer umgeben, die ein weitläufiges, teilweise kunstvoll angelegtes Parkgelände von der Umgebung abgrenzte. Den Mittelpunkt bildete das gewaltige Konvents- und Abteigebäude mit der Klosterkirche, die ein auffallend hoher Vierungsturm[205] krönte, als nordwestlichem Abschluss,. Im nördlichen Bereich des Areals sahen Jacob und Aliénor zahlreiche Wirtschaftsgebäude, östlich des Konventsbaus erstreckten sich ein kunstvoll angelegter Park sowie Obst- und Gemüsegärten. Jacob wusste bereits, dass es vor knapp siebzig Jahren einen großen Brand im Kloster gegeben hatte, der zum Neubau zahlreicher Gebäude geführt hatte. An der neuen Innenausstattung hatten sich viele berühmte Künstler beteiligt.[206] Auch jetzt noch wurde unter Abt Anselm II. Schwab kräftig gebaut, was nicht immer uns nicht bei allen Zeitgenossen auf Begeisterung stieß. „Es heißt, der Abt regiert das Kloster wie ein weltlicher Fürst", erzählte Jacob seiner Frau, während die Kutsche sich langsam dem Untertor näherte. „Auch dieser hohe Glockenturm war eine Idee Anselms – und viele werfen ihm deswegen Hybris vor!" Interessiert betrachteten sie das hohe hölzerne Gebilde, das als gigantischer Dachreiter auf der Kirche thronte. Jacob war schon viel herumgekommen, doch eine Konstruktion wie diese hatte er noch nie zuvor gesehen.

„Es scheint, als sei der Abt ein zumindest ungewöhnlicher Mensch", überlegte Aliénor laut und fügte nachdenklich hinzu: „Hoffentlich ist er uns wohlgesonnen. Sind Zisterzienser

205 Der hölzerne Vierungsturm mit den Kupferelementen, der stets umstritten war, entstand unter Abt Anselm II. Schwab 1756. Er wurde 1807 aus statischen Gründen entfernt und durch einen heute noch vorhandenen Dachreiter ersetzt.

206 Die Brandkatastrophe ereignete sich 1697; durch einen schadhaften Ofen ausgelöst, vernichtete sie den größten Teil der Gebäude und zahlreiche Kunstgegenstände. Bei den am Neubau beteiligten Künstlern handelte es sich unter anderem um Feuchtmeyer, Dirr, Bagnato und den Vorarlberger Baumeister Franz Beer.

nicht für ihre Kargheit und Bescheidenheit berühmt? Das sieht hier doch ganz anders aus."

Jacob lachte: „Stimmt! Das wirkt hier alles eher wie ein Schloss. Aber das ist nur gut für uns, denn wo Reichtum ist, gibt es auch Bücher und Geld, das man damit verdienen kann." Vergnügt rieb er sich die Hände. „Ich bin gespannt, was mich hier als Aufgabe erwartet."

Doch Aliénor teilte seine Begeisterung nicht. Sie wollte nicht mehr in Gästehäusern von Klöstern übernachten müssen und dabei die Rolle der stillen und unbedarften Gattin spielen. „Ich möchte Gäste empfangen und ein Salon führen", forderte sie energisch von Jacob und setzte nach: „Ich erwarte von dir, dass du dich als erstes um unser neues Zuhause kümmerst. Alles andere kann warten!"

Sie fuhren durch das Untertor in das Kloster ein. Ein Wachsoldat nahm sie in Empfang und wies den Kutscher an zu warten. Er führte Jacob und Aliénor in den zweiten Innenhof, wo sie vom Kastellan begrüßt wurden. Wider Erwarten erfüllte sich dabei Aliénors Wunsch: Es gab keine Gästezimmer auf dem Klostergelände, weil der Abt derzeit wichtige Persönlichkeiten mit Gefolge beherbergte. Jacob und Aliénor mussten also im Postwirtshaus gegenüber der Klosterpforte übernachten; der Kastellan schickte sofort einen Knecht los, der ihre Ankunft dort vorbereiten sollte. „Das ist nicht ganz im Sinne zisterziensischer Gastfreundschaft", betonte der Kastellan spitz, „aber notwendig, sagt Hochwürden. Schließlich sind wir auf Zuwendungen Dritter angewiesen."

„Ach ja?" Jacob schaute sich verwundert um. Allein die Schreibstube des Kastellans war schon kostbar ausgestattet und nichts sprach hier für mönchische Zurückhaltung, geschweige denn Armut, die nach Almosen verlangte!

„Nun ja", beeilte sich der Kastellan zu versichern, „wir sind natürlich ein wohlhabendes Kloster, allein der Landbesitz ist groß. Aber wir geben auch sehr viel aus. Für unsere Schule zum Beispiel, in der wir viel für die Bildung des Volkes tun. Ja, ja, Abt Anselm ist ein großer Förderer der Wissenschaften und der Kunst."

Zwar machte es nicht den Eindruck, dass der Kastellan mit den Vorstellungen des Abtes konform ging – dennoch hakte Jacob nach: „Ja, das haben wir auch schon gehört. Die Bibliothek soll ja auch ganz außerordentliche Bestände besitzen."

„Das ist wahr." Der Kastellan nickte stolz. „Sie wurde über Jahrhunderte zusammengetragen und – Gottes Gnade sei Dank – beim großen Brand zum Teil gerettet. Nur die Handbibliothek des damaligen Abts fiel den Flammen zum Opfer. Ein deutlicher Wink des Herrn, heißt es hier seitdem, dass sich kein Abt mehr in seinen Privaträumen mit Klosterbesitz bereichern soll." Er seufzte schwer und verdrehte die Augen gen Himmel, ehe er fortfuhr: „Aber gut, nicht jeder sieht das hier heute so. Macht Euch selbst ein Bild, Freiherr von Bardenfleth, der Abt höchstpersönlich lässt in sein Kabinett bitten. Ihr allerdings, gnädige Frau" – er wandte sich Aliénor zu – „werdet mit unserem Münster vorlieb nehmen müssen. Frauen ist es leider nicht gestattet, den Konvent zu betreten. Bruder Franziskus wird Euch durch das Gotteshaus führen – das wird Euch sicher interessieren."

Jacob und Aliénor berieten sich kurz und vereinbarten, sich nach den getrennten Gängen an der Kutsche zu treffen. Dann folgte Aliénor dem inzwischen herbeigeeilten Mönch Franziskus hinüber zum Kirchenportal, während Jacob vom Kastellan um das Münster herum zum Haupteingang der Prälatur geführt wurde. Dort nahm ihn ein Bediensteter in Empfang und geleitete ihn durch das Vestibül und ein großzügiges Treppenhaus nach oben: „Hochwürden ist bereits über Euer Kommen informiert und wartet im großen Saal[207] auf Euch."

Abt Anselm II Schwab[208] war ein großer und korpulenter Mann, den Jacob auf Mitte 50 schätzte. Sein Ordensgewand war prächtig und entsprach zwar der zisterziensischen Vorga-

207 Gemeint ist damit der Kaisersaal, der repräsentative Empfangsraum des Abtes, der in seiner heutigen Innenausstattung Anfang des 18. Jahrhunderts entstand. Die Stuckarbeiten zählen zu den Hauptwerken Joseph Feuchtmayers und wurden 1711 fertiggestellt.

208 Er lebte von 1713-1778 und war von 1748 bis zu seinen Tod Abt des Klosters.

be von Schwarz und Weiß, bestand dabei aber aus kostbaren Seiden- und Brokatstoffen. Hätte er nicht die typische Kopfbedeckung getragen, die sein Amt erkennen ließ, wäre er gut als Fürst oder Herzog durchgegangen, fand Jacob. Dazu passte auch der prachtvolle Saal, durch den er jetzt schritt, um den auf einem kostbaren thronähnlichen Stuhl wartenden Abt gebührend zu begrüßen. Der Raum war nicht nur besonders hell und weit, sondern auch in seiner Ausstattung eines Schlosses würdig: Die Stuckarbeiten waren von allerhöchster Qualität und die vielen Reliefs, Plastiken und Wandgemälde neben aufwendig gestalteten Wandleuchtern vermittelten den Eindruck eines Festsaales. Die vielen Fenster unter den Stichkappen des Gewölbes boten einen traumhaften Blick hinunter in die weitläufige Parkanlage. Jacob war begeistert: So viel Prachtentfaltung und Schönheit hatte er in einem Kloster noch nie gesehen!

„Ja, es ist gelungen, nicht wahr?" Der Abt wartete nicht, bis Jacob durch den langen Saal zu ihm gelangt war, sondern ließ seine laute und volltönende Stimme durch den Raum klingen. „Schaut Euch nur um, Freiherr, die Bilder zeigen die Geschichte der Gründung der Abtei und ihren ganz besonderen Status. Das wird Euch ohnehin bald beschäftigen ..."

Jacob hielt inne. Was meinte der Abt damit? Dann besann er sich, begrüßte den Geistlichen mit der erforderlichen Ehrerbietung und brachte sein Anliegen vor. Abt Anselm lächelte und musterte Jacob schweigend, der umgekehrt auch die Zeit nutzte, das Gesicht seines Gegenübers zu studieren: Anselm war nicht schön und die lange, nach unten spitz auslaufende Nase konnte man allenfalls als ‚markant' bezeichnen. Außerdem war seine Unterlippe deutlich dicker als die Oberlippe, was ihm einen trotzigen Ausdruck verlieh. Seine kleinen Augen verschwanden fast hinter den wulstigen Lidern, die auf erheblichen Weinkonsum oder eine verborgene Krankheit schließen ließen. Nein, schön und friedlich wirkte dieses Gesicht nicht! Jacob hatte vielmehr den Eindruck, einem harten Geschäftsmann gegenüberzustehenVon innerer Ruhe, wie er sie in anderen Klöstern wahrgenommen hatte, war bei Abt Anselm II. nichts zu spüren.

Als hätte er Jacobs Gedankengängen folgen können, begann der Abt das Gespräch mit den Worten: „Es ist noch nicht allzu lange her, dass ich in Paris weilen durfte. Die Hofarchitektur dort ist außerordentlich und ganz anders als bei uns. Dieser französische Stil bietet viel Neues.[209] Ich plane ihn auch hier einzuführen – wie denkt Ihr darüber, Bardenfleth?"

Verblüfft starrte Jacob ihn an. Es war doch alles gerade neu errichtet worden – zumindest in der Zeitrechnung von Klöstern, wo man üblicherweise nicht andauernd der neuesten Mode nachhechelte wie in den Salons der weltlich Reichen! Andererseits musste sich das Kloster vermutlich auch gegen andere Einrichtungen behaupten und für Schüler und Novizen attraktiv bleiben – ganz zu schweigen vom Heiligen Vater in Rom. Jacob beschloss, mit einer Gegenfrage zu antworten, das erschien ihm am klügsten: „Das klingt sehr interessant, Hochwürden, aber wie viele Bewohner kommen denn tagtäglich in den Genuss dieser Neuerungen?"

„Oh, wenige, viel zu wenige." Der Abt hatte plötzlich einen bekümmerten Ausdruck im Gesicht. „Nur noch 44 Mönche zählt unser Konvent, dazu kommen 15 Laien." Er machte eine kurze Pause und fuhr dann nachdenklich fort: „Allerdings sind die Klöster heute auch andere als noch vor Jahrhunderten. Wir sind für die Region hier in erster Linie ein Wirtschaftsbetrieb mit ein wenig Seelsorge inklusive. Gott weiß, wo das noch hinführen soll, aber ..." er lächelte nun breit, „... wir haben den Anschluss zumindest nicht verschlafen und kümmern uns darum, unsere Einrichtung für kommende Zeiten zu rüsten. Und genau hier kommt Ihr ins Spiel, Bardenfleth!"

Der Abt griff hinter sich auf einer Ablage nach einem eingerollten Dokument. „Hier" – er reichte das Papier Jacob –

209 Abt Anselm II. Schwab reiste in den Jahren 1765/66 tatsächlich nach Paris. Dort begeisterte er sich für den französischen Frühklassizismus und plante eine entsprechende Umgestaltung des Salemer Münsters. Sie wurde allerdings erst in den Jahren 1772-1777 umgesetzt – und dabei fielen die früheren barocken Fresken einer hellgrauen Übermalung zum Opfer.

„werdet Ihr mit Eurer Gattin Domizil beziehen. Es ist ein nettes Anwesen, nicht weit von hier. Graf Vieregg hat bereits einiges Mobiliar anliefern lassen; es stammt, soweit ich weiß, aus dem Familienbesitz der von Imhoffs."

Jacob ließ seinen Blick über das mehrfach gesiegelte und mit Unterschriften versehene Dokument gleiten. *Salemer Klosterhof*[210] hieß das Anwesen, das sich offenbar unten am See in Überlingen befand. „Ihr könnt es günstig erwerben, es gehört dem Kloster. Wir dachten an Erbpacht. Schaut es Euch morgen früh gleich an und lasst uns Euren Entschluss mitteilen. Wenn Ihr wollt, könnt Ihr schon morgen einziehen."

Jacob wollte den Preis wissen – schließlich konnten sie sich derzeit nicht allzu viel leisten; erst mussten das Erbe und die Mitgift seiner Frau hier eintreffen. „Und wie viel ...", begann er stockend, doch Abt Anselm unterbrach ihn lächelnd: „Macht Euch keine Sorgen, wir möchten, dass Ihr bleibt. Der Preis ist angemessen und nicht zu hoch. Außerdem könnt Ihr mit den ersten Raten warten, bis Eure familiären Angelegenheiten vollständig geregelt sind."

Jacob schluckte; der Abt war offensichtlich über die gesamte Vorgeschichte im Bilde. Das war ihm unangenehm, ließ sich jedoch nicht ändern. Er bedankte sich aufs Herzlichste für die Großzügigkeit von Hochwürden; aber er konnte es sich nicht verkneifen nachzufragen, was er denn hier in Zukunft tun solle. „Das, mein lieber Bardenfleth", erwiderte der Abt verschmitzt grinsend, „das erfahrt Ihr, wenn Ihr Euch mit Eurer Gattin eingerichtet habt. Ich denke, am nächsten Sonntag nach dem Kirchgang sehen wir uns hier wieder. Dann sollt Ihr alles Weitere wissen."

Mit diesen mysteriösen Worten verabschiedete Abt Anselm sich von Jacob und die Audienz war beendet.

Auf dem Weg zum Postwirtshaus, den sie zu Fuß gingen, berichtete Jacob seiner Frau von der Unterredung mit dem Abt.

210 Das hier beschriebene Anwesen heißt in Wirklichkeit Salmannweiler Hof und steht auch heute noch in der Franziskanerstraße in Überlingen. Es handelt sich um einen dreiteiligen Gebäudekomplex aus dem 16. Jahrhundert (1535) und besitzt neben einem Innenhof auch eine Hauskapelle.

Aufgeregt griff sie ihn am Arm und rief: „Oh, wollen wir nicht sofort zum Klosterhof fahren? Ich bin so neugierig!“ Doch Jacob überzeugte sie davon, dass der Einbruch der Dunkelheit keine gute Zeit war für die Besichtigung eines Hauses. Sie ließen ihre Kutsche im bewachten Innenhof des Gasthauses stehen und luden nur das Nötigste aus. Denn beide waren sich einig: Sie würden morgen ein neues Leben im Salemer Klosterhof beginnen.

Sie verbrachten den Abend ausgelassen bei einem guten Essen und köstlichem Wein. Man aß Fisch, was an der Nähe zum See lag. Offenbar besaß das Kloster ausgedehnte Fischereirechte, wovon auch die Ortschaften im Umkreis profitierten. Aliénor freute sich darüber – denn ihr lag eine leichte und feine Küche weitaus mehr als das deftige schwäbische Essen, das die letzten Tage und Wochen auf der Speisekarte gestanden hatte. Beim Apfelkompott, das es zum Nachtisch gab, erzählte Aliénor von ihrer Besichtigung der Klosterkirche. „Es ist schon ein imposanter Bau, aber einiges passt nicht zueinander. Die Fassade zum Beispiel ist ganz anders als der Innenraum.“ Sie beschrieb einige Details, auf die sie Bruder Franziskus aufmerksam gemacht hatte. So entsprach wohl die dunkle Sandsteinfassade mit den kunstvollen Maßwerkfenstern ohne zusätzlichen Schmuck dem Verständnis und den Regeln des Zisterzienserordens. Ganz anders jedoch der Innenraum: In einer merkwürdigen Mischung trafen hier moderne Alabasterelemente, prachtvolle, mit Stuck verzierte Deckenmalereien und ein neues Chorgestühl auf ein altes Tabernakel und andere Elemente aus vergangenen Zeiten. „Ich finde diese Kirche überfrachtet“, stellte Aliénor abschließend fest und setzte leise hinzu: „Da ist mir das kleine Gotteshaus in Onstmettingen fast lieber.“

Jacob lächelte sie warm an. Das hatte sie sehr schön gesagt. „Übrigens“, nahm er nach einer Weile stummen Augengesprächs den Gesprächsfaden wieder auf, „der Abt sieht das wohl ganz ähnlich wie du: Er will die Kirche komplett im französischen Stil umbauen lassen.“

„Im französischen Stil? Also alles Bunte raus und wieder eher schlicht? Und wie will er das bezahlen?“ Aliénor hob die Augenbrauen.

„Steuereinnahmen, Zuwendungen und irgendwelche Geschäfte, vermute ich.“ Jacob kratzte sich nachdenklich am Kopf. „Möglicherweise hat das ja auch irgendwie mit meiner Mission hier zu tun.“ Er seufzte. „Hoffentlich ist es nur Gutes.“

Sie gingen früh schlafen, um am nächsten Tag zur Hausbesichtigung ausgeruht zu sein. Der *Salemer Klosterhof* war nur etwa eine gute Stunde mit der Kutsche entfernt. Die Stadt Überlingen lag direkt am Ufer des Sees, das Anwesen selbst entdeckten sie gleich, nachdem sie das Stadttor passiert hatten, in der Nähe des Franziskanertors. Sie verliebten sich sofort in das Gebäude, das aus drei Teilen bestand: einem geräumigen Wohnhaus mit vielen Fenstern im Obergeschoss, einem Torhaus, in dem die Bediensteten ihre Kammern hatten, und einem Geschäftshaus mit prachtvollem Erker, in dem sich eine kleine Hauskapelle mit einem entzückenden Sterngewölbe befand. Aliénor war begeistert, als sie zu alldem noch einen Teil Ihrer Möbel, ihre Aussteuer und andere private Dinge vorfand – sie brach vor lauter Freude in Tränen aus.

„Wie schön, schau doch, mein alter Sekretär ...“, schluchzte sie. Jacob nahm sie in den Arm und hielt sie eine ganze Weile, ehe er sagte: „Mir gefällt es hier auch sehr, Aliénor. Komm, lass uns die Räume genauer ansehen und planen, was wir noch brauchen.“ Damit verbrachten sie den Rest des Tages, wobei sie feststellten, dass vieles Wichtige bereits vorhanden war. So stand in der geräumigen Schlafkammer schon ein großes Baldachinbett mit hübschen Schnitzereien – und auch ein kleiner Salon war für sie eingerichtet. Sie beschlossen, dass sie neben einem großen Salon für Gesellschaften auch ein Zimmer für Aliénor einrichten wollten, wohin sie sich zurückziehen konnte. Eine eigene Hausbibliothek sollte in dem Gebäudeteil mit dem Erker entstehen – ebenso wie ein Arbeitskabinett für Jacob und ein gemütlicher Herrensalon für geschäftliche Unterredungen. Die Hauskapelle wollten sie so lassen, wie sie war.

Abt Anselm hatte auch in anderer Hinsicht vorsorgen lassen: Neben einer Köchin, einem Küchenmädchen und einer Zofe für Aliénor standen bereits ein Knecht für schwerere Arbeiten und ein Hausdiener zu ihrer Verfügung. Sie waren in kleinen Kammern im Torhaus untergebracht oder kamen aus der Nachbarschaft; sie halfen als erstes dem Kutscher dabei, das Gepäck im Innenhof auszuladen und ins Haus zu bringen. Schon bald sahen die Räume irgendwie bewohnt aus: Überall standen und lagen Einrichtungsgegenstände herum und im Ankleideraum hinter der Schlafkammer türmten sich Aliénors Kleider, die Graf Vieregg von ihrem Bruder angefordert hatte. Doch es fehlten auch einige wichtige Dinge, die nötig waren um das Haus wohnlich zu machen: Es gab noch keine Vorhänge oder Teppiche, es waren keine Bilder oder Behänge an den Wänden – und in der Küche mangelte es an Töpfen. Andererseits sorgte in jedem bewohnten Raum schon ein Ofen für Wärme und Behaglichkeit; ein Luxus, den Jacob und Aliénor nach der langen und beschwerlichen Reise sehr zu schätzen wussten. Als sie am Abend müde und erschöpft zum ersten Mal in ihr eigenes gemeinsames Bett sanken, war ihnen klar, dass in den nächsten Tagen noch viel Arbeit auf sie wartete. Jacob hoffte aber, dass sie dieses Pensum bis zum kommenden Sonntag schaffen würden – schließlich sollte dann seine Tätigkeit für Abt Anselm beginnen.

Im Nachhinein wusste Jacob nicht mehr, wie sie die vielen Arbeiten tatsächlich erledigt hatten, bevor am Sonntagmorgen die Sonne aufging. Er selbst war mehrmals nach Konstanz hinübergefahren, wo er aus dem Nachlass einer adeligen Dame einige entzückende Möbelstücke aus Birnbaum für Aliénors Zimmer günstig erwerben konnte. Außerdem fand er bei einem Händler einen geräumigen Arbeitstisch für sein eigenes Kabinett und orderte bei einem ortsansässigen Tischler Regal- und Schrankwände für die Hausbibliothek.

Aliénor hatte sich unterdessen auf die dekorativen Details konzentriert: Sie sichtete Lagen von Stoff und ließ Kissen, Wandbehänge und Überdecken anfertigen. Bei einem fahrenden Händler fand sie acht silberne Prachtleuchter, die er ihr zu einem guten Preis überließ; außerdem richtete sie gemeinsam mit der Köchin eine Küche ein, die höchsten Ansprüchen gerecht wurde. Deshalb gab es im Bardenflethschen Haus vom ersten Tag an gute Kost, wenngleich Aliénor bereits am zweiten Tag zu kränkeln begann und nur wenig Appetit hatte – Jacob dafür umso mehr. Er stürzte sich begeistert ins Einrichten seines ersten eigenen Hauses, auch wenn es noch gar nicht bezahlt war. Am Sonnabend überraschte er Aliénor mit einem ganz besonderen Geschenk: Er führte sie in den kleinen Salon, wo sie in Zukunft mit ausgewählten Gästen plaudern, essen, lesen oder musizieren wollten. An der Stirnwand über einer Eichenkommode hingen zwei neue Bilder.

„Da ist ja mein Guibal!“, rief Aliénor freudig und starrte dann auf das zweite Porträt. „Du hast Dich ja auch von ihm malen lassen – das hast Du mir gar nicht erzählt!“

„Überraschung gelungen?“ Jacob strahlte über das ganze Gesicht und nahm ihre Hand. „Jetzt sind wir hier richtig eingezogen. Diese beiden Bilder sollen uns immer daran erinnern, welcher Verkettung von Ereignissen wir unser Glück verdanken.“

Aliénor nickte gerührt und drückte seine Hand ganz fest. Wie zufällig begann er, mit ihren schlanken Fingern zu spielen und streifte ihr dabei einen breiten Goldreif mit einem eingearbeiteten Granatherz über. Aliénors Atem stockte hörbar und sie starrte auf das strahlende Schmuckstück. „Hier, meine Geliebte, trag‘ diesen Ring als Zeichen meiner Treue und Liebe ...“ Weiter kam er nicht, dabei hatte er sich so gut auf seine kleine Rede vorbereitet. Denn Aliénor begann wieder zu weinen. Jacob freute sich einerseits über ihre Reaktion, wunderte sich aber auch über die große Empfindsamkeit, die sie in den letzten Tagen zeigte. Die lange Reise mit all den unerwarteten Wendungen schien sie doch weit mehr belastet zu haben, als er und sie sich eingestehen wollten. Wie gut, dass er für Sonntag nach dem Mittagessen den Überlinger Medikus ins Haus bestellt hatte! Der würde Aliénor in aller Ruhe untersuchen, während Jacob sich mit dem Abt über seine neue Mission austauschte.

Am Sonntagmorgen machte Jacob sich mit dem Mittagsgeläut auf den Weg zum Kloster Salem. Sein Diener übernahm die Aufgabe des Kutschers, den er in Überlingen mit einem großzügigen Betrag entlassen hatte. Frederik, wie der neue Diener hieß, machte seine Arbeit gut und lenkte die Kutsche behutsam über die teilweise aufgeweichten Wege bis zum Klostertor. Diesmal musste Jacob sich nicht erst anmelden, sondern wurde vom Kastellan sofort in das kleinere Empfangszimmer des Abts geführt. Dort wartete er eine geraume Zeit, ehe Anselm II. das Kabinett betrat und ihn freudig begrüßte. „So war also alles zu Eurer Zufriedenheit, Bardenfleth?", fragte er wohlwollend nach und bemerkte lächelnd: „Dieser Graf Vieregg ist wirklich ein fähiger Mann. Zu schade, dass der Kurfürst ihn nicht gehen lässt!"

„Ja, will er denn ...?", entfuhr es Jacob, doch Anselm unterbrach ihn und winkte ab. „Nein, nein, natürlich nicht. Vieregg ist ja geradezu befreundet mit Seiner Durchlaucht, habe ich mir sagen lassen. Außerdem ist der Mannheimer Hof derzeit mit Sicherheit der fortschrittlichste in Europa und der mit dem größten Interesse an Wissenschaft und Bildung – einfach vorbildlich. Ihr kennt Euch dort ja auch ganz gut aus, nicht wahr, Bardenfleth?"

Jacob nickte verhalten. Worauf wollte der Abt hinaus?

„Nun, das hat der Graf mir auch verraten. Und er hat von Euren außergewöhnlichen Kenntnissen im Bibliothekswesen gesprochen. Das ist es, was wir hier brauchen." Er bat Jacob durch eine kleine Tür hinaus und führte ihn durch mehrere lange Gänge. Sie begegneten dabei niemandem, im gesamten Kloster herrschte eine fast gespenstisch anmutende Mittagsruhe. Endlich machten sie vor einer zweiflügeligen hohen Tür Halt. „Bevor wir nun Euren neuen Wirkungskreis betreten, lieber Freiherr, möchte ich darauf hinweisen, dass auch hier stets äußerste Diskretion gewährleistet sein muss." Abt Anselm II. schaute ihn ernst an. „Wir müssen uns darauf verlassen können, dass Eure Arbeit gleichermaßen die Interessen des Kurfürsten und die meinen vertritt – man traut Euch das allerdings in allerhöchsten Kreisen zu." Er lächelte leise und fügte hinzu: „So macht aus unserer Bibliothek einen Schatz, sorgt für einen regen Austausch und Abgleich mit der Mannheimer Sammlung und werdet selber reich dabei." Mit diesen Worten öffnete er die Türflügel und ließ Jacob eintreten.

Es war wie in einem Traum. Jacob traute seinen Augen nicht, als er die Welt erblickte, die sich vor ihm auftat. Eine riesige Bibliothek, wie er sie bislang nur aus dem Mannheimer Schloss kannte, erstreckte sich hier über zwei Geschosse. Das Licht fiel hell zu beiden Seiten und durch Fenster in beiden Ebenen herein. Überall an den Wänden und in den Nischen vor den Fenstern standen Bücherschränke; eine Empore ließ den Blick frei auf das Obergeschoss und die stuckverzierte Decke. Den Boden zierte ein prachtvoller Holzboden mit Intarsien, an den Pfeilern standen Statuen und an den wenigen freien Wänden hingen die Porträts bedeutender Äbte – allen voran das von Abt Anselm II. Schwab. In der Mitte des Saals standen große Tische, auf denen sich Folianten, Bücher und allerlei Schreib- und Klebewerkzeug stapelten. Auch standen zahlreiche Kisten herum, teils geöffnet, teils noch verschlossen.

„Ich kaufe seit Jahren zeitgenössische Literatur im großen Stil", unterbrach der Abt die geradezu andächtige Stille und deutete auf die vielen Kisten. „Dazu frequentieren wir Buchhändler bis hin nach Holland und beteiligen uns auch aktiv am Auktionshandel. In diesen Kisten findet Ihr nicht nur theologische, sondern vor allem auch andere wissenschaftliche Werke. Denn wir meinen, dass auch das Teil unseres göttlichen Auftrags ist: zu bewahren und zu sammeln, was der Mensch auf allen Gebieten Kluges hervorbringt."

Jacob schluckte und wusste nichts zu sagen. Beglückt schaute er sich immer wieder im Raum um, eilte von Tisch zu Tisch, blätterte einmal hier, einmal da und konnte sich kaum beruhigen. Was für eine schöne Bibliothek – und wie viel Arbeit wartete hier noch darauf getan zu werden!

Die Gedanken des Abts waren offenbar einer ähnlichen Richtung gefolgt, denn nun trat er ganz nahe an Jacob heran und sagte: „Das wird Eure Aufgabe für die nächsten Jahre sein, werter Freiherr von Bardenfleth: Ihr werdet nicht nur diese Bibliothek neu und sinnvoll ordnen und in meinem Namen vervollständigen, sondern sie gleichzeitig mit der Mannheimer Bibliothek abgleichen. Seine Durchlaucht der Kurfürst besitzt in etwa ebenso viele Werke wie wir hier – es dürften wohl an die 30 000 Bücher sein – und wir möchten uns vergleichen und gegenseitig aushelfen." Er unterbrach seine Rede und schnipste laut mit den Fingern, woraufhin zwei Männer in weltlicher Kleidung aus einem Nebenzimmer hervortraten und sich vor Jacob verbeugten.

„Homodeus Wiedmer", stellte sich der ältere der beiden vor und verbeugte sich höflich. „Ich bin für den internationalen Handel zuständig."

„Meinrad Rosenzweig zu Diensten", tat es ihm der jüngere Mann nach. „Ich bin für den neuen Katalog und die Sortierung verantwortlich." Jacob schätze ihn auf sein eigenes Alter.

„Sie beide unterstehen natürlich unserem Propst Franz Töpsl, doch der ist nicht mehr der Jüngste und nicht so häufig hier zu treffen." Abt Anselm lächelte leise und wandte sich erneut Jacob zu: „Gemeinsam mit diesen beiden Herren hier werdet Ihr, Bardenfleth, den Besuch einer Mannheimer Delegation vorbereiten. Wir erwarten sie im kommenden Herbst. Bis dahin brauchen wir einen vollständigen Katalog unseres Bestandes und eine Liste all jener Werke, die uns nach Ihrer Meinung fehlen." Er räusperte sich und fügte hinzu: „Selbstverständlich werdet Ihr für Eure Arbeit großzügig entlohnt werden. Wir schätzen Euer Wissen um die Bibliotheken dieses Landes hoch und wissen, dass es wertvoll für uns ist. Werdet Eurem Ruf nur gerecht, so wird es Euch und uns Nutzen bringen." Mit diesen Worten drehte er sich um und verschwand.

Jacob starrte ihm nach. So ganz hatte er immer noch nicht begriffen, worum es hier eigentlich ging, doch der junge Rosenzweig klärte ihn auf: „Das ganze Geschäft, das natürlich dahinter steckt, wird dadurch möglich, dass wir genauso wie die Kurpfälzer ein gigantisches Magazin haben, in dem Dubletten, minderwertige Bücher, vergessene Schriften oder solche Werke lagern, die noch nicht katalogisiert worden sind,. Damit Ihr eine Vorstellung habt, wovon ich rede: Dieses Magazin befindet sich genau unter uns – mit denselben Ausmaßen wie dieser Raum, wohlgemerkt!"[211]

Jacob verstand. Zwei große Männer hatten sich hier verbündet, um sich gegenseitig zu noch mehr Glanz und Bildung zu verhelfen. Er konnte sich gut vorstellen, wie begeistert auch der Kurfürst von dieser Zusammenarbeit war: Schließlich besaß auch Mannheim viele Dubletten meist weltlicher Art, während hier im Kloster sicherlich geistliche Literatur vorherrschte. Bereitwillig ließ er sich von den beiden Männern durch den Saal führen, wobei Rosenzweig dem älteren den Vortritt überließ. „Das hier", begann der alte Bibliothekar, „ist gestern erst hier eingetroffen." Er brach mit einem Hebel den Deckel einer Holzkiste auf und befreite einige Bücher vom schützenden Sägemehl. „Das sind Werke aus dem Nachlass von Professor Heinrich Christian von Senckenberg aus Göttingen. Er ist kürzlich verstorben und wir konnten diese Bände rechtzeitig ersteigern." Redselig erklärte er Jacob, wie die Salemer Abtei in den internationalen Handel mit Büchern involviert war: „In jeder größeren Stadt sitzt ein Buchhändler unseres Vertrauens. Daher kennen wir übrigens auch Euren alten Freund Altenberg. Und in einem dichten Netz haben Zisterziensermönche überall in Europa ein Auge auf potenzielle Buchnachlässe. So können wir meist sehr schnell handeln." Er beugte sich näher zu Jacob und flüsterte: „Meist versucht unser Abt erst einmal, die Bücher mittels einer Schenkung zu bekommen. Das ist aber längst nicht immer möglich – und dann schalte ich einen Strohmann ein, der die Nachlässe möglichst billig erwirbt und nach Salem verschickt." Jacob staunte. Der

211 Quelle: Johann Nepomuk Hauntinger: *Reise durch Schwaben und Bayern im Jahre 1784*. Darin heißt es: „Unter der Bibliothek ist noch ein Zimmer von der nämlichen Größe ganz mit Büchern und meist mit Dubletten und alten Druckdenkmalen welche stark an der Zahl und sehr beträchtlich sind ..."

Abt konnte tatsächlich auf ein europaweites Buchhändlernetz zurückgreifen? Das war fantastisch und bot auch ihm für die Zukunft ungeahnte Perspektiven! Aufgeregt wandte er sich nun an Rosenzweig und fragte: „Wie werden denn all die Werke hier geordnet? Gibt es schon ein festes System, dem Ihr folgt?"

„Ja und nein." Der junge Bibliothekar zwinkerte ihm verschmitzt zu. „Natürlich richten wir uns nach der Bibliotheksordnung von Abt Johannes Tritemius. Sein *De laude scriptorum* aus dem Jahr 1516 ist hier das Maß aller Dinge." Er unterbrach sich und zog Jacob ein wenig auf die Seite, offenbar, damit Wiedmer nichts davon mitbekam. „Allerdings gibt es hier auch Abteilungen", flüsterte er grinsend, „die beim seligen Tritemius nicht vorkommen." Er deutete in eine der Nischen, in der sich eine kleine Tür befand. „Dort drüben ist unser Giftschrank, wie Abt Anselm es zu nennen pflegt. Dort sammeln wir alles, das nicht hierher ins Kloster gehört, unsittlich ist oder einfach Schund, den irgendwelche Mönche sich zu Zwecken besorgt haben, die ich lieber nicht kennen möchte." Nun musste auch Jacob lachen. „Und was macht Ihr dann damit?", fragte er nach.

„Verkaufen natürlich." Rosenzweig war wieder ernst geworden. „Dafür gibt es eine Vereinbarung mit dem Abt, die ich Euch verraten darf, weil auch ihr Euch damit beschäftigen sollt: Der Erlös jedes dieser pikanten Geschäfte wird geteilt. Eine Hälfte bekommt Anselm, die andere der erfolgreiche Verkäufer, also Ihr oder ich."

„Anselm oder das Kloster?" Jacob wollte es genau wissen.

„Der Abt in seine Privatschatulle." Rosenzweig grinste anzüglich. „Er ist halt auch nur ein Mensch. Übrigens macht Euch keine Sorgen: Es ist bei diesem Geschäft genug für alle da und es wird immer mehr, je tiefer wir in das Magazin unter unseren Füßen vordringen."

Jacob schüttelte schweigend den Kopf und freute sich insgeheim. Das alles roch nicht nur nach einer wundervollen Aufgabe, sondern auch nach viel Geld. Er würde sich also nicht nur mit genau den Dingen im Leben beschäftigen dürfen, die ihn am meisten interessierten und faszinierten, sondern er würde seiner hochgeborenen Frau gleichzeitig auch genau das gesellschaftliche Leben bieten können, das sie gewohnt war. Was für herrliche Aussichten! Dennoch hatte er noch eine wichtige Frage an den jungen Bibliothekar, von dem er das sichere Gefühl hatte, dass er schon bald sein guter Freund werden würde. „Sagt, habt Ihr denn hier auch eine Werkstatt, um Reparaturen vornehmen zu können, Einbände zu fertigen oder einzelne Seiten nachzudrucken?"

Rosenzweig bejahte und berichtete ihm von der Salemer Buchdruckerei, die sich allerdings in einem der Wirtschaftsgebäude außerhalb der Abtei befand. „Unser Schriftsetzer ist allerdings unzufrieden mit der Ausstattung", gab der Bibliothekar zu, „angeblich mangelt es am kleinen ‚m'."

„Nun, wenn es nur das ist ..." Jacob lachte leise. „Und die Reparaturen?" hakte er noch einmal nach.

„Die machen wir hier, so gut es eben geht." Rosenzweig führte ihn in ein Nebenzimmer, in dem es roch wie damals in der Werkstatt seines Vaters. Wehmütig dachte Jacob für einen Augenblick an sein erstes Leben in Schwerin, fasste sich jedoch schnell wieder. Mit einem kurzen Blick hatte er erkannt, dass hier einiges fehlte um gut arbeiten zu können. „Kann man denn hier noch ein paar Anschaffungen machen?" fragte er vorsichtig.

„Der Abt hat damit schon gerechnet", antwortete Rosenzweig vergnügt. „Er wusste wohl genau, dass Ihr vom Fach seid!" Dann zeige er Jacob sämtliche Schränke und Regale, führte ihn in alle Nischen und Ecken der Bibliothek, erläuterte das Figuren- und Gemäldeprogramm und ließ ihn zum Abschluss noch einen Blick in das bis unter das Dach gefüllte Magazin im Untergeschoss werfen. „Ihr seht also, Freiherr von Bardenfleth, wir werden Euch hier für viele Jahre brauchen. Natürlich nur, wenn es Euch beliebt", fügte er höflich hinzu.

Jacob reichte ihm die Hand und versicherte ein wenig gerührt: „Ihr wisst gar nicht, wie sehr es mir beliebt, werter

Rosenzweig. Ich freue mich auf die vielen Aufgaben, die auf uns gemeinsam warten." Darauf verabschiedete er sich von dem jungen Bibliothekar und seinem älteren Kollegen Wiedmer. Gleich am folgenden Tag wollte Jacob mit seiner Arbeit im Kloster beginnen. „Dann nehmt das schon einmal mit!", rief Rosenzweig ihm hinterher und drückte ihm einen schweren Folianten in die Hand. „Das ist das alte Verzeichnis, das zwar keine Gültigkeit mehr hat, Euch aber einen schnellen Überblick über die Art der Sammlung verschafft."

Als Jacobs Kutsche schon bei Dunkelheit in den Innenhof seines Überlinger Anwesens einfuhr, sah er noch Licht im kleinen Salon. Aliénor wartete doch dort ganz sicher auf ihn, um alle Neuigkeiten zu erfahren? Er eilte die Treppe hinauf, indem er immer zwei Stufen auf einmal nahm, was mit dem schweren Folianten unterm Arm gar nicht so einfach war. Dann öffnete er die Tür und erstarrte. Denn nicht Aliénor saß dort auf einem der kunstvoll geschnitzten Armlehnstühle, sondern Medicus Bächele. „Was ist los? Geht es meiner Frau so schlecht?" Jacobs Herz begann zu rasen. Sollte sein Glückstag heute vielleicht einen böses Ende nehmen?

Doch der Medicus erhob sich entspannt und gratulierte ihm lediglich. „Ich wollte es Euch persönlich sagen, edler Freiherr. Eure werte Gattin ist nicht krank, sondern vermutlich in anderen Umständen. Sie hat sich bereits zur Ruhe begeben. Und nun erlaubt, dass ich mich verabschiede ..."

Doch Jacob hörte schon gar nicht mehr hin. Mit einem lauten Knall hatte er den Folianten auf den kostbaren Nussbaumtisch fallen lassen und war zur Tür hinausgestürzt. Er rannte durch den kleinen Flur vorbei an Aliénors verblüffter Zofe, ließ dabei alle Türen hinter sich ins Schloss fallen und hielt erst vor der gemeinsamen Schlafkammer inne. Dann öffnete er leise die Tür.

Die Bücher konnten warten – die schönsten Geschichten schrieb das Leben ohnehin selbst.

Nachwort

Dies ist ein historischer Roman. Er spiegelt das Leben um 1768 in Norddeutschland und dem heutigen Baden-Württemberg wider – insbesondere in den Residenzen des Hochadels und in den Klöstern. Der Handlungsfaden ist frei erfunden. Von daher sind Ähnlichkeiten mit heute lebenden Personen rein zufällig und nicht beabsichtigt.

Der Handlungsrahmen wurde den tatsächlichen Begebenheiten Ende des 18. Jahrhunderts angepasst. Der geschichts- und ortskundige Leser wird vieles im historischen Umfeld wieder erkennen. Die einzelnen Ortsgeschichten haben wir sorgfältig recherchiert, jedoch neu erzählt und für unsere Handlung überarbeitet.

So war beispielsweise Friedrich Schiller tatsächlich in jenem Jahr als Bub in Ludwigsburg und auch einen Graf Vieregg hat es im Umfeld des Kurfürsten gegeben. Seine Tätigkeiten im Roman sind allerdings frei erfunden. Ähnlich kreativ sind wir mit all den anderen im Roman genannten Persönlichkeiten verfahren.

Dass es in (fast) allen Bibliotheken damals schon „Giftschränke" gab, ist eine Tatsache. Gerade im Zeitalter der Aufklärung entstanden überdurchschnittlich viele erotische oder verbotene Schriften und Bildbände, die sich häufig auch mit der vermeintlichen Doppelmoral von Geistlichen auseinandersetzten. Wie heute dienten sie allerdings in erste Linie dazu, einen geneigten Leser zu erfreuen und anzuregen. Oft standen solche Werke in geheimen Kabinetten oder kleinen, nicht ohne weiteres zugänglichen Bibliotheken. Wir haben uns vor Ort auf die Suche gemacht und sind manches Mal fündig geworden.

Genau dazu möchten wir auch unsere Leser ermutigen!

Carola Kupfer und Wolfgang Schröck-Schmidt
Regensburg und Oftersheim im Oktober 2012

Ebenfalls bei EDITION LIT erschienen:

Johanna und der Medici-Schatz

Eine starke Frau sucht ihren verschwundenen Mann

Johanna Santorini lebt im Jahr 1774 mit ihrem Mann und ihren zwei Kindern glücklich in Amberg in der Oberpfalz. Die Familienidylle wird jedoch jäh gestört, als ihr Gatte Clemens wegen einer angeblichen Erbschaftsangelegenheit Hals über Kopf verschwindet und wie vom Erdboden verschluckt bleibt. Johanna macht sich auf die Suche. Dabei erhält sie unerwartete Hilfe von Zeitgenossen wie Casanova, einer ungewöhnlichen Heidelberger Heiratsvermittlerin und einem unehelichen Sohn des Kurfürsten – und lernt den jungen Skandalautor Johann Wolfgang von Goethe kennen und schätzen. Das Ergebnis ist ein gut recherchierter historischer Roman, der Spaß macht und einen augenzwinkernden Einblick in eine große Epoche bietet.

Carola Kupfer & Wolfgang Schröck-Schmidt:
Johanna und der Medici-Schatz
Neue Intrigen am Kurpfälzer Hof
328 Seiten, Taschenbuch
EDITION LIT, Oftersheim 2011
ISBN 978-3-9813254-2-3
14.95 Euro
Weitere Informationen unter www.edition-lit.de

Johanna und der Medici-Schatz ist der zweite Band einer Kurpfalz-Trilogie. Band 1 erschien bereits 2009 im Dryas-Verlag, Mannheim unter dem Titel ***Nichts ist eine Kleinigkeit bei Hofe.***

Band 3 erscheint im Sommer 2013.

CAROLA KUPFER
WOLFGANG SCHRÖCK-SCHMIDT
Johanna
und der Medici-Schatz
Neue Intrigen am Kurpfälzer Hof
EDITION
LIT

Schülerromane bei **Edition Schröck-Schmidt KIDS:**

Sophia und der Steinmetz

Eine ungewöhnliche Liebe, Intrigen und Verrat

Die reiche Kaufmannstochter Sophia lernt durch einen Zufall den jungen Steinmetz Maximilian kennen und verliebt sich unstandesgemäß. Dies ist umso schwerwiegender, da ihre Hochzeit mit dem reichen Tassilo kurz bevor steht. Natürlich bleibt die unmögliche Liebe den Familien nicht verborgen und Sophia gerät in ernsthafte Schwierigkeiten, da sie sich nicht an die gesellschaftlichen Regeln ihrer Zeit hält. Unterstützung findet sie zunächst lediglich bei ihrer besten Freundin Gisela, bis ihr ein dreister Diebstahl und eine nächtliche Beobachtung unverhofft zu Hilfe kommen. Ob das jedoch reicht, um ihr persönliches Glück zu finden?
Die Handlung spielt vor dem Hintergrund der politischen und gesellschaftlichen Ereignisse in Regensburg im Jahr 1277.
Der Roman verbindet auf spielerische Art viele historische Details mit einer altersgemäßen Story und ist gut verständlich geschrieben.

Klasse 7c
SOPHIA UND DER STEINMETZ
Eine Liebesgeschichte im mittelalterlichen Regensburg
EDITION
SCHRÖCK-
SCHMIDT
KIDS

Schülerromane bei **Edition Schröck-Schmidt KIDS:**

Ich bin Thomas.

Die Geschichte einer ungewöhnlichen Freundschaft

Mannheim 1944. Der 14-jährige Jude David und seine Eltern konnten der Verfolgung durch die Nationalsozialisten bisher entgehen. Doch dann wird bei einem Fliegerangriff ihr Versteck zerstört. Um zu überleben, nehmen sie die Identität einer deutschen Familie an, die bei dem Bombenangriff ums Leben kam. Sie ziehen als vermeintlich arische Flüchtlinge nach Neckargemünd – und aus David König wird Thomas Schuster. Im idyllischen Neckartal führt er das Leben eines deutschen Jungen im letzten Kriegsjahr: Er lässt den Alltag in der Schule über sich ergehen, besteht Mutproben am Fluss, erlebt Abenteuer in der Hitlerjugend – und es entwickelt sich eine Freundschaft, die sein Leben verändern wird.
Der Roman beschreibt die Zeit aus der Sicht eines Jugendlichen, der nicht nur in ständiger Angst vor Entdeckung leben muss, sondern gleichzeitig auch gezwungen ist, einen Identitätswechsel zu vollziehen, der drastischer kaum sein könnte.

Stufe 8:
Ich bin Thomas.
Mein neues Leben unter dem Hakenkreuz
200 Seiten, Taschenbuch
Edition Schröck-Schmidt KIDS, Oftersheim 2012
ISBN: 978-3-9813254-4-7
Preis: 11,95 Euro

Weiter Informationen unter
www.edition-schroeck-schmidt.de

KLASSE 8
ICH
BIN THOMAS.
MEIN NEUES LEBEN UNTER DEM HAKENKREUZ
EDITION
SCHRÖCK-
SCHMIDT
KIDS

Schülerromane bei **Edition Schröck-Schmidt KIDS:**

Caged. Regensburg 2015.

Eine Schreckensvision mit historischen Bezügen

Regensburg im Jahr 2015: Bei Beginn von Aushubarbeiten auf einer innerstädtischen Baustelle stößt der ehrgeizige Bauingenieur Michael auf Mauerreste. Ordnungsgemäß meldet er als leitender Bauingenieur den Fund dem Landesamt für Denkmalpflege. Die Beamten rücken sofort an, überwachen die weiteren Grabungen und nehmen einige Fundstücke mit ins Amt – unter anderem eine verschlossene und außen ziemlich verrottete Kiste. Schnell stellt sich heraus, dass es sich um unbedeutende Funde aus dem 2. Weltkrieg handelt, so dass ein weiterer Baustopp eigentlich nicht erforderlich wäre, doch Michael wartet vergeblich auf die Freigabe. Denn im Denkmalamt ist mittlerweile das gesamte Personal mit mysteriösen Symptomen schwer erkrankt... Der Roman erzählt die Geschichte einer Epidemie in einer modernen Stadt, die sich innerhalb ihrer alten Mauern und Gassen Schritt für Schritt in eine anarchische und hoffnungslose Zone mit unerträglichen Lebensbedingungen entwickelt. Vom Rest der Welt künstlich abgeschnitten entsteht ein Szenario, das an mittel- alterliche Pestzeiten in Regensburg erinnert. Mit historischen Bezügen durch einen Tagebuchfund entsteht eine zweite Erzählebene, die in den letzten Kriegsmonaten des 2. Weltkriegs spielt – und die viel zu spät für alle Beteiligten das wirkliche Geschehen auflösen kann.

Author's Eleven:
Caged. Regensburg 2015.
180 Seiten, Taschenbuch
Edition Schröck-Schmidt KIDS, Oftersheim 2012
ISBN: 978-3-9813254-5-4
Preis: 11,95 Euro

Weitere Informationen unter
www.edition-schroeck-schmidt.de

Author's Eleven
Caged.
Regensburg 2015.
Roman
EDITION
SCHRÖCK-
SCHMIDT
KIDS